LE NÈGRE ET L'AMIRAL

Paru dans Le Livre de Poche :

EAU DE CAFÉ

RAPHAËL CONFIANT

Le Nègre et l'Amiral

ROMAN

GRASSET

Les personnages de ce roman, comme leur nom ou leur caractère, sont purement imaginaires et leur identité ou leur ressemblance avec tout être réel, vivant ou mort, ne pourrait être qu'une coïncidence non voulue ni envisagée par l'auteur.

À Maryse.

Premier cercle

Or donc l'île se trouva cernée en chacune de ses anses par d'invisibles sous-marins allemands curieusement doués d'ubiquité et fut contrainte de jouer dans son nombril. La mer devint taboue et la milice blanche veilla à ce que l'impudence des nègres ne dépassât pas la première ligne des vagues à Grand-Rivière.

L'Amiral, sans doute cousin du Maréchal qui régnait là-bas sur notre très sainte mère la France, institua ici l'ordre de l'agenouillement..

(Au quartier Morne Pichevin vivait une compagnie de nègres étrangement doués pour les présages.)

1

Quarante-quatre marches reliaient le Morne Pichevin, haut lieu de la fripouille, au boulevard de La Levée qui fendait la ville en deux parties bien distinctes car, en ce temps-là, les gens de bien se hérissaient à la seule odeur de morue salée de la populace. Quand Rigobert les descendait en sautillant malhabilement, on pouvait être certain qu'il injuriait le Bondieu et sa propre mère de l'avoir conçu nègre. Il pestait dans sa barbe mal taillée. « Je l'aurais puni ce couillon de Bondieu ! Je l'aurais puni, tonnerre du sort ! » Ses mains fouillaient en vain le fond de ses poches à la recherche d'un sou égaré mais elles n'y rencontraient que des courants d'air. C'est cela qui les remplissait le plus souvent et notre bougre ne pouvait toujours satisfaire son inextinguible désir de tafia, boisson qu'il avait épousée dès qu'il eut construit sa case à la Cour des Trente-Deux Couteaux et fait ses adieux à son père paralysé par une congestion, et qu'il retrouva dévoré par les rats quelques jours plus tard. Rigobert se garda d'avertir la maréchaussée et les laissa continuer tranquillement leur bamboche, puis il souleva le bois de caisse du plancher ravagé par les poux-de-bois et ensevelit là le squelette. Un moment, il craignit que sa voisine Philomène ou madame Sina, la boutiquière, ou encore Richard, ne lui posent des questions au sujet du vieillard mais il dut se rendre à l'évidence : on l'avait rayé de toutes les mémoires et nul ne s'étonna quand l'herbe-à-marie-honte se mit à escalader les parois en fibrociment et en feuilles de tôle récupérées sur de vieux fûts d'huile de sa case. La négraille avait simplement oublié que Garcin Charles-Francis avait été le fier-à-bras de céans, celui dont les défis homériques faisaient tressaillir les bougres de Volga-Plage, des Terres-Sainvilles et de Trénelle où pourtant il n'y avait pas de manchots.

Quand tout roulait à l'aise pour Rigobert, il comptait chacune des marches où il posait le pied afin d'en repérer la septième, la onzième et la quarante-deuxième. La septième était source de déveine et il fallait la piler en conjurant le sort. Comme ça : « Sept malheurs, sept chats noirs, sept enfants mort-nés, écartez-vous de moi ! » La onzième était censée porter chance au jeu de dés mais Rigobert devait bien être le seul nègre de cette ville à l'abhorrer. Quant à l'avant-dernière, hum, Amour-amou-ou-our ! Tu voyais une figure de fille qui te chatouillait le cœur ou une croupe resplendissante qui t'émouvait le creux des reins, alors tu prononçais intérieurement son nom quarante-deux fois en t'arrêtant sur ladite marche et tes affaires étaient faites, mon vieux !

Malheur pour notre compère, il n'était jamais allé à l'école puisque à l'âge de quatre ans, son père l'enleva, abandonnant sa campagne natale de Rivière-Salée, et vint barrer un carreau de terre au Morne Pichevin, territoire encore vierge à l'époque, qui dominait le sud de Fort-de-France de sa masse inquiétante. Le pourquoi de cet exil ? Eh ben, parce que la mère de Rigobert le cocufiait avec un petit Blanc de rien du tout qui était géreur d'habitation, au quartier Là-Haut. Un Blanc qui avait mûri à l'ombre des broussailles et des goyaviers, quoi ! commentait Garcin lorsque, dans la case-à-rhum, on osait le questionner sur cet épisode douloureux de son existence. Arrivé à Morne Pichevin, où la Loi n'osait guère s'aventurer, Rigobert fut livré à la drivaille quotidienne et fit très vite l'apprentissage du maniement du couteau à cran d'arrêt, instrument indispensable de la rapine et terreur des bourgeois mulâtres du centre-ville. Aussi n'apprit-il pas vraiment à compter (pas plus qu'à parler français d'ailleurs) et s'emmêlait dans la calebasse de sa tête dès qu'il dépassait le chiffre vingt-cinq. On ne s'étonnera donc pas que Rigobert ne foulât jamais la vraiment vraie quarante-deuxième marche et que c'est en vain qu'il implorait la chance de lui faire rencontrer une femme qui l'aimerait d'amour. Chaque jour qui passait l'éloignait davantage de son rêve et il devait se contenter des furtives étreintes de la Cour Fruit-à-Pain où ces salopes de putaines de négresse à gros derrière bombé te réclament un paquet d'argent en gloussant comme des coqs d'Inde. Comme si tu avais été le fils de madame Rothschild, foutre ! Il n'y avait que Philomène, la câpresse du Gros-Morne, à être d'une douceur de sucre trempé dans le miel, mais sa mélancolie naturelle glaçait le sang de Rigobert et l'empêchait de bander correctement. Sa rêverie à elle, c'était aussi l'amour mais celui qui se concluait à l'église puis à la mairie et qui vous honorait du titre de madame. Philomène tombait régulièrement amoureuse de ses clients dès l'instant où ces derniers revenaient enfouir leur bouche avide entre ses cuisses plus de deux fois. Elle devenait soudainement gaie, portait un plat de haricots rouges et de riz agrémenté de queues de cochon en salaison à Rigobert sans qu'il lui ait rien demandé et lançait à la cantonade :

«Cette fois-ci, j'ai trouvé mon bâton dans la vie! Dans la vi-i-i-ie!»

Rigobert avalait la demi-calebasse d'un air flegmatique, enfournait force verres de tafia clair, rotait, se grattait l'écale du dos qu'une chiennerie d'eczéma lui lézardait depuis un siècle de temps et éclatait de rire. Il riait, riait, riait. C'était un plaisir de le voir étirer ses joues et le voisinage lui en faisait compliment tout en plaignant cette pauvresse de Philomène. Ce qu'il ignorait c'est que la jeune câpresse pétait également de rire mais à chaudes larmes et qu'elle noyait son chagrin dans la bière dont elle alignait les bouteilles vides comme des décorations sur les étagères de sa case. Une sorte d'amitié sans paroles s'était nouée entre Rigobert et Philomène, amitié d'autant plus indestructible qu'elle s'était édifiée sur cette commune et vaine quête de l'âme sœur. Rigobert, lui, espérait sur chaque décours de la lune pour briser les amarres de cette déveine qui lui collait au corps comme la glu mais, tout comme Philomène, il se trouvait régulièrement déçu.

Notre homme vivait de jobs ici et là sans être un djobeur professionnel enchaîné à une charrette à bras et à une marchande de légumes. Il fallait que l'errance lui procure son pain quotidien, soit que passant au Bord de Mer quelque Blanc créole le hélât afin d'aider les débardeurs à décharger un camion de caisses de morue, de barriques de viande salée, de fûts de vinaigre ou de sacs de lentilles, soit que tombé sur quelque chantier réparant une bâtisse à Terres-Sainvilles, on lui proposât d'aller quérir des boquittes d'eau pour mélanger le sable et le ciment. Parfois, quand ses pieds l'entraînaient sur les hauteurs

nord de la ville, il trouvait une pelouse à tailler, à la fau-
cille s'il vous plaît! à la devanture d'une villa coloniale.
Il était rarissime, avant la guerre en tout cas, que le job
ne vînt pas à lui et, par déveine absolue, ça lui tombait
dessus à la veille de la fête du 14 Juillet ou du carnaval.
Bien qu'il méprisât l'argent pour la raison qu'il en ignorait la valeur exacte, il enrageait de ne pas pouvoir se saouler au tafia en ces jours d'immense liesse populaire.
Alors, il se mettait à injurier Dieu, à dire toutes sortes
de cochonneries innommables sur la Vierge Marie, sur
sa mère, Idoménée, dans un créole de son cru qui forçait l'admiration des vieux du quartier. Car Rigobert avait
le don d'inventer des mots et dans ses moments d'intense
excitation, il les accolait les uns aux autres et créait des
images fulgurantes qui vous clouaient sur place nettement
et proprement. C'est ainsi qu'il avait gagné le droit inouï
de ne pas savoir prononcer un traître mot de français et
poussait même le culot jusqu'à s'en vanter. Il ne tremblait pas, lui, à l'idée de dire «le» pour «la» et à devenir la risée des nègres, cela tant qu'un malheureux n'avait
pas commis une autre faute, un «cahot», disait-on comiquement, plus grave.

Rigobert avait tapissé le plafond et les cloisons de sa
case de photos d'actrices découpées dans les journaux
féminins, non pour cacher, comme c'était l'usage, les
taches ou les trous, mais pour se réveiller le matin avec
les seins de Marlène Dietrich sous le nez. Tout allongé,
la Marlène lui faisait face: il n'avait qu'à ouvrir les
yeux. Assis sur son lit, il tombait droit sur les cuisses de
Danielle Darrieux. Debout, Lauren Bacall ou Rita
Hayworth lui souriaient de toutes leurs dents impec-
cables. Le matin, il se branlait devant l'une d'elles juste
avant d'avaler son bol d'eau de café et les jets de sperme

qu'il déchargeait dessinaient des sortes d'astres couleur opale sur le plancher qu'il ne balayait qu'une fois l'an, la veille du samedi Gloria, pour chasser les mauvais esprits et toute la déveine accumulée dans la poussière de l'année écoulée.

Les carêmes succédaient aux carêmes sans que la vie de Rigobert bougeât d'un millimètre. Autour de lui, sur le petit plateau du Morne Pichevin couvert de cases hâtivement ficelées de toutes sortes de débris, on naissait, on mourait, on mettait femme en case, on dévalisait les bateaux de marchandises à la Compagnie, on tuait froidement à coups de cran d'arrêt ou de bec de mère-espadon, seul Rigobert semblait avoir signé un pacte avec l'immobilité, aussi cria-t-on au miracle quand le présage l'élut, lui parmi tous les nègres en dérive de cette ville, comme porte-parole. Voici comment la chose advint : au mitan de Fort-de-France, dont le marché aux légumes était le cœur, régnaient deux compagnies de bougres tout-à-faitement surprenants. D'une part, les djobeurs (que Rigobert méprisait) et qui dévalaient les rues en imitant la corne de l'ambulance ou les cris saccadés de l'oiseau-mensfenil, leurs charrettes à bras surchargées de piles de choux de Chine, d'ignames-chacha, de tomates, de christophines, de mangues-bassignac et de multiples abondances ; d'autre part, les crieurs, maîtres des rues qui avoisinaient le quadrilatère du marché : la rue Saint-Louis, la rue Victor Hugo, la rue Lamartine et la rue Perrinon surtout. Les crieurs étaient les hommes liges des Syriens qui tenaient tous magasin de toile. Ils se mettaient sur le pas de leurs portes et rameutaient le client à grandes envolées lyriques qui transformaient la simple popeline en un duvet soyeux digne des reines d'Éthiopie ou le méchant kaki des chemises de nègres d'habitation en un robuste drap d'écru. Le chef des crieurs était le sieur Julien Dorival dit Lapin Échaudé à cause de la blancheur exagérée de sa peau de chabin et la multitude de taches de rousseur qui lui picotaient les deux côtés de la figure. Il était le crieur attitré du plus prestigieux des Syriens, Doumit, dont il se révéla beaucoup plus tard qu'il n'était qu'un simple va-nu-pieds d'Italien ou, pire encore, de Sicilien. Le monde se pressait à l'entrée du magasin exprès pour jouir de la belleté de son dire.

« Doum-doum-doum Doumit ! Venez-venez-venez, venez mesdames et messieurs les élégants pleins de gamme et de prestance qui recherchez la meilleure, la plus rutilante, la plus fine toile d'Orient. C'est chez Doumit qu'on la trouve. Doum-doum-doum Doumit ! Venez-venez-venez... »

Tout en jacassant sans discontinuer comme un perroquet-répéteur, Lapin Échaudé attrapait le bras de quelque badaud, une vieille dame de préférence, l'entraînait d'un pas léger de mazurka à l'intérieur, droit devant un amoncellement de rouleaux de toile de toutes couleurs, et continuait :

« Touchez, caressez, prenez, voilà ! Ah, madame a du goût, du goût qui s'appelle du goût, messieurs et dames. Admirez cette princesse du bon goût ! Doum-doum-doum Doumit ! celui qui vend le moins cher de toute la ville et la meilleure qualité de marchandise... »

Il découpait prestement un bout de toile avec d'énormes ciseaux et le tendait au Levantin qui trônait à la caisse, au fond du magasin. Tout en écoutant quelque lancinante mélopée arabe, ce dernier ajoutait mécaniquement :

« Emballez ! Payez ! Emportez ! »

En moins de temps que la culbute d'une puce, la vieille

dame se retrouvait avec un paquet sous le bras, contrainte de débourser plus qu'elle ne l'aurait voulu et ramenée à la porte par Lapin Échaudé toujours sur le même pas de danse. Entre-temps, une dizaine de clients, comme aspirés par l'aimant des belles paroles de Julien, avaient investi la boutique et harcelaient les deux petites négresses qui faisaient office de vendeuses. Et là, c'était une bataille de Trafalgar pour acheter mieux et davantage que son voisin ! Évidemment, avec un tel crieur, Doumit fit rapidement fortune bien qu'il fût arrivé en Martinique avec seulement ses sandales aux pieds et la soif d'aventures aux lèvres, arpentant sans relâche nos campagnes les plus reculées, un petit tas de chemises empilées dans une vulgaire brouette à la jante voilée.

On prétend, selon une première version, que Rigobert et Julien Dorival établirent connaissance sur le quai de La Française un jour que le premier était saoul comme un vieux macaque et insultait Dieu comme à son habitude. Lapin Échaudé demeura stupéfait devant une telle assurance dans le blasphème, d'autant qu'il avait toujours cru que l'ordre du monde était fait ainsi de toute éternité - Blancs en haut, nègres en bas - et qu'il était tout-à-faitement vain de s'en plaindre.

« Hé, compère ! fit-il, tu cherches à attirer la maudition sur ta tête ou bien quoi ?

– Ha ! ha ! ha ! La maudition ? Mais qu'est-ce que vous croyez, vous les nègres de cette barrique à crabes de pays, hein ? Depuis le temps qu'elle se pavane la maudition, qu'elle nous attache à son piquet et qu'on ne dit rien, hein ! Au fait, qui es-tu, toi ? »

Lapin Échaudé s'étonna que Rigobert ne le connût point de réputation et en fut quelque peu vexé. Il examina les hardes du bougre et en conclut méchamment qu'il devait être un mendianneur de Volga-Plage qui se nourrissait des restes de poissons que les pêcheurs de Coco-l'Échelle jetaient en pâture aux chiens sans maître. Toutefois, il ne parvenait pas à l'envelopper dans une réelle méprisation et était même impressionné par les éclairs sombres qui jaillissaient des grains d'yeux de Rigobert chaque fois que ce dernier lançait, manquant de chavirer dans l'eau grisâtre du quai:

«Je condamne le Bondieu! Moi, Rigobert Charles-Francis, nègre de la Martinique, qui porte le poids de quarante-cinq années de sacrée déveine sur les épaules, je déclare que le Bondieu doit être puni, cette salope!»

Julien le suivit tel un automate jusqu'au Bois de Boulogne, bouquet d'arbres de la place de La Savane où des putaines se faisaient prendre debout. Des djobeurs jouaient aux dés avec des exclamations sporadiques. Rigobert ne prit même pas leur hauteur, pénétra sous l'ombrage des grands amandiers et attendit en sifflotant, les mains dans les poches. Une putaine outrageusement fardée tenta d'amadouer Julien qui ne se laissa pas faire. Dès qu'elle aperçut Rigobert, elle lui sourit en lui tendant une boule de billets tout chiffonnés qu'elle avait cachée dans sa culotte. Le bougre attrapa l'argent sans mot dire et lui tourna le dos.

«Je ne suis pas un maquereau, fit-il à Julien, quand cette poulette-là a débarqué de sa campagne du Morne-Vert, c'est moi qui l'ai nourrie-blanchie-logée. Alors, elle rembourse sa dette, tu vois…

– On va boire un petit sec…» proposa le crieur que tant d'étrangetés avaient assoiffé.

Rigobert l'entraîna dans son fief, «Aux marguerites des marins», face à la Compagnie. De là, l'étrave blanche des bateaux semblait s'enfoncer dans la chair de la ville comme un coin et périodiquement leur corne déchirait l'air pour signifier au monde leur partance. C'était l'occasion pour les habitués tels que Richard-le-Docker, Ti Jo, le fils de madame Sina et bien sûr Rigobert, de lever leur verre de tafia en l'honneur du bateau. Pour une bande de fainéantiseurs, on n'en faisait pas meilleure marque !

« Tu n'aurais pas un job pour moi chez ton Syrien, des fois ? demanda Rigobert en allumant une cigarette Mélia.

– C'est pas ça qui manque. Tout dépend...

– Tout dépend de quoi ? Je sais tout faire de mes dix doigts : balayer, sarcler, clouer, peinturer, cimenter. On dit que je suis un vrai Michel Morin. »

Lapin Échaudé sourit. Il existait au moins une chose que ce bougre-là était incapable de faire, c'était crier pour le compte des Syriens. Ça, avec sa voix entafiatée, éraillée, qui s'étranglait parfois quand il bavardait trop longtemps, il aurait été bien incapable de tenir plus d'une miette de temps. Alors une idée diabolique germa dans le cerveau de Lapin Échaudé : il allait mettre au défi cet injurieur du Bondieu et l'on verrait bien ce que l'on verrait ! On verrait s'il conserverait toujours sa superbe après deux ou trois coups de cris. À sa grande surprise, Rigobert accepta sa proposition sans difficulté et c'est avec la corporation des crieurs qu'il eut fort à faire pour imposer la présence du nègre du Morne Pichevin. Siméon Tête-Coton, le numéro deux dans la hiérarchie, qui n'avait que des poils blancs sur le crâne comme son nom l'indique et qui tenait belle parole à l'entrée du magasin d'Abdallah al-Fawzi, rue Victor Hugo, se fâcha tout net. Il exigea des explications, sans doute parce qu'il imaginait avoir trouvé là la faille qui lui permettrait de péter le foie de Lapin Échaudé et de lui ravir sa place.

«Les nègres du Morne Pichevin, c'est la plus mauvaise qualité de nègres, vous le savez aussi bien que moi, argumentait-il face à tous les crieurs réunis aux abords du marché à l'heure de la sieste, ça vous sort leur rasoir pour une petite parole de travers, ça vous détrousse en un battement d'yeux, ça injurie le monde du matin au soir, ça…

– Assez! lui intima Lapin Échaudé, Rigobert Charles-Francis est un bougre qui a de la sérieusité en lui. Je le connais depuis l'époque où le diable lui-même n'était qu'un petit garçon, messieurs. Sa mère c'était comme qui dirait ma mère et lui c'était comme qui dirait mon frère!»

La compagnie des crieurs applaudit à tout rompre la plaidoirie de leur chef et Rigobert fut aussitôt intégré dans leur corporation. Julien Dorival ne comprit pas lui-même pourquoi il avait menti pour défendre ce bonhomme qu'il ne connaissait ni en bien ni en mal et qui injuriait le Bondieu en plus. Ç'avait été plus fort que lui. Il avait ressenti comme une force qui l'avait brutalement soumis à son empire et l'avait contraint à prononcer des mots auxquels il n'adhérait pas vraiment. De ce jour, quand Rigobert avait assez drivé de travers la ville sans trouver de job, il était assuré de pouvoir crier pour quelque Syrien malheureux, c'est-à-dire qui n'avait pas encore les moyens de se payer les meilleurs maîtres de l'art. Certes, il n'était pas cher payé, deux francs et quatre sous le plus souvent, mais ça lui permettait tout de même d'acheter sa roquille de rhum quotidienne et sa demi-livre de morue salée. Après ça, il n'avait plus qu'à aller gauler un fruit-à-pain à l'un des nombreux arbres de la célèbre Cour Fruit-à-Pain, en contrebas du Morne Pichevin, et son manger était assuré.

Mais une seconde version circule, aussi répandue quoique moins plausible, qui affirme que l'amicalité entre

Julien Dorival dit Lapin Échaudé, maître crieur de la rue Saint-Louis, et Rigobert Charles-Francis, drivailleur de son état et supposé fier-à-bras du Morne Pichevin, avait commencé par la haïssance. Un samedi de beau matin, tout à fait par hasard, Rigobert aida un Syrien à soulever le grillage de son magasin que la rouille avait commencé à coincer et continua sa drivaille sans attendre le merci du commerçant, quand ce dernier le rattrapa et lui proposa de crier pour lui. Rigobert en fut interloqué car il n'avait jamais imaginé que cette occupation fût rémunérable. Il pensait qu'il s'agissait d'un jeu de bougres fous dans le mitan de la tête et, si les djobeurs et leurs charrettes à bras lui inspiraient du dégoût, il éprouvait de la commisération pour les crieurs. Quand, sur le coup des onze heures du matin, la cacophonie des appels au client avait atteint son apogée, les rues de la ville charroyaient une foultitude de monde comme enivrée par le charme des crieurs et la chatoyance des tissus. Seul Rigobert rigolait dans sa barbe sans même leur jeter un œil. Aussi examina-t-il l'offre du Syrien Aboubaker avec la plus extrême prudence et lui promit-il de revenir le lendemain, dès le chant de l'oiseau-pipiri, prétextant une commission urgente à faire sur le moment. Il pensait en son for intérieur:

«Moi, crier: "Belles robes à dix francs! Pantalons escampés en tergal! Accourez, mesdames et messieurs de la compagnie! Venez vite avant que le bonheur ne retire ses pieds!", moi Rigobert Charles-Francis? Je n'ai rien donc à faire de ma vie, hein? Je suis un zéro placé devant un chiffre, un bougre qui n'a pas deux graines qui lui pendent solidement entre les cuisses? Bondieu, va te faire foutre! Si c'est toi qui as dessiné ma destinée comme ça, va te faire enculer par un ours!»

Mais le lendemain, Rigobert dut admettre l'évidence : depuis un paquet de jours, il traînait des Terres-Sainvilles au Bord de Canal, de la Pointe Simon à Sainte-Thérèse, sans buter sur le moindre travail et il était contraint de passer ses journées sur les bancs de marbre froid de La Savane à épier les petites bonnes qui promenaient des bébés mulâtres dans les poussettes à travers les allées bordées de tamariniers centenaires. N'ayant toujours pas pilé la quarante-deuxième marche, son espoir demeurait celui du papayer mâle. Certaines se moquaient même de lui :

« Parle français ! Si tu parles français, je suis prête à t'écouter, mon nègre. Ha ! Ha ! Ha ! »

Évidemment le Syrien le reçut à bras ouverts, l'enveloppant de grandes tapes congratulatrices dans le dos selon la coutume levantine et le mit derechef à l'ouvrage. Il ne s'était même pas inquiété de savoir si Rigobert disposait du moindre talent pour exercer une telle activité. L'essentiel pour lui était de montrer à ses frères et concurrents qu'il avait grimpé un barreau de plus dans l'échelle du bien-être et que, tout comme eux, il pouvait se payer un crieur. Aussi, pour que la nouveauté de l'événement fût plus éclatante, il affubla Rigobert d'une espèce de tunique rouge à multiples rangées de boutons dorés qui devait provenir de quelque stock volé à la police montée canadienne. Au terme de quel tortueux périple avait-il débarqué aux Caraïbes, là résidait le mystère de l'approvisionnement ininterrompu des magasins de Syriens, qu'il était vain de chercher à percer.

Planté sur le pas de porte des Galeries de Baalbek, Rigobert étouffait de chaleur dans son drôle d'accoutrement et c'est cela qui l'empêcha de trouver le moindre début de commencement de bout de phrase. Sa langue s'était soudain alourdie dans sa bouche, engourdie même, et lui faisait l'effet d'une intruse. Le Syrien s'impatientait :

« Crie ! Crrri-i-ie ! » lançait-il dans une cavalcade de *r* qui déclenchait l'hilarité des rares chalands.

Chance inouïe pour ce bougre de Rigobert, les Galeries de Baalbek, infâme bout de couloir aménagé à la hâte, faisait face au Mode de Paris du sieur Doumit. Donc se trouvèrent pour la première fois, entre quatre yeux, Julien dit Lapin Échaudé, le champion des crieurs de Fort-de-France, et Rigobert, le néophyte qui ne lui avait même pas demandé l'autorisation d'exercer. Car, outre sa paraplégie linguale, Rigobert se trouva d'emblée en butte à l'hostilité virulente des autres crieurs, lesquels redoublèrent de virtuosité afin de tenter de tuer dans l'œuf le supposé talent de ce nègre hirsute qu'ils apercevaient pour la première fois de leur vie. Les rues Saint-Louis, Victor Hugo et Lamartine résonnèrent d'une multitude d' «Achetez-moi cette soie qui vous caresse en marchant, mesdames et messieurs» et d' «Entrez-entrez ! Le palais du tissu vous ouvre les portes de l'élégance et du charme. Quinze francs le mètre de percale, mesdemoiselles ! ».

Rigobert fut littéralement assommé par la conspiration des crieurs, à la grande rage d'Aboubaker qui l'incitait à donner lui aussi de la voix. Doumit, abandonnant sa caisse sacrée, vint même se moquer de son compatriote en arabe, ce qui provoqua une rafale de railleries de tous les magasins dans cette même langue. Alors une idée de génie germa dans la caboche de Rigobert. Il n'était pas né coiffé pour rien, tonnerre de Brest ! Voici ce qu'il fit : dès que Lapin Échaudé avait terminé une tirade,

Rigobert s'écriait «Même prix ici!» en allongeant l'index sur l'amas grotesque de rouleaux de toile et de cartons à chapeaux de son Syrien.

«Cinquante francs tout rond, tout net, les trois mètres et demi de popeline. Vert, la couleur de l'espérance! La couleur des yeux de la Sainte Vierge! Entrez, mesdames, entrez chez Doumit, le plus grand des plus extraordinaires magasins des Antilles. Doum-doum-doum Doumit! Trente-cinq francs la chemise de nuit en nylon, vingt-deux francs le caleçon en flanelle blanche! faisait Lapin Échaudé.

– Même prix ici!» rétorquait à chaque fois Rigobert.

Et le plus comique fut que ce stratagème porta ses fruits. Les badauds, d'abord goguenards, se transformèrent en acheteurs affairés, à la grande joie d'Aboubaker qui écoulait un pantalon quand Doumit en écoulait deux, trois mètres de kaki ou cinq culottes dans le même balan que son concurrent. En un rien de temps, son couloir se vida, il acheta en gros chez d'autres Syriens que la foule des acheteurs avait désertés, écoula le tout à nouveau, racheta sur-le-champ un magasin plus correct mais qui périclitait à cause de la mauvaise santé de son propriétaire et ne réembaucha pas Rigobert. Aboubaker avait désormais les moyens de se payer un Siméon Tête-Coton ou un Marcellin Gueule-de-Raie, il ne voyait pas pourquoi, ô ingratitude, il traînerait à sa suite ce boulet de Rigobert qui ne savait que répéter «Même prix ici! Même prix ici!» tel un gramophone détraqué. Rigobert demeura planté là, solitaire et dérisoire, devant les Galeries de Baalbek dont le Syrien n'avait même pas jugé bon d'emporter l'enseigne grossièrement peinte à la main. C'est à ce moment-là, précise la rumeur, que Lapin Échaudé se prit de pitié puis d'amicalité pour le pauvre bougre de nègre du Morne Pichevin. N'ayant pas l'habitude d'avoir de tels défis à affronter, Lapin Échaudé avait fini par s'amuser du manège de Rigobert, bien que la vente diminuât au Mode de Paris, et surtout, il se disait, à part lui, «cet effronté-là et moi-même, c'est nègre pour nègre. On n'a pas à se gourmer pour ces Syriens qui nous considèrent comme du caca de chien».

Il l'appela de son arpent de trottoir:

«Écoute, bandit, quand tu auras fini de te péter la voix, viens boire un décrasse-gorge avec moi au Bord de Canal. Qu'en dis-tu?

– Merci, compère...

– Ne me remercie pas, j'aime les courageux de ta pointure... Entrez-entrez, mesdames et messieurs, la soie de Chine enchantera vos nuits, cinquante francs le mètre!... Qui est-ce qui t'a fait cette balafre sur le cou?... Cravates de cérémonie, cravates noires pour funérailles, cravates de fantaisie pour la bamboche, messieurs, jeunes gens et mâles nègres, qu'attendez-vous pour parer vos cols de chemise? Entrez-entrez...

– Hé, vends-moi une cravate noire, elle pourra cacher ma balafre, ha! ha! ha! fit Rigobert.

– Tu es un sacré modèle de couillon, toi!... Gaines toutes-tailles-toutes-couleurs-toutes-formes chez Doum-doum-doum Doumit!»

C'est alors qu'inexplicablement (lui-même en fut le premier ébahi), Rigobert se mit à chanter la première strophe de l'hymne créole que les tirailleurs antillais avaient composé à la guerre de 14-18 afin de se fortifier le courage:

Camarades, le clairon sonne,

24

Il faut qu'il ne manque personne.
Voici ton heure, impôt du sang.
En avant pour le régiment.
De Saint-Martin jusqu'en Guyane
Du Morne-Vert à La Savane,
France, tous tes enfants sont là.
On va partir, hardis soldats.
En avant pour la Métropole!

On accourut des quatre coins de la ville pour observer le phénomène et les vieilles personnes en conclurent qu'une autre guerre était en préparation là-bas. Les femmes firent trois fois le signe de croix et serrèrent leur marmaille dans leurs jupes. Les jeunes nègres se gonflèrent l'estomac d'orgueil car ils auraient bientôt le droit d'aller verser l'impôt du sang à notre mère la France. Les hommes d'âge mûr mijotaient déjà mille stratagèmes plus tortueux les uns que les autres afin de se faire réengager, impatients d'en découdre avec ce que *la Dépêche* appela dans son édition du surlendemain «les hordes teutonnes». Jusqu'au maire de Fort-de-France, Victor Sévère, qui crut opportun d'organiser une conférence au «Ciné-Théâtre» sur le thème «Aurons-nous la guerre?». Élégant, pantalon gris sur veston blanc, cheveux argentés, il donna consistance au chant incongru de Rigobert en déclarant: «Je ne suis pas pessimiste mais je n'ai pas non plus cet optimisme béat qui consiste à croire que nous n'aurons pas la guerre parce qu'on a pu l'éviter dans le passé.»

Puis, le miracle terminé, Lapin Échaudé et Rigobert sablèrent le tafia dans un débit-de-la-Régie du Bord de Canal, non loin du Pont Gueydon dont la courbe ne cessait d'étonner le second. De ce jour, ils devinrent inséparables, raconte-t-on, même si parfois il se transmet un autre dit tout aussi écoutable. Le voici: Julien Dorival alias Lapin Échaudé était le roi des crieurs de Fort-de-France et Rigobert, lorsqu'il n'avait rien à faire, venait l'écouter comme bon nombre d'autres gens pour le seul plaisir de se douciner les oreilles. Il se plantait à l'angle du marché occupé par une très jeune marchande de Rivière-Pilote qui lui offrait des tomates trop mûres, ou des mandarines qu'elle n'était pas parvenue à écouler. Sans doute parce qu'elle était tombée amoureuse de lui et ne savait pas trouver les mots qui expriment ce qui gît au fond du cœur, tâche si difficile (autant grimper un morne!), et que lui, ce bougre de nègre vagabond de Rigobert du quartier malfamé de Morne Pichevin n'avait jamais pu piler la quarante-deuxième marche ouvrant la voie royale du bonheur. Il croyait que la femme préférait ne pas abandonner les restes de ses fruits et légumes dont quelque concurrente puisse s'emparer, laissant un quimboiseur y déposer le germe de la déveine éternelle. À ce moment-là, tu peux venir avec les paniers caraïbes les plus fournis, pleins à déborder de giraumons odorants, de choux de Chine, de bananes-makandia à la chair sublime et tout ce que tu veux: «Nothing!» comme disent les nègres anglais. Nothing!

Une tomate à la bouche, une main agrippée aux grilles du marché, l'air blasé, Rigobert suivait les envolées de Lapin Échaudé en disant à la jeune marchande énamourée: «J'aime le cinéma sans payer, oui!», alors que cette dernière espérait de toute son âme qu'il l'inviterait à un «cinéma payant» au Bataclan pour assister à un film de cow-boys avec John Wayne (que les nègres prononçaient à la française «Jaune Veine») comme *La Chevauchée fantastique*, qu'elle avait regardé la semaine passée avec sa tante. Ainsi donc les événements remarquables se déroulèrent du 22 au 25 décembre de l'année 1938 : Lapin Échaudé se mit à crier sans discontinuer du matin au soir avec une virtuosité qui étouffa les velléités rivalisatrices de ses confrères. Doumit ne put fermer la boutique et dut au contraire embaucher d'urgence deux autres petites négresses de Trénelle pour faire les vendeuses de huit heures du soir à six heures du matin. On aurait juré que l'île entière s'était donné rendez-vous au Mode de Paris, et certains djobeurs durent cesser de charroyer les vivres pour se muer en portefaix de rouleaux de toile ou de cartons de chemisettes, au grand dam des marchandes. Le 25 décembre, peu avant minuit, il ne resta plus un bouton de robe à vendre chez Doumit. Les stocks entiers du magasin avaient fondu et le Levantin espéra qu'avec le réveillon, l'excitation des acheteurs se dissiperait d'elle-même. Il vint sur le pas de sa porte et supplia son crieur :

« Arrête, Lapin Échaudé, je t'en prie ! Je n'ai plus rien, tu le vois bien, mon palais est vide comme un coco sec... »

Mais le bougre était comme qui dirait enchaîné à une parole sans fin et n'avait de cesse de vanter de la plus admirable façon les vestes et les chapeaux qui n'existaient pas, titillant le désir de la foule qui s'amoncelait dans la rue. Mesurant la dangereusité de la situation, Doumit envoya des émissaires auprès de ses compères syriens pour tenter de racheter une partie de leurs stocks, ce que la plupart refusèrent avec hargne, jaloux du succès insolent de celui qui était déjà le premier d'entre eux. Seul un misérable type qui louait un bout de couloir infect appelé non sans humour « Le Palais de Baalbek » se dit qu'il tenait là l'occasion de sa vie, lui que la malchance courtisait sans répit depuis sa naissance. Il conclut un marché avec Doumit : il lui cédait tout son magasin au double de sa valeur, ce que le premier fut contraint d'accepter. Malheureusement, les chemises et les pantalons d'Aboubaker ne firent pas long feu chez Doumit tant la verve de Lapin Échaudé réussissait à les muer en vêtements princiers et le Syrien se retrouva très vite devant le même insoluble problème. Il se plongea dans un abîme de calculation, ce que la foule interpréta mal et c'est pourquoi elle envahit le magasin, menaçant Doumit de lui couper les deux graines s'il persistait dans son refus de leur vendre sa toile. Le Levantin suppliait, protestait, tempêtait mais rien n'y fit. La foule voulait acheter et était prête à briser les vitrines, voire à incendier le magasin en cas de refus.

« Vends-moi ta chemise ! lui ordonna un nègre rouge, les yeux exorbités, en attrapant Doumit par le collet.

– Mais...

– Ta chemise ! »

Le Syrien dut vendre successivement son pantalon, son caleçon qui était noir de crasse et renforça les nègres dans l'idée que ces gens-là étaient bien une race de sacrés malpropres, ses chaussettes, ses chaussures, ses trois bagues et se retrouva tout nu, ses mains tentant de masquer piteusement son sexe, suppliant toujours Lapin Échaudé d'arrêter son cri. Car ceux qui n'avaient pas eu leur part de vêtements se mirent à cogner les mannequins de cire, à leur foutre des calottes, à pisser par terre, ce qui provoqua la fuite éperdue des vendeuses. Et c'est monsieur Rigobert Charles-Francis, le nègre du Morne Pichevin, qui sauva Doumit de la dévergondation populaire. Sans que quiconque lui eût rien demandé, il parvint non seulement à calmer les émeutiers, mais encore à convaincre tous les Syriens de vendre leurs marchandises à Doumit. Comment s'y prit-il ? Nul ne le sait jusqu'à aujourd'hui. Toujours est-il qu'en un rien de temps, les vitrines du Mode de Paris étaient à nouveau éclatantes de couleurs, ses rayons débordaient de popeline et de lin. Fort curieusement, Lapin Échaudé perdit soudain la voix en ce 25 décembre, à minuit et une minute très exactement. Il demeura planté à l'entrée du magasin où il avait établi sa gloire comme un pantin de carnaval en attente d'être brûlé. Doumit l'avait proprement oublié et se frottait déjà les mains à l'idée des millions qui entreraient tout à l'heure dans sa caisse. Il abreuvait Rigobert de félicitations en lui servant du «Monsieur Untel» et en lui promettant monts et merveilles. Mais un silence sépulcral s'installa dans le magasin : les gens reniflaient les vêtements avec méfiance, les palpaient, les pinçaient puis tournaient les talons comme saisis par la dégoûtance. Leur émoi était retombé et ils arboraient des sourires vaguement tristes. Doumit appela Lapin Échaudé à son secours :

«Par-r-r-le ! Dis quelque chose, mon bougr-r-r-re ! Je me mets à genoux devant toi, je te donne ce que tu veux, je…

— On ne veut pas de tout ça, lança un client au visage du Syrien, ça n'est pas de la toile de Doumit, celle que vantait ton crieur. C'est du n'importe quoi acheté à la hâte auprès des autres qui ne vendent que de la pacotille.»

Ce qui fait que pour la seconde fois le Mode de Paris se retrouva déserté, Doumit pleurant sur ses rouleaux désormais inutiles. Il était un homme fini. Toute sa fortune, accumulée pendant trois décennies, avait passé à acheter les magasins avoisinants et voilà qu'il avait cette masse sur les bras sans pouvoir désormais en vendre une miette, car la honte étant une valeur démesurée dans cette île, il savait pertinemment qu'il n'aurait plus un seul acheteur au cours des mois à venir. Alors le miracle se produisit : Rigobert se mit soudain à chanter l'hymne créole sans raison :

> *Camarades, le clairon sonne*
> *Il faut qu'il ne manque personne,*

Et Julien Dorival de retrouver la voix et de chanter le célèbre refrain qui fit jadis retentir les tranchées des Ardennes :

> *Chantons en chœur l'hymne créole*
> *Les Guyanais, les Antillais*
> *sont fiers d'être soldats français.*

À minuit trente, les bourgeois des rues Saint-Louis et Lamartine descendirent en pyjama sur le bitume débordant de poubelles déjà éventrées par les chiens errants. Ils venaient de comprendre à ce chant inopiné qu'une nouvelle guerre était sur le point de péter, et se mirent à acheter etcetera des vêtements neufs chez Doumit afin de pouvoir tenir pendant les difficiles années à venir. De là naquit l'amicalité indestructible entre Rigobert et Lapin Échaudé...

2

Évidemment, la guerre mit des mois à arriver (du reste tout un chacun s'empressa de l'oublier) et, entre-temps, Rigobert reprit son errance quotidienne, auréolé de la renommée de son funeste présage. On savait qu'il avait annoncé quelque chose d'extraordinaire mais quoi, peu de gens s'en souvenaient. À Morne Pichevin, la négraille se moquait de lui car elle, par contre, avait la mémoire longue et croyait à quelque blague de ce bougre misanthrope pour épater les mulâtres et les nègres manieurs de beau français.

« Hé, c'est pour demain matin la guerre, compère ? » lui lançait madame Richard, l'épouse légitime du docker, qui le provoquait sans arrêt depuis des années chaque fois qu'elle se lavait, nue, à l'eau du fût d'huile qui recueillait la pluie tombée depuis le toit de tôle ondulée de sa case.

Richard n'était pas vraiment un ami de Rigobert (ils s'étaient fréquemment disputés au sujet de matches de football) mais il était le seul que ce dernier n'accablait pas de sarcasmes vu qu'il se trouvait être un authentique citadin. Pas une de ces «terres rapportées» qui suintaient encore la sueur fraîche qui vous dégouline sur la peau quand vous coupez la canne pour les Blancs. Rigobert repérait les bouseux et autres nègres-à-gros-orteils à l'odeur: ils avaient beau s'arroser de sent-bon, se peigner à plat avec force vaseline, chausser des souliers en crocodile ou se mettre un canotier sur la tête, ils avaient une gaucherie dans leur démarche ou dans leur parler qui n'échappait pas à sa vigilante férocité. Autant dire que tous les habitants de la Cour des Trente-Deux Couteaux avaient été, un jour ou l'autre, la risée de Rigobert. Il n'y avait guère que la boutiquière, madame Sina, à se voir épargner pour la bonne et simple raison que notre bougre possédait auprès d'elle un épais carnet de crédit et qu'il ne tenait qu'à l'humeur de celle-ci qu'il quémandât certains jours un quignon de pain aux chiens.

Rigobert avait pris le parti d'ignorer les agaceries de madame Richard, et comme il devait obligatoirement passer au ras de sa case pour rejoindre les quarante-quatre marches, il s'était fait une raison. Il rentrait la tête dans les épaules et avançait stoïquement, les yeux fixés droit devant lui, feignant même de siffloter. Une quinzaine après le présage, notre homme décida que la rigoladerie avait assez duré. Il n'était plus un traîne-savate vaguement pitoyable mais un annonceur de hauts faits, et cette grosse cochonne n'avait qu'à le respecter, foutre! Or, le jour même où il prit cette vaillante résolution, on venait de larder Octave à coups de cran d'arrêt au pied de la grande croix blanche qui, la nuit venue, servait de reposoir aux bougies des quimboiseurs et, sur les une heure du matin, aux «souklians», c'est-à-dire aux nègres doués pour voler dans les airs. Cette croix était en quelque sorte la proue du Morne Pichevin car, en contrebas, il n'y avait que la falaise qui tombait abruptement sur le Pont Démosthène et donc la ville proprement dite.

«Qui lui a pété le fiel? demanda Rigobert à un vieil homme qui tentait d'arrêter les flots de sang qui s'échappaient de la gorge d'Octave, à l'aide d'un mouchoir de tête.

– Personne n'a rien vu, fit une femme en empoignant les mains du blessé dans les siennes.

– Ça serait cette vermine de Barbe-Sale, le major de Volga-Plage, que ça ne m'étonnerait pas! ajouta le vieil homme, ces deux-là avaient toujours un cancan de femmes entre eux. C'est pas possible!»

Tout le voisinage entourait Octave qui agonisait déjà, chacun proposant une méthode soi-disant infaillible pour le tirer d'affaire. Prostrée sur une roche, sa concubine, Carmélise, pleurait doucement, son bébé de deux mois dans les bras. Elle songeait qu'il lui faudrait se fatiguer à trouver un nouvel amant, elle que onze grossesses (toutes réussies, ah ça oui!) provoquées par onze verges différentes avaient rendue quelque peu blasée à l'endroit de l'amour. Elle n'avait point besoin de rechercher la quarante-deuxième marche, elle qui n'avait qu'à remuer imperceptiblement son arrière-train affolant – chaque pomme-fesse insinuant: «Voici ta part, voici la mienne!» – pour chavirer l'homme qu'elle avait choisi pour traverser l'année et lui faire son prochain enfant. Or, ce couillon d'Octave n'avait pas rempli son contrat puisque voilà huit mois et deux semaines qu'il dormait dans le lit de Carmélise et qu'elle n'avait pas fini d'apprécier le sucre de sa verge. Il lui faudrait trouver un remplaçant et se comporter en vraie putaine puisque deux hommes différents lui danseraient sur le ventre au cours de la même année.

Rigobert vint lui bailler des consolations de pure forme. Il savait qu'il ne pourrait lui être d'aucun secours car il détestait la marmaille. Carmélise le détailla à la dérobée pour voir s'il ferait l'affaire dans neuf jours, c'est-à-dire après que l'âme, sans doute damnée, d'Octave eut quitté la terre, mais elle ne remarqua rien chez lui qui pût déclencher en elle une quelconque frissonnade. Non qu'il fût laid ou qu'il présentât une figure de nègre méchant, ce n'était pas ça, non! Simplement, Rigobert l'indifférait. Quand Octave passa dans un râle atroce, ses sauveteurs s'enfuirent comme une tralée de merles au bruit du fusil à plombs. Chacun savait que les gendarmes à cheval ne tarderaient pas à envahir le Morne Pichevin, matraque en main, et qu'ils brutaliseraient certaines personnes de céans pour faire semblant de leur faire avouer ce crime dont, en final de compte, ils se fichaient pas mal. Ceci jusqu'à ce que la barre du jour se brise parce qu'après, le quartier appartiendrait aux rats volants et aux caïds et qu'il ne ferait pas bon s'y promener si l'on était un étranger.

Repassant devant la case de madame Richard, Rigobert s'entendit à nouveau apostropher:

«Hé, l'homme, que s'est-il passé près de la croix? Dis-le-moi.

– Octave... on l'a piqué, marmonna-t-il.

– Ah! J'avais toujours prédit qu'il finirait mal, ce nègre-là. Tu as vu comment il était toujours habillé comme s'il se rendait à la noce! J'espère que tu ne trempes pas dans ces vagabondageries, mon bougre.»

Rigobert s'arrêta net. Il n'avait pas pour habitude de perdre son temps à discuter avec les femmes qui, selon lui, étaient (hormis Philomène cependant) la dernière des races après les crapauds ladres. Pourtant il aurait bien aimé éclaircir un mystère : pourquoi Octave semblait effectivement rouler sur l'or alors qu'on ne lui connaissait pas la moindre activité lucrative, légale ou illégale, ses activités de quimboiseur n'étant pas prouvées ?

« Peut-être qu'il donnait un coup de main à ton mari... susurra fielleusement Rigobert.

– Oh, tu sais, ce que Richard vole sur les bateaux, je n'en vois pas la couleur. Il revend le tout avant de rentrer à la maison, il passe ensuite chez ses femmes du dehors et moi, telle que tu me vois là, il ne me reste plus qu'à pleurer, oui. »

Madame Richard était, en hausse-seins rose et culotte noire (la protection idéale contre les incubes), en train de se savonner les aisselles. De temps à autre, elle s'aspergeait d'eau à l'aide d'une bassine ébréchée en émail. Quand elle se rendit compte qu'elle avait enfin réussi à accrocher l'attention de Rigobert, elle se dénuda complètement et entreprit de se frotter langoureusement l'entrecuisse avec l'écume du savon. Rigobert banda comme un mulet. Passionné de football, il songea un court instant qu'il devrait se dépêcher s'il voulait assister au match qui opposait son équipe, le Club Colonial, au Good Luck sur La Savane. Mais il perdit son sang-froid habituel, fonça sur la bougresse, la colla contre les racines échassières d'un manguier qui servait d'appui à la planche à vaisselle de la famille Richard et, se délestant rapidement lui aussi de son pantalon, la pénétra avec violence. À chaque coup de reins, elle gémissait en redemandant « D'autre ! D'autre ! » tandis que les mains de Rigobert lui labouraient la peau des fesses. C'est au moment où il déchargeait en elle qu'un chat noir jaillit de la case de Richard, une queue de cochon salée à la bouche. La femme abandonna net son étreinte et se mit à pourchasser l'animal en saisissant un coutelas au passage :

«Salope de chat! Lâche ça, lâche ça tout-de-suitement! Bon-dieu-Seigneur-La Vierge Marie, mon manger de midi qu'il a charroyé là, oui.»

Le chat fila dans le dédale des cases sans qu'un seul coup l'atteignît et madame Richard se retrouva nue, dans la boue de la Cour des Trente-Deux Couteaux, les yeux exorbités, écumant de rage. Son mari qui rentrait du port s'arrêta, stupéfait et déjà prêt à lui caresser les côtes. Il en avait plus qu'assez de la réputation de mari à cornes qu'on lui faisait, lui le seul nègre légalement marié du Morne Pichevin. N'avançait-on pas que son premier fils Firmin n'était pas le fruit de ses deux graines? Que sa couleur par trop claire et ses cheveux modérément crépus en faisaient le descendant de quelque marin blanc en goguette?

«Un chat noir... Il... il est sorti de chez nous... balbutia-t-elle.

— Quoi! s'exclama Richard qui avait soudain oublié toute rancœur, et tu l'as laissé s'échapper! Tu ne sais pas que ce vieux sac d'os d'Octave se transforme en chat exprès pour mettre son voisinage dans la déveine?

— Octave en a fini avec la vie», fit Rigobert en s'avançant comme si de rien n'était.

Alors les deux bougres s'accroupirent par terre et devisèrent à voix basse sur l'événement de la journée. Ils n'entendirent plus les enfants chamailleurs qui jouaient à la délivrance autour d'eux et les grognements des cochons-planche qui traînaient dans le chemin mal empierré. Pour Richard, Octave n'était qu'un séancier, un bougre qui commerçait avec le diable et que certains békés eux-mêmes n'hésitaient pas à venir consulter. Il l'avait vu un vendredi soir à minuit dans les quarante-quatre marches, métamorphosé en chien. Richard était en train de transporter sur sa tête une caisse de pommes de terre qu'il venait de chaparder au port. La bête, un gros chien au pelage marron de la taille d'un veau, riait comme un humain à la trente-troisième marche, celle de la mort subite dans la fleur de l'âge.

«Je t'assure que je ne te raconte pas de menteries. À savoir si je n'avais pas dû piler la septième marche maudite de ce foutu escalier! commenta-t-il. Toujours est-il que plus je montais, plus le chien me fixait avec ses yeux qui brillaient comme des boules de feu. Je lui ai dit comme ça: "Octave, je sais que c'est toi. Laisse-moi passer mon chemin, je n'ai pas dérespecté le nom de ta mère, je n'ai jamais cherché à accorer tes affaires alors, s'il te plaît, baille-moi ma paix!" Il a remué sa queue et c'est là que je me suis rendu compte qu'il avait une corde en mahault à la place. Sans doute pour te ficeler quand tu passes à sa portée! J'ai voltigé la caisse dans l'escalier et je suis redescendu en cavalcade. Mais blip! qu'est-ce que je découvre sur la seizième marche, hein?... Oui, un cercueil avec quatre bougies autour qui bougeait doucement de droite à gauche comme s'il flottait sur la mer. Là, je me suis dit que mon cul était fendu pour de bon. J'ai voulu héler mais aucune miette de parole ne voulait tiger de ma gorge. J'avais froid, je tremblais de sueur. La nuit était noire comme un péché mortel, mon vieux, et tandis que le chien descendait à ma rencontre, le cercueil montait vers moi, marche après marche. Je ne sais pas quelle idée a secoué mon esprit, toujours est-il que j'ai saisi une roche par terre et que je l'ai fessée sur le crâne du chien nettement-et-proprement. Il s'est enfui plus vite que l'éther en criant "Couililik-coui-li-lik" et puis, arrivé sur la quarante-quatrième marche, il m'a lancé comme ça : "Je vais te fendre ta fressure un de ces jours, nègre téméraire que tu es !" Le cercueil était arrivé tout près de mes pieds et, dedans, une créature cognait avec violence en pleurnichant comme un bébé qu'on a privé du sein de sa mère. Chose effrayante ! Sans doute le cadavre d'un enfant mort-né que monsieur était allé déterrer au cimetière des riches. Alors, je n'ai réfléchi ni une fois ni deux fois, je l'ai enjambé à pieds joints en faisant le signe de la croix. J'ai entendu voum ! Le cercueil est monté en l'air, il a tourné sur lui-même et puis il a disparu. Là même, un coq a chanté. Il était quatre heures du matin et le soleil commençait à percer le ciel. Je ne m'étais même pas rendu compte que je m'étais battu toute la nuit avec cet être maléfique d'Octave. J'étais persuadé que ça avait duré une poignée de minutes. »

Le lendemain, on avait vu Octave avec la tête attachée d'un énorme bandeau taché de sang et il avait prétendu s'être défendu contre un voleur qui avait pénétré dans sa case durant son sommeil. Rigobert demeura le bec coi un bon moment et marmonna en final de compte :

« Eh ben ! eh ben ! eh ben ! »

À maintes reprises, il avait été boire un verre chez ce vieux bougre qui, le plus souvent, était aussi chargé de tafia qu'un arbre-à-surettes au mois d'avril. Il n'avait jamais cru qu'à demi à sa réputation de quimboiseur, se disant avec bon sens que si Octave était le redoutable mentor qu'on prétendait, il y a longtemps qu'il aurait cessé de croupir dans ce trou à rats du Morne Pichevin.

« Il est toujours dans mon cul... soliloqua Richard.

– Qui ?

– Octave... Ce chat noir qui est sorti en courant de ma case, c'est lui ! Qu'est-ce que tu crois ? Il est peut-être mort dans son corps d'homme mais il s'est transformé en chat et va continuer à me persécuter.

– Mais qu'est-ce que tu lui as fait ? Tu as mangé la cabrit de ses noces, ou bien quoi ? » fit Rigobert perplexe.

Richard se renfrogna et se mit à craquer des doigts avec une brutalité qui effrayait toujours Rigobert. Chaque craquement provoquait chez ce dernier une longue frissonnade dans la raie du dos et une soudaine rosée de sueur froide.

« Je... je l'ai mangé. Je l'ai déjà mangé une première fois, avoua Richard piteusement.

– Quoi !

– Tu te rappelles, c'était après le carnaval de l'an dernier... le jeudi qui a suivi le mercredi des cendres... nous n'avions plus rien dans la case, pas une aile de morue, pas une musse d'huile et j'avais déjà trop de crédit à la boutique. Quand je suis allé auprès de madame Sina, elle m'a répondu comme ça : "Crédit est mort !"... J'avais perdu toutes mes économies aux dés le jour du mardi gras à cause de ce nègre-gros-sirop du Marigot qui foutait tout le monde en bêtise au Bord de Canal. Aucun de nous ne l'avait rencontré auparavant autour des tables de jeu, même ceux qui comme Siméon Tête-Coton voyagent dans toutes les fêtes patronales. Comme il ne lâchait pas un seul petit morceau de rigoladerie, on a pensé un moment que c'était quelque nègre anglais arrivé la nuit par canot. Il était vêtu complètement de noir : pantalon noir, gilet noir, veste noire et chapeau melon noir. À son doigt, non pas au doigt d'anneau mais à un petit doigt supplémentaire qui lui poussait sur la main gauche, brillait une grosse bague carrée en or qui projetait des flèches de lumière dans tes yeux. C'est comme ça qu'il nous a tous couillonnés, le bougre ! Il s'était mis en face de la torche, comme ça chaque fois qu'il lançait les dés, tu recevais trente-douze mille piquants dans le coco de tes yeux et il montrait le chiffre onze avec ses deux mains levées. Son onzième doigt remuait tout seul et personne ne pouvait rien dire. On n'avait pas compris où se cachait l'attrape : onze doigts dans ses mains, onze points dans les grains de ses dés, voilà !... ah, mais toi, tu n'es pas compère avec le jeu de dés, Rigobert, c'est pour ça que tu as pu sauver ta peau. Si ce nègre-là avait décidé de jouer aux dominos, je suis sûr qu'il t'aurait déplumé pareil que nous autres...

– Ça c'est tes paroles ! » rétorqua Rigobert qui était très chatouilleux sur sa légendaire invincibilité aux dominos.

Soudain une pluie blanche se fessa par terre sans avertir alors qu'à la minute précédente le soleil pétait dans le ciel. Richard invita Rigobert à s'abriter chez lui, ce qui n'était pas habituel à Morne Pichevin où on se recevait sur le pas des portes, assis sur les marches en bois, afin d'éviter toute tentative de maléfice.

« Les grandes personnes ne campent pas chez les grandes personnes », marmonna Rigobert en guise d'excuse.

Madame Richard, revenue de ses émotions, épluchait un fruit-à-pain dans une demi-calebasse pleine d'eau. Elle ne prit pas sa hauteur. Elle posa une bouteille de rhum Courville sur la table ainsi que deux timbales en ferblanc, le visage aussi impassible que celui de la Vierge Marie.

« Citron ? Y en a pas ? » cria son mari.

Elle s'exécuta aussitôt sans les regarder. Rigobert l'observa à la dérobée pour essayer de comprendre le mystère de son existence mais il ne voyait rien de plus que ses seins plantureux qui bombaient son corsage et son derrière protubérant qui ferait bander un évêque. Pourtant, il devinait qu'elle cachait une vie inconnue ou alors des pensées secrètes ou peut-être même qu'elle lisait des livres. Allez savoir! Ne venait-on pas la solliciter chaque fois qu'on voulait déchiffrer un billet d'enterrement ou rédiger une lettre? Richard répétait partout que sa femme était une championne en français et lui un champion aux dés et «c'est pourquoi, messieurs et dames, je fais les dés parler français!». À ce qu'il paraît, dans son adolescence, elle avait été bonne pour la marmaille chez des békés de Didier et on lui avait inculqué des rudiments d'éducation en pensant qu'elle passerait sa vie entière au service de la famille, comme cela se faisait au siècle dernier. Mais le temps ayant chassé le temps et fabriqué d'autres temps, vers vingt-trois ans, elle s'amouracha de Richard qu'elle avait rencontré dans un bal populaire à Terres-Sainvilles et abandonna son travail dès le lendemain sans même réclamer ses gages. «Si cette bougresse-là lit dans les livres, elle doit être folle de la bonne qualité de folie, pensait Rigobert en laissant la chaleur du tafia lui dégouliner lentement dans la gorge, il faut avoir de la tête pour supporter les coups de poing du français, oui.» Rigobert se souvenait de ce bal-là car c'est lui-même qui y avait entraîné le docker, non qu'il raffolât de la danse (en fait, il était assez insensible à la musique) mais plutôt pour voir s'ils ne dénicheraient pas quelque affaire de femmes ou d'argent. Richard s'était immédiatement collé à celle qui allait devenir sa femme tel un lézard-margouillat et ne la lâcha plus de la soirée. Comme il n'y avait guère de pause-reins entre les danses, il fallait lâcher son cavalier au beau mitan d'une biguine endiablée et retourner s'asseoir au fond de la salle (un immense hangar en tôle, pompeusement dénommé Le Casino, qui servait de garage à camions pendant la semaine), poursuivi par les quolibets des autres danseurs, chose que se permettaient fort peu de femmes.

Pour commencer, l'orchestre jouait à vide pendant une heure et quelques, le temps pour chacun de dévisager chacune et de se choisir une partenaire. Les hommes mettaient cette courte embellie à profit pour parader dans leurs chemises extravagantes à la mode de Bénézuèle, parlant haut et fort dans un français qu'ils voulaient grandiose et qui n'était que grandiloquent et bourré de fautes, payant leur tournée avec de gros billets chiffonnés qu'ils ôtaient avec dextérité du revers de leurs chaussettes. Les femmes avaient revêtu leur or de Cayenne, colliers-forçats, colliers-choux, anneaux créoles, sur des robes multicolores. La plupart portaient un madras sur les cheveux dont il fallait deviner le message dans la lueur blafarde des lampes-tempête au risque de subir une rebuffade du tonnerre : jaune avec deux pointes en avant, cela signifiait : «Je suis libre mais jalouse, prenez-moi à vos risques et périls, mon cher»; vert à parements marron : «Je suis mariée mais déçue, le premier cœur qui s'offre à moi, je m'y engouffre de suite mais pas pour la vie. Ah ça, non, plus jamais!»; rouge avec une seule pointe : «Je suis une fiancée qui n'a l'œil que pour son coco-lapin-chéri alors écartez-vous de moi sinon les coups de rasoir vont partir, mon bon monsieur»; noir et blanc avec une pointe rabaissée sur l'oreille : «Jeune veuve en chaleur cherche verge fraîche et dure pour combler ses nuits de femme chimérique», et ainsi de suite. Ce soir-là, Louisiane, la future élue de Richard, arborait, hélas, un fier madras écarlate qui rendait encore plus envoûtante l'obsidienne de sa peau. À ses côtés, un freluquet, une «petite couille de chien-fer» comme le qualifia d'emblée Rigobert pour redonner courage à son compère, ne cessait de se passer un peigne dans ses cheveux défrisés à la mode des Noirs américains. «Un instituteur ou un sacré insignifiant de cette marque», rectifia Richard. Il avait vu juste. Le compagnon de Louisiane était une de ces comètes qui brillaient de temps à autre dans les coins les plus reculés de nos campagnes et que tout le monde, parents, amis, voisins, abbés et maires, s'empressait de couver afin qu'ils passent leur brevet supérieur dans les meilleures conditions possibles. On n'avait jamais pu expliquer ce phénomène : de quelle façon, au beau mitan d'une rafale de petits négrillons barbotant dans le créole, l'herbe-à-lapin qu'il fallait cueillir avant que la barre du jour ne se brise, les bougies qui esquintaient les yeux à force de trembloter et de s'éteindre brutalement, la sempiternelle tranche de fruit-à-pain parfumée à la sauce de queue de cochon salé, les kilomètres sur kilomètres qu'il fallait abattre avant d'atteindre l'école, l'un d'entre eux se réveillait un matin et se mettait à lire couramment tout son livre de lecture jusqu'à l'ultime leçon (alors qu'on n'était qu'en février ou mars) au grand ébahissement des maîtresses d'école. Aussitôt on signalait l'arrivée du messie annuel à madame la directrice qui le convoquait dans son bureau et lui tenait le premier discours sérieux de sa jeune vie puisque dans la case, les parents ne faisaient que se chamailler à coups de paroles dénuées de sens.

«Petit nègre, ouvre bien tes oreilles. Tu es sorti de rien mais Dieu a mis une étincelle dans ta caboche. Pourquoi ? Je n'en sais trop la raison. En tout cas, sache en profiter désormais et n'imite plus tes camarades. Ne t'abaisse plus à parler créole, ne perds pas ton temps à jouer aux agates toute la sainte journée, ne mets pas tes mains dans la terre: ça salit le dessous des ongles, ne va pas à la pêche aux écrevisses le jeudi: ouvre plutôt tes cahiers. C'est ta seule et unique chance d'échapper à la déveine, mon petit. Toi au moins tu mérites le titre de Français. Lamartine, Victor Hugo ou Verlaine n'auraient pas eu honte de toi. Je vais te pousser au maximum.»

Et l'on se cotisait pour lui acheter livres, souliers, chemises. On l'envoyait au coiffeur deux fois par mois afin de dompter les grains de poivre de ses cheveux et l'on rendait visite de temps en temps à la mère pour lui rappeler qu'elle possédait un prodige dans sa couvée et qu'il fallait absolument qu'elle aide les autorités à lui donner le balan qui le propulserait aux plus hautes marches possibles pour un nègre dans cette société, à savoir au grade d'instituteur. Alors sa mère sonnait le branle-bas de combat, malgré les mines renfrognées du père qui, trop souvent absent (il avait d'autres femmes et d'autres marmailles à sa charge), sentait là un défi à son omnipotence, et elle mettait tous les autres frères et sœurs au service absolu de celui qui plus tard deviendrait leur arbre nourricier. Les aînés (inexplicablement les génies n'étaient jamais des aînés) le portaient sur leur dos jusqu'au perron de l'école pour que sa chemise blanche et ses chaussures ne soient pas souillées par la poussière rougeâtre des chemins de pierre. Les filles lui enlevaient avec soin le caca du nez, le caca des oreilles, le caca des yeux et repassaient son linge chaque matin au lieu de le défroisser comme pour les autres. En classe, le prodige peaufinait son français jusqu'à finir par savoir employer le subjonctif imparfait des verbes les plus rares. Sa prière quotidienne se résumait ainsi: «Il ne faut pas que je finisse dans la canne du béké avec un coutelas à la main sous le maudit soleil de onze heures. » Effectivement, le miracle se concrétisait : notre petit nègre passait le brevet supérieur haut la main, entrait à l'École normale et en ressortait auréolé du titre si convoité d'instituteur. La famille organisait une bamboche historique dans le quartier, au cours de laquelle monsieur l'instituteur veillait à bien conserver une raideur propre à son nouveau rang. Des demoiselles bien en chair qui l'avaient connu gamin lui voltigeaient des œillades énamourées sans trop y croire, car le destin de ce genre d'homme est de finir la bague au doigt sous le joug d'une chabine ou d'une mulâtresse ne possédant pas le quart de son savoir ni de son savoir-vivre.

Alcide Nestorin qui caracolait si fièrement sur la piste de danse avec Louisiane, en bon petit génie nègre de Grand-Anse, avait parcouru tout ce chemin sans commettre une seule faute. En plus de sa dextérité dans la langue des Blancs, il était un démon en calcul mental, ce qui est plus rare. Il s'était tout naturellement marié à une coulie blanche : une métisse d'Indienne et de béké qui demeurait sur l'habitation Moulin l'Étang où sa mère faisait office de lavandière et de seconde épouse du maître, et chacun avait applaudi à une réussite aussi totale. Son malheur débuta peu après la fête du Tricentenaire quand, pour une raison inconnue à ce jour, l'Inspection académique décida de le muter au sud de l'île, au quartier Régale, sur le territoire de la commune de Rivière-Pilote. L'antidote au modèle d'éducation qu'il avait reçu étant le libertinage, Alcide s'y enfonça avec délices puisqu'il n'avait plus ni femme ni enfants pour lui jouer dans les pieds. Les mulâtresses torrides de La Jossaud eurent raison de ses ultimes scrupules et notre homme se mit à en coquer une différente chaque soir, tant et si bien qu'il attrapa cette saloperie de chancre qui ronge avec une patience démentielle la tête de votre sexe. Quand aux vacances il retourna à Grand-Anse, il n'osa avouer son mal à son épouse et inventa une série de maux imaginaires, frissonnades d'intestins, élancements dans le crâne et autres, pour retarder l'échéance. Alcide avait oublié qu'il existait dans ce pays-là des créatures encore plus chaudes que les chabines rousses et ce ne sont autres que les Indiennes, même si elles prennent le plus souvent des airs de femme à qui on donnerait le Bondieu sans confession. Ce qui devait être fait se fit: un béké de Grand-Rivière dénommé Desmont de Chassagne, passant un jour à Grand-Anse, aperçut la femme d'Alcide assise toute pensive sur le pas de sa porte et fut frappé au cœur par sa belleté. Il descendit de sa voiture et lui déclara:

«Viens avec moi! Prends ce qui t'appartient dans cette maison et partons.»

La femme, qui ne le connaissait ni en bien ni en mal, ne prit pas le temps de faire un pas ou deux pas d'hésitation, elle se changea très vite, embrassa une dernière fois son petit garçon de quatre ans qui dormait et quitta définitivement Grand-Anse. On élucubra sur ce haut fait pendant etcetera d'années jusqu'à en faire une légende dans laquelle on prétendait que de Chassagne avait récité une parole sur la tête de la coulie et qu'elle l'avait suivi comme une somnambule, ce qui, bien entendu, est d'une fausseté dépassée. Alcide en conçut un chagrin somme toute mesuré puisqu'il ne l'aimait pas vraiment et redouta plutôt les conséquences de ce geste sur sa position sociale de notable plein d'avenir. Il plaça son fils chez sa mère à la campagne de Fond-Massacre et ne s'en occupa plus jamais. Quelqu'un lui ayant indiqué l'habitation où se cachait son épouse, tout à l'extrême nord de l'île, il se rendit sur place mais ne put que mesurer l'étendue de sa défaite : une allée de cocotiers longue de presque un bon kilomètre, gardée par un vieux nègre à pians armé d'un fusil datant de 14-18 et d'une rafale de chiens féroces, reliait la vaste demeure de de Chassagne à la grand-route. Il ne resta plus à Alcide qu'à pleurer ce qui s'appelle pleurer sous le regard impassible du gardien. Il demeura planté devant l'entrée du béké quatre jours et cinq nuits d'affilée, sans bouger, sans manger, sans pisser, sans lâcher une miette de parole. Son rival passa en carriole à grand balan, sans même le dévisager, croyant avoir affaire à l'un de ces nègres dérangés du cerveau qui pullulaient dans le pays « depuis qu'on a eu l'idée idiote de les envoyer à l'école ». Alcide ne vit plus l'ombre de sa femme, il ne devait en fait jamais plus la revoir de sa vie. Ce qui fait qu'il décida de tourner le dos à sa commune natale de Grand-Anse et s'installa à Régale où, insoucieux du mal qui rongeait son sexe, il se mit à semer du coco autour de lui avec une rage revancharde. En 1938, il reçut enfin son affectation pour Fort-de-France, au quartier Terres-Sainvilles où la plèbe faisait encore la loi. Que lui importait ! Il s'installait enfin dans la capitale. Il entreprit alors de se faire soigner par un vrai médecin, les philtres et onguents divers des docteurs-feuilles de Rivière-Pilote n'ayant en rien amélioré l'état de sa verge, et guérit en trois mois à sa grande stupéfaction. Depuis lors, il utilisa de façon systématique des condoms, bien que cela rebutât la plupart de ses nombreuses conquêtes car il était ce qu'on pouvait appeler un sacré beau morceau de nègre. Grand de taille, d'une noirceur égale sur toute la peau qu'il avait fine, une dentition d'une blancheur remarquable qui illuminait chacun de ses sourires et enfin une démarche féline qui laissait deviner une méchante ardeur de mâle mulet lorsqu'il montait sur le ventre d'une femme. Ah! Ne pas oublier, surtout-surtout-surtout, le modèle de qualité de français que monsieur étalait devant les femmes et qui étourdissait la plus réticente jusqu'à la pâmoison. Du bon français, messieurs et dames! Du français de France! Pas cette sorte de baragouin sorti des champs de bananes qui estropiait les mots à coups d'arbalète et que l'on entendait plus souvent que rarement dans la bouche des djobeurs, des dockers, des maçons, des pêcheurs et des chauffeurs lorsqu'il leur prenait l'envie de faire la cour. Ils bâtissaient d'abord la phrase en créole de concert puis ils se mettaient à dix ou à quinze pour la traduire en français-banane du genre «Mademoiselle, j'aime si-tellement votre z'yeux» ou «Chérise, je t'aime comme un cochon aime le la-boue». Étant donné que la race des nègres se haïssait elle-même à cette époque (on riait à gorge déployée à la moindre apparition d'un acteur noir sur les écrans du Gaumont ou du Bataclan), elle préférait le français-banane au créole.

D'ailleurs, Alcide avait conquis une solide réputation de maître phraseur au Select-Tango et on venait souvemment le solliciter pour qu'il concocte une de ces phrases bien senties dont il avait le secret et qui chavirait nettement-et-proprement le cœur de votre cavalière. Il disait à ses collègues, scandalisés de le voir se mêler le samedi soir à la plèbe: «Je suis une sorte d'écrivain public mais je n'écris pas de lettres d'amour, je les fais apprendre par cœur.» Pour les terroriser davantage, il prétendait qu'il se faisait payer des sommes astronomiques, ce qui était tout le contraire de la vérité. Certaines de ses formules étaient d'ailleurs devenues célèbres et servaient indéfiniment, surtout avec les jeunes oisillonnes fraîchement descendues à la ville. La plus célèbre était sans conteste celle-ci :

« Je me jette à vos pieds, mademoiselle, car je ne suis qu'une poussière devant le firmament de votre belleté, et j'attends que vous m'écrasiez parce que ce n'est point de la douleur que je ressentirai mais de la contentement. »

Il avait d'abord mis « du » contentement mais les nègres préféraient de loin la féminité de « la contentement ». Lui-même, Alcide, se montrait beaucoup plus sobre que ceux qui le harcelaient comme un essaim de mouches à miel. Le soir où il avait repéré Louisiane, elle se faisait frotter sur une rumba par un fameux retraité de la marine marchande qui ne quittait jamais son caban et sa casquette bleue ornée d'une ancre blanche et qui épatait le monde avec sa pension. Il lui souffla simplement par-dessus l'épaule de ce dernier et en créole s'il vous plaît ! :

« Ou sé anpil fanm ! » (Vous êtes une vraie femme !)

Louisiane en fut suffoquée. Elle n'était jusqu'à présent, comme toutes les cavalières, qu'un derrière et une paire de seins pour les affamés qui se pressaient sur la piste surchauffée du dancing et voilà que quelqu'un lui trouvait un air de vraie femme ! Elle demeura songeuse à sa table, refusant toutes les autres danses et longvillant le manège de cet étrange bougre que les cavaliers ne cessaient d'entourer dans un coin du bar. Alors il s'approcha d'elle et lui demanda une valse dans son plus beau français. Le lendemain soir, elle dormait chez Alcide Nestorin, au troisième étage du numéro 27 de la rue Garnier Pagès. Lorsqu'elle vit tous ces livres et ces cahiers jetés pêle-mêle sur les chaises du salon, elle n'en crut pas ses yeux. Elle avait décroché le gros lot : un instituteur ! Et dire que jamais, au grand jamais, elle n'avait nourri ce genre de rêve fou à l'instar de la plupart de ses commères dont elle se plaisait à railler la naïveté ! Aussitôt, elle entreprit de lui faire boire l'eau de sa cocotte afin de l'attacher à elle pour le restant de ses jours. Chaque matin, elle s'accroupissait sur sa bassine dans la salle de bains (elle n'avait jamais pu s'habituer à ce ridicule appareil qu'est le bidet) et, sans savon, se propretait profondément le sexe, puis elle en recueillait l'eau dans une carafe en terre qu'elle posait négligemment sur le bureau de son amant. Elle était sûre que sur le coup des deux heures, quand la chaleur fendait le fiel des gens et qu'il se préparerait à se rendre à pied à son école, il s'en servirait une pleine rasade à même le goulot. Aussi haussa-t-elle les épaules quand Richard, encouragé par son compère Rigobert, lui demanda à danser. Elle le dévisagea de haut en bas et jugea qu'il devait être débardeur chez un négociant béké du Bord de Mer ou quelque chose d'approchant. Elle lui lança un gros « Tchip » en secouant la tête, qui mit le docker hors de lui. Ce dernier commença à renverser les tables et à foutre des coups de poing à tous ceux qui tentaient de le raisonner. Alcide reçut pour sa part un modèle de coup de genou dans la cuisse, qui le fit se tordre de douleur par terre. Le responsable de la salle de bal demanda à l'orchestre de jouer plus fort pour calmer les esprits, car il était hors de question d'appeler la maréchaussée : cette dernière lui fermerait derechef son gagne-pain. Le charivari des mandolines, des congas, des chachas et des saxos couvrit celui des chaises que faisait voltiger Richard déchaîné. Rigobert lui-même ne reconnaissait plus son ami. Était-il soudain tombé fou ? « Ça arrive, pensa-t-il, tu vois la personne bien là avec toi. Elle te parle, elle prend un sec avec toi et puis blip ! elle se met à gigoter comme un poisson dans une nasse et tu ne comprends plus le sens de ses propos. » C'est d'ailleurs la folie de Richard qui charma Louisiane. Elle lui révéla qu'elle en avait un peu assez de la délicatesse artificielle de son instituteur. Ça avait marché à l'huile d'olive un temps et puis elle avait hésité à s'avouer qu'elle s'ennuyait en sa compagnie. Le soir, il s'asseyait à son bureau et corrigeait des devoirs jusqu'à une heure avancée. Puis quand il la rejoignait dans le lit, c'était pour lui bailler deux petits coups de reins rapides avant de s'endormir comme un ours-mamé. Certes, le charme de l'eau de cocotte avait fait son effet. Alcide ne voyait plus que par sa Louisiane et parlait même de l'épouser mais elle se rendait compte grâce à Richard qu'elle ne le désirait pas vraiment. Elle avait compris que monsieur Alcide Nestorin, fils de Grand-Anse et instituteur talentueux, cherchait en réalité une maman et elle, la petite négresse que la vie avait enchaînée à la vaisselle et aux torchons depuis l'âge de douze ans, n'avait pas le tempérament indispensable à ce genre de job. Aussi se laissa-t-elle haler par Richard au mitan de la piste de danse dévastée et charroyer dans un cha-cha-cha à cracher le feu, s'abandonnant à lui sans une once de regret pour son bienfaiteur d'Alcide. Ils dansèrent sans plus s'occuper du monde tandis que, peu à peu, les bambocheurs redressaient leurs tables et les serveurs balayaient les débris de bouteilles. Rigobert sentit sa poitrine se gonfler de fierté :

« Seul un bougre du Morne Pichevin peut faire ça ! » se disait-il en sirotant son éternel mabi.

Alcide s'était réfugié dans un coin sombre et se tenait

prostré, observant les évolutions du couple Louisiane-Richard comme quelqu'un qu'on avait hypnotisé. De méchantes pensées lui venaient à l'esprit comme : «La gueusaille retourne toujours à la gueusaille.» Après tout, cette ingrate n'était qu'une femme de tout le monde qu'il avait arrachée par pur hasard à sa condition. Sans l'intervention inopinée de Rigobert, il aurait définitivement réenjambé la ligne et serait revenu aux préjugés de sa classe. Le drivailleur venait d'apercevoir Philomène et Carmélise qui, bras dessus bras dessous, venaient non point danser mais «prendre un petit air de musique» afin de nourrir leur vague à l'âme. Les dragueurs évitaient soigneusement ces couples féminins dont il n'y avait rien à attendre. Certains les gouaillaient gentiment mais sans trop insister. Aussi Philomène fit-elle la réticente quand son compère en déveine amoureuse la pressa de s'occuper de ce maigre-jusqu'à-l'os, que Richard avait esquinté tout à l'heure. Sur le point de s'en aller, elle se rassit tout de même près de lui sur les conseils de Carmélise, qui passait pour posséder un flair étonnant en matière d'hommes. Il esquissa un pauvre sourire, le grand phraseur d'Alcide, et lui dit comme ça :

«La vie est raide, hein ?

— Ah ! Comme on dit, le jour du malheur, inutile de dire "Prends garde !". C'est comme ça, oui...

— Vous venez souvent ici ?

— Non-non... J'accompagne parfois mon amie. Hé, Carmélise, viens dire un petit bonsoir à monsieur ! Elle aime danser et tourner toute la nuit. Une vraie toupie-mabial !

— Ah ! Ah ! Ah !» s'exclama Alcide que l'image avait un peu surpris.

Il commanda un punch au lait pour elle et un gin pour

lui. Puis il fut conquis par la langueur de Philomène et l'emmena chez lui. Il découvrit que pour la première fois de sa vie, il ne pouvait plus faire l'amour. Un ressort s'était brisé en lui. Échaudé par sa mésaventure avec Louisiane, il ne se mit pas en ménage avec Philomène. Ils conclurent un accord (dûment monnayé) aux termes duquel elle viendrait chaque jeudi s'employer à ce que ses deux graines et son coco retrouvent leur fonctionnement normal. Mais ils avaient beau dire beau faire tous les deux, le miracle ne se produisait pas et la péripatéticienne lui proposa d'avoir recours aux services d'Octave, le célèbre quimboiseur du Morne Pichevin. Il sursauta car jamais il n'aurait pensé qu'un jour il franchirait les bornes de ce quartier malfamé et pour dire la franche vérité, le seul nom de la Cour des Trente-Deux Couteaux déclenchait chez lui une peureusité incontrôlable. L'idée d'avoir recours aux artifices, « africains » était-il persuadé, d'un quimboiseur le répugnait également. Il retarda le moment fatidique, si bien que Philomène, qui n'était pas une petite couillonne, lui proposa de rencontrer son bon compère Rigobert dans l'espoir de permettre à ce dernier de profiter lui aussi de cette manne. Peut-être pourrait-il l'aider ? Alcide refusa de s'attabler au Marguerites des marins, qui faisait face à la Compagnie, de crainte de se faire remarquer par un de ses collègues qui ne manquerait pas d'aller maquereller la nouvelle à l'inspecteur d'Académie. Les instituteurs étant les garants de la moralité publique dans cette île de nègres bambocheurs, il serait bon pour une nouvelle mutation au fond d'une campagne sans route asphaltée, comme ce condisciple d'École normale qui croupissait maintenant à Fond-Coulisse, au Saint-Esprit, pour avoir regardé sous la robe d'une fillette de treize ans trop en formes. Rigobert et Alcide se rencontrèrent près du kiosque de La Savane, assis sur un banc de marbre à double dossier. Lui, Alcide, d'un côté, feignant d'être absorbé par la lecture du *Sportif*, tandis que Rigobert de l'autre ferait mine de courtiser Philomène. Les deux hommes ne se voyaient pas pendant l'échange de leurs propos.

«Je crois que mon mal actuel est une punition de Dieu... Il y a du temps et du temps que je ne prie plus le soir... commença l'instituteur.

— Moi-même, j'ai oublié le "Notre Père", alors!

— Je ne plaisante pas... j'ai trop mené la grande vie avec les femmes, je crois. J'ai coqué à droite et à gauche. Je n'ai pas su mesurer mes forces...

— Ça ne m'étonne pas de cette salope de Bondieu. Monsieur ne veut pas que nous, les pauvres nègres, on ait notre petite doucine de plaisir sur cette terre parce que la Vierge Marie ne veut pas ouvrir ses jambes pour lui. Ha! Ha! Ha!»

Alcide se leva d'un bond et fila dans l'allée de tamariniers menant à la rue Antoine Siger. Dans sa précipitation, il oublia son journal sur le banc.

«Qu'est-ce qui lui arrive, non? demanda Rigobert.

— Tu as le toupet de me demander ça! C'est de ta faute. Tu es obligé d'injurier le Bondieu toute la sainte journée? Tu es un diable vivant ou quoi?

— Ha! Ha! Ha!»

Et Rigobert de se dandiner dans la posture du masque diabolique qu'il arborait à chaque carnaval: une grosse tête de bœuf rouge cornue, couverte de petits miroirs scintillants, une cape noire truffée d'épingles pour étreindre les négrillons trop bandits et une cravache au bout de laquelle il avait attaché une roche parfaitement ronde.

Il avança et recula sur Philomène, lança les pans de sa cape imaginaire à la voltige en chantant :

«Djab-la ka mandé an timanmay» (le Diable exige un enfant).

La câpresse se dérida aussitôt, ce qui souda de nouveau leur amicalité, chose dont le nègre du Morne Pichevin aurait sérieusement besoin quelques mois plus tard quand, pourchassé par la milice de l'amiral Robert comme un vulgaire manicou, il trouverait refuge chez celle-ci.

«Ma chère, lui fit-il, cessant ses simagrées, voici une fiole de pine de carette que m'a baillée un pêcheur de Coco-l'Échelle. Donnes-en à boire une goutte à ton bâton dans la vie, ça va lui remonter sa foutue bande. Ha ! Ha ! Ha !»

Selon une autre version, peu répandue il est vrai, Rigobert monnaya cette fiole de produit miraculeux contre la lecture d'un article du *Sportif* relatant la victoire de son équipe favorite, le Club Colonial, sur le Golden Star, équipe chérie des petits-bourgeois. Alcide, qui avait le sport en horreur, dut lire ce qui suit et supporter les évocations des phases du jeu et les exclamations enthousiastes de son futur sauveur :

«Championnat de 1re division.

«Club Colonial bat le favori Golden Star par 2 buts à 1. Beau temps. Assistance nombreuse attirée par le renom des teams en présence. Un puissant match, disons-le tout court. Les deux vaillantes équipes donnent du beau football. Elles font…

– C'est pas vrai ! criait Rigobert, le Club Colonial a été le seul à rouler le ballon !

– Elles font vibrer notre cœur de vieil amant de la balle reine. À dix minutes du départ, Club Colonial menant avantageusement, son demi-centre Moreau botte au goal à trente mètres ; la balle dont...

– Wé-é-é-é !

– La balle, dont l'action se trouve renforcée par la forte brise qui souffle vers le camp aux étoiles, s'en va frapper la transversale au-dessus de la tête du keeper Pécou, pour revenir en jeu à sept mètres devant la cage : Thorel, ailier droit blanc-noir, s'élance à temps, shoote et réalise élégamment le premier but de la partie.

– Est-ce que le Club Colonial est fort, hein ? s'exclamait Rigobert, s'il est fort, dites qu'il est fort, tonnerre de braise ! »

Toujours est-il qu'Alcide retrouva un mordant de coq-calabraille le soir même et ne débanda plus. Philomène, désireuse d'un résultat immédiat, avait forcé sur la dose d'aphrodisiaque. Alcide ne put se rendre à son école le vendredi. Il demeurait allongé, les larmes aux yeux, un drap blanc masquant son sexe monstrueusement dressé. Toute la nuit sa compagne avait essayé d'user la bande mais elle n'avait réussi qu'à s'abîmer les reins et les bords de sa cocotte et s'était avachie d'épuisement sur la descente de lit. Le samedi passa, le dimanche fit de même et notre bougre ne débandait pas. Philomène alla quérir Mérilise et Ginette, les cheftaines majorines des femmes de tout le monde de la Cour Fruit-à-Pain, qui décrétèrent qu'une seule et unique solution s'imposait : inviter toutes leurs coreligionnaires à enfourcher le sexe d'Alcide jusqu'à ce qu'il ramollisse.

« Mais ça va lui coûter un paquet d'argent ! » soliloqua Mérilise.

« Ne vous inquiétez pas pour ça, fit le malade d'une

56

voix plaintive, lundi matin, je cours à ma banque et je vous règle tout ce que je vous dois.

– Vous pouvez avoir confiance », intervint Philomène.

Comme dit comme fait. Vers les minuit et quelques, une étrange sarabande se déroula dans l'appartement d'Alcide. L'ensemble des péripatéticiennes de la Cour Fruit-à-Pain avaient été réquisitionnées par Mérilise et Ginette qui leur avaient fait miroiter le ciel. Des Noires presque bleues, fessues jusqu'à la démesure, des chabines à la figure tiquetée comme des figues mûres et qui lui mordillaient cruellement les oreilles au moment de jouir, des mulâtresses à la peau brûlante qui l'ensorcelaient du seul ambre de leur regard, des coulies et des bâtard-Chinoises chétives et doucereuses, des Colombiennes et des Saint-Dominguoises lubriques qui lâchaient des tonnes d'obscénités en espagnol etcetera... Pas une, hélas, qui parvint à user la bande de mulet d'Alcide ! Épuisées au devant-jour, à moitié saoules de rhum et de bière, dans l'appartement qui se révéla vite trop exigu, elles demandèrent grâce.

« Ça a dû être un sacré modèle de tortue, l'animal qui a servi à fabriquer le remède pour bander que ce bougre-là a bu ! » commenta nerveusement une Saint-Lucienne.

La rafale de putaines rigola brusquement à en perdre le souffle, excitant davantage la colère ou le désir des voisins qui n'avaient pu fermer l'œil de la nuit. L'un d'eux avait d'ailleurs fait appel à la maréchaussée et cette dernière attendait six heures du matin pour venir foutre à la geôle ce maître en dévergondation dont elle n'avait jamais eu à connaître les frasques auparavant. Quand le brigadier Sonson Bilou cogna par trois fois à la porte en bramant : « C'est la Loi, ouvrez ! La Loi, j'ai dit ! », Alcide débanda d'un seul coup. En un battement de poils d'yeux, les putaines s'agenouillèrent autour du lit pour observer le phénomène inouï de cette verge qui se dégonflait, se détuméfiait progressivement, se recroquevillait en tire-bouchon puis s'affaissait, pas plus grosse qu'une phalange de petit doigt, dans la toison crépue du bougre. Aussi, quand les sommations d'usage eurent été faites et que le brigadier, escorté de ses cinq gardes-caca, défonça la porte, matraque et pistolet au poing, ils ne virent qu'un agonisant entouré d'un cortège de pleureuses. La maréchaussée se découvrit d'un seul geste et son chef entama un «Pater noster» contrit. Philomène, sacrée espèce de comédienne en diable, entraîna Carmélise et Ginette dans une litanie de sanglots à fendre l'âme, bientôt imitées de l'ensemble des femelles. Alcide, qui jouait sa carrière en cet instant, mima un râle déchirant qui força le brigadier Sonson Bilou à lâcher son arme sur le plancher dans un fracas indécent.

«Ex... excu... excusez-nous...» balbutia-t-il en marchant à reculons et en battant sa coulpe comme un crabe-c'est-ma-faute.

Les putaines reprirent de plus belle leur fou rire devant cette retraite précipitée de la Loi et réclamèrent leur dû. Alcide, sans prendre le temps de s'attifer comme à son habitude, se rendit au Crédit martiniquais, les laissant s'amuser avec un jeu de cartes. Il revint une demi-heure plus tard et leur distribua deux cent mille francs en billets neufs. La moitié de ses économies après dix-sept années d'enseignement! Peu lui importait à présent, de toute façon. Seule Philomène refusa tout paiement et au moment où elle se retirait avec les autres, il la supplia de rester. Elle vécut trois semaines avec lui, pour finir par lui annoncer qu'elle partait pour toujours.

«Tu veux qu'on se marie? lui demanda-t-il.

– Non… non merci. Je ne t'aime pas. Tu es gentil, c'est vrai, mais tu es quelqu'un qu'on ne peut pas aimer, tu vois.

– Pourquoi tu dis ça ?

– C'est raide à expliquer, dit Philomène, on sent deux personnes différentes en toi. Une que tu montres au grand jour et que je déteste… une autre qui est profondée tellement dans ton corps qu'on n'en a aucune idée. Mais on peut rester des camarades, tu peux venir me voir au Morne Pichevin quand tu veux. »

Une telle appréciation sur sa personne portée par une femme de tout le monde comme Philomène plongea paradoxalement notre homme dans une charge de calculation, des mois durant. Maîtrisant sa crainte du couteau à cran d'arrêt, il fit l'effort de se rendre chez elle et put mieux connaître Rigobert, Richard, le docker, avec lequel il se réconcilia définitivement, Ti Jo, Octave, le soi-disant quimboiseur, et bien d'autres. Il comprenait peu à peu à quel point son éducation petite-bourgeoise et française l'avait tenu à l'écart de son peuple et de sa véritable culture. Mais il savait en son for intérieur qu'il était trop tard : on ne rebâtit pas un homme à quarante ans. Il disparut un beau jour de la circulation.

Pour revenir au fil de cette raconterie (qui n'a été détournée que par l'esprit distrait de Rigobert), compère Richard répétait avec douleur à Rigobert, en parlant du chat noir qui avait soudain jailli de sa case et qu'il croyait dur comme fer être une réincarnation d'Octave :

« Je l'ai mangé ! Oui, mangé… »

Il avait tendu une attrape à l'animal, à l'aide d'un morceau de morue frite qu'il avait amarré à la gueule d'un sac de guano. Il lui avait suffi de haler la ficelle pour emprisonner le chat nettement-et-proprement. Ce dernier fit toutes sortes de soubresauts, de monter-descendre, pleurnicha, grafigna la toile du sac, pissa à l'intérieur. Richard transporta le sac sur son dos comme si de rien n'était et se rendit au ras de la grand-croix qui dominait le Morne Pichevin. Là, se tenait une grosse roche où l'on pouvait s'asseoir et contempler La Savane, le boulevard de La Levée et surtout le bassin de radoub où les ouvriers s'affairaient tout au long de l'année. Il récita la prière bossale que lui avait enseignée son grand-père, un nègre qui était venu d'Angole sous contrat après l'abolition de l'esclavage, car manger un chat – un chat noir surtout – était une audace que seuls pouvaient se permettre ceux qui possédaient un protégement efficace sur eux. Il fit quand même le signe de la croix pour le cas où une quelconque faille se serait glissée dans sa mémoire. Puis il fessa le sac plusieurs coups sur la roche jusqu'à ce qu'il entende se fracasser le crâne du chat. Louisiane, qui tournait un moulin à café sur ses genoux, sourit à la seule narration de cette histoire. C'était elle, en effet, qui avait dépiauté la victuaille, qui lui avait ôté un à un ses os si bizarrement bleuâtres et l'avait cuite avec des pois rouges.

« Ah, Bondieu ! Voilà la vie du nègre dans ce pays de vagabondagerie sans bornes, oui, fit Richard avec accablement, ce vieux couillon d'Octave va tirer sa revanche sur moi un de ces beaux matins, je sais ça. »

Il ne croyait pas si bien dire. L'année d'après, il fut le premier de son bataillon à recevoir une giclée de balles de mitrailleuse dans l'estomac quand il monta à l'assaut d'une position allemande sur les contreforts de la ville de Metz. Mais il en réchappa, contrairement à nombre de ses camarades métropolitains, grâce à la prière venue du pays des ancêtres...

3

Amédée Mauville avait pour habitude de s'enca-
nailler chaque samedi soir à la Cour Fruit-à-Pain avec
quelque femme de tout le monde qu'il s'efforçait de choisir bleue – ce qui veut dire plus que noire dans notre par-
lure –, par contraste avec sa propre épouse, une créature
pâlote qui semblait prendre racine définitive dans la maigreur. Puisqu'il se cachait derrière un panama et des
hardes de vagabond (chemise de couleur vive à froufrous
et pantalon en jeans), il s'imaginait que sa véritable identité était protégée mais tout un chacun l'appelait «le professeur» à son insu. On savait qu'il enseignait le latin au
lycée Schoelcher tandis que sa femme donnait des cours
particuliers de piano à la rue Perrinon. On prétendait
que cette dernière était soudainement devenue un ravet
d'église depuis que leur premier fils s'était pendu dans
leur villa de vacances des Anses-d'Arlets, peu après avoir
raté son second bachot et qu'elle ne laissait plus son coq
lui monter dessus.

Quand Amédée arrivait à la Cour Fruit-à-Pain sur les
huit heures du soir, il était bien entendu trop tôt et
les femmes de tout le monde grignotaient des cornets de

pistache ou buvaient de la bière, assises sur des caisses vides. Certaines, pour tuer le temps, en profitaient pour tenter de démêler à grands coups de peigne la chevelure crépue de leur marmaille. Le spectacle hallucinant de cette cour en terre battue entourée de cases peinturées criardement et éclairée par les ampoules blafardes des poteaux électriques fascinait l'imagination du professeur, qui méditait depuis longtemps la rédaction d'un roman. Il voulait brosser une vaste fresque populaire où l'on retrouverait la saveur des chairs qu'il fourgonnait à la hâte sur des matelas douteux, les rires graveleux, les râles de plaisir feint, la musique cubaine qui jaillissait à flots désordonnés des postes de radio. Le plus dur était de trouver le premier mot, le tout premier mot, et de bâtir la première phrase car il sentait confusément que tout partirait de là et qu'un rien pouvait le faire passer à côté de cette vie-là. Alors il cherchait ce mot (ou cette parcelle de phrase) comme d'autres une jarre d'or enterrée du temps de l'esclavage. Il provoquait les plaidoiries des putaines exprès pour voir si un jour ou l'autre, il aurait la chance de saisir au bond la seule, la vraie, l'unique qui enclencherait tout le restant du récit. Parfois, il avait l'illusion qu'il approchait du but. Il notait fiévreusement les rigoladeries des unes et des autres et rentrait chez lui presque au pas de course. Là, devant son bureau, il traquait ce foutu sésame au mitan d'un amoncellement de phrases en apparence bénignes :

« Antoinise a des gammes dans son corps, elle marche comme si c'était pas la terre qui la portait mais tu vas voir qu'à un moment, son bougre en aura assez et va lui cueillir des mangots sous les côtes. »

« La vie est longue, c'est notre existence qui est courte dans la vie. Nous les nègres, nous marchons toujours une main derrière une main devant, mais jamais nous n'attraperons les zouelles du temps, je te dis. »

« Les békés possèdent les champs de canne, les rivières, les usines, les commerces du Bord de Mer, les maisons à grandes pelouses. Seule chose après laquelle ils courent, c'est le bonheur, foutre ! La preuve : ils passent leurs nuits à semer des petits mulâtres et des petits chabins dans le ventre des négresses. »

« Quand je partirai en France à bord du *Colombie*, ce sera pour toujours. Là-bas, le monde ne connaît pas tes affaires, non, et d'ailleurs ne s'y intéresse pas. On est libre ! Tandis qu'ici, on est comme des crabes morts dans une ratière. C'est pas la franche vérité, hein, mon bougre ? »

Deux heures du matin sonnaient à la cathédrale de Fort-de-France qu'Amédée était encore à voyager dans cette forêt de mots (c'est l'exacte impression que ses notes lui baillaient : celle d'une forêt foisonnante qui recelait l'arbre unique dont il avait besoin). Il épuisait une boîte entière de crayons noirs à recopier interminablement, sur des pages blanches qu'il déchirait aussitôt, « Antoinise a des gammes dans son corps », ou « Quand je partirai en France à bord du *Colombie*, ce sera pour toujours », dans l'attente anxieuse du déclic qui ouvrirait les vannes de l'imagination mais, hélas, rien ne se produisait. La page demeurait aussi terriblement bréhaigne que La Savane des Pétrifications. Il se rongeait les ongles jusqu'au sang, il mordillait les crayons jusqu'à les réduire en fine poussière, il serrait les dents, il se martelait les tempes à l'aide de son carnet de notes et puis il se laissait prendre par le sommeil dans son fauteuil jusqu'au devant-jour. Quand il ouvrait les yeux, une irrésistible envie de brûler les livres qui tapissaient son bureau s'emparait de lui. Il prenait d'une main Tite-Live, Tacite et Cicéron, de l'autre Montaigne et Voltaire, prêt à allumer un brasier à même le tapis mais Ernestine, la bonne, entrait sans frapper et sans dire bonjour, lui lançant d'un ton réprobateur :

« Mangez ! »

Sa voix caverneuse de femme obèse ordonnait à son patron d'avaler le bol d'eau de café et le morceau de pain margariné qu'elle lui servait curieusement dans une assiette en fer-blanc. Puis, elle se saisissait de son balai et rassemblait en bougonnant les feuilles froissées qui jonchaient le sol. Amédée regardait la ville par la fenêtre, cet alignement au cordeau d'immeubles en bois à trois ou quatre étages dont les occupants n'ouvraient les volets qu'à demi par peur du scandale.

« Madame t'a dit de faire vite, reprenait la servante sur le même ton brutal, tu prends à sept heures ce matin, oui... »

Elle époussetait le grand cahier sur lequel Amédée avait inscrit en belles lettres cursives le titre de son œuvre à venir : *Mémoires de céans et d'ailleurs*, en faisant mine de le déchiffrer pour la énième fois alors qu'elle ne savait ni lire ni écrire. Son instinct lui disait que tout cela ne présageait rien de bon, elle qui tenait à préserver l'équilibre de cette maison où elle était employée depuis l'époque du père d'Amédée. Elle avait vu son actuel patron passer par tous les âges de l'enfance et de l'adolescence et pouvait se permettre de le tancer comme le font les mères créoles. Elle ignorait que sa seule vue dans l'encadrement de la porte du bureau déchirait le cœur d'Amédée : il avait à chaque fois le sentiment qu'il ne pourrait jamais trouver le mot qui débuterait son œuvre. Il ne comprit ce curieux sentiment que bien plus tard, lorsqu'il fit la connaissance d'une câpresse du Morne Pichevin qui venait de s'établir en femme de tout le monde à la Cour Fruit-à-Pain. Ce soir-là, Amédée sortait de la case de Ginette, la braguette encore à moitié déboutonnée, lorsqu'il aperçut la robe à brillants bleus d'une jeune femme qui traversa la route des Religieuses et se perdit dans le faire-noir des quarante-quatre marches qui menaient au Morne Pichevin. Notre homme tomba amoureux d'elle nettement-et-proprement. Un amour fou, déborné, carnassier, virulent. Il venait tous les jours à visage découvert, ô suicide, aux abords de la Cour Fruit-à-Pain et demandait aux habitants :

« Vous connaissez une femme au corps féerique qui s'habille en soie bleue ? »

Les nègres de l'endroit haussaient les épaules, le croyant débiellé dans sa caboche bouclée de mulâtre. Amédée ignorait que la population diurne du quartier différait de sa population nocturne. Ces cases, en effet, étaient louées la nuit aux péripatéticiennes par des affairistes habitant des lieux plus potables et contrôlées le jour par ces derniers. En fait, ce n'était pas de l'hostilité véritable envers le mulâtre Amédée mais plutôt une manière d'agacement devant ce mot que personne ne comprenait : « féerique ». À la longue, on l'avait adopté, ce foutu mot sans papa sans maman, et on l'assaisonnait à toutes les sauces dans l'hilarité générale. On disait :

« J'ai une faim féerique ce matin, mes amis. J'aurais avalé un fait-tout plein de fruits-à-pain et de tête de cochon salée... »

Ou alors :

« Quand on se lève aigri comme ça, c'est qu'on porte un chagrin féerique sur l'écale du dos, oui. »

Des gamins s'interpellaient même à l'aide de ce mot

(«Féerique O, viens jouer aux billes avec nous!») qui avait fini par perdre tout sens. Louisiane, qui était la seule à savoir parler français, avait dû avouer pour une fois son incompétence. Par bonheur, la quête de l'infortuné Amédée s'arrêta avant de prendre une tournure dantesque par la grâce de ce bougre de Rigobert Charles-Francis. Ce dernier avait d'abord haussé les épaules devant la dérive du mulâtre puis un jour de sacrée salope de dèche, il avait senti qu'il y avait peut-être quelque monnaie à gratter là. Il avait entraîné Amédée au Marguerites des marins, l'avait fait boissonner plus que de raison et lui avait annoncé froidement qu'il connaissait la «femme féyérik» qu'il recherchait. Cela dessaoula Amédée d'un seul coup. Il saisit le poignet de son interlocuteur et lui dit :

«Emmène-moi à elle tout de suite! Je te donne cinq cents francs si tu fais ça pour moi...»

Cinq cents francs! Rigobert n'en croyait pas ses oreilles. Il n'avait jamais manié autant d'argent à la fois de toute sa vie. Il rêva à ce qu'il en ferait : il s'achèterait avant toute chose une paire de souliers en croco marron et noir ainsi qu'une jaquette anglaise chez Doumit. Puis il irait se faire raser et tailler le bois de Campêche de sa barbe et là, il gravirait les quarante-quatre marches sans les compter, sûr cette fois-ci de piler la quarante-deuxième qui te garantit l'étincelle de l'Amour. Car la chance, et c'était une chance que d'avoir harponné ce couillon de mulâtre désemparé, ne te lâche plus quand tu l'as touchée. La chance est sœur jumelle de la déveine. Elle te colle à la peau autant qu'elle peut. Mais Rigobert s'assombrit très vite : il avait raconté des histoires! Il ne connaissait aucune négresse «féyérik» ni dans les parages ni ailleurs à Fort-de-France. Il passa mentalement en revue les putaines de la Cour Fruit-à-Pain : Mérilise qui se défrisait au fer chaud matin, midi et soir, «en haut comme en bas» précisait-elle, «car les clients n'aiment pas le fil de fer» ; Ginette aux seins volumineux et à la taille de libellule que les hommes d'âge mûr chérissaient pour sa tendresse maternelle et qui chantonnait en faisant la chose ; Cécile, la petite coulie timide ; Anita qui venait d'Haïti ou de Saint-Domingue, en tout cas de par là-bas car personne ne parvenait à identifier son créole ; et puis toutes les autres, fleurs ravinées avant l'heure... non, décidément, point de négresse féerique dans ce lot de femelles aux fesses chaloupées qui n'intéressaient guère Rigobert puisque en comparaison de Marlène Dietrich ou de Greta Garbo, elles n'étaient que des oiseaux de nuit grotesquement harnachés.

«Emmène-moi !» le suppliait Amédée.

Soudain, Rigobert vit la lumière ! Il faillit remercier Dieu mais se rattrapa à temps et jura, au contraire. Mais oui ! Comment n'y avait-il pas pensé plus tôt : il y avait Philomène, la câpresse affriolante du Morne Pichevin qui venait parfois travailler sur le dos à la Cour Fruit-à-Pain. Certes, elle le faisait plus rarement que souvent et n'était pas admise par ses pairs mais tout de même quel sacré morceau de chair ! «Dommage qu'elle soit toujours perdue dans une songerie infinie», se souvint-il.

«Elle s'appelle Phi... Philomène, lâcha-t-il.

– Ah, je me doutais d'un prénom comme ça ! fit Amédée. Un prénom féerique ! Ne me dis pas son nom, les noms par contre sont si décevants dans ce pays. Ils ont été si drolatiquement choisis par nos anciens maîtres, hon !»

Mais la câpresse fuyait toujours l'écrivain en mal de mots. Elle ne se trouvait ni dans sa case ni à la Cour Fruit-à-Pain. Nulle part, et cela pendant etcetera de jours.

Rigobert, intrigué, interrogea madame Sina, la boutiquière, Richard et son épouse, Carmélise, et des tas d'autres nègres de l'endroit : personne ne savait quel vent avait suivi mademoiselle Philomène. C'était la première fois qu'elle s'absentait ainsi sans avertir son voisinage. À Pâques ou à Noël, certaines années, il lui arrivait de monter dans sa commune natale du Gros-Morne ; dans ces cas-là, elle remettait la clef au propriétaire de sa case, un dénommé Gesner qui habitait le quartier de Moutte. Au cours de leur recherche effrénée, les deux hommes en vinrent à mieux se connaître et même à s'admirer. Amédée, le rationaliste athée, élevé dans la culture gréco-latine, demeurait le bec coi face aux fabuleux blasphèmes de Rigobert qui n'avait connu d'autre école que celle des ruelles sordides de ce bidonville qu'est le Morne Pichevin.

« Donc tu ne crois pas en Dieu ? provoquait-il Rigobert.

– Moi-même ! Tu me prends pour toi ? Je crois en Dieu, je sais qu'il existe mais je le condamne. J'affirme que c'est une salope de première catégorie, qu'il s'est montré trop méchant envers les nègres et trop bon envers les Blancs. J'attends de monter en face de lui pour lui dire ses quatre vérités dans le mitan de sa figure. Il verra c'est qui monsieur Rigobert Charles-Francis, tonnerre de Brest ! »

La foi blasphématrice n'existait pas dans les livres qu'avait étudiés Amédée. Les Blancs croyaient ou ne croyaient pas en Dieu, c'est tout. Ils le craignaient ou l'ignoraient mais ne le mettaient pas en accusation comme un vulgaire malfrat. De même, Rigobert nourrit une vénération vite démesurée pour ce mulâtre qui prétendait sans rigoler qu'après la mort, il n'existerait que la poussière et le rien. Ainsi, il n'y aurait personne à qui demander des comptes dans toute cette maca-querie ? Il résistait cependant de toutes ses forces à une telle absurdité, contraint de s'avouer qu'elle le fascinait. Il rencontrait un athée pour la première fois. D'ailleurs, il n'avait jamais soupçonné auparavant que ce genre d'animaux existât, pour la bonne et simple raison que les pauvres et les nègres à déveine ne peuvent se payer le luxe de ne pas croire en une vie meilleure. Leur ami-calité se bâtit sur une passion commune pour la méta-physique, ce qui ne cessait de surprendre Amédée, convaincu que l'exercice de la philosophie était impos-sible par trente degrés à l'ombre, surtout en milieu tro-pical. D'autant que Rigobert avait des reparties quasiment imparables.

« Essaie d'imaginer Dieu noir, lui avait-il demandé. Non, non... Ne me réponds pas tout de suite, compère. Ferme les yeux et réfléchis bien à ma question et puis baille-moi ton avis. »

Et Amédée dut se rendre à l'évidence que tout nourri de Schoelchérisme et de l'Esprit des Lumières qu'il croyait être, il ne pouvait sincèrement se figurer Dieu avec une peau d'ébène. Non, vraiment, ça ne faisait pas sérieux. Ou plutôt pas plausible. Néanmoins, ces cau-series, aussi profondes fussent-elles, ne parvenaient point à étancher sa soif de Philomène et il était devenu d'une maigrichonnerie à faire peur. Sa femme avait fait venir le docteur Bertrand Mauville, son cousin, qui lui avait prescrit trois semaines de repos, « sans ouvrir un livre » avait-il recommandé, sachant que la bonne veille-rait avec férocité à ce que cela soit respecté à la lettre. Le malade ne prononçait pas un mot, content au fond de lui de leur jouer un bon tour et de faire un pied de nez à la respectabilité foyalaise.

En vérité vraie, Philomène avait été kidnappée par la maréchaussée et une bande d'ambulanciers sauvages qui l'avaient traînée par les cheveux tout le long de La Savane, parce qu'elle s'était mise à conter puis à chanter en plein jour au beau mitan du kiosque. Conter passe encore, bien que ce fût là une offense grave à la tradition, au dire des vieux rhumiers qui hantaient les lieux depuis le temps du marquis d'Antin, mais chanter les morceaux ésotériques des contes créoles sous la grosse lumière raide du soleil comme s'il s'agissait de vulgaires romances, on n'avait jamais assisté à une telle dérespectation !

À l'hôpital psychiatrique de Colson, le médecin blanc de service lui avait diagnostiqué d'un air résigné «des bouffées délirantes», puis avait demandé qu'on la relâche au bout d'une dizaine de jours parce qu'il n'y avait de place que pour les déments sérieux. Honteuse de son séjour parmi ceux-ci, Philomène, une fois revenue à elle, inventa un voyage chez une grand-mère agonisante à Macouba, sans que personne la crût puisque la nouvelle avait fini par se propager jusqu'au Morne Pichevin : la câpresse, dont le seul regard pouvait chavirer la soutane d'un monseigneur, chantait en plein jour :

> *O zouzouzou, o zouzouza a la mwen siyak !*
> *Gougou, gougou, a la mwen siyak !*
> *Je suis un démon ailé, a la mwen siyak !*
> *zouzou, zouzou, a la mwen siyak !*
> *gougou, gougou, a la mwen siyak !*

(Paroles tout-à-faitement hermétiques pour le commun des mortels.)

On s'écarta respectueusement d'elle au début et

quand on s'aperçut qu'hormis cette étrange disposition, il n'y avait rien de changé dans ses paroles et dans sa comportation, on l'admit à nouveau comme une véritable mâle négresse de la Cour des Trente-Deux Couteaux. C'est qu'entre-temps quelqu'un avait inopinément trouvé l'explication. Elle était simple. Ces chants profanateurs n'étaient qu'un nouveau présage de la guerre qui s'annonçait. Pas de doute là-dessus. On se rengorgea même qu'à Morne Pichevin il y eût tant d'annonceurs de présages et cela permit de tirer de l'oubli l'exploit accompli le 25 décembre de l'année précédente par ce bougre de Rigobert. Les deux immenses présages flottaient maintenant dans les esprits et donnaient à l'existence une saveur encore jamais ressentie. Un peu comme ces fruits rarissimes dont le nom fait rêver, «cachiman», «letchi», «pomme-rose» ou «merise» et qu'on n'a l'occasion de goûter qu'une fois dans sa vie.

Lorsque les quatre grains d'yeux d'Amédée et de Philomène se rencontrèrent, il leur fut inutile d'esquisser le moindre mensonge comme ceux que deux êtres, jusque-là inconnus l'un pour l'autre, dressent entre eux de peur de devenir la proie sans défense d'une exaltation débornée. Philomène comprit que l'homme qu'elle avait longtemps cherché sur les paillasses fétides de la Cour Fruit-à-Pain, le seul, le vrai, se tenait là devant elle et qu'il l'espérait depuis des siècles de temps. Elle arrangea avec fébrilité son opulente chevelure noire de câpresse et chercha à rassembler ses mots afin de ne pas commettre quelque impardonnable faute de français. Amédée, malgré son air d'oiseau-kayali rendu hagard par l'approche d'un cyclone, réussit à balbutier:

«Philomène… je vous aime.

– Monsieur, je te aime…» répondit la jeune femme.

Rigobert péta de rire. Il rit, il rit, il rit. Les deux futurs amants le regardaient comme statufiés. Le voisinage vint et s'embarqua lui aussi dans cette entreprise de rire sans qu'il sût exactement de quoi il retournait. Carmélise, qui avait plus de science de l'amour que les autres, empoigna Philomène par l'épaule et lui dit comme ça:

«Ma fille, je serai ta demoiselle d'honneur, si tu veux…

– Demoiselle, ha! ha! ha! fit Rigobert en redoublant de rire, tu l'as recousue ta virginité, ha! ha! ha!… avec du fil d'araignée peut-être, ha! ha! ha!…»

C'est alors que sans comprendre elle-même ce qui lui arrivait, Philomène remit à Amédée un grain d'or de son collier-chou et dévala quatre à quatre les quarante-quatre marches malgré ses talons aiguilles, chose qui causa sa perte car elle pila par inadvertance la septième marche maudite. On en conclut plus tard que la grande joie de l'amour fou l'avait précipitée tout droit dans la ravine du malheur. Amédée tournait et retournait le grain entre ses doigts, fasciné par cette boule dont la lourdeur était insoupçonnable à vue d'œil. Il eut soudainement la vision de son bureau, de l'éternelle page blanche devant laquelle il sacrifiait ses nuits depuis de si longues années à la recherche d'un mot ou d'une phrase qui se dérobait sans cesse et comprit qu'il devait impérativement commencer par là: cette main fébrile qui lui tendait un grain d'or et cette ombre qui s'enfuyait tel un fale-rouge devinant la présence d'un macou-chat. Une métamorphose se produisit en lui. Il redevint d'un seul coup raisonnable, pria Rigobert de le conduire à sa case où il se déshabilla et se rasa. Puis, il lui régla la somme promise, épousseta les bords de ses souliers couverts d'une croûte de poussière et de boue depuis le commencement de l'hivernage et descendit, guilleret, au Pont Démosthène, sans s'inquiéter de la maudition des quarante-quatre marches puisque en bon bourgeois mulâtre, il ignorait presque tout des superstitions des nègres. D'ailleurs, les eût-il connues qu'il s'en serait ri.

Il regagna son domicile après trois mois d'absence au cours desquels la maréchaussée l'avait fait rechercher partout en ville (sauf bien entendu au Morne Pichevin où elle caponnait devant les maîtres manieurs de couteaux à cran d'arrêt). Son épouse, Blandine, s'était déjà résignée à sa mort car cet homme était devenu un étranger depuis la pendaison de leur fils aîné. Plus souvent que rarement, il dormait dans son bureau, à même son fauteuil, tandis qu'elle se vautrait dans le grand lit à colonnes en bois de courbaril qu'elle avait hérité d'une aïeule. À ces moments-là, tout le mépris des Blancs créoles pour les gens de couleur lui remontait aux lèvres et elle devait mordre le traversin pour ne pas se mettre à hurler à son mari :

« Fils de négresse ! »

Dans sa jeunesse, elle avait bravé l'interdit de sa famille et de sa caste pour épouser Amédée dont l'aura de grand professeur de latin l'avait éblouie. Cela avait été facilité du fait que les Duvert de Médeuil se trouvaient au bord de la ruine et n'étaient plus guère invités aux fêtes rituelles de la caste. Son père avait dû vendre à bas prix la propriété familiale de Grand-Bassin, dans la commune du Saint-Esprit, afin d'éponger les dettes de jeu de son jeune frère, un voyou décadent aux multiples maîtresses de toutes complexions. De ce jour, il n'était plus salué dans la rue par les hommes de grande famille, notamment par le patriarche Henri Salin du

Bercy, seigneur de l'usine du Lareinty, dont la fortune s'étendait de la plaine du Lamentin à Caracas et de Miami à Paris. Il négociait les mariages entre cousins germains, voire demi-frères et demi-sœurs, pour préserver l'intégrité des plantations cannières ou pour les remembrer. En outre, il prêtait de l'argent à ceux qui voulaient s'installer dans les secteurs plus modernes et réunissait le conseil des sages clandestin sur son îlet privé de la baie du Robert afin d'exclure tel individu ou telle famille qui avait manqué aux engagements, «historiques» insistait-il, de la caste. Ainsi les Jouan de Maisonvieille de la commune du Prêcheur et les Cassien de Linveau, de Case-Navire, tout comme d'autres noms aussi éloquents de noblesse coloniale avaient été impitoyablement rejetés dans la négrerie sans aucun espoir de rachat. Deux manquements provoquaient en général la radiation immédiate : tomber en faillite et épouser une personne de couleur. Le premier de ces malheurs s'abattit sur le père de Blandine l'année même du Tricentenaire du rattachement de l'isle de la Martinique à la France, en 1935. Son jeune frère avait profité de l'euphorie qui s'était emparée de la population, du dernier des charbonniers du Bord de Canal au plus aristocrate des hobereaux békés, pour sombrer dans la bamboche et la canaillerie sans frein. Il jouait au bridge avec les Blancs-pays, au baccara avec les Syriens, à la belote avec les mulâtres, aux dames avec les chabins, aux dés avec les nègres, aux dominos avec les coulis et au mah-jong avec les bâtards-Chinois et il perdait, perdait, perdait comme quelqu'un qui charroie de l'eau dans un panier. Alors il empruntait autour de lui et reperdait. Il boissonnait à crédit dans les plus infâmes débits de la régie des Terres-Sainvilles (sa couleur servant de gage) pour finir dans les bras de quelque prostituée coulie d'Au Béraud. Le père de Blandine répétait d'un air résigné :

« La seule dignité qu'il ait conservée c'est qu'il n'a jamais couché avec une négresse noire. Au moins met-il son lapin entre les cuisses des Indiennes. Enfin ! Dieu est grand... »

Aussi l'argent de la vente de Grand-Bassin passa à renflouer ce frère prodigue tandis que son magasin de marchandises en gros du Bord de Mer périclitait sans rémission. Il n'avait plus les moyens d'importer et la caste qui tenait les ficelles des banques faisait tout pour l'étrangler. Il dut vendre ses murs deux jours avant les festivités du Tricentenaire et en garda une sourde amertume envers la France. Les flonflons de la musique militaire, le brillant des expositions, les discours enflammés des politiciens place de La Savane, la liesse populaire qui embrasa la ville, tout cela le laissa de marbre. Il se réfugia avec Blandine à Balata chez une cousine âgée, demeurée vieille fille, qui l'avait en pitié, et ne sortit pas pendant six mois. C'est le décès en duel de son frère et l'enterrement mesquin du bougre qui obligèrent Duvert de Médeuil à cesser de faire la mangouste. À cette époque héroïque, on se faisait porter des faire-part de duel pour un regard de travers ou une phrase ironique dans un journal. On s'affrontait à l'épée, au pistolet et si cela ne suffisait pas, au poignard. Les plus chatouilleux étaient les mulâtres qui cherchaient la moindre occasion pour en découdre avec leurs ennemis héréditaires, les békés créoles. Le malheur de l'oncle dépravé de Blandine fut qu'il s'était invité selon son habitude à une réception donnée par le gouverneur et était passé devant Julien Confiant sans le saluer ni même prendre sa hauteur. Exactement comme si ce dernier avait été du caca de chien, lui le talentueux politicien mulâtre radical-socialiste qui avait repris le flambeau de l'avocat Marius Hurard après la destruction de la ville de Saint-Pierre par la montagne Pelée. Lui, le tisonneur des latifundiaires, le pourfendeur de toutes leurs turpitudes dans son journal *les Colonies*. Dans la nuit, Confiant rédigea un éditorial outrageant pour les Duvert de Médeuil et pour la caste tout entière puisqu'il faisait du joueur invétéré le symbole même de la dégénérescence inéluctable de la race blanche en Martinique. Henri Salin du Bercy ordonna à la victime de provoquer Julien Confiant en duel mais il crut bon de se rebiffer en haussant les épaules tel un je-m'en-fous-ben. Le patriarche le fit enlever par des sbires saint-luciens et menaça de le faire expédier dans la froidure européenne *ad vitam aeternam*, ce qui eut pour effet de glacer le sang de Duvert de Médeuil par avance et le convainquit d'envoyer un faire-part à cet énergumène de journaliste mulâtre qu'il n'avait pas voulu offenser pour de vrai. Simplement, dans la caste, il était de coutume d'ignorer l'élite de couleur dans les cérémonies officielles, voilà tout! En fait, les mœurs avaient brocanté d'aspect depuis longtemps. La nouvelle politique blanche consistait au contraire à ménager la susceptibilité à fleur de peau de ces nouveaux riches. Trop occupé avec les amateurs de cartes et les ribaudes, le cadet des de Médeuil ne s'était pas rendu compte de ce subtil changement. Du reste la politique ne l'intéressait que peu, et il ne lisait pas les journaux, vinssent-ils de la métropole. En conséquence, trois jours après l'affront, Julien Confiant régla cette affaire en lui expédiant deux balles en plein front qui lui firent gicler la cervelle comme une goyave trop mûre. Le duel s'était déroulé sur une savane déserte de

Ravine-Vilaine en présence des deux témoins réglementaires. Cette fois-là la patience du gouverneur fut à bout et Julien Confiant ne bénéficia pas de l'impunité que lui conféraient ses talents oratoires et rédactionnels: on l'exila à la Dominique où il finit ses jours.

À l'enterrement de son frère cadet, Duvert de Médeuil prit la résolution de tuer coûte que coûte un homme de couleur (et cela avant la fin de l'année), devant l'ignoble de la cérémonie. D'abord les maîtresses du défunt, vêtues de robes en madras aux couleurs vives, avaient envahi le cortège où se pressaient quelques rares békés qui n'avaient pas rompu avec les de Médeuil et jacassaient à qui mieux mieux. Le père de Blandine comprit qu'elles signaient là son arrêté d'expulsion de la race blanche car, de tout temps, les Blancs se faisaient enterrer le matin et les nègres l'après-midi pour que le monde ne se mette pas à confondre les cocos et les abricots. Ensuite, l'abbé, connaissant les frasques du cadet de Médeuil et son irrespect de l'Église, avait expédié la cérémonie en deux coups d'encensoir et trois phrases de sermon sans queue ni tête. Arrivé au cimetière des riches, nulle trace de la traditionnelle haie de condoléances des messieurs de la caste, seulement un fossoyeur indien à moitié ivre, qui vitupérait contre un ennemi invisible, sa pelle brandie très haut au-dessus de sa tête. Du coup, les quelques Blancs du cortège filèrent à l'anglaise et Duvert de Médeuil se retrouva escorté des seules veuves en chaleur de son frère qui s'abîmaient en sanglots sur le cercueil en hurlant des «Doudou-chéri, ne pars pas!» avec la vulgarité sensuelle si particulière aux demi-mondaines. L'une d'elles s'était déchiré le corsage et ses seins agressifs couleur de sapotille ballottaient en tous sens à la grande rigoladerie d'une compagnie de fainéantiseurs agrippés aux murs du cimetière, que ces braillements avaient attirés comme des mouches à miel. À cet instant, dit la parole populaire, un vent de malcaduc souffla et les veuves s'emparèrent des couronnes mortuaires pour s'orner les cheveux de leurs fleurs, et se mirent à danser une mérengué endiablée qui avait connu un vif succès au carnaval de la même année. Elles chantaient faux ce poignant :

> *Mi amor ! Jámas te olvidaré*
> *Luz de mi vida, perdoname…*

Et d'insister avec lourdeur sur ce «perdoname» comme si le cadet des Duvert de Médeuil leur eût jamais fait jurer fidélité. La mise en terre se fit en un battement d'yeux et l'abbé ainsi que ses deux acolytes négrillons s'enfuirent, soutanes relevées jusqu'au genou, retrouver une traction avant noire qui les attendait près de la caserne Gallieni. La honte et la rage bouleversaient le cœur de Duvert de Médeuil qui finit par se retrouver seul sur la tombe avec Blandine, les courtisanes mulâtresses préférant continuer leur sarabande dans les bars à billard de la Croix-Mission. La barre du jour était sur le point de se briser et le ciel arborait une mauvaise teinte grisâtre par-dessus les caveaux blancs, aussi vastes que les petites maisons où la békaille et la mulâtraille de Fort-de-France continuait, par-delà la mort, à afficher leur arrogance séculaire. Duvert de Médeuil prit la main de Blandine dans la sienne et la trouva étonnamment tiède.

«Tu sais comme tu es fragile, lui dit-il, ne restons pas sous le serein. Ce soir, tu dormiras chez ta marraine Élodie. Je l'ai fait prévenir.»

Mais Élodie de Saint-Jour avait clos portes et auvents rue Victor Hugo où elle était l'une des rares privilégiées à posséder un jardin intérieur, et fit comprendre à son ami de toujours, Duvert de Médeuil, qu'elle ne connaîtrait plus sa fille ni en bien ni en mal. Il ne faisait plus partie de la caste et Blandine ne souillerait ses draps pour rien au monde. Elle faillit s'attendrir au souvenir des boucles blondes de la fillette, qu'elle avait portée sur les fonts baptismaux un jour éclatant de juillet, mais elle reprit très vite ses esprits et son sens de l'ordre social : le patriarche Henri Salin du Bercy avait fait tomber le couperet. Il n'y avait point de recours.

Quelques mois plus tard, sa vieille cousine décéda et lui légua sa maison de Balata. Duvert de Médeuil reprit peu à peu goût à l'existence et trouva un emploi de vérificateur aux écritures chez le négociant béké à qui il avait vendu ses murs. Il retrouva les mêmes employés de couleur à qui il donnait autrefois des consignes sèches et les mêmes débardeurs-Congo qui continuaient à lui bailler le titre de «patron». Son humiliation fut à son comble quand on le mit sous les ordres directs du comptable en chef, une sorte de gros mulâtre fier de sa personne, toujours cravaté et costumé en pure laine, du nom de Maximilien Mauville. Ce dernier affichait en permanence un petit sourire narquois dont Duvert de Médeuil ne savait s'il fallait l'interpréter comme de la suffisance, défaut inhérent à la race mulâtre, ou de la simple bêtise. Toutefois, Mauville se montra correct avec son subordonné blanc, ne cherchant jamais à le prendre en défaut ni à le mettre sciemment en difficulté. Au fil des jours, la prévention de Duvert de Médeuil s'effrita. Il arrivait même avant l'heure à son bureau, sachant que dès cinq heures trente du matin, le comptable en chef s'activait dans le sien. La résolution qu'il se martelait jour et nuit («Je vais tuer un homme de couleur!»), sans disparaître tout à fait, se lova dans quelque repli oublieux de son esprit et il se mit à observer pour la première fois de sa vie les gens de l'autre race. Il découvrait avec stupeur qu'il ne les avait jamais vraiment regardés de face et que ceux qu'il traitait en ombres vaguement dérangeantes étaient des êtres doués de sensibilité et de raison tout comme lui. Il s'intéressa au devenir du fils de Mauville, Amédée, à qui le Conseil Général venait d'accorder une bourse pour poursuivre ses humanités à la Sorbonne, et ricanait à la pensée de tous ces rejetons de la caste dont la culture ne dépassait pas quelques leçons privées d'arithmétique, de français et de catéchisme et qui se feraient tôt ou tard balayer de la surface de cette île par leurs camarades de couleur.

Lorsqu'un paquet d'années plus tard, Amédée rentra auréolé de sa licence ès lettres, son père organisa une bamboche à cracher le feu aux Anses-d'Arlets, à laquelle il invita toute la jeunesse dorée des classes de couleur ainsi que quelques békés hors caste. Ce dernier geste était de pure forme, tout un chacun sachant que le Blanc insulaire le plus déchu ne se résolvait jamais à frayer avec la bourgeoisie de couleur, ce qui signifierait l'acceptation de sa défaite et son déclassement. Mais la rancœur de Duvert de Médeuil était telle contre ses congénères à particule qu'il décida d'accepter l'invitation du comptable en chef. Après tout, il n'avait plus rien à perdre et une certaine curiosité le poussait à mieux observer ces gens qu'on lui avait toujours appris à considérer comme des inférieurs. Maximilien Mauville avait insisté pour qu'il emmenât sa fille dont on vantait la belleté et déplorait l'infortune en ville. Il ne nourrissait aucune arrière-pensée pour son fils dont il avait toujours espéré qu'il reviendrait au pays au bras d'une blonde Parisienne. Celui-ci étant discret sur ce sujet dans ses lettres, c'est le cœur cavalcadant que Maximilien l'attendait à la passerelle du paquebot *Colombie*. Amédée n'avait pas trouvé l'âme sœur au quartier Latin, bien qu'il fût devenu un grand et fier jeune homme aux allures d'hidalgo argentin avec ses cheveux soigneusement gominés à la dernière mode et sa petite canne à pommeau argenté. Les deux hommes se firent un abrazo interminable puis le père s'enquit en souriant :

« Et les pépées, comment ça a marché là-bas ?

– Pas si mal…

– Pas si mal, ça veut dire quoi ?

– Heu… elles sont jolies à regarder et à toucher, papa, je te l'avoue bien volontiers mais… comment dire… il leur manque quelque chose, une saveur, une cadence intérieure… » fit Amédée songeur.

Puis le jeune homme demeura de longues minutes à observer la fourmilière de porteuses de charbon qui s'affairaient déjà à remplir les soutes du paquebot. De sveltes négresses de Guinée portaient altièrement sur la tête des paniers caraïbes noircis par la suie, et chantaient une mélopée créole bien triste.

« Voici ce que je voulais dire… fit Amédée du menton.

– Je vois… je vois… »

Maximilien Mauville ne parla plus jusqu'à la maison. Il venait de comprendre qu'il devait faire une croix sur son espoir d'éclaircir la race. Il connaissait son fils et son amour des livres, sa sensibilité à fleur de peau, sa droiture naturelle qui confinait parfois au moralisme, et il devinait que si après trois années passées en France, il ne s'était pas lié à une fille de là-bas, il ne le ferait plus même s'il devait repartir faire son doctorat. La mère d'Amédée, qui souffrait d'hémiplégie à la suite d'une congestion brutale qui l'avait saisie au versant d'une cinquantaine flamboyante, jubila au contraire. Tous les soirs, elle priait devant la lampe éternelle qu'elle avait placée sous le portrait de saint Martin de Porès pour que son fils lui revienne bien à elle et qu'elle puisse lui choisir à son gré une conjointe de bonne famille. Elle se voyait déjà organisant le mariage depuis sa chaise roulante, donnant des ordres au tailleur pour l'habit d'Amédée, rédigeant les invitations, choisissant un orchestre de bon ton et ouvrant le bal avec le marié qui la prendrait tout entière dans ses bras le temps si délicieusement bref d'une valse créole. Elle aurait alors le sentiment d'avoir réussi sa vie que le destin avait cru bon de mutiler prématurément. Pour elle, la bamboche du retour fut en quelque sorte une répétition générale de la cérémonie dont elle rêvait au cours de ses interminables nuits d'insomnie. Ses vues se portaient sur deux jeunes filles à l'apparence timide qu'elle avait aperçues à la messe à la cathédrale : Marie-Laure Valbin et Jeanine François-Pierre. Le père de la première était médecin-chef à l'hôpital colonial, celui de la seconde avocat au barreau de Fort-de-France. Deux très bons partis. Aussi ne se méfia-t-elle pas, une fois de plus, des sillacs du destin et ne prêta-t-elle aucune attention à ce vieux béké voûté et à sa fille pâlichonne qui débarquèrent pendant le bal. Elle s'était empressée de présenter son fils aux deux prétendantes présumées, qui furent ravies qu'entre toutes, on leur décernât un tel brevet d'honorabilité. Leur inculture, quoiqu'elles fussent au couvent Saint-Joseph-de-Cluny, consterna Amédée qui se mit à les tourner en dérision sans qu'elles s'en rendissent compte. Tout se déroula très vite et de façon aussi caricaturale que dans un roman à quatre sous. D'ailleurs, il n'aimait pas les taches de rousseur de cette chabine-mulâtresse de Marie-Laure, son air niais et ses reparties toutes faites. Il en vint à haïr sur-le-champ les préjugés qu'affichait si sereinement Jeanine.

«Près de chez nous, il y a un nègre-gros-sirop qui joue du tambour toute la sainte journée, se plaignait Marie-Laure, ça fait un vacarme affreux, je vous assure. Quand il le fait en pleine nuit, j'ai peur, j'ai l'impression que c'est le diable qui va venir me prendre.

– Vous ne possédez pas de piano? demanda Amédée.

– Si! J'en joue depuis l'âge de cinq ans. On me dit experte en Schubert et pas maladroite avec Liszt, par contre j'éprouve quelques difficultés avec les plus grands, Mozart surtout. Mais quel rapport?

– Très simple, ma chère, ricana le jeune homme, chaque fois que votre nègre enfourche son tambour, vous feriez bien de vous asseoir à votre piano et de lui donner la réplique. Je suis prêt à parier qu'il cessera son manège grossier sur-le-champ. Ne serait-il pas amoureux de vous par hasard?

– Ooh!...» fit Marie-Laure en étouffant un petit cri d'horreur.

Elle fut sauvée du désastre par un beau cavalier pomponné qui, l'attrapant au vol et l'entraînant dans une mazurka frénétique, força les applaudissements des autres danseurs et de l'assistance des parents, assis sur trois rangs de chaises au fond de la salle comme des pains rassis. Jeanine crut bon de saisir sa chance.

«Vous lisez beaucoup m'a-t-on dit, connaissez-vous *Mon cœur est une île* de Marie Destremont?

– Destremont... Destremont... ça me dit quelque

chose, murmura Amédée, surpris et irrité de l'être sur son propre terrain.

– Elle raconte une histoire d'amour entre une mulâtresse martiniquaise et un capitaine de navire blanc. Un amour déçu évidemment…»

Amédée ne soutint pas la conversation. Cela lui suffisait et le confirmait dans l'idée que ce qui tenait lieu de littérature aux îles dépassait rarement le doux balancement des palmes sur l'eau bleue et les frétillements langoureux entre indigènes et beaux Européens. Il se jura d'écrire à ce moment-là, de rompre avec cet absurde babil qui maintenait la population cultivée de ce pays dans un état d'indigence intellectuelle affligeant, à l'instar de cette bécasse de Jeanine. Toute la soirée, il se martela à l'esprit, sans même dévisager ses cavalières, cette noble résolution quand l'une d'entre elles, presque au finissement du bal, lui cogna le devant du pied tellement elle dansait avec gaucherie.

«Ex… excusez-moi, balbutia-t-elle, rouge comme une fleur de balisier.

– Ce n'est rien… Vous vous appelez comment ? Il me semble vous voir pour la première fois.

– Blandine… Blandine Duvert de Médeuil.

– Enchanté !» fit Amédée, étonné de tenir une femme békée dans ses bras.

Ils ne se parlèrent plus mais dansèrent comme attirés par un aimant les quatre ou cinq valses qui clôturèrent la bamboche. La mère d'Amédée demeura le bec coi devant la grâce de leurs pas divinement accordés. Elle essaya de mettre un nom sur la figure de la cavalière, sans succès. Elle dut reconnaître que celle-ci ne déparait en rien son hidalgo adoré et abandonna ses projets de fiançailles avec Jeanine et Marie-Laure. Le père de Blandine qui avait boissonné comme un trou sentit son ancienne rage contre les gens de couleur monter en lui à la vue de sa fille enlacée par ce mulâtre. Toute la compréhension que sa raison lui avait inculquée au contact journalier de son comptable en chef vola en éclats sous l'effet du tafia à soixante degrés. En un éclair, il revit le corps déchiqueté de son frère cadet, sa tête fracassée qu'on avait dû recoller avec des bandes de gaze, et revécut les rires hystériques des ribaudes au cimetière des riches. Alors il laissa péter sa colère.

«Lâchez ma fille, cochon de nègre!» hurla-t-il.

L'orchestre s'arrêta net. Un serveur laissa chuter un plateau de verres de champagne. Les regards de la société convergèrent vers le maître de maison qui semblait comme foudroyé. La jeune femme békée s'enfuit sur le perron en pleurant, aussitôt rejointe par Amédée.

«Il est saoul comme un macaque, intervint quelqu'un, ne nous embêtons pas pour ça.

– Oui, mais on ne vient pas chez les gens pour les injurier de la sorte!» rétorqua le père de Marie-Laure Valbin, encore plus courroucé que Maximilien Mauville.

Maximilien songea à calotter Duvert de Médeuil mais cela n'aurait servi à rien. Le mal était fait: la fête somptueuse qu'il avait longtemps caressée dans sa tête en l'honneur de son sorbonnard de fils était gâchée, et cela se saurait dès le lendemain dans le tout-Fort-de-France. Le monde se gausserait de sa prétention à vouloir à tout prix inviter les Blancs à sa table. Ce qui le sauva de la risée publique, c'est que Duvert de Médeuil sembla pris du haut-mal et s'effondra de tout son long sur le faux tapis persan du salon en vomissant une sorte de bouillie verdâtre. Valbin et Bertrand Mauville, cousin d'Amédée, qui étaient médecins, s'empressèrent de lui tâter le pouls et, ne le trouvant pas, déclarèrent qu'il fallait transporter le corps à l'hôpital, de toute urgence. Cet incident mit un point final à la réception et les invités, un peu gênés, rassemblèrent chapeaux hauts de forme et châles sévillans à la hâte, serrèrent les mains de Maximilien et de son épouse comme ils l'auraient fait en cas de grand deuil, puis s'engouffrèrent sans se retourner dans leurs torpédos.

Amédée avait accompagné Blandine à l'hôpital. Ils n'échangèrent pas une parole durant le trajet, sûrs et certains de leur amour. La jeune fille semblait toute transie d'hébétude. Amédée ne pénétra pas dans la chambre du mourant mais l'entendit distinctement à travers la porte adjurer sa fille d'éviter à l'avenir les gens de couleur, tout cela au mitan d'un délire où s'entrechoquaient injures en créole et longues tirades inachevées en français. En apparence, Blandine ne répondait rien à ses admonestations et au bout d'une heure, qui parut une journée à Amédée, elle sortit de la chambre et lâcha comme pour elle-même :

« La fin est proche… »

Eh ben, c'est la même figure qu'elle arbora le jour où son mari était rentré de sa fugue au Morne Pichevin, à la recherche de sa négresse féerique. Une figure lointaine et stoïque, presque belle par moments, qui ne laissait pas deviner le fond de son cœur. Amédée comprit que leur vie commune prenait fin en cet instant précis, chose que lui confirmèrent les deux malles posées dans le corridor, où elle avait ordonné à la servante de ranger ses livres et une partie de ses vêtements. Il voulut parlementer, lui demander pourquoi mais il n'en fit rien, comme terrassé par le poids du destin. Depuis une charge de temps, sa femme ne s'intéressait plus à lui et à sa vie, et aujourd'hui elle ne faisait en final de compte que refermer une parenthèse. Elle remarqua alors qu'il triturait quelque chose : le grain d'or que lui avait offert Philomène. Elle esquissa une moue agacée qui signifiait «Monsieur court la prétentaine», dans le code de mimiques de leurs connivences passées, et lui tendit les clefs de la maison désormais vide.

«Les locataires emménagent cet après-midi, je leur ai demandé de discuter du loyer avec vous. Je vivrai doré-navant à Balata. Je vous prie de ne plus faire votre che-min croiser le mien, monsieur.»

Elle le planta là et claqua la porte d'entrée. Dans le demi-faire-noir du corridor, Amédée crut un instant qu'il allait s'effondrer en larmes, il sentit ses genoux vaciller mais une sorte de vigoureusité incontrôlable l'emporta. Il ouvrit la malle de livres, la renversa et en choisit deux : *Werther* et *Jacques le Fataliste*, hésitant à emporter aussi le *De bello gallico* avant de se raviser. Dans la malle de vêtements, il ne prit qu'un pantalon usagé qu'il portait en période de vacances et quelques chemises à manches longues, qu'il roula en boule. Puis il écrivit aux futurs locataires une missive qui les laisserait pantois :

«Maison déserte. Le désert appartient à tout le monde. Le sable et le vent n'ont pas de prix.»

Dehors, sa Simca 5 bleue était toujours garée contre le trottoir. Il en ôta les clefs et les jeta sur un tas d'ordures tout proche avant de remonter le boulevard de La Levée où des badauds discutaient en petits groupes animés. Il s'approcha de l'un d'eux et entendit un cha-bin aux yeux clairs qui proclamait :

«Mesdames et messieurs, la patrie est en danger.

L'ennemi allemand menace une nouvelle fois à nos frontières, que tous les nègres valides se préparent à partir défendre le drapeau bleu-blanc-rouge !»

«Salopes d'Allemands! Bande de crapauds ladres et inutiles, touchez à notre mère la France et vous verrez l'état de votre cul !» lançait-on çà et là dans la foule.

Au Pont Démosthène, Amédée vit les dockers démonter de vieux fusils de chasse pour les graisser dans des postures de matamores, et les femmes dresser des barricades avec tout ce qui leur tombait sous la main: planches pourries, fûts d'huile au rebut, pneus de camions, roches et autres qualités de choses. Une section militaire marchait au pas cadencé sous les ordres d'un sergent rougeaud et faillit l'écraser. Il en perdit *Werther* qui dériva dans l'eau glauque d'un dalot, s'ouvrant d'un seul coup et libérant une enveloppe dont la seule couleur révélait la provenance. Amédée s'assit à même le trottoir et entreprit de l'ouvrir avec précaution pour qu'elle ne s'abîme pas. Il lut:

«Cher monsieur,

«Nous avons constaté avec regret que vous n'assurez plus vos cours depuis le mardi 16 mai et cela sans que vous ayez fourni à l'administration du lycée le motif de votre absence.

«Nous tenons à vous rappeler que vous avez la charge de jeunes esprits qui préparent la difficile épreuve du baccalauréat et pour lesquels l'épreuve de latin est capitale.

«Aussi nous vous enjoignons de regagner au plus vite votre poste, faute de quoi vous serez considéré comme démissionnaire huit jours après l'envoi de la présente lettre.

«Recevez, cher monsieur, nos salutations confrater-
nelles.

«Le Proviseur,
«Robert Arnout.»

Une marchande de marinades agitait sa clochette
près de la maison des syndicats. Amédée en acheta une
dizaine, qu'il enveloppa dans la lettre, et se dirigea d'un
pas assuré vers les quarante-quatre marches. Levant les
yeux, il aperçut Philomène, vêtue de sa célèbre robe de
soie bleue, qui l'espérait, accroupie sur la quarante-
deuxième, celle du bonheur, en train de pisser en souriant...

4

La corne de la sirène municipale fit sursauter la ville entière en ce début d'hivernage 1939. On crut à quelque incendie dans l'un des nombreux entrepôts mal entretenus de la Pointe Simon et l'on accourut de partout pour contempler le brasier vengeur. Depuis que les plantations n'étaient plus le mitan de la vie des nègres et qu'incendier les champs de canne ne faisait apparemment ni chaud ni froid aux Blancs créoles, on n'avait guère l'occasion de les dérailler. Mais, arrivé au Bord de Mer, on dut se rendre à l'évidence : nulle flamme ne léchait chez de Lagarrigue de Survilliers ou chez de Reynal de Saint-Michel. Et cette sirène qui n'avait cesse de hululer à vous fendre l'âme deux pour deux comme un vulgaire coco sec !

Rigobert n'entendit rien, trop occupé à aider au convoiement d'un chargement de bœufs de Porto Rico jusqu'à l'abattoir qui, à l'époque, se trouvait à l'embouchure de la rivière Levassor. En réalité, notre homme ne s'approchait guère des bestiaux car il tenait les choses campagnardes en piètre estime, mais on le payait grassement pour pousser des «Hoo ! Ho ! la !» qui étaient censés les effrayer et les ramener dans le droit chemin. Il se tenait à distance respectueuse des convoyeurs professionnels, immenses nègres-Congo noirs comme des péchés mortels, lesquels, torse nu et effrayants de sueur nauséabonde, maniaient la rigoise et le lasso avec une habileté à couper le souffle. Traverser la ville relevait pour eux de l'odyssée comique. Ils prenaient un malin plaisir à disperser les bœufs dans les ruelles les plus étroites de façon à provoquer la panique des paisibles citoyens. La débandade des vendeuses de bonbons, des cordonniers, des djobeurs, des gentlemen en costume de lin et casque colonial blanc faisait leur joie sans qu'ils l'expriment le moins du monde sur leur figure éternellement fermée.

« Des bœufs espagnols en dévergondation ! Au secours ! À moi ! » s'écriaient certaines femmes oisives, mimant la frayeur.

Le rouclement de la sirène eut un effet déconcertant sur les bœufs, prétendit la rumeur populaire. On les vit se serrer flanc contre flanc et cheminer droit devant eux sans se bousculer et sans lâcher leurs énormes tas de caca-bœuf habituels. On aurait juré qu'ils obéissaient à une voix intérieure qui leur indiquait avec une extraordinaire sûreté l'itinéraire à suivre dans le dédale foyalais. Rigobert, désormais incapable de justifier son job, fut cloué par le vacarme de la sirène dont il prenait pour la première fois conscience. Il renonça à suivre le troupeau (et à réclamer son dû à l'importateur) et se mit à errer sur La Savane en quête de Lapin Échaudé ou de Gros-Édouard, l'expert en dés du Bois de Boulogne. Il n'y rencontra âme qui vive. Personne non plus près de la Maison du Sport. Personne sur le quai de La Française. Se dirigeant vers le centre-ville, il constata que les commerçants syriens baissaient leurs rideaux métalliques en chassant leurs clients dans un désordre indescriptible, une tralée de jurons à la bouche. Aux abords du marché, les marchandes de légumes entassaient leurs produits dans les charrettes à bras de leurs djobeurs particuliers sans en avoir écoulé le quart et filaient en hâte à la Croix-Mission où elles prendraient l'autobus pour regagner leurs campagnes. La vue d'Hamid, le propriétaire des Galeries Palestiniennes, sur le pas de son magasin le rassura quelque peu:

« Tu avais r-r-raison ! » lui criait-il en faisant de grands gestes démagogiques à l'endroit de Rigobert.

Ce dernier nota qu'il n'y avait pas l'ombre d'un seul crieur dans les rues, pas même leur maître de camp dont la blancheur de christophine qui a mûri sous ses feuilles se repérait à cent mètres. Il fut pris de fou rire à constater que toute cette agitation concrétisait son présage de Noël dernier. Une impérieuse envie de boissonner s'empara de lui et il ôta de sa poche arrière une fiole de tafia et se soulagea à même le trottoir, non sans souiller le bas de son pantalon, tellement il était agité par la tremblade. La guerre ! Ah, la voilà, cette chienne de guerre ! Un fond-de-cœur de joie l'étreignit soudain comme s'il pressentait qu'il s'agirait d'une ère de profondes bouleversades. L'idée de la mort, le souvenir des éclopés de 14-18 qu'il voyait ployer sous le poids de leurs médailles chaque 11 novembre devant le monument aux morts de la place de La Savane, tout cela ne l'effleura aucunement.

« Al-hamdulillah ! Les affaires vont reprendre ! s'exclama Hamid en se frottant les mains.

– Ton pays à toi n'est pas entré dans la guerre ? lui demanda Rigobert.

– Mon pays ? Quel pays, mon frère ? Mon pays c'est

celui où je peux vendre mes chemises et ma dentelle. Allah ou-akbar ! »

« Mais pourquoi ils n'arrêtent pas cette foutue sirène », maugréa le nègre du Morne Pichevin comme pour lui-même.

Il semblait avoir désormais perdu tout repère. D'ordinaire, il ne gaspillait pas une minute de son existence, même s'il donnait l'impression de n'avoir aucun but précis quand le hasard le conduisait chez Fifi, à Terres-Sainvilles, où il tapait les dominos, ou bien à la Cour Fruit-à-Pain où il venait faire un causement avec Philomène et d'autres péripatéticiennes. D'instinct, il savait où aller et à quoi s'occuper, mais aujourd'hui, il avait perdu sa boussole. D'ailleurs, la ville entière semblait s'être vidée et seules les ombres inquiètes qui glissaient derrière les persiennes à demi relevées attestaient de la présence humaine. N'ayant personne avec qui commenter l'événement, Rigobert sentit la colère l'envahir. Quelle race de capons, foutre ! Pris d'une inspiration brusque, il grimpa sur la statue de l'impératrice Joséphine de Beauharnais, au beau mitan de La Savane, et harangua le peuple :

« Nègres de la Martinique ! De quoi avez-vous peur ? Pourquoi serrez-vous vos corps comme des manicous qui ont vu la lumière du jour ? Moi, Rigobert Charles-Francis, je dis que si on ne nous offre pas ce gourmage avec les Allemands comme dans l'autre guerre, il nous faudra l'acheter. Nous avons les moyens d'acheter notre participation à cette guerre en envoyant là-bas des soldats, du sucre, des bananes, des fruits-à-pain, de la farine de manioc, du café. Je suis prêt à partir sur-le-champ verser mon sang pour la mère patrie qui fait si-tellement de choses pour nous. Qui nous a appris tout ce que nous savons ? Qui nous a montré à parler français, hein ? Qui a mis debout ces maisons ? Cette ville ? Non-non-non, jamais on ne devra dire que les nègres de la Martinique sont des ingrats !...»

Comme par enchantement, les banques et les cafés ouvrirent leurs portes. Les rues se peuplèrent de leur habituelle foule bigarrée et bavarde. Un instant, Rigobert crut avoir rêvé, ou était-ce un de ces tours que lui jouait périodiquement ce maudit tafia qu'il consommait à jeun, sans même l'aider à descendre avec une tranche de légume, cuit la veille au soir selon la coutume des authentiques amateurs ? Il demeurait stupidement accroché au cou en marbre de Carrare de l'impératrice, dont la blancheur commença à le paralyser. Un couple d'Européens le photographia sans lui demander son avis. La femme disposa les pieds de l'appareil avec dextérité tandis que son compagnon s'affairait sous une toile noire. Rigobert voulut les injurier et, ne sachant pas s'ils comprendraient le créole, ôta son sexe de sa braguette et le secoua avec une indécence étudiée. Ce geste n'émut point les photographes qui ne s'intéressaient déjà plus à lui et cadraient la place sous un autre angle. Rigobert se dit :

«C'est la guerre. Avec elle on voit de tout, me répétait mon défunt papa. On voit les hommes marcher à quatre pattes et les chiens parler, oui. Midi ne sonne plus à la même heure et l'eau qui dégringole du ciel n'a plus le même goût.»

Las d'errer comme une âme en peine, il remonta au Morne Pichevin, assuré que là au moins il obtiendrait des nouvelles fraîches. Les nègres de cet endroit ne connaissaient pas B-A BA et comprenaient à peine ce que disait la radio, mais ils avaient créé tout un réseau d'informations infaillibles qui partait de la chambrière du gouverneur, passait par le valet de Victor Sévère, le maire, ainsi que le chauffeur du consul des États-Unis et aboutissait aux balayeurs des administrations publiques et aux contremaîtres des usiniers blancs créoles. Les bonnes du Plateau-Didier jouaient aussi un rôle irremplaçable car l'essentiel des affaires importantes de la colonie se décidait dans les fumoirs de ces messieurs de la caste, ou plus rarement dans leurs alcôves. Les brocantages de nouvelles se faisaient au hasard des rencontres dans la rue ou lors des bals du samedi soir au Casino ou au Select-Tango, et se trouvaient aussitôt répercutées, amplifiées, voire déformées, à la Cour des Trente-Deux Couteaux.

La chambrière du gouverneur, Chimène, se trouvait être l'une des femmes du dehors de compère Richard, qui en détenait bien quatre ou cinq dans différents quartiers de la ville. «Rien que des bougresses qui savent parler français», précisait-il avec fierté. Il l'avait rencontrée dans un défilé de Carnaval l'année qui suivit le départ du gouverneur Spitz et l'avait suivie toute la nuit dans le déchaînement des masques-échassiers, des Mariannes-peau-de-figue, des diables rouges et des nègres-gros-sirop qui chantaient à tue-tête:

«Papiyon volé, sé volé nou ka volé!» (Vole ô papillon, nous suivons ton envol!)

Elle s'était glissée dans un long fourreau rouge-violet qui lui dessinait puissamment les formes et s'était fixé deux ailes diaphanes au bout de ses bras qu'elle battait avec volupté. Une libellule! Richard, comme à son habitude, s'était laissé convaincre par Rigobert de se rendre avec lui chez Ti Jo, le fils de la boutiquière, afin de se faire peinturer avec du goudron, de la tête aux pieds, et s'était mis des chaînes aux poignets ainsi qu'aux chevilles. La bande de nègres-grop-sirop du Morne Pichevin avait une réputation de férocité bien méritée. Tout dégoulinants de leur liquide noir, ils fonçaient sur le public et le baignaient sans ménagement. Quand ils apercevaient des personnes trop élégamment déguisées, ils leur donnaient des coups de chaîne pour déloger leurs masques. Les pires atrocités leur étaient permises car ils symbolisaient les esclaves se libérant de leur joug. Chimène la libellule leur était une proie toute désignée et ils l'espéraient aux abords du fort Saint-Louis, prêts à la coincer contre ses hautes murailles. Richard s'interposa, seul contre trente, moulinant un grand bâton dont il frappait parfois un assaillant plus téméraire que les autres. La musique irrésistible des orchestres disséminés dans les chars lui conférait une agilité qui le surprenait lui-même. La libellule s'était engoncée dans une anfractuosité du fort, ses ailes pitoyablement repliées sur sa tête, d'où jaillissaient les éclats moirés d'un diadème en verroterie. La vague de nègres-gros-sirop, se fortifiant le courage à l'aide d'onomatopées terrifiantes et de lampées de tafia, déferlait puis refluait sur Richard, qui continuait de se gourmer sans discontinuer.

« Tu es amoureux ? lui lança Rigobert, excédé. Hé, les hommes, regardez-moi un amoureux, comme c'est vigoureux, ha ! ha ! ha !

– Yééé ! crièrent les nègres-gros-sirop en s'en allant dans une vaste bousculade. Sacré amoureux va ! Yééé ! Yélélé ! »

Sans mot dire, Richard prit la main de Chimène et l'entraîna avec lui dans un défilé de masques-malpropres qui passait. L'étrange couple du nègre-gros-sirop hideux et de la libellule pleine de grâce virevoltant au beau mitan de ces bambocheurs en pyjamas déchirés et en gaules de nuit, gesticulant avec des pots de chambre et des bassines de toilette, déchaîna les hourras du public sur les trottoirs. Chimène et Richard dansèrent durant tout le carnaval, sans rien connaître l'un de l'autre, même pas leurs noms. Le mercredi des Cendres, la libellule se para d'une robe noire et d'un madras couleur d'hermine, et se perdit dans la houle humaine qui pleurait la mort prochaine de Carnaval. Désemparé, Richard chercha à la suivre mais, ce jour-là, tous les déguisements sont semblables et l'espoir de voir aboutir sa quête était aussi vain que le rêve d'enfantement du papayer mâle. Il s'assit à même l'herbe de La Savane, sous un tamarinier entouré de marchandes de snow-balls et de pistaches, le menton sur les genoux. Un poste de radio répétait sans trêve l'hilarant avis d'obsèques de Carnaval:

Les obsèques de Vaval, roi bwabwa,
Vaval le plus grand majô
surnommé nonm a bonm
Ses obsèques auront lieu à partir de deux heures cet
après-midi dans tout le pays et en ville menm parèy.
Le cortège se réunira la zôt ka wè anlo moun ki ka
mô ri.
l'inhumation aura lieu ansanm nwè fèt
en même temps que l'incinération.
Cet avis est diffusé de la part
des actuellement en Métropole
des yichkôn
des boulé, des bwètzouti, des gôlbo
des soubawou, des nègmawon
des soukouyan, des totoblo, des vagabonds
des bitako, des pété'y man ka pété'y
des désherbants, des matadô
des makoumè, des malélivé

An tout bagay-tala, si nou obliyé condoléances aux
parents, amis et alliés
> *Après la cérémonie, toute la famille*
> *sera heureuse de vous recevoir,*
> *mizik par-devant, dans les zouk les*
> *bals, les diri san kriyé, les dékalé*
> *mangous, les touféyenyen kon lidé*
> *zôt di zôt.*

Des défilés passaient et repassaient en criant :

« Magré lavi-a bèl, Vaval ka kité nou ! » (Bien que la vie soit belle, Carnaval nous quitte !)

Ce chant funèbre pénétra au plus profond de Richard, lui fouailla la chair et le laissa là tel un animal évidé de son sang. Les masques de mardi gras qui jonchaient le sol semblaient lui ricaner au visage. Il se leva en titubant, s'appuya sur le tronc du tamarinier et s'entendit dire dans une sorte de brouillard cotonneux :

« Mon fils, qu'as-tu pour chavirer ainsi ? Ta vieille mère peut t'aider, hein ?

– Hon-hon... » réussit-il à balbutier à la marchande de pistaches.

Le contact de sa peau avec l'écorce noueuse de l'arbre lui procura un bien-être inattendu. Il ne pouvait faire un pas, mais plus il se rapprochait du tamarinier, plus il sentait son corps se revigorer. Il s'y adossa et ferma les yeux quelques instants. Une sensation de doucine inouïe lui remonta depuis la plante des pieds jusqu'aux tempes, comme celle qu'il avait ressentie le jour où il s'était réveillé bien portant après six mois de paludisme à l'hôpital colonial. Il n'eut que le temps de murmurer « la vie est étrange », quand une main saisit son poignet et l'attira dans un fouillis odorant d'ailes, de toiles et de mouchoirs de tête.

« Annou alé ! » (Partons !) dit simplement Chimène.

Pour reprendre l'allée droite de ce récit, toujours tenté par la divagation, Rigobert rentra au Morne Pichevin et trouva son compère Richard en train de débiter une demi-douzaine de poules. Louisiane, sa femme, et Carmélise préparaient des fait-tout d'eau chaude sur trois roches à feu. Il comprit que l'on préparait la veillée mortuaire d'Agénor, oncle de Carmélise et plus vieux nègre du quartier, qu'on avait retrouvé avec un bec de mère-espadon dans le mitan du ventre. On avait installé des planches sur des fûts d'huile tout en rond de la case pour accueillir les veilleurs et trois femmes en noir, inconnues de lui, priaient debout dans la chambre du défunt. La marmaille semblait avoir compris d'elle-même qu'il fallait cesser tout charivari et jouait aux noix par petits groupes au pied des manguiers.

« La guerre a pété, vous savez ça ? fit Rigobert.

— Et alors ? Depuis le temps que tu l'as annoncée, compère, elle ne pouvait pas ne pas venir, rétorqua Richard avec aigreur ; en attendant, il nous faut enterrer Agénor correctement pour que monsieur ne vienne pas nous tirer les orteils la nuit, alors ta guerre, elle attendra, foutre !

— Prépare du café, mon bougre, au lieu de rester là à gober, ajouta Louisiane, madame Sina en a offert cinq gros pots à Carmélise. On en aura même après la veillée. »

Désireux de se faire pardonner son insouciance, Rigobert se souvint des enseignements que lui baillait son père, le fier-à-bras Garcin Charles-Francis, pour couillonner l'ennuyance des soirs que l'hivernage faisait trop vite tomber. Sans doute aussi pour effacer de son esprit l'image troublante de la belle Idoménée qui l'avait trahi avec tant de mauvaiseté.

« Vous voulez que je vous baille quelques devinettes ?
leur proposa-t-il.

— Tu ne respectes rien, s'exclama Carmélise que le chagrin ne semblait pas bouleverser outre mesure, en plein
jour, tu te sens prêt à commencer une veillée ? Ta mère
t'a mis bas un jour que le Bondieu avait mal à la tête ?

— Mais non, ce ne sont pas des devinettes de veillée,
vous êtes trop chauds, les amis, hé ben-hé ben ! Juste une-
deux-trois devinettes mal élevées, ha ! ha ! ha !

— Eh bien, d'accord ! fit Louisiane. Mais laisse le
Bondieu tranquille aujourd'hui, s'il te plaît ! Et puis quand
tu auras fini de couler le café, viens nous aider à plumer
les poules, viens.

— Tout ce que vous voudrez, messieurs et dames », fit
Rigobert d'un ton de moquerie cérémonieuse.

La plupart des dockers et des parasites municipaux
ne s'étaient pas rendus à leur travail. Ils devisaient gravement sur les pas de porte, s'interrogeant toujours sur
l'identité du bourreau d'oncle Agénor. Tout un chacun
était d'avis qu'il s'agissait d'une dérespectation du Morne
Pichevin, que de venir sur place même dépendre l'un de
ses habitants. Réquisitionnée pour la préparation de la
défense de l'île, la maréchaussée n'était pas intervenue
et l'on devait se dépêcher d'enterrer Agénor avant
qu'elle ne brocante d'idée. Trois de ses sœurs étaient descendues de leur campagne de Chopotte, au François, pour
le veiller, bien qu'il n'eût pas donné de ses nouvelles
depuis le dernier cyclone. Elles s'étaient débrouillées
pour qu'il ne finisse pas à la fosse commune du cimetière
des pauvres, en convainquant Richard d'y acheter un petit
carreau de terre en moitié. Dès que les gens entendirent
Rigobert lancer « Devinette ! », ils se rapprochèrent du
groupe qui préparait les bombances de la veillée.

«Je suis né d'une cervelle, pétri d'esprit. Pour connaître mes savoirs, il faut lâcher mon chien, lança Rigobert.

– Un fusil!»

«Devinette!

– Bois sec! firent rituellement les répondeurs.

– Celui qui le fait ne s'en sert pas, celui qui ne le fait pas s'en sert?

– Un cercueil!»

Réchauffé par la ronde des gens, Rigobert s'élança:

«Poil contre poil, lève ta jambe que je te fourre cela?

– Une verge!»

Les répondeurs mâles éclatèrent de rire. Carmélise venait, en effet, de tomber à pieds joints dans l'attrape de Rigobert. Ce n'était pas du tout cela. Pas du tout.

«Je répète: Poil contre poil, lève ta jambe que je te fourre cela?

– Une chaussette! fit Ti Jo. Ah, vous autres les femmes, hein, vous êtes de sacrées vicieuses!

– Wé-é-é!» applaudit la petite compagnie.

«Devinette! revint à la charge le conteur.

– Bois sec!

– Quand j'étais vivant, j'ai fait les vivants. Maintenant, je traverse la vie avec des vivants pour aller prendre des vivants pour faire vivre les vivants?

– Un canot creusé dans le tronc d'un gommier!

– Ah bravo, Richard! Bravo!» lançait-on de partout.

«Quelle est la femme la plus putaine du monde?

– Carmélise!» répondit Ti Jo en rigolant.

Il reçut une calotte plus amoureuse que méchante et il comprit à ce geste-là que la femme l'avait désigné au vu et au su de tous pour prendre la succession d'Octave.

«La lune car elle est pleine tous les mois! lança Louisiane.

– Wé-é-é! Bravo!»

«Qui sont les trois ouvriers qui ont construit la femme et qui l'ont mal construite?

– Le boucher qui l'a mal saignée, le tanneur qui a laissé un bouchon de poils en son milieu, le charpentier qui a mis le trou du closet trop près du trou du cabinet.

– Ha! Ha! Ha!»

«Devinette? relança Rigobert. Ventre contre ventre, un petit bout dans la fente, ça fait du bien au ventre?»

Carmélise se fâcha pour de bon cette fois-ci. Elle empoigna des gésiers de poulets, elle les fendit et en purgea le contenu à la figure du diseur de devinettes qui laissa la colère le gouverner à son tour.

«Espèce de mâle cochon! cria-t-elle, tu n'as pas honte de dérespecter la mort, non? Et puis ça fait déjà deux victimes dans le quartier, Octave et oncle Agénor, au lieu de calculer une revanche, tu es là à sortir tout un lot de couillonnades!»

Un trafalgar généralisé de coups de griffes, de calottes, de morsures péta sur-le-champ, Ti Jo voulant défendre l'honneur de sa future dulcinée. C'est l'arrivée de Ginette, la femme de tout le monde si réputée pour chantonner en faisant la chose, qui les calma. La frayeur succéda à la macaquerie: trois sous-marins allemands avaient été aperçus rôdant non loin de la Pointe des Nègres. Un autre avait fait surface dans la baie des Trois-Ilets et ses occupants s'étaient longuement dorés au soleil en effrayant les pêcheurs avec des grenades. Ils parlaient une langue terrifiante! Enfin, un chauffeur d'autobus de Trinité avait rapporté qu'on en avait repéré un autre, louvoyant le long de cette ville du Nord.

«Les Allemands vont envahir le pays, mes amis! disait Ginette en haletant, ils vont ratiboiser les nègres.

Même les Blancs-France ont peur, je vous dis. Faut les voir se barricader au fort Saint-Louis, oui! Ils ont installé une bande de canons devant l'entrée.»

Les nègres du Morne Pichevin se sentirent comme anéantis. Oncle Agénor était oublié et, en final de compte songeaient certains, peut-être avait-il plus de chance que ceux qui étaient demeurés sur cette terre, lui qui ne subirait pas les atrocités dont les Allemands sont coutumiers depuis la Première Guerre. Sur les six heures, les lumières de la ville s'allumèrent puis s'éteignirent brutalement pour de bon. Au Morne Pichevin, où l'on s'éclairait au photophore ou à la bougie, cela ne prêtait pas à conséquence mais la noirceur de la ville en contrebas et la disparition de l'allée lumineuse de La Levée créaient une sorte d'angoisse diffuse. Même les bateaux avaient éteint leurs feux à la Transat. Fort-de-France était devenu un théâtre d'ombres inquiétantes.

Oncle Agénor n'eut pas droit à la veillée qu'il méritait, pauvre diable, car nul n'avait le cœur à s'amuser. On l'abandonna à ses trois sœurs, sans oublier d'emporter un morceau de poulet que l'on ferait cuire à la va-vite sur un tesson derrière la case. Rigobert était le seul à n'avoir pas tué sa bougie. Son exaltation du matin lorsqu'il avait sauté au cou de l'impératrice Joséphine l'avait repris et il alla se poster en haut des quarante-quatre marches, muni d'un couteau à cran d'arrêt, d'une sorte de canif appelé «jambette», de deux rasoirs et de cinq becs de mère-espadon. Toute la nuit, il attendit de pied ferme l'agression teutonne, injuriant de temps à autre ce couillon de Bondieu qui s'amusait par moments à masquer la lune.

«Vini! Vini, non, pou man sa dépotjolé zôt!» (Venez! Venez donc que je vous étripe!), marmonnait-il continuellement.

Au devant-jour, il s'affala épuisé sur la quarante-quatrième marche, roula sans s'en rendre compte sur la quarante-troisième puis sur la quarante-deuxième, celle de l'amour – oh, pas longtemps-longtemps! – pour finir par s'assoupir sur la quarante et unième, jusqu'à midi, heure où les nègres décidèrent de ne plus se terrer dans leurs bicoques et d'aller jeter un œil sur la ville que ces satans d'Allemands avaient certainement saccagée.

«Hon! Ce bougre de Rigobert est encore saoul comme un macaque! fit Carmélise, les lèvres retroussées par une souveraine méprisation.

– Tu sais, intervint Richard, sa devinette d'hier n'était pas bien méchante. Ventre contre ventre, un petit bout dans la fente, ça fait du bien au ventre a pour réponse: un bébé qui tète le sein de sa mère. C'est toi, ma fille, qui as l'esprit en mal…»

Deuxième cercle

Les présages ne nous avaient point baillé de menteries. Là-bas, la guerre avait bel et bien commencé dans un vaste fracas qui s'entendit jusqu'à chez nous, par-delà l'Atlantique, à ce qu'affirmèrent maints quimboiseurs qui dorment l'oreille toujours collée au giron de la terre.

L'isle frissonna sur son écale et nous intima l'ordre de prendre dès que possible le chemin de l'Europe pour aider notre mère patrie défaillante...

5

La place de La Savane était devenue tout-à-faitement méconnaissable. La soldatesque y avait creusé d'énormes tranchées, vite remplies par les avalasses d'hivernage, en prévision d'une agression étrangère que l'on disait imminente. Des conscrits nègres encore imberbes et un peu ridicules, avec leurs calots gris, montaient la garde près d'innombrables fusils rangés en faisceaux. Aussi ne faisait-il plus bon s'y promener comme avant pour y savourer les concerts radiophoniques retransmis par haut-parleurs, et les amoureux enrageaient contre cette maudite guerre qui les empêchait de brocanter leurs serments éternels à l'ombre des tamariniers sans âge.

Amédée n'avait cure de ce subit déploiement de forces et il continuait à y emmener Philomène vers les cinq heures du soir pour lui réciter des vers latins dont elle ne comprenait pas le sens. Il vivait une période extra-ordinaire de sa vie bien qu'il se retrouvât désormais sans ressources et se fît entretenir par sa négresse féerique, qui dut travailler pour deux et devenir une familière de la Cour Fruit-à-Pain, un peu contre son gré. Amédée n'établissait aucune relation entre la fornication tarifée que pratiquait sa concubine et les délices de tendresse qu'elle lui prodiguait certains soirs, notamment le mardi qui était devenu sacré. Il la coquait sans arrêt comme s'il avait hâte de rattraper des années d'abstinence forcée et elle s'amusait plus de ce qu'elle tenait pour des gamineries de bougre trop savant, qu'elle ne jouissait vraiment. À bien regarder, elle n'avait jamais joui avec lui alors que cela lui arrivait avec certains de ses clients. Il faut préciser que Philomène n'était pas une prostituée-manaroi mais une bôbô, ce qui faisait à l'époque (au temps de l'antan si l'on préfère) une différence considérable. La manaroi était censée coucher avec n'importe qui, le premier marin venu et d'ailleurs à ce que prétendent les grands-grecs en étymologie locale, son nom proviendrait d'une créolisation de «man of war», expression anglaise signifiant «bateau de guerre», tandis que la bôbô ne commerçait qu'avec les gens qu'elle connaissait de longue date, ses voisins ou ses amis, ou bien à la rigueur avec les amis de ses amis. Philomène était évidemment une bôbô mais, très vite, elle dut se muer en manaroi pour satisfaire aux besoins du couple car les nègres du quartier n'avaient plus un sou vaillant devant eux depuis que la plupart des chantiers avaient arrêté le travail. Seuls les marins blancs logés au fort Saint-Louis demeuraient une clientèle encore intéressante quoique plus pingres qu'avant la guerre.

Les deux concubins demeuraient allongés tous les deux dans la case de Philomène, sur l'étroit lit au sommier grinçant ; lui, parlant de sa vie passée qui à l'entendre n'avait été qu'un amas de ténèbres ; elle, se laissant bercer par son bavardage sans chercher à le déchiffrer, les yeux rivés aux minuscules trous causés par la rouille dans la tôle du toit. Le quartier avait adopté cette union insolite parce que Amédée payait bien. Il ne prenait pas de crédit à la boutique de madame Sina et rémunérait toujours grassement les menus services qu'il demandait aux uns et aux autres. Ou même il leur prêtait l'argent si durement gagné par la câpresse qui n'osait se cabrer, trop heureuse d'avoir enfin découvert l'amour. Tous les jours, celle-ci rassurait Rigobert :

« Compère, on a été la main dans la main plongés dans la même bassine de déveine, on va sortir de là tous les deux. Tu verras, ton tour n'est pas loin.

– La tête de ton père, négresse ! Nos présages ne laissent pas voir une telle chose. Et puis c'est pas de la faute du Bondieu si la France s'est retrouvée les quatre fers en l'air.

– Notre armée est faite d'une bande de capons une fois de plus, c'est moi qui te le dis.

– Ah bon ! Madame insulte la France maintenant ! Madame a trouvé un beau mulâtre riche pour faire sa vie alors elle se croit tout permis, hein ? » se fâchait tout net Rigobert qu'un verre de tafia, denrée devenue rare, calmait en un battement d'yeux.

À la brune du soir, Philomène enfilait sa robe à paillettes bleues qui lui moulait le corps, ainsi que ses talons hauts rouges. Elle se fardait généreusement et arrangeait sa chevelure sur ses épaules à l'aide d'un ruban doré. Puis, elle embrassait son bougre sur le front et descendait toute guillerette les quarante-quatre marches jusqu'à la Cour Fruit-à-Pain. Amédée s'asseyait à la table branlante qui encombrait l'unique pièce (séparée en son mitan par un rideau pour cacher le lit) et, feuilles de papier en main, il les noircissait, il les noircissait, il les noircissait sans jamais se relire. D'une seule traite et cela jusqu'à deux heures du matin, au retour de Philomène.

Sa rage d'écrire pouvait enfin se donner libre cours et il nourrissait la certitude de terminer son roman avant la fin de l'année. Cette histoire de guerre là-bas, en Europe, ne l'émouvait que modérément, lui qui était le seul du quartier à connaître toutes celles qu'avait livrées la France depuis le Moyen Age. Celle-là pouvait se transformer en une seconde guerre de cent ans qu'il s'en fichait pas mal et ne comprenait pas la fébrilité de Rigobert, de Richard et des autres nègres du Morne Pichevin. Quand la nouvelle de la débâcle parvint ici avec quatre bons jours de retard, on vit les gens se lamenter ouvertement dans les rues. Les femmes gémissaient ou pleuraient, secouées parfois de crises nerveuses. Amédée ne put arrêter la larme qui lui coula sur la joue malgré lui. Il s'imaginait avoir fait une révolution intérieure et oublié toute son éducation de nègre colonial, et voilà qu'au tréfonds de lui-même sourdait encore une parcelle d'amour pour ce pays-là.

Philomène, quant à elle, était devenue inconsolable. À toute heure de la sainte journée, elle arpentait l'unique pièce de sa case en répétant comme une crécelle du vendredi saint :

« La France n'est pas tombée, elle ne peut pas tomber. Ce n'est pas vrai ! Ce sont des menteries que les békés inventent de toutes pièces pour nous couillonner, non ?

— Tu te trompes, répondait Amédée, la meilleure preuve c'est que le nouveau gouvernement de la France a décidé de changer le gouverneur. On va nous donner un amiral afin de nous défendre contre toute attaque venue de la mer...

— Un amiral ? C'est quoi, ça ?

— C'est comme un général mais pour les marins. »

Cette information, qu'Amédée avait entendue par

110

hasard de la bouche de deux fonctionnaires métropolitains près du palais du gouvernement, sembla rassurer sa compagne. Elle redoubla d'attentions à son égard, lui dénichant mangues-julie, mandarines, avocats ou farine de manioc alors que le grand marché de Fort-de-France se trouvait de plus en plus déserté par les marchandes des communes. Seules celles qui habitaient à proximité du chef-lieu, à Saint-Joseph ou au Lamentin, pouvaient encore se permettre de descendre en ville à pied, un lourd panier caraïbe sur la tête.

Quand on placarda sur les murs l'appel aux réservistes et que celui-ci fut seriné à la radio du matin au soir, le cœur de Philomène se mit à déraper dans sa poitrine. Son bougre entrait dans la catégorie de ceux qu'on rassemblait en hâte au fort Desaix pour leur bailler une éducation militaire sommaire. En général, il n'y avait pas besoin d'employer la force pour faire sortir ces futurs héros de leur trou. Il en arrivait de partout, de l'Ajoupa-Bouillon et de Morne-Rouge, du Vauclin et du Saint-Esprit. Ils marchaient de nuit et se reposaient le jour dans les halliers, se nourrissant de fruits tombés et d'eau douce. Arrivés devant le fort, ils étaient parfois contraints de dormir deux jours à même le sol, dans les douves où ils allumaient des boucans de feu pour se protéger des maringouins.

Richard, le docker, n'avait pas eu à souffrir de toutes ces péripéties puisqu'il habitait la ville même. Sans rien dire au voisinage, il était allé se faire enrégimenter un lundi de beau matin et était revenu vers dix heures, fier comme Artaban dans son uniforme kaki. La marmaille s'empressa autour de sa personne, lui faisant une escorte chaleureuse et improvisant un chant en son honneur. Les nègres sortirent sur le pas de leurs cases et bientôt la Cour des Trente-Deux Couteaux connut une animation insolite en ce début de semaine. Sa femme légitime, Louisiane, était aux anges car son mari était le tout premier enrôlé du quartier. C'était un honneur pour leur nom dont on parlerait de génération en génération. Elle caressa l'uniforme de Richard, n'en croyant pas ses yeux, imitée par les autres femmes déjà ravagées par la jalousie et qui lançaient des pointes assassines à leurs concubins. Carmélise qui, après la disparition d'Octave, avait trouvé en Ti Jo un jeune coq pour la «fatiguer» comme elle disait humoristiquement, se mit les poings sur les hanches, cambra les reins de façon provocante et fit à ce dernier, devant tous les voisins :

«Comment, mon nègre, la nuit quand tu viens sur moi, je sens un vrai mâle bougre et puis pendant la journée, tu redeviens un petit bonhomme ou bien quoi? Depuis le temps, tu n'es pas encore allé voir si on a besoin de toi comme soldat. La France n'est pas ta manman, alors ?»

Ti Jo baissa les yeux de honte. Les autres hommes partirent sans demander leur reste, bien décidés à frapper à la porte du fort Desaix avant que midi ne fesse sa foutue chaleur par terre. Heureusement pour Philomène, Amédée lisait, ou plutôt relisait pour la cinquantième fois les aventures de Jacques le Fataliste et quand il profondait dans ce texte, le tonnerre pouvait péter, la terre pouvait tremblader, les vents pouvaient venter, monsieur ne remuait pas un poil d'yeux pour vous. Philomène ferma instinctivement la fenêtre qui donnait sur la Cour des Trente-Deux Couteaux et espéra très fort dans la pénombre qu'aucune gaillarde ne viendrait lui demander ce qu'Amédée comptait faire avec son corps.

Elle n'avait pas pris garde aux chienneries du destin,

lequel ne lâche pas le nègre d'une semelle depuis que les Blancs l'ont traîné comme esclave sur cette île-là. Son ancien compagnon, Alcide Nestorin, celui qu'elle avait sauvé d'une impuissance du tonnerre de Dieu, lui était tout-à-faitement sorti de l'esprit quand, deux jours après la parade de Richard, il vint faire son intéressant au Morne Pichevin. On lui avait attribué d'office le grade de sergent-chef du fait qu'il était instituteur, et on lui avait confié pour mission de contacter ses connaissances pour les convaincre de s'enrôler dans le corps des réservistes car un bateau devait venir les chercher dans moins d'un mois pour les emmener à Bordeaux. Alcide avait tout naturellement songé à Amédée, n'ayant aucune raison de douter de son amour indéfectible envers la France. D'ailleurs, les mulâtres ne se considéraient-ils pas depuis toujours comme les fils chéris de la République ? Philomène qui crut à une revanche tardive lui voltigea un pot de chambre d'Aubagne plein de pipi au visage et se mit à injurier sa mère avec une virulence qui ne lui était pas coutumière et qui mit une fois de plus le voisinage en émoi. On s'interrogeait : qui était ce gradé nègre si gammé dans son uniforme ? Pourquoi ne réagissait-il pas face au geste humiliant de la câpresse ? Comment se faisait-il qu'Amédée s'était dépêché d'aller lui quérir une demi-calebasse d'eau afin qu'il se lave la figure ? Et des questions, des questions, des questions qui restèrent sans réponse puisque Amédée dit au sergent-chef :

« Tu peux entrer t'asseoir. Il y a des siècles de temps qu'on ne s'est vus et on doit avoir des paquets de choses à se dire, vieux frère. »

Alcide se surprit à sourire. Le pipi de Philomène lui dégoulinait encore sur sa courte barbe bien rasée et sa seule odeur lui remit tout soudain en mémoire une charge de jouissances qu'il croyait évanouies au fin fond de lui. Étreintes matinales dans la douce tiédeur des oreillers, suçotement des deux langues étroitement mêlées, vide fait dans la tête comme pour se nettoyer des emmerdations journalières, succulence du café fort bu à la même timbale. Toutes choses (trois courtes semaines de bonheur inouï) qu'il n'avait pas retrouvées dans l'amour conjugal après qu'il se fut rangé à l'approche de la maturité en liant son existence à celle d'une directrice d'école qui était elle aussi un petit génie d'extraction rurale. Romaine avait, comme lui, une dizaine de frères et sœurs restés dans la négrerie et la canne à sucre du côté du Galion, à La Trinité, et elle s'appliquait à les oublier en feignant de ne plus comprendre le créole et en se défrisant les cheveux au fer chaud. Son rêve était de construire. Dans sa bouche, ce mot acquérait une épaisseur qui jurait avec la fluidité naturelle de ses syllabes. Elle avait acheté à bas prix un terrain à La Jambette, à mi-chemin entre la ville et la rase campagne, et dressait dans sa tête depuis des années les plans de son château, qu'elle voulait à tout prix en béton armé. Quand son mari la gouaillait gentiment sur ses goûts qui «pétaient plus haut que ses fesses», elle étouffait d'une colère sourde et murmurait en serrant les dents:

«Tu es déjà noir, tu veux habiter dans une case, en plus!

– Mais non, je n'ai pas dit ça. Je soutiens que les maisons en bois sont plus adaptées à notre climat, voilà tout!

– Si tu n'étais pas plus noir que moi, je croirais que c'est l'imbécillité qui te pousse à raisonner comme tu le fais.»

Alcide ne s'étonnait plus de ce genre de reparties.

Alors qu'il ne percevait pas la moindre différence de teint entre sa femme et lui, dès qu'ils attrapaient un combat-de-gueule, elle lui sortait son argument massue : « Tu es plus noir que moi. » Lorsque leur bébé vit le jour, la première chose que fit Romaine, pourtant épuisée par cette grossesse à l'orée de la ménopause, fut de le saisir à bras-le-corps pour examiner la couleur de son sexe et la texture de ses cheveux.

« Ah, mon Dieu-Seigneur-La Vierge Marie, merci ! Il n'a pas pris du côté de son père. Il n'a pas les cheveux crépus, ils sont tout juste cassants... Merci, Seigneur ! J'ai fait un petit brun... »

Et de le couvrir de baisers frénétiques malgré les protestations de la femme-sage qui avait rarement vu un bébé aussi malingre. Évidemment, Alcide n'avait pas noté grande différence entre lui et le nouveau-né, mais ce dernier avait une couleur moins affirmée que ses parents, sa peau n'ayant pas encore expériencé les morsures du soleil en carême. Toujours est-il que Romaine éleva l'enfant dans le culte de la blancheur et dans l'idée absurde qu'il n'était pas un petit nègre mais un être spécial, à part, et certainement supérieur à tous ces va-nu-pieds qu'il voyait jouer aux agates sur La Savane ou lancer des cerfs-volants du haut du Calvaire. Cicéron (c'est le titre que sa mère lui avait mis sur le dos, pauvre diable !) n'apprit à parler créole qu'à l'âge de quinze ans et en garda une gaucherie qui devait le gêner toute sa vie dans ses relations avec autrui. Sa mère l'avait tant et tellement menacé de se voir dévorer par un nègre-marron s'il se hasardait à sortir après l'angélus, qu'il ne connut sa première aventure qu'à vingt-deux ans avec une clocharde folle, toujours déguisée en carmélite, qui le viola derrière un banc de la place de l'Abbé Grégoire en pleine touffaille de midi.

Romaine ne se rongea pas les sangs à cause de la guerre. Elle nourrissait une confiance aveugle dans le Maréchal et dans la destinée de la France. Chaque fois que son mari cherchait à capter l'appel du général de Gaulle régulièrement rediffusé sur la BBC, elle vitupérait contre «les traîtres à la patrie et les vendus à la perfide Angleterre, ennemie héréditaire de notre pays». Elle s'était abonnée dès le premier numéro au *Bulletin hebdomadaire*, édité par les services du gouverneur, et s'acharnait à en faire la lecture à haute voix afin d'édifier Alcide. Elle se passionna pour le concours organisé par ce journal autour du livre *Les Paroles du maréchal*, recueil des discours prononcés par le vieillard de Vichy. On demandait aux lecteurs d'en choisir le meilleur et de justifier leur choix en un maximum de cinq lignes. «Le *Bulletin hebdomadaire*, précisait le rédacteur, désire que le plus grand nombre possible de personnes prennent part au concours car cela prouvera que toutes ont lu minutieusement ces textes que tous les Français devraient posséder à fond.» Il fallait, en guise de question subsidiaire, déterminer le nombre de bulletins-réponses que recevrait le journal. Mille francs de prix étaient en jeu.

Romaine choisit un discours qui vantait les mérites de la femme au foyer et instituait la fête des Mères, chose contradictoire puisqu'elle-même était directrice d'école et n'avait jamais tenu un torchon mouillé ou reprisé une chemise de sa vie. Alcide prit le parti d'en rire de prime abord mais quand les nouvelles instructions concernant l'enseignement primaire parvinrent dans l'île, déformées au passage par des fonctionnaires coloniaux trop zélés (ou alcooliques) et qu'il fallut rassembler la marmaille dans la cour de l'école des Terres-Sainvilles chaque matin pour assister à la levée du drapeau bleu-blanc-rouge frappé de la francisque, il eut un haut-le-cœur. Bien que les informations en provenance de là-bas fussent fragmentaires, il devinait que l'armistice avait été signé par des «capitulards» selon l'expression des stations radio britanniques, et il maudissait ses tergiversations de l'année précédente. Son frère, Bérard, deux de ses cousins agriculteurs de Grand-Anse, son meilleur ami, Fernand Dalmeida, avec lequel il discutait des heures durant de poésie, tout ce monde-là avait embarqué dès les premiers coups de canon. Deux mille bougres étaient partis dans le même balan. Parmi eux, pas un seul Blanc créole.

Il regrettait par-dessus tout Dalmeida, qui l'avait convaincu de cesser de fréquenter le Morne Pichevin sans aucunement utiliser des arguments moralistes ou empreints de mépris de classe. Ils s'étaient rencontrés fortuitement à la bibliothèque Schoelcher alors qu'ils cherchaient à consulter le même ouvrage, *Les Chants de Maldoror*, qui, au dire du conservateur, avait inexplicablement disparu.

«En faisant une petite enquête serrée, je suis sûr et certain de pouvoir dénicher celui qui nous a joué ce tour, fit Dalmeida à l'adresse d'Alcide.

— Vous savez, j'en viens à me demander s'ils ont jamais possédé ce livre ici.

— Suivez-moi...» reprit mystérieusement Dalmeida.

Il l'entraîna au fond de la bibliothèque devant d'énormes rayonnages qui montaient jusqu'au plafond en vitrail. Malgré l'uniformité de ces milliers d'ouvrages tous reliés en marron, il se dirigea tout droit sur l'un d'eux, le caressa, l'ouvrit au hasard et en lut un passage avec une ferveur quasi ecclésiastique:

« Saleté, reine des empires, conserve aux yeux de ma haine le spectacle de l'accroissement insensible des muscles de ta progéniture affamée…

– Les *Chants de Mald*… bégaya Alcide.

– Que si, mon ami ! C'est une vieille technique à moi. Quand un ouvrage m'intéresse et qu'on ne peut le sortir de la bibliothèque, je le cache dans ce fouillis. Là, au moins, je suis assuré qu'il résistera aux voleurs et aux cyclones. Celui d'il y a deux ans a mouillé irréparablement près de deux cents volumes, un crime !

– Mais alors, pourquoi remplissez-vous une fiche de consultation ?

– Pour donner le change, mon cher ami. Vous permettez que je vous appelle ainsi. Je suis le plus ancien lecteur de ces lieux, j'y viens tous les jours sauf quand mes rhumatismes se mettent à me torturer. Il ne faudrait pas que quiconque puisse soupçonner Fernand Dalmeida, si honorablement connu sur la place, de s'être constitué sa propre bibliothèque en dévalisant celle de la colonie. Ha ! ha ! ha ! »

Il lui tendit sa carte. Alcide lut :

« Fernand Dalmeida, diplômé des facultés de Paris, diplômé de radiesthésie, chevalier de l'ordre du Vignoble rémois, lauréat des jeux floraux de Perpignan, de Nice et de Fort-de-France, homme de lettres. »

Il avait devant lui une belle marque d'original. Ce bonhomme lui en rappelait un autre, ce sacré bougre de Rigobert qui pourtant était tout son contraire au plan de l'instruction. Ils prirent l'habitude de prendre le punch à onze heures du matin, puis, leur affection mutuelle se développant, ils s'enracinèrent à La Rotonde, au mitan d'une faune invraisemblable, dès les cinq heures du soir. Amédée, qui fréquentait parfois ce bar quand il ressentait le besoin de faire le point avec lui-même, en vint à sympathiser lui aussi avec Dalmeida par le biais d'Alcide. Dalmeida, qui avait cinquante-six ans et s'en vantait, apprit à Alcide à se passer des femmes, «de la femme» préférait-il dire comme si l'utilisation du générique accentuait la distanciation avec l'autre sexe.

«Ce petit pays, expliquait-il, cette peau de pistache sur l'Atlantique, a été tout entier construit sur la fornication. La relation esclavagiste a été fondamentalement axée sur le viol permanent des négresses et des mulâtresses par les maîtres blancs. Rien n'a changé aujourd'hui, mon vieux, à part que nous, les hommes de couleur, nous avons intériorisé les phantasmes des békés.

– Mais en Afrique, nos ancêtres étaient polygames eux aussi, non?

– Certes! Certes mais... pas de la même façon. Ici, le phantasme du colon a toujours consisté à transformer la femme de couleur en une matador, une sorte de créature lubrique essentiellement vouée à la séduction. Nos femmes sont tombées dans la trappe à leur tour, hélas, trois fois hélas!... Pour ma part, j'ai arrêté de me laisser piquer par leurs banderilles il y a quinze ans de ça environ. Moi, ma compagne c'est la poésie, ha! ha! ha! Ça vous fait rire, hein?»

Dalmeida possédait la chance rarissime de n'appartenir à aucun groupe racial aisément définissable. Sa peau d'un noir de jais, ses cheveux lisses, ses pommettes saillantes et sa stature trapue (héritage probable d'une lointaine arrière-grand-mère amérindienne, arawak ou caraïbe) lui ouvraient les portes de tous les milieux. Avec les nègres et les coulis, il se fondait dans la masse. Avec les mulâtres si maladivement attentifs à la texture des cheveux, il pouvait se passer et se repasser la main dans les siens sans l'aide d'un peigne. Pour les Syriens et les Chinois, il devait posséder un quart au moins de leur sang, chose qui lui valait moult rabais pleins de discrétion orientale. Quant aux békés, dont il prétendait courtiser les filles en cachette, ils devaient le prendre pour quelque rejeton bâtard d'un roi du café brésilien par rapport à son patronyme et ne dédaignaient pas lui confier la suicidaire mission d'enseigner les vingt-six lettres de l'alphabet à la ribambelle de cancres à particule qui hantait les couloirs austères du séminaire-collège.

Il était évident que ces cours particuliers ne pouvaient assurer à Dalmeida le train de vie qu'il affichait, les costumes taillés à la perfection, la Panhard rutilante de couleur mauve qu'il conduisait toujours avec des gants, pas plus que l'entretien de la curieuse maison mauresque sur les hauteurs de Schoelcher dans laquelle il vivait en compagnie d'une bonne nonagénaire. On lui prêtait une fortune familiale sans que personne ait jamais pu établir ni l'identité de ladite famille ni la provenance de ladite fortune. Naturellement, il se plaisait à entretenir le mystère autour de lui en répétant : « Je ne suis rien, je ne suis qu'un homme de lettres. » Son scepticisme était de notoriété publique et il avait ri aux éclats des rumeurs de présage qui s'étaient propagées l'année précédente à la suite des exploits oratoires de Lapin Échaudé et de Rigobert. Il était bien le seul à ne pas s'échauffer l'esprit car il prétendait vivre sa vie au jour le jour, « sans jamais imaginer le soleil qu'il ferait le lendemain ». Sa remarquable connaissance des moindres rimailleurs insulaires lui permettait des citations dont il n'était pas difficile de savoir qu'elles étaient sa forme d'ironie favorite.

« Il existe des pays qui ont toujours été décadents, philosophait-il, dès le premier jour de leur naissance, ils ont basculé et se sont mis à glisser, un peu comme ces gamins qui chevauchent les feuilles de cocotier sèches en haut des mornes. Eh bien, tel est le cas de la Martinique. Nous sommes tous des décadents, mon ami... »

Le vieux dandy avait ri de bon cœur lorsque l'épouse d'Alcide avait été désignée par l'Amiral comme membre du nouveau conseil municipal de Fort-de-France, l'ancien, régulièrement élu, ayant été dissous comme partout en France et en Navarre. C'est lui qui avait calmé la rage débornée de l'instituteur, qui s'était déjà résolu à se démarier.

« Madame prétend qu'elle a été remarquée par l'Amiral lors du concours organisé par le *Bulletin hebdomadaire* sur le recueil de discours de ce couillon de Pétain, vous vous rendez compte ? gueulait Alcide.

– Ne vous tracassez pas, cher monsieur. La guerre et les grands cataclysmes sont souvent une épreuve cruelle pour les couples. L'un des partenaires finit toujours par révéler sa vraie nature, celle que la société le contraint à dissimuler en temps normal. Or, les guerres ne durent pas, à quoi bon vous formaliser ? »

Au début de 1941, Dalmeida trépigna de joie. Un câblogramme venait de lui apprendre qu'un très cher ami à lui serait de passage à la Martinique sur un bateau qui faisait route vers New York.

« Enfin des livres ! jubilait-il. Claude ne se déplace jamais sans cela. C'est un jeune savant qui a étudié les mœurs d'une tribu d'Amérindiens du Brésil en plein cœur de la forêt amazonienne. Un type formidable, vous verrez. »

Alcide étant cloué au lit par une lymphangite chronique, Amédée et Dalmeida allèrent l'attendre sur le port au jour dit. Une foule immense de passagers s'était agglutinée sur le pont principal du transatlantique, impatiente, comme Amédée l'avait été lui-même quelques années auparavant, de toucher terre après un mois de voyage. Dès que la passerelle fut arrimée, la soldatesque grimpa à bord, menée par Delpech, le chef de la police, qui leur avait jeté un regard sombre et plein de suspicion.

« Mauvais signe, ça », murmura Dalmeida.

Pour de vrai, trois heures plus tard, personne n'avait encore pu débarquer, sauf un jeune Blanc-pays en lequel Dalmeida crut reconnaître Georges Crassin de Médouze, à qui il avait eu l'occasion de dispenser des leçons particulières de géométrie, une décennie plus tôt. De Médouze les dévisagea longuement avant de monter dans une Chevrolet. Deux autres passagers descendirent ensuite, presque à la tombée du jour, et, parmi eux, ô miracle, se trouvait celui qu'ils attendaient. Les deux amis se congratulèrent en portugais puis Dalmeida fit les présentations avec son humour habituel :

« Monsieur Claude Lévi-Strauss, futur grand-maître de l'ethnologie française... ha! ha! ha!... Monsieur Amédée Mauville, un de nos plus illustres sorbonicoles tropicaux. »

Lévi-Strauss se força à sourire derrière ses petites lunettes à fine monture dorée sans pouvoir cacher tout à fait son anxiété. La Panhard de Dalmeida fut contrôlée à la sortie du port par trois marins qui dévisagèrent le nouveau débarqué que son teint pâle désignait à l'attention.

« Juif?... Italien? »

L'ethnologue tendit à leur chef un document qu'il examina sous toutes les coutures puis il leur fit signe de rouler. La nuit noire d'hivernage couvrait Fort-de-France

122

de son linceul maculé par endroits de brutales et éphémères averses.

«Ils ont gardé André Breton, articula péniblement Lévi-Strauss. Tiens, Dalmeida… Je t'aurais bien apporté un de ses livres mais ils sont difficiles à trouver en France depuis que l'obscurantisme a commencé à régenter notre vie intellectuelle. J'espère qu'ils ne le toucheront pas…

– Ça, je sais où ces vermines vont l'emmener : au camp du Lazaret. C'est de l'autre côté de la baie, à Trois-Ilets.

– Peut-on y aller tout de suite ? Il faut qu'on fasse quelque chose.

– Hum ! La route n'est pas fameuse, Claude, mais… bon, eh bien, en avant, que diable ! »

Le camp du Lazaret se dressait sur un minuscule promontoire entouré d'une mer étale et glauque. On refusa de les y recevoir malgré l'insistance déployée par Lévi-Strauss auprès du capitaine qui commandait la petite forteresse. Ils y revinrent inlassablement une semaine entière jusqu'à ce qu'un beau matin, on leur lançât au visage que Breton et ses codétenus avaient été libérés et convoyés en ville sur une pétrolette. Aussi curieux que cela pouvait paraître, le grand maître du surréalisme les attendait tranquillement à l'hôtel de la Paix, griffonnant sur du mauvais papier entre un verre de rhum et une soucoupe de marinades croustillantes. Son compagnon, le non moins célèbre révolutionnaire russe, Victor Serge, avait l'air absent. Breton était tel qu'Amédée l'avait imaginé : totalement exalté ! Sans donner la moindre explication à Lévi-Strauss ni s'étonner de la présence des deux Martiniquais à ses côtés, il les entraîna dans une course folle à travers la ville, humant avec extravagance les odeurs de café fraîchement grillé et de vanille au Grand Marché, se retournant avec admiration sur les femmes qu'il dessinait d'un doigt sur une toile imaginaire : «Des sculptures vivantes, messieurs! Du marbre mordoré, vous dis-je!», s'émerveillant des sonorités cajoleuses de la langue créole dans la bouche des gamins de rue à qui il tapotait les joues, esquissant des pas de danse endiablés au son d'une musique du pays. Victor Serge avançait comme un automate. Lévi-Strauss, quant à lui, souriait pauvrement, l'esprit soucieux. Il s'inquiétait de la date d'arrivée du bateau qui devait leur permettre de continuer leur périple jusqu'en Amérique du Nord.

«Nulle certitude à cet égard», marmonnait-il à Dalmeida qui tentait de le rassurer.

Les fougères arborescentes de la route de la Trace eurent raison de son angoisse. Breton et lui furent envoûtés par la flore, presque surréaliste dans sa démesure, de la forêt tropicale. La Panhard mauve de Dalmeida sillonnait l'île en tous sens, les deux Blancs-France n'hésitant pas à monnayer l'essence à prix d'or afin de satisfaire leur curiosité. Breton prenait un plaisir intense à questionner les paysans aux abords des chemins sur les noms des arbres, qu'il notait sur un carnet. Au retour en ville, il les énumérait à ses compagnons tantôt avec la gravité d'un imam récitant les cent noms d'Allah, tantôt avec la volupté d'un émir appelant chacune des femmes de son harem :

«Écoutez-moi ça, mes bons messieurs: bois-pétard, balai-onze-heures, pomme-à-diable, châtaignier-malabar, palétuvier-grand-bois, amarante-bord-de-mer... ah! amarante-bord-de-mer... Pourquoi Victor Serge préfère-t-il croupir dans une chambre d'hôtel envahie par les mouches?... – Mais ouvrez donc vos oreilles: mangle blanc, lianes-torchons, médecinier, groseillier de Barbade...

– Attention à ne pas devenir un nouveau Leconte de Lisle, plaisantait Lévi-Strauss.

– Point du tout! Point du tout! Le Parnassien va contempler le mangle blanc ou le châtaignier-malabar et chercher à en décrire la perfection. Moi, au contraire, ce qui me fascine c'est le nom et lui seul car les traits de ces arbres se sont déjà effacés de ma mémoire. D'ailleurs, même toi, mon cher ethnologue, je parie que tu confonds tout. Une telle profusion est chavirante, n'est-ce pas?»

Les deux Blancs-France vécurent ainsi un bref intermède de paix. Breton semblait ne plus s'inquiéter ni du Paris occupé qu'il fuyait ni du New York inconnu qu'il cherchait à gagner. L'illusion fut interrompue de la façon la plus sordide qui soit: ils assistèrent sans le vouloir à une réquisition de vivres en pleine campagne du Gros-Morne, au lieu-dit Rivière-Lézarde. Des soldats et marins blancs avaient débarqué d'un camion et s'étaient mis à matraquer sans sommation une famille qui récoltait du manioc et des patates douces sur un misérable lopin de terre en bordure d'un champ de canne.

«Réquisition! Ré-qui-si-tion!» gueulait un caporal dont les mains s'égaraient déjà sous la robe en lambeaux d'une des jeunes filles. Elle eut beau se débattre, il l'entraîna dans la touffeur ondoyante des cannes et quand Breton voulut s'interposer, Lévi-Strauss et Amédée durent le ceinturer et l'embarquer de force dans la Panhard que Dalmeida démarra en trombe par on ne sait quel miracle, puisqu'il fallait d'habitude lui bailler moult tours de manivelle pour que son moteur daigne crachoter.

«Mais vous êtes fous! criait le poète, c'est inadmissible! Ignoble! Comment pouvez-vous supporter une telle injure à l'humanité? Comment?

– On ne peut rien contre cette soldatesque, fit Lévi-Strauss avec calme, pourtant tu as déjà vu de quoi ils sont capables!

– S'ils vous arrêtent une seconde fois, personne ne pourra plus vous tirer du camp du Lazaret», tenta de le raisonner Dalmeida.

Depuis cet incident, l'humeur de Breton devint massacrante et surtout ses yeux se dessillèrent. Il eut un haut-le-cœur devant la hideur des cases en bois de caisse et en tôle de vieux fûts d'huile à Fort-de-France. La morne et fausse quiétude des jours, la chaleur moite qui collait les vêtements à la peau, les moustiques qui vous agressaient par escadrilles, les défilés stupides des marins dans les rues de la ville dont l'étroitesse le saisit soudain à la gorge, leurs chants égrillards d'ivrognes qui s'acoquinaient la nuit aux aboiements des chiens errants pour vous réveiller en sursaut, tout cela révéla à Breton ce qu'était la vraie vie dans la colonie. Il en perdit jusqu'au goût d'écrire et cessa de ravir ses amis de ses textes surprenants et superbes produits à l'aube, insistait-il, sous l'effet de l'écriture automatique. La lecture de la presse locale, qui arrachait des sourires de vieille fille à Victor Serge, le déprimait et la retransmission des discours du maréchal Pétain sur les ondes de Radio Martinique déclenchait chez lui des crises de rage qu'il calmait en ingurgitant force verres de tafia.

«Breton est miné par la déliquescence coloniale, dit un jour Lévi-Strauss à Dalmeida, il faut que nous quittions cet enfer au plus vite. Vous, c'est votre pays, vous avez les ressources psychologiques pour résister... Même au fin fond de l'Amazonie, chez mes chers Nambikwara, je n'ai ressenti un tel sentiment d'enfermement. Ici, l'odieux n'a plus de limites. »

Mais une manière d'explosion se produisit dans l'existence de Breton, brisant de mille déflagrations enthousiastes la langueur dans laquelle il se trouvait stérilement plongé depuis une charge de temps. Ils l'aperçurent marchant et courant à la fois, l'œil rivé à un papier qu'il lisait à haute voix, à la stupéfaction générale des passants. Tôt ce matin-là, il avait quitté son hôtel, prétextant l'achat de fil à coudre pour retaper le bas de son pantalon que deux lavages quotidiens avaient fini par effilocher, ainsi que d'un ruban pour sa fille. Lévi-Strauss avait comme à son habitude pris rendez-vous Chez Rosette avec Dalmeida et Amédée, pour se tenir au courant des dernières nouvelles, les autorités refusant tout dialogue avec cette « poignée d'intellectuels apatrides fuyant leurs responsabilités », selon les propres termes du lieutenant de vaisseau Bayle, chef du « Service central d'information », l'avant-veille à la radio. Il visait les passagers en transit vers les États-Unis, pays soupçonné de vouloir occuper les Antilles françaises « au nom d'un américanisme démagogique ». Aussi, dès que l'ethnologue vit Breton s'avancer dans la chaleur vibrionnante de mai, en proie à une si extrême agitation, il déclara à ses deux amis :

« Ça y est ! Notre bateau est arrivé ou doit arriver incessamment. Je n'aurai, hélas, plus le plaisir de partager votre conversation. Vous me manquerez... »

Au demi-sourire esquissé par Dalmeida, Amédée devina que l'espoir de Lévi-Strauss allait être déçu. Le vieux beau, en effet, avait ses entrées à l'Amirauté, et il n'aurait pas manqué d'être parmi les premiers informés de l'arrivée du bateau si ardemment espéré. Breton se jeta sur les deux hommes de couleur et se mit à les embrasser en agitant une mince revue de papier gris.

« Merci, mes amis ! Merci ! Enfin une bouffée d'oxygène ! Grand est votre peuple, je vous assure, de nous avoir donné à respirer un air si pur au milieu des vapeurs nauséeuses dégagées par les folliculaires du pétainisme !... Claude, je viens de découvrir un grand poète, le seul, le vrai poète de notre temps. Qui aurait cru que dans cette petite île perdue dans l'Atlantique s'élèverait une voix qui déclamerait dans le français le plus remarquable qui soit un tel chant de liberté ?

– Assieds-toi et parle moins fort », lui fit Lévi-Strauss, serrant les mâchoires.

Les rares consommateurs observaient leur petit groupe avec curiosité et nul doute qu'il pouvait s'y trouver quelque mouchard. Dalmeida prit la revue, s'arrêta au titre, *Tropiques*, la feuilleta distraitement puis la tendit à Amédée. Breton commanda un punch qu'il avala d'une traite à la manière créole et reprenant son bien, il leur lut :

« "Au bout du petit matin, l'extrême, trompeuse, désolée eschare sur la blessure des eaux ; les martyrs qui ne témoignent pas ; les fleurs du sang qui se fanent et s'éparpillent dans le vent inutile comme des cris de perroquets babillards ; une vieille vie menteusement souriante, ses lèvres ouvertes d'angoisses désaffectées ; une vieille misère pourrissant sous le soleil, silencieusement ; un vieux silence crevant de pustules tièdes, l'affreuse inanité de notre raison d'être." Du génie à l'éclat de diamant, vous dis-je ! On n'a rien publié ces temps-ci en France qui atteigne la cheville d'Aimé Césaire. Avec sa poésie, la servilité, le masochisme, le crétinisme, l'avilissement qui gangrènent nos gens de lettres sont pulvérisés... je n'en crois pas mes yeux... écoutez donc: "Je retrouverais le secret des grandes communications et des grandes combustions. Je dirais orage. Je dirais fleuve. Je dirais tornade. Je dirais feuille. Je dirais arbre. Je serais mouillé de toutes les pluies, humecté de toutes les rosées. Je roulerais comme du sang frénétique sur le courant lent de l'œil des mots en chevaux fous..." Qu'en dites-vous, mes amis?

– *Tropiques* est dirigée par d'anciens collègues d'Amédée, intervint Dalmeida. Seulement, depuis que ce jeune effaré a rompu les amarres avec le lycée Schoelcher, je ne sais pas s'il a gardé le contact avec eux. Ha! ha! ha! Tu vois Césaire et Ménil, compère?

– Non... Georges Gratiant de temps à autre...

– Je n'ai pas besoin de vos services, mon cher Amédée. Eh oui, Breton s'est débrouillé comme un grand cette fois-ci. Demain, figurez-vous que j'ai rendez-vous avec mon maître. Oui, mon maître, car il n'y a aujourd'hui aucun Blanc capable de manier la langue française aussi bien que Césaire. Le surréalisme nègre crèvera la chape d'hypocrisie du Vieux Monde, soyez-en sûr. »

Amédée qui s'était enfin décidé à présenter à Breton ses amis du Morne Pichevin, notamment ce drivailleur de Rigobert dont il pressentait que la verdeur iconoclaste ravirait le poète, brocanta d'avis. Il comprit soudain qu'il avait négligé Philomène depuis que la compagnie de ces Blancs-France occupait ses journées. La câpresse ne lui posait aucune question sur ses fréquentes absences, redoublant au contraire de douceur et lui livrant sa chair parfumée à quelque heure de la nuit qu'il rentrât. Rigobert, quant à lui, l'ignorait ou faisait montre d'une ironie légère, quand Amédée s'avisait de s'enquérir de sa santé.

«Depuis que tu fréquentes tes compères blancs, ça roule bien pour toi, mon vieux!»

Il souffrait de n'avoir pu courir le carnaval pour la seconde année consécutive et contemplait son déguisement de bœuf rouge, qu'il avait accroché par dérision à la basse branche d'un quénettier poussant à l'orée de sa case, d'un air morne. Il se consolait en hantant le Gaumont où il avait revu cinq fois de suite *Pépé-le-Moko* dont il parlait avec une espèce de tendresse complice qui surprit Amédée. De quelque côté que l'on se plaçât, tant celui des grands intellectuels nègres qui avaient ébloui Breton que celui des nègres va-nu-pieds, nul n'échappait à l'empire d'une certaine culture française. Dalmeida, cynique de nature, avait été formel:

«On reproche à Osman Duquesnay ou à Daniel Thaly d'être de médiocres épigones des symbolistes ou des Parnassiens mais, mon bon ami, nous n'avons fait qu'imiter dans ce pays. Nous n'avons fait que cela jusqu'à présent! Même Césaire et les autres sont embrigadés dans la théorie surréaliste qui est d'extraction purement européenne si je ne m'abuse. La seule chose qui différencie Césaire de Thaly c'est que le premier s'est montré littérairement supérieur au maître blanc, tandis que le second lui a été inférieur. Voilà tout! Mais là, vous reconnaîtrez bien volontiers avec moi qu'il s'agit d'un pur hasard. Notre île aurait pu sécréter un génie romantique ou symboliste, ou tout ce que vous voulez, supérieur à ses inspirateurs européens.»

Cette remarque avait suscité la fureur de Breton, qui avait été conquis après sa rencontre avec Césaire. Il s'enflammait en arguant du fait que le surréalisme, à la différence des autres mouvements littéraires européens, était universel dans son essence, qu'il visait à chambouler l'univers entier et que d'ailleurs la poésie du directeur de *Tropiques* disait tout l'homme, pas seulement le nègre.

«Celui qui écrit:

Ma négritude n'est pas une pierre, sa surdité ruée contre la clameur du jour
Ma négritude n'est pas une taie d'eau morte sur l'œil mort de la terre

«Celui qui clame:

… mon cœur, préservez-moi de toute haine
ne faites point de moi cet homme de haine pour qui je n'ai que haine

«Cet homme-là, monsieur Dalmeida, n'est point le prisonnier d'une unique race, d'une unique souffrance, il témoigne au contraire de l'humaine condition.»

Amédée en vint à souhaiter le départ des deux Blancs-France dont la présence, en dépit de la sympathie extrême qui émanait de leurs personnes, le dévoyait de sa nouvelle vie de nègre des bas quartiers. Il rentrait au Morne Pichevin le crâne enflé de multiples calculations qu'il lui était impossible de faire partager à sa compagne ou à Rigobert. Ce dernier aurait donné toute la poésie du monde contre une bonne roquille d'huile car le fruit-à-pain cuit à l'eau avait la fâcheuse propriété de le constiper et de le mettre de mauvaise humeur. Alors qu'Amédée s'imaginait avoir tourné la page, Breton et Lévi-Strauss l'obligeaient sans s'en rendre compte à s'interroger sur lui-même. Le choix qui avait été le sien en était même ébranlé. D'ailleurs, se demandait-il, ce choix en était-il vraiment un? Pas exactement, pour dire la franche vérité. L'abandon de son poste au lycée Schoelcher, son soudain dégoût des versions latines, son aversion progressive pour les soirées mondaines auxquelles il se trouvait obligé d'assister en compagnie de Blandine (qu'un rigoleur avait cruellement surnommée « la chevalière à la triste figure »), son indifférence envers les biens matériels, en particulier sa superbe Simca 5 qui faisait l'admiration des jeunes bourgeois, tout cela s'était imposé à sa conscience. À mesure que le temps avançait, il ressentait l'impérieux besoin de rompre avec cette hypocrisie généralisée et son rejet de la langue française, qu'il avait vénérée, en était devenu la manifestation la plus épidermique. Il se souvenait de quelle façon il avait estomaqué cette pauvre Ernestine en lui lançant « Ou a konyen lè ou ka antré ! » (Frappez avant d'entrer désormais !). Ce n'était pas tant le changement d'habitude qui surprit la vieille bonne que l'utilisation du créole : elle l'entendait pour la première fois de sa bouche, à trente-sept ans bien sonnés. Elle était ressortie prestement de son bureau en balbutiant, plus effrayée qu'une bigote à qui le diable venait d'apparaître :

« Mondieu-eu-eu Seigneu-eu-eu, la fin du monde est arrivée ! »

Dans le même balan, il ressentait la nécessité de ne pas rompre avec Dalmeida, qui avait réussi en final de compte à se faire enrôler grâce à son entregent et dont le départ pour le front n'était plus qu'une question de semaines. Le dandy, sans partager la valorisation, à ses yeux excessive, du nègre et de l'Afrique mère par les rédacteurs de *Tropiques*, était secrètement flatté du trouble qui s'était emparé du pape du surréalisme.

« Le *Cahier d'un retour au pays natal* lui a fait oublier la guerre, vous vous rendez compte, disait-il, c'est cela la force de la poésie, cher ami. Vous devriez suivre les conseils de Breton et en écrire vous aussi au lieu de gaspiller votre énergie sur un roman qui refuse de démarrer. »

Breton avait, en effet, parcouru avec scepticisme quelques fragments de *Mémoires de céans et d'ailleurs* et avait cruellement déclaré qu'Amédée ferait un excellent étudiant de Lévi-Strauss. Il avait reproché à l'apprenti romancier de ne pas profiter du formidable processus de fusion volcanique qui agitait l'homme antillais depuis trois siècles.

« En Europe, nous avons eu Balzac, Zola et Flaubert lorsque notre monde est arrivé à son apogée, aujourd'hui qu'il est entré en décadence, le surréalisme vient se greffer sur les secousses telluriques qui en abattent les murs. L'Europe est un continent fini, Amédée. Après cette guerre, il y en aura une autre, puis une nouvelle et le siècle s'achèvera pour nous dans un gigantesque fracas… C'est à vous de réinventer l'Europe, je veux dire d'être nos héritiers irrespectueux pour construire une humanité neuve. Dis-toi bien que la poésie est toujours au rendez-vous des grandes explosions tandis que le roman, lui, ne fait que consacrer des hommes bien assis dont les greniers sont pleins à craquer. Tel n'est pas le cas de ton île, me semble-t-il… Je me veux l'interprète de la fureur décadente du vieux continent et c'est pourquoi la poésie de Césaire et la mienne se sont rejointes, presque par télépathie, par-delà l'Atlantique. »

Amédée n'écoutait plus que d'une oreille distraite les discussions enflammées qui se tenaient maintenant dans l'arrière-salle de Chez Rosette, pour ne pas donner le moindre prétexte à la soldatesque de l'Amiral. Le moral de Lévi-Strauss était remonté depuis qu'il avait eu la confirmation du passage prochain du bateau qu'ils attendaient depuis si longtemps. Pour s'occuper l'esprit, il étudiait le matin des poteries amérindiennes mises au jour par un curé érudit et, l'après-midi, il interrogeait la serveuse du bar sur sa famille, s'étonnant qu'elle pût garder le sourire alors qu'elle avait à sa charge sept marmailles de sept pères différents en pleine période de restrictions alimentaires. Du coup, Amédée regretta de ne lui avoir pas présenté Carmélise, la mère des enfants du Morne Pichevin. Alcide, quant à lui, avait fini par se relever de sa lymphangite bien qu'il traînât encore la jambe. Au début, il s'était vivement accroché avec Breton sur la nature exacte des textes césairiens auxquels, en bon instituteur, il reprochait de n'avoir ni rimes ni mesure, mais le surréaliste l'étourdit tellement de citations du *Cahier*, qu'il dut en admettre la beauté.

« C'est particulier. Par-ti-cu-lier... » répétait-il de façon comique, faute de pouvoir porter un jugement plus circonstancié.

Les produits défrisants américains Morgan n'arrivant plus, Alcide qui, par mode, les avait toujours utilisés pour se coiffer se retrouvait avec une vraie paillasse sur la tête. Il y fourrageait avec lassitude quand il parlait, la grattait sans ménagement quand il écoutait ses amis. Dalmeida se moquait avec gentillesse de lui en soulignant que cette guerre-là aurait au moins eu un effet positif, celui de confronter Alcide à la négritude de ses cheveux. Peu susceptible, l'instituteur les gratifiait de magnifiques courts-bouillons de poissons volants (sans sel, hélas!) qu'il se procurait grâce à un pêcheur du Bord de Canal dont il avait jadis épaulé le fils, en classe de fin d'études. Il s'était aménagé chez lui un cagibi au rez-de-chaussée, qui donnait sur une impasse, et évitait de rencontrer trop souvent son épouse, grande dame de la Révolution nationale, qui avait à tel point digéré les principes et vertus du régime qu'elle semblait constamment marcher au pas cadencé. Certains après-midi, ils captaient la BBC sur un vieux poste à galène dans la pénombre étouffante, et les deux Blancs-France se mettaient à désespérer de l'avenir du monde.

«Mais quand est-ce que les États-Unis vont se décider à entrer sérieusement dans la bataille ? se lamentait Lévi-Strauss.

– Hon ! Ne vous faites pas trop d'illusions, cher ami, faisait Dalmeida, tant qu'ils n'auront pas le sentiment d'être menacés, ils ne bougeront pas le petit doigt. Vous Européens, vous ne comprenez pas que seules deux choses motivent les Américains : leur égoïsme national et leur sécurité dans l'hémisphère occidental. Si le président Roosevelt a réuni tous les chefs d'État des Amériques à La Havane, c'est uniquement pour asseoir leur hégémonie sur le continent et en bouter les puissances européennes. Le cuivre du Chili, le pétrole du Venezuela et de Trinidad, la banane du Guatemala et du Costa Rica, le sucre de Saint-Domingue, dans leur esprit, ça leur appartient !

– Tu n'exagères pas un peu ? L'Amérique a toujours été du côté des peuples en lutte contre le colonialisme, rétorquait Alcide.

– Si Dieu vous prête vie, vous verrez de quoi je veux parler, messieurs. J'ai vécu deux ans à Boston et je sais de quoi je parle. Seule une menace réelle des sous-marins allemands sur le canal de Panama pourrait faire bouger les Américains. Ce canal est leur veine jugulaire. Si Hitler parvient à le bloquer, il faut considérer qu'il a à moitié battu les États-Unis.»

Ces brillantes supputations stratégiques laissaient Breton indifférent. À peine levait-il la tête pour observer le ballet quotidien en rase-mottes des hydravions américains sur la baie des Flamants. Il finit par avouer sa préoccupation devant un problème désarmant, dont Césaire était encore la cause. Breton avait, en effet, voué aux gémonies, dans le *Manifeste du surréalisme*, la poésie «à sujet», or voilà que le chant césairien criait le malheur de «ceux qui n'ont point de bouche». Sans jamais cesser de porter au plus haut point son pouvoir de transmutation, il dénonçait l'injustice sociale, le racisme, l'arbitraire colonial et surtout le refus de soi qui en résultait aux Antilles.

«J'ai toujours pensé que la poésie devait dire notre soif d'infini, qu'elle devait faire venir au monde des images inédites depuis le tréfonds de notre inconscient et ne jamais s'abaisser à exprimer la plate réalité des choses... maintenant, j'en viens à me demander si cette conception n'est pas le fruit d'un esprit dont le corps n'a plus à se préoccuper des besoins matériels. Le surréalisme ou la poésie de l'homme blanc européen bien nourri. Pouah!

– Les mythes nambikwara regorgent de poésie eux aussi et pourtant leur contenu est tout un programme: la création du monde, mon vieux, en rajoutait Lévi-Strauss qui semblait ne pas prendre très au sérieux de telles cogitations.

– Ouais... ouais...» lâchait Breton, perplexe.

Un mois avait filé comme une journée. Telle fut la curieuse impression ressentie par Amédée quand les transitaires s'embarquèrent enfin pour New York. Un mois-journée qui avait mis à mal sa volonté d'écrire et qui le laissait pantois, désarticulé même, à tel point que

Dalmeida dut faire preuve de trésors d'imagination pour le remettre d'aplomb.

«Mon cher romancier en herbe, ne te mets pas martel en tête! Césaire ne peut pas avoir de descendance littéraire, c'est dia-lec-ti-que-ment impossible comme dirait Victor Serge. La négritude ne saurait être qu'une brève étape vers la créolité. Il n'y a plus de nègres en Martinique, il n'y a et n'y aura de plus en plus que des créoles, des gens qui ne sont ni Africains, ni Européens, ni Indiens, ni Syriens, ni Chinois, ni Martiens, ha! ha! ha!, mais un mélange heu… maelströmique comme dirait Breton, ha! ha! ha!… d'où surgira une nouvelle race, la race créole. Tiens, si tu es bloqué, écris en créole, tonnerre de braise!»

Amédée regarda le vieux dandy monter dans sa Panhard mauve en lui faisant le salut militaire et disparaître dans l'après-midi suffocant, comme un être surnaturel. Il plia le poème que lui avait remis Breton et décida de ne pas le lire. Alors, il reprit confiance et remonta au Morne Pichevin…

6

Du quai de La Française, la pointe de l'Anse-à-l'Ane, drossée par le Morne Bigot, ressemblait à un saurien endormi. C'est de derrière sa gueule qu'apparaîtrait, au débouché de l'après-midi, la proue majestueuse de la *Jeanne-d'Arc* transportant l'amiral Robert et ses troupes de marine. La fébrilité de la foule était à son comble. Les femmes avaient revêtu leurs grand-robes, celles qu'on réservait aux bamboches nuptiales, les hommes paradaient dans leurs habits militaires trop cintrés. On avait accouru de toutes les communes de l'île pour accueillir le sauveur bien qu'il n'y eût plus guère d'essence pour faire rouler les camions. L'évêque de la Martinique, le comte Varin de la Brunelière, avait d'ailleurs demandé aux abbés d'inciter leurs ouailles à faire de cette arrivée un événement que nul n'oublierait jamais. Des prières d'action de grâces en faveur du maréchal Pétain, de l'amiral Robert et de notre très sainte mère la France devaient être dites de façon quotidienne dans les plus obscures paroisses.

Au Morne Pichevin, la plupart des hommes valides s'étaient fait enrôler mais seuls Richard et Tertullien, un ancien concubin de Carmélise, charbonnier de son état, avaient été encasernés au fort Saint-Louis au début de 1940. Les autres drivaillaient ici et là, se rongeant les sangs d'impatience tant ils avaient hâte de partir se gourmer là-bas. Les bateaux de marchandises n'arrivant plus, les dockers se retrouvaient comme des chiens sans maître et certains durent, malgré leur répugnance, se muer en pêcheurs pour survivre. On avait bien institué des cartes de rationnement pour l'huile, le sel et le pétrole mais il fallait faire la queue depuis deux heures du matin si l'on voulait en obtenir une misérable chopine.

Amédée était le seul à supporter avec stoïcisme la situation, non qu'il eût davantage de braveté que les autres mais parce qu'ayant brocanté de vie, il s'émer-veillait chaque jour de la nouveauté des choses. Tout l'étonnait : l'impudeur naturelle des négresses se pro-menant les seins nus aux heures de grande chaleur et jacassant sans discontinuer ; les rires et les courses-pour-suites de la marmaille que l'on n'envoyait même plus à l'école deux fois par semaine comme avant, faute de linge ; et surtout quelque chose d'impalpable dans sa relation avec Philomène, une sorte de sérénité qui, loin d'être monotone, l'exaltait au contraire et lui permettait d'écrire des pages et des pages. Il savait maintenant que sa plume était inarrêtable. Aussi, chaque fois que Rigobert lui demandait avec agacement : «Tu crois qu'elle va durer longtemps, cette guerre ? On n'a pas assez d'emmerdations comme ça, nous les nègres, pour que le Bondieu s'assoie encore sur notre tête, hein ? », il décla-rait à la cantonade : «Ah ! Elle peut durer toute l'éter-nité, je m'en fous bien ! »

«Noëllise m'a dit que les békés ne manquent de rien à Didier. Ils n'ont rien changé dans leurs habitudes de manger à ce qu'il paraît… »

Mais Amédée haussait les épaules et allait se réfugier dans la case de Philomène, quelle que fût la chaleur. Ni Rigobert ni Richard ni personne ne connaissait son secret, et il avait bien raison de le garder jalousement car ils n'auraient pas admis qu'on puisse, en pleine guerre, gaspiller son temps à une activité aussi futile qu'aligner des petits bâtons noirs sur du papier blanc. Même Philomène, un soir de ventre vide, lui avait susurré :

« Mon bougre, écrire ça ne donne pas à manger. Et puis, les sacs vides ne tiennent pas debout. »

Il n'avait pas bronché. Il n'osait imaginer qu'elle voulait le pousser, lui, à aller à la chasse effrénée d'un demi-pot de farine de manioc ou d'une patte de bananes jaunes pour revenir, hagard, avec un bout d'igname-cha-cha racorni qui s'effriterait dans le fait-tout. Il n'avait même pas remarqué qu'elle avait considérablement maigri et que sa robe bleue à paillettes flottait sur elle. Elle ne montrait plus le même enthousiasme à aller travailler car il n'y avait que les marins blancs toujours embarqués dans une saoulaison du diable pour l'accoster à la Cour Fruit-à-Pain. Elle haïssait leur haleine fétide et leur façon brutale de la dévêtir et de la chevaucher sans la regarder comme si elle n'avait été qu'une bête immonde. Parfois, ils partaient sans payer et on ne pouvait pas protester car ils te cabossaient, ils te cabossaient, ils te cabossaient, tant et tellement que du sang tigeait de ta bouche. Mérilise, qui était d'un tempérament plus bandit que les autres putaines, avait fini par larder un de ces bougres-là à coups de cran d'arrêt mais, malheur pour elle, une compagnie de marins déchaînés débarqua le lendemain et sema etcetera de coups de poing et de pied, défonçant les cloisons des cases et éventrant les paillasses. Les filles avaient fui en hurlant dans les quarante-quatre marches pour monter se réfugier au Morne Pichevin. Quelques marins, n'écoutant que la revanche qui les tenaillait, les avaient suivies, pauvres bougres. Plusieurs, damant du pied la septième marche, celle de la déveine et faute de réciter la conjuration qui convenait, reçurent une volée de roches dans la figure. Un seul atteignit la trente-troisième marche et mourut sans qu'aucun poil de barbe ait eu le temps de lui pousser au menton. La Marine ne fit pas de gros soubresauts. Elle emporta son cadavre le plus discrètement possible et consigna le reste des troupes pour une période de deux mois. Nul ne voulait, en effet, gâcher l'arrivée de l'Amiral dont tous les télégraphes de l'île ne cessaient d'annoncer l'arrivée, aujourd'hui, demain, ah non! après-demain, c'est sûr-sûr-sûr.

Rigobert, qui avait de moins en moins l'envie de partir en France, ronchonnait toute la sainte journée.

«Tout ça n'est pas ça! Tout ça n'est pas ça! Il faut que je démerde mon corps, tonnerre de Brest!»

Le jour de l'arrivée du navire amiral *Jeanne-d'Arc*, il refusa d'accompagner ses compères au quai de la Compagnie et demeura prostré au pied de la grand-croix, silhouette insolite et dérisoire dans un Morne Pichevin totalement déserté. Il ne pouvait chasser de son esprit le récit des bombances auxquelles s'adonnaient les békés que lui baillait Noëllise chaque fois qu'ils se retrouvaient pour coquer dans les entrepôts de la Pointe Simon. Tous ces Dupont de Machambert, ces Crassin de Médouze, ces de Lagarrigue de Survilliers et en particulier ces de Maisonneuve, spécialisés dans l'export de café et de sucre ainsi que l'import d'outillage américain, chez qui la jeune femme était employée, lui inspiraient une rancune froide. Or, à bien regarder, Rigobert n'avait jamais eu affaire à un béké de sa vie. Il avait tout au plus brocanté deux mots et quatre paroles avec les grossistes du Bord de Mer («Patron, tu as un petit job pour moi ce matin?»), rien d'autre. Il savait que ces messieurs tiraient une grande part de leur richesse de la canne et cela depuis l'époque où les chiens possédaient encore l'art de parler, mais ça, il s'en fichait tout bonnement, n'ayant pas vécu à la campagne.

«Ce n'est pas cet amiral-là, blanc comme eux-mêmes, qui va mettre un gramme de justice pour nous, non!» songeait-il.

La corne formidable de la *Jeanne-d'Arc* le fit sursauter. Le navire n'arrivait pas des Anses-d'Arlets comme l'avait fait croire la Marine, mais du côté opposé, c'est-à-dire de la Pointe des Nègres. Il s'agissait d'une ruse pour déjouer une éventuelle attaque des sous-marins allemands qui rôdaient autour de l'île et n'hésitaient pas à faire surface dans les criques isolées et à épouvanter les pêcheurs. Rigobert ne put se contrôler cette fois-ci et dévala jusqu'à La Savane où la négraille avait été maintenue à distance par des barrières de fil barbelé. Elle trépignait de joie, agitant pêle-mêle des ex-voto représentant la Vierge Marie, des portraits en daguerréotype du maréchal Pétain et des petits drapeaux bleu-blanc-rouge fabriqués avec des restes de carton maladroitement peinturés. Trois autres navires de guerre escortaient le navire amiral, le *Barfleur*, le *Quercy* et l'*Estérel*.

«Bo fè-a! Bo fè-a! Nou ké pété bonda Itlè!» (Gare à toi, Hitler, nous allons te péter le cul!) improvisa quelqu'un dans la foule sur un air de carnaval, chant aussitôt entonné par mille voix.

La *Jeanne-d'Arc* corna à nouveau au mitan de la baie

142

des Flamants, sans doute pour avertir le pilote qui devait la guider jusqu'aux quais. Rigobert vit des grappes de négresses s'agenouiller et faire le signe de la croix, leurs figures empreintes d'une intense émotion.

«Là! Elle est là, regardez!» hurla un prêtre en soutane violette avec l'accent plat des Blancs-pays.

Rigobert suivit la direction indiquée mais ne vit que la masse grisâtre du croiseur, sur les ponts duquel s'affairaient des marins, et sa cheminée ventrue qui crachait une épaisse fumée. Il plissa les yeux mais fatigua son corps pour rien. Autour de lui, une forêt de têtes crépues marmonnait des prières latines sous la direction de prêtres placés çà et là le long du front de mer. L'un d'eux s'approcha de lui et le frappa de son missel en s'écriant:

«À genoux, mécréant! La très sainte Jeanne d'Arc qui a sauvé la France des Anglais est revenue par la volonté de Dieu tout-puissant pour la tirer des griffes de l'Allemand. Rendez-lui grâce à genoux!

– Ay koké marenn ou!» (Va enculer ta marraine!) fit Rigobert furieux en lui balançant un modèle d'égorgette qui le renversa les quatre fers en l'air sur des fidèles qui, en proie à l'exaltation, ne sentirent rien.

Des gendarmes à cheval, sortis d'on ne sait où, fondirent sur le nègre du Morne Pichevin et se mirent à l'assommer à coups de gourdin, esquintant au passage tout ce qui brennait dans les parages. Ils laissèrent pour morts une bonne dizaine de gens de toutes conditions sociales, à ce que put noter Rigobert qui, allongé face contre le bitume, ouvrait de temps à autre un œil afin d'évaluer à quel point sa situation était mêlée. Il n'avait heureusement pas été touché à la tête mais son dos (et son foutu eczéma) avait été battu comme un lambi. Chaque fois qu'il sortait de sa feinte rigidité cadavérique, c'était pour recevoir des sortes de décharges électriques dans toute sa chair. La foule continuait ses génuflexions à Jeanne d'Arc la Sainte dans de grands entrechoquements de genoux, répétant à l'envi les exhortations des abbés :

« Alleluia ! La maman de la France est parmi nous. Dieu soit loué ! »

Rigobert, qui avait pris la décision de ne plus se relever avant que cette hystérie ne s'évanouisse autour de lui, cherchait dans la calebasse de sa tête quel rapport il pouvait bien y avoir entre ce bateau de guerre qui s'appelait *Jeanne-d'Arc* – la radio l'avait suffisamment seriné – et sainte Jeanne d'Arc. Cette dernière ne représentait pour lui qu'une statue blanche au quatre-chemins des routes du Lamentin, de Gondeau, de Pays-Mêlé et de Saint-Joseph, au pied de laquelle on plaçait des bougies ensorcelées, des lettres de mort contre ses ennemis intimes et d'autres qualités de quimbois. Il l'avait toujours prise pour une espèce de sœur cadette de la Vierge Marie et ignorait qu'elle eût pu sauver la France au temps de l'antan. Ne disait-on pas au Morne Pichevin qu'Octave, le manieur d'herbes maléfiques, emmenait les gens atteints du mal-caduc se frotter contre elle chaque premier vendredi du mois à minuit ?

« Elle est venue en Martinique, songeait Rigobert au mitan des clameurs. C'est ce qu'ils racontent, ces pédérastes d'abbés ! Mais je n'y comprends pas une patate, c'est pas les personnes mortes et enterrées qu'on met en statue, non ? »

Il enrageait contre lui-même de ne pas avoir suivi son idée première et de s'être laissé happer par la curiosité. De toute façon, il ne verrait rien à présent du débarquement, chose dont profiterait cet ainsi-soit-il de Ti Jo avec lequel il avait parié sur le nombre d'épaulettes que portait un amiral. Ainsi, il dut attendre que les chauves-souris commencent à tournoyer au-dessus de La Savane pour se relever. Il observa ses plus proches compagnons d'infortune : un vieux-corps très digne, bardé de médailles sans doute glanées aux Dardanelles qui saignait à la tempe ; deux petits bonshommes en habit de premier communiant qui ne présentaient aucune blesse mais qui geignaient doucement ; une jeune demoiselle qui roulait des yeux inquiétants en se tenant le bras gauche qui devait être cassé. Une sacrée colère monta en Rigobert contre tous ces Blancs qui ne cessaient d'emmerder le monde avec leur histoire de guerre là-bas, dont nul ne voyait l'ombre ici. Il aida la jeune fille à marcher et la conduisit au Morne Pichevin où Amédée décida de l'envoyer avec un mot de sa main à son cousin, le docteur Bertrand Mauville. Chemin faisant, il apprit qu'elle avait pour nom Noëllise Théomène et qu'elle servait de bonne chez des Blancs créoles du Plateau-Didier. Telle est l'une des plaidoiries qui circule sur la rencontre fortuite entre notre bougre et la première, la seule et la dernière femme qui tombât jamais d'amour pour lui. Cette liaison commença par l'incompréhension viscérale puisque la bonne attestait, malgré la douleur qui la lancinait, qu'elle avait vu Jeanne d'Arc en chair et en os tandis que Rigobert, sceptique de nature, le niait tout-à-faitement.

« Il y a etcetera de gens qui ont admiré le dièse de sa démarche, insistait Noëllise, certains l'ont même touchée, je te dis, et toi, couillon que tu es, tu déclares que tout ça c'est des menteries ! Monseigneur l'évêque est un sacré menteur alors, parce que figure-toi que c'est lui qui l'a accueillie sur le quai et qu'il a été le premier à recevoir sa bénédiction.

– Elle a voyagé parmi tous ces marins, ta sainte je ne sais quoi ?

– Assurément et non pas peut-être ! s'indigna la jeune fille. Ce n'est pas une femme comme toutes les femmes, eh ben Bondieu ! Qu'est-ce que tu crois ? Elle mesurait presque trois mètres de haut et sa tête couronnée dépassait la cheminée du bateau. Elle souriait constamment et son manteau était d'un bleu plus franc que celui de la mer et du ciel.

– Tu rigoles de ma tête, doudou-chérie ? »

Le bougre et la bougresse se disputèrent des jours entiers sans se rendre compte qu'ils étaient en train de faire une coulée, ce qui veut dire, dans notre langue, une descente dans la douceur vertigineuse des préludes amoureux. Au bout de ce périple surgissait plus souvent que rarement l'étreinte des corps et le coq qui grimpe sur la poule avec une sauvagerie muette. Rigobert venait l'attendre à son heure de sortie, du côté de quatre heures de l'après-midi comme ça, dans la grand-rue du Plateau-Didier, fief de ces messieurs les békés. La faim le tenaillait depuis que madame Sina avait supprimé nettement-et-proprement tout crédit à cause de la difficulté des temps nouveaux. C'est Noëllise qui le nourrissait de restes laissés par ses maîtres, les de Maisonneuve, qu'elle camouflait dans sa blouse de travail roulée dans son panier. Il n'était pas le seul à avoir découvert cette aubaine. Richard, qui couvait sa fameuse libellule de carnaval, chambrière du gouverneur, Siméon Tête-Coton, le crieur en second de la rue Victor Hugo qui s'était reconverti dans le marché noir, et quantité d'autres maquereaux se rassemblaient à la même heure au même endroit, dans l'attente de leurs femmes. Ils commentaient tous l'indécente opulence des békés alors que les nègres se déraillaient pour une miette de morue salée et, au fur et à mesure, des idées de meurtre germaient dans leurs crânes. Rigobert en arriva à proposer à une grappe d'entre eux de tendre une embuscade au camion militaire qui ravitaillait nuitamment la résidence gouvernatoriale. Il aurait été moins dangereux de s'attaquer aux voitures particulières qui fournissaient ces messieurs les békés, mais comme cette opération se déroulait en plein jour, ils étaient bons pour une rafale de coups de fusil dans leurs fesses.

« Moi, je suis un militaire, fit Richard, un militaire ne peut trahir ses camarades de régiment, vous le savez très bien. Je suis avec vous, les hommes, mais regardez l'uniforme que je porte sur moi, est-ce que j'ai le droit de le dérespecter ?

— Tu as raison, foutre ! dit Siméon Tête-Coton. Tu manges plein ton ventre au fort Saint-Louis, ça fait que tu n'es plus le compère des pauvres sous-chiens de notre espèce, hein ? »

Richard lui balança un coup de tête en plein front qui l'envoya valdinguer dans l'herbe du fossé. Les autres s'empressèrent de les séparer afin de ne pas attirer l'attention. Une Dodge conduite par un chauffeur noir à casquette passa à grand balan avec deux fillettes blondes à l'arrière. Il leur jeta un regard inquisiteur. Heureusement, la confrérie des bonnes était sur le point de quitter les vastes demeures coloniales où elles avaient bourriqué toute la sainte journée et s'interpellaient à grands cris canailles.

« Clotilde, tu as défendu ton corps aujourd'hui, chère ?

— Doucement... doucement, chère...

— Hé, j'ai vu un Allemand ! s'exclamait quant à elle Noëllise avec excitation, ses cheveux sont plus jaunes que du fil de mangue-zéphyrine, je vous dis, presque transparents...

– Mon bougre, ta chérie doit être folle, oui», fit la chambrière du gouverneur en tapotant l'épaule de Rigobert.

Ce dernier fut à deux doigts de douter de l'équilibre mental de Noëllise qui, après l'épisode de sainte Jeanne d'Arc, prétendait avoir approché un de ces êtres monstrueux dont on menaçait la marmaille turbulente. Il l'observa bien dans le mitan des grains de coco-yeux et ne décela aucune trace de folie. Tous les bougres avaient oublié le projet de Rigobert et accablaient la malheureuse des questions les plus saugrenues : avait-il un œil derrière la tête ? (Car comment imaginer que cette race-là ait pu péter le foie de notre armée en si peu de temps ?) Sa langue ressemblait-elle à des hurlements de loups-garous ? Et des questions à la chaîne qui finirent par mettre en pleurs la petite bonne des de Maisonneuve. Non, il n'avait pas de troisième œil, le soldat allemand ! Il était plutôt bel homme dans son uniforme vert kaki. Non, sa voix était tantôt douce comme un murmure d'oiseau-mouche tantôt rauque et mâle mais jamais monstrueuse.

«Tu racontes des histoires, fit Siméon Tête-Coton, tu vas nous faire avaler que les Allemands c'est des chrétiens-vivants pareils à nous autres ?

– Et puis, argumenta Richard d'un ton martial, où se trouve le reste de son régiment, hein ? Il est venu attaquer tout seul la Martinique ? Ha ! ha ! ha !... Il a voyagé sur un tronc d'arbre, peut-être ! »

Ils s'esclaffèrent sans retenue, ce qui provoqua une flambée d'aboiements dans le quartier. Alors chacun empoigna sa chacune et descendit joyeusement jusqu'au

Pont de Chaînes où l'on se goinfrerait de marinades d'écrevisses, de chèlou, d'eau de coco et de bière avant de regagner les cahutes en bois de caisse de Trénelle et de Morne Abélard. Furieux, Rigobert planta Noëllise et décida de ne plus aller à sa rencontre pendant un bon paquet de jours. Ça lui apprendrait à faire l'intéressante ! Il retourna à Morne Pichevin où il se cloîtra sans manger, refusant de répondre aux appels répétés de Philomène ou de Ti Jo. Parfois, il gueulait :

« Je m'en fous de votre guerre ! Baillez-moi ma tranquillité, tonnerre de Dieu ! »

On sollicita l'intervention de Noëllise mais rien n'y fit et, d'ailleurs, elle lui avait trouvé un remplaçant en la personne de Marcellin Gueule-de-Raie, un crieur en chômage forcé, qui savait ciseler des phrases dans un français de porcelaine. Donc, affirmait-on, la relation entre Rigobert Charles-Francis et Noëllise Théomène prit brutalement fin à cause d'une histoire d'Allemand qui n'avait jamais existé ! Notre homme connut en tout et pour tout deux mois quatre jours seize heures et sept minutes et demie de bonheur absolu dans sa vie et, le restant, il en fit une manière de sacerdoce à la déveine. Le temps étant un remède qui guérit tout, il oublia et reprit sa dérive quotidienne à travers la ville, bien que celle-ci ne fût plus le Fort-de-France dont il était familier. En un battement d'yeux, elle s'était comme qui dirait enveloppée dans une nasse de tristesse et les rares passants rasaient les murs d'un pas pressé. Même le Bois de Boulogne, sur La Savane, fut déserté par les joueurs de dés et aucun jeune mâle nègre ne venait plus soulever d'haltères à la Maison du Sport. De temps à autre, une traction avant roulait au pas dans les rues désertes et des bougres qui n'étaient même pas des gendarmes vu leurs feutres gris et leurs costumes de laine interpellaient les gens pour les fouiller sans ménagement. Très rares étaient les jours où on ne les voyait pas embarquer de force un infortuné. La chemise de Rigobert, en sac de farine de France, était si trouée et sa barbe dévorait tellement sa figure que ces nervis ne prirent pas la peine de l'inquiéter. Le matin, il avait le sentiment de se retrouver seul avec la ville et d'en faire le tour du propriétaire. N'ayant personne sur qui compter pour assouvir sa faim, il errait du côté du Grand Marché dans l'espoir d'apercevoir la jeune marchande de Rivière-Pilote qui fut toujours si généreuse avec lui, mais il n'y avait là en tout et pour tout que trois revendeuses immobiles devant leurs paniers vides. Il n'en croyait pas ses yeux et entrait dans l'immense salle jadis enceinte d'éclats de voix guillerets et d'odeurs de clous de girofle et de cannelle. Les trois négresses sommeillaient, assises raides, sur leur petit tabouret, un chapelet-rosaire entre leurs doigts décharnés. Dehors, un djobeur était avachi dans sa charrette à bras garée sur le trottoir, insensible à la férocité du soleil. Un chien-fer, assassiné nettement-et-proprement par la faim, empestait non loin de là. C'est à cet instant que Rigobert prit la résolution de s'attaquer tout seul au convoi de ravitaillement du gouverneur.

Il vint repérer l'endroit où il pourrait opérer avec le plus de chances de succès. Tout en apparence jouait contre lui. Le Plateau-Didier était, par on ne sait quel mystère, le seul quartier de la ville à échapper au délestage. D'autre part, de fréquentes patrouilles militaires de quatre hommes du rang noirs et d'un gradé européen arpentaient la rue principale, à intervalles irréguliers. Rigobert confectionna un chassepot afin de péter les becs des poteaux électriques le soir de l'attaque mais, pour ce qui relevait des soldats, il ne pourrait compter que sur le hasard, autant dire sur la déveine que le Bondieu fessait sur lui par pure scélératesse. Huit soirs d'affilée, il surveilla l'arrivée et le départ de la fourgonnette blindée sur laquelle il avait, ô conscience, jeté son dévolu. Lorsqu'il eut dompté sa craintitude, il adopta une ruse de compère Lapin : il s'étendit de tout son long sur le bitume quelques minutes avant le passage du véhicule, feignant d'être mort de sa belle mort. À cela, il ajouta, bien que ce ne fût point dans la tradition, une bougie allumée à ses pieds et un petit cercueil en parche de coco noirci à la suie de charbon de bois. S'il avait été aussi abandonné de Dieu qu'il le prétendait, sûr et certain que Rigobert aurait trépassé ce soir-là car le conducteur de la fourgonnette et son escorte, saouls et puis c'est tout !, ne virent que la bougie et le cercueil à l'ultime minute, juste le temps de se déporter sur un ponceau qui faisait face à la villa des De Maisonneuve, si remarquable à cause de sa toiture fleurdelisée. Rigobert avait entendu l'un des soldats hurler :

« Un quimbois ! Bondieu-Seigneur-La Vierge Marie, voilà qu'on nous a mis un quimbois !… Hé, il y a un bougre mort par terre aussi, foutre ! »

Il le vit s'enfuir à toutes jambes, bientôt suivi de deux autres zouaves plus impressionnés par sa personne que par l'accident qu'il venait de leur causer. Il rampa avec prudence vers le véhicule et vit le conducteur, un Européen, affalé sur son volant, bien mort, lui, par contre. La portière arrière s'était ouverte sous l'effet du choc, libérant un sac de riz éventré, deux grosses boîtes de margarine en aussi mauvais état ainsi que des pommes de terre, des oignons-France, des dames-jeannes de vin et des paquets de gros sel. L'importance du butin estomaqua notre homme. Il venait de comprendre qu'il n'avait rien prévu pour charroyer tout cela et qu'il lui fallait se comporter en débrouillard à présent, les trois soldats en déroute ayant sans doute déjà donné l'alerte. Il ouvrit le second battant de la portière et pénétra dans la fourgonnette quand il se sentit happé par deux bras puissants qui le soulevaient en l'air comme s'il n'avait pas pesé ses soixante-quatorze kilos habituels:

«Je te tiens, fils de salope d'Allemand! Achtung, ne bouge plus ou je te fends l'écale en deux morceaux! cria une voix dans le faire-noir.

– Quelle... quelle personne... est... là? balbutia Rigobert.

– Achtung, j'ai dit!

– Je ne suis pas armé... Je suis un Français comme vous. Vous êtes qui?

– Ah, c'est toi! Je vais te faire marcher à quatre pattes sous une table, tu vas connaître la hauteur de ton combat, espèce de nègre-marron!»

Le bougre extirpa sa carcasse au-dehors, tenant toujours Rigobert par le collet. Ce dernier reconnut Barbe-Sale, le géant qui servait de fier-à-bras aux habitants du quartier Volga-Plage et dont les défis avaient fait trembler tous ses alter ego de Fort-de-France, sauf Rigobert. Non que ce dernier fût particulièrement costaud ou brave mais «parce qu'il possédait un sacré toupet dans son corps», comme disaient ceux qu'il contraignait à s'adresser à lui les yeux baissés.

«Bon, écoute, on n'a pas le temps de prendre de grand causement. Je t'ai vu, je peux te dénoncer comme une merde et c'en est fini de ta peau. Tu sais ça?

– Oui... oui...

– Je ne vais pas le faire. Entre nègres, il faut brocanter

de l'aide, alors on va cacher tout ça dans les halliers que tu vois là-bas. Tu prendras ta part et moi, je reviendrai demain soir récupérer ce qui me revient. D'accord ou pas d'accord ?»

Aussitôt dit aussitôt fait car Rigobert n'avait pas le choix. Une fenêtre s'ouvrit d'un coup chez les de Maisonneuve et une voix cria dans une langue inconnue:

«Was ist das ?»

Les deux chapardeurs sursautèrent. La silhouette d'un homme blond, buste nu, portant un monocle, se découpa dans l'embrasure puis disparut immédiatement. Les longues trouées jaunes des phares d'un camion militaire déboulant de Des Rochers balayèrent les devantures des villas, la coupole des arbres et la rue à moitié obstruée par la fourgonnette. Rigobert grimpa en cinq sec au faîte d'un quénettier, tandis que Barbe-Sale s'affalait au mitan de l'amoncellement de marchandises. Une meute de soldats se répandit autour du véhicule accidenté.

«Lévé kôw la!» (Debout!) lui fit un caporal-chef sénégalais en balançant à Barbe-Sale un coup de pied dans les côtes.

Il ne bougea pas. Les soldats le ramassèrent en même temps que ce qui restait des caisses et des dames-jeannes et le lâchèrent à l'arrière de leur camion tel un paquet de hardes sales. (Longtemps-longtemps après, quand la guerre ne fut plus qu'un souvenir diffus, le fier-à-bras de Volga-Plage se bâtit une légende selon laquelle il avait résisté seul à un bataillon d'Allemands qui avaient débarqué nuitamment d'un sous-marin pour tenter de s'emparer de la résidence du gouverneur. En fait, Barbe-Sale avait bien vu un Allemand ce soir-là, mais il l'ignora toute sa vie car on ne lui avait enseigné qu'un seul petit mot d'allemand au cours de son encasernement au fort Desaix : « Achtung ».)

Le camion mit un siècle de temps à démarrer. Puis il continua sa descente, tous feux éteints. Rigobert attendit le devant-jour pour déguerpir de l'arbre où il s'était endormi à l'aise comme Blaise sur la falaise…

7

MÉMOIRES DE CÉANS ET D'AILLEURS

«Chaque femme est un pays nouveau», me répète Alcide qui a vécu tout un morceau de sa vie dans un tourbillon amoureux à l'époque où on l'avait exilé à l'école primaire de Régale, en pleine campagne de Rivière-Pilote. Avant que je ne me laisse happer par la doucine de l'image, il rectifie aussitôt: «C'est ce que nous croyons dans la calebasse de nos têtes, pauvres bougres fous que nous sommes, hon!»

Rigobert, mon sauveur, celui par la grâce de qui j'ai découvert ma négresse féerique, sourit de toutes ses dents avariées et tire plusieurs bouffées sur sa Mélia. Sa chemise en sac de farine de France fait peine à voir avec ses trous méchamment rapiécés au fil de langue de bœuf. Il ne s'assied plus que sur ses talons car sa culotte en kaki n'a plus de «fesses» et il refuse d'y mettre du caoutchouc découpé dans des chambres à air comme nous le faisons tous depuis que la guerre a supprimé net les arrivages d'Europe. Il prétend que si on s'assied sur une roche chaude avec ça, on peut attraper une coulante. C'est la franche vérité que la coulante, qui fait bouillir l'intérieur du sexe et empêche d'uriner, n'est pas la dernière des salopetés que nous rapportent nos femmes. Au début, j'avais protesté en tentant de lui faire admettre que nous, les hommes, étions tout aussi responsables de l'extension de ce mal mais il gueula tant et tellement : « C'est les marins blancs du fort Saint-Louis qui leur donnent ça, je te dis ! Avant, on attrapait une coulante une ou deux fois dans sa vie alors qu'aujourd'hui, tu as intérêt à garder ton coco dans ta poche, oui », qu'il réussit à me convaincre.

Quant à Vidrassamy, l'Indien de Basse-Pointe, il ne sort pas de son mutisme énigmatique, ses cheveux d'huile lui barrant tout un pan de sa figure dont la finesse extrême ne cesse de nous surprendre (et de nous rappeler qu'il appartient à une autre race). Son balai de nettoyeur de dalots municipal toujours sous le bras, il nous écoute épuiser nos voix dans l'amertume et la dérision car depuis que cette foutue guerre a bousculé la France, « tous les nègres du Morne Pichevin sont devenus aussi philosophes que des chiens qui portent des bretelles », comme le remarque moqueusement Carmélise, la mère d'enfants – ainsi définie parce qu'il ne se passe pas une année qu'elle mette bas une marmaille de père différent. « Je ne mange pas du fruit-à-pain tous les jours, nous baille-t-elle en guise de justification, alors pourquoi je vais mettre le même bougre sur mon ventre combien et combien d'années ? Pourquoi, hein ? Pour vous faire plaisir alors ? Tchip ! » En réalité, ce qui nous rend philosophes c'est la tournure que prennent les événements. Nous avions nourri une grande excitation devant les tranchées qu'on avait creusées sur La Savane, les défilés militaires qui parcouraient la ville à toute heure du jour, l'ombre des sous-marins allemands qui attendaient, entre deux eaux, que notre flotte osât s'aventurer hors de la baie des Flamants, le couvre-feu qui plongeait nos maisons dans une noirceur plus noire qu'avant-hier soir, le départ du premier contingent de volontaires – jamais je n'oublierai Dalmeida agitant son mouchoir de flanelle sur le pont où les autres soldats lançaient des cris à leurs familles massées sur les quais, dandy jusque dans l'épreuve, arborant son éternelle légèreté très digne d'homme de lettres incompris, et qui m'avait murmuré, au moment où nous nous séparions peut-être pour toujours, ces vers sublimes de Daniel Thaly :

> *Cyprès français, sera-ce vous qui bercerez*
> *Ma tombe en la douceur de l'éternel automne ?*

Et puis encore les entraînements au tir d'artillerie, au pied de la montagne Pelée, qu'on imposait à ceux d'entre nous qui avaient été enrégimentés dans le Groupement d'artillerie coloniale, mais tout cela n'a pas suffi. Notre soif de combats réels, de sang, de morts, nos rêves de bombardements aériens n'ont pas été étanchés et nous errons sous le soleil impassible en nous lamentant :

« C'est donc ça la guerre ? Pfff ! »

Il y a ceux tels que Ti Jo qui s'accrochent nuit et jour à un poste de radio et tentent, malgré les parasites plus énervants que des mouches à miel, d'entendre les nouvelles des différents fronts, grognant d'une rage difficilement contenue à chaque victoire de Hitler. Grâce au ramasseur de tinettes, des continents inouïs sont devenus familiers aux habitants du Morne Pichevin – Scandinavie, Balkans, Maghreb – sans que quiconque fût en mesure de les situer hors de son délire imaginatif. Rigobert a adopté la Scandinavie car, précise-t-il, ce nom résonne comme un bruit de rivière à la saison d'hivernage; Alcide préfère les Balkans qu'il imagine comme de vastes steppes parcourues par des hordes de soldats à cheval, et maudit sa mémoire d'être incapable de lui restituer la carte du monde accrochée au mur de son ancienne classe à Terres-Sainvilles («En fait, je n'ai jamais vraiment regardé que celle de la France», me confie-t-il); Philomène et Carmélise penchent pour le Maghreb tandis que Louisiane, la femme de Richard, si fière de savoir son mari sur le front et qui dès lors «a pris une conduite», réclame à cor et à cri à Ti Jo les nouvelles des Ardennes où on lui a laissé croire que l'armée française résiste toujours à l'ennemi.

«Je suis sûre que Richard est en train de se gourmer de ce côté-là. Haaa! Messieurs et dames, je parie avec vous que ces saloperies d'Allemands vont battre en arrière. Écoute bien, Ti Jo, tu vas savoir!»

Notre ennui ne se dissipe pas pour autant, quoique dire «notre» soit un abus de langage de ma part puisque j'aime cette sensation de temps arrêté dont le reflet le plus frappant est le port, la Transat comme on préfère dire dans le quartier, où les quatre gros navires de guerre et le sous-marin *le Surcouf* de l'escadre française de l'Atlantique semblent espérer quelque chose comme la fin du monde. Philomène me rejoint parfois au pied de la croix qui surplombe le Morne Pichevin et elle me demande avec timidité:

«Quand est-ce qu'elle va commencer pour nous, cette guerre-là?»

Louisiane qui sait lire et elle-même se sont récemment entichées d'une annonce parue dans le journal catholique *La Paix*, qui déclarait que «Le comité chargé de recueillir les souscriptions pour l'achat d'un avion à la France a l'honneur de prier les détenteurs de listes de vouloir bien les renvoyer au Trésorier, la clôture devant avoir lieu le 25 courant». L'épouse de Richard s'indigne qu'on n'ait pas daigné solliciter les gens du quartier.

«On n'est pas des cacas de chien quand même!» tonnet-elle à la ronde, avec l'approbation de tout un chacun.

«Pour de vrai, appuie Philomène, les gros croient qu'ils sont plus français que nous, alors! Il ne faut pas qu'ils puissent acheter seuls cet avion parce qu'après, je les connais, oui, ils vont encore dire qu'on n'est qu'une compagnie de nègres ignorants et ingrats. Voilà!»

Les deux femmes se rendent au presbytère de Sainte-Thérèse où elles obligent le prêtre à leur trouver une liste sous peine de révéler les propositions malhonnêtes qu'il leur avait faites en confession. Elles reviennent, triomphantes, un imprimé en main et font derechef le tour des cases devenues de plus en plus branlantes – on ne dispose plus du bois des caisses de morue salée pour les rafistoler – en exigeant de chaque personne son dû envers la mère patrie.

«Madame Sina, c'est pour acheter un avion de guerre pour la France!

– Je mets cent francs. Dieu qui êtes au ciel, protégez notre mère la France!»

«Alcide Nestorin, toi qui étais instituteur, tu dois bien avoir serré un paquet d'argent quelque part, non?

– Hon! Philomène, n'oublie jamais que c'est à cause de toi que j'ai tout perdu. Je te donne quand même ce bracelet en argent, je le tiens de ma mère qui elle-même le tient de sa mère. Il doit valoir plus de cent francs.»

«Vidrassamy, mon cher, montre-nous que tous les coulis ne sont pas des meurt-la-faim!

– Je n'ai pas vu la couleur d'un sou depuis un bon siècle de temps, les amis. La mairie nous paie avec des bons de rationnement, vous le savez bien. Tenez, je vous offre tous mes bons de ce mois-ci, mes enfants mangeront des anolis grillés. Ha! ha! ha!»

«Rigobert, monsieur le major du Morne Pichevin, tu dois dormir sur un matelas d'or. On dit qu'à sa mort, ton père t'a laissé les bijoux de ta mère adultère qu'il avait emportés avec lui par vengeance.

– Moi, un major? Dehors, les gens croient que c'est moi qui fais la loi au Morne Pichevin mais ici même, est-ce que je fais de la profitation sur vous, hein?

– Tu essaies de fuir la conversation, mon nègre, c'est pas ça qu'on t'a demandé. On doit offrir un avion à la France, combien d'argent tu mets, c'est tout ce qu'on veut savoir.

– Un avion? Mais où ça que vous allez l'acheter? On est enfermés comme des crabes dans une barrique et les sous-marins allemands n'attendent qu'une chose, qu'on pointe le nez dehors.»

La remarque du drivailleur stoppe d'un seul coup la quête de Louisiane et Philomène. Le même soir, avant d'aller vendre son corps à la Cour Fruit-à-Pain, Philomène me demande, perplexe, l'explication de ce mystère.

«Toi qui viens d'une famille de gros, tu dois bien savoir ce que ça cache. Ta femme, c'était pas une vieille békée?

– En temps normal, je t'aurais dit que c'est encore une attrape pour foutre les nègres dans le noir mais avec cette guerre-là, je ne sais plus. Les gros ne voient pas devant eux non plus et ils ont certainement hâte que tout ça finisse, pour recommencer à faire leurs affaires. Imagine-toi que cette année, la totalité du sucre et du rhum va rester sur le dos de la colonie. Tu crois que les békés sont contents?

– Tu les défends ! Si eux ils ne voient pas devant eux, nous, les nègres, on ne voit ni devant ni derrière nous, tu sais ça très bien. Tu crois que la typhoïde aurait tué cinq enfants à Carmélise en une semaine si elle avait été une békée ? Je suis certaine qu'ils cachent des médicaments pour eux seuls quelque part. En plus, il y a un Allemand qui vit à Didier chez les de Maisonneuve ! Rigobert ne t'a pas dit ça, d'après toi ?

– Un Allemand ? Mais cesse de dire des bêtises, Philomène. Rigobert avait pris trop de tafia quand il t'a raconté ça… »

Philomène a poursuivi son questionnement auprès des marins qui l'ont coquée ce soir-là et l'un d'eux, un gradé à n'en pas douter, lui a laissé entendre que les sous-marins allemands ont peur de s'en prendre aux bateaux américains et que ces derniers entreraient quand ils le voudraient dans la rade de Fort-de-France. Il a même précisé qu'un torpilleur américain, basé à Trinidad, devait arriver ici dans les prochains jours pour ravitailler le pays et que le Comité pour l'achat de l'avion en profiterait pour confier à son capitaine l'achat dudit appareil aux États-Unis. Ma négresse féerique en est revenue radieuse. Elle a réveillé sa commère Louisiane dans le mitan de la nuit et les bougresses ont recommencé daredare leur quête, un argument imparable à la bouche. Je n'en revenais pas. J'observe les yeux fiévreux d'amour de ces pauvres hères pour un pays dont vraisemblablement ils ne fouleront jamais le sol. Un pays qui demeurera à jamais un nom, « La France », autant dire un rêve éveillé de nègre debout face à ce qu'ils appellent tous sans exception la « déveine ».

Louisiane et Philomène ont fini par rassembler un petit tas hétéroclite de pièces de monnaie, de billets chiffonnés, de colliers en or massif, d'anneaux, de cuillers en argent et même une dent en or que Rigobert, je le jure! s'est fait arracher à la pince par Ti Jo. N'ayant jamais possédé pas même un moustique attaché à une corde, même à l'époque où la paix régnait encore, il s'est trouvé tout confus face à ce qu'il considère comme un devoir absolu. Son père, le vaillant fier-à-bras, Garcin Charles-Francis, dont personne n'a enterré la renommée dans sa mémoire, ne lui a strictement rien laissé, hormis ce titre de Charles-Francis qui fait frissonner plus d'un dans les autres quartiers populaires de Fort-de-France. Les deux femmes ne se sont point alarmées de l'étrangeté de leur butin et l'ont apporté avec fierté au curé de Sainte-Thérèse, qui les gratifia d'un reçu magnifiquement paraphé et d'une bonne claque aux fesses comme à son habitude.

Les nègres n'ayant pas de mémoire, personne, des mois et des mois ayant passé, ne demande si l'avion a bien été acheté et remis à l'armée française. D'ailleurs, une fois la collecte achevée à travers l'île, plus aucun journal, ni *Le Clairon* ni *Le Bulletin hebdomadaire* ni *La Paix* n'en souffle mot et Louisiane, trop occupée à chercher sa pitance quotidienne, à mesure que les temps deviennent raides, perd son habitude de lire. Elle oublie cette histoire d'avion. Philomène, quant à elle, s'adonne à un manège que je juge étrange: chaque fois qu'elle le peut, elle achète une belle planche neuve qu'elle place sous notre lit en l'enroulant dans de vieilles hardes. Au début, j'avais cru qu'elle voulait refaire la case mais au prix où était le bois, je compris qu'elle avait une autre idée en tête. Quand mademoiselle estime avoir son compte de planches, elle m'interrompt un soir que je passe à relire mes feuillets, me demande de l'aider à les disposer et, en un rien de temps, j'ai devant les grains de mes yeux l'objet de ses rêves: un cercueil! Oui, ma négresse mélancolique a retrouvé le sourire et me dit:

«Le jour venu, il n'y aura plus qu'à y mettre des clous.»

Puis, elle replace les planches une à une sous le lit, satisfaite et de sa démonstration et de mon air médusé.

«Vous les gros, vous n'avez pas ce genre de souci. Quand vous mourez, hop! la famille vous achète un beau cercueil en acajou. Nous, les sous-chiens, si on ne se prépare pas à temps, on se fait enterrer dans une caisse, oui. Une vulgaire caisse en bois blanc!»

Soudain, comme un gros grain de pluie en carême, elle fond en larmes contre ma poitrine. Plus je l'interroge, plus son désarroi redouble. J'attends que la nuit finisse, la serrant d'une main et relisant mes feuillets de l'autre. Au devant-jour, elle prend sommeil dans mes bras telle une enfant fragile et je me surprends à lui caresser la naissance des cheveux en récitant un poème de Baudelaire. La tôle ondulée de notre case y dépose une chaleur d'enfer, quand ma négresse féerique ouvre les yeux et me déclare abruptement:

«Je pleurais parce que si on est ensemble dans la vie on ne le sera pas dans la mort. La mort est plus longue que la vie...

– Je ne te suis pas très bien.

– Toi, tu seras enterré au cimetière des riches tandis que moi, c'est le cimetière des pauvres qui m'attend, là où la nuit les chiens errants viennent chier et les quimboiseurs déterrer les cadavres des enfants morts avant leur baptême.»

Ses seins bruns s'agitent sous la toile élimée de sa robe que de trop fréquents lavages ont anormalement rétrécie. J'approche mes lèvres et commence à suivre leur courbe ensorcelante jusqu'aux larges tétons déjà durcis.

Elle se cabre en arrière et m'offre son ventre en plein visage. Je relève sa robe à hauteur de son cou et frotte mes joues contre sa peau fiévreuse. Ma langue se perd dans le minuscule dédale de son nombril, ce qui lui arrache une suite de gloussements rauques. Elle s'agrippe à mes cheveux comme un être qui va se noyer et à qui le désespoir donne une vigueur sans commune mesure avec sa corpulence. Lorsque mes lèvres butent sur le renflement humide de sa vulve dont la toison semble vivre d'une vie propre, j'ai à nouveau le vertige d'éternité que je n'ai jamais ressenti auprès d'aucune autre femme. Quand nous disons si banalement que l'amour est éternel, nous le mesurons à l'aide du temps, celui qui fuit et qui ronge le suc de nos jours. Nous croyons que l'éternité est une ligne droite sans fin alors qu'elle n'est qu'un point ou une myriade de points gravitant autour de nos émois. Philomène sait susciter de telles étreintes dont la seule règle est l'animalité pure, purifiée de tout ce qui l'avilit, tamisée par la soudure même de nos corps. Seule la femme qui se donne à tout le monde sans vergogne peut vous faire accéder à l'éternité car, chez elle, le don de soi est une chute libre dans le grand trou de la chair et retour – éphémère, hélas ! trop éphémère ! – dans le néant originel. La mère ou la femme légitime (ou leurs succédanés comme mon ancienne bonne Ernestine) sont à la chair ce que l'hostie est au pain : une épure sans saveur.

Telle est notre guerre. Un paquet de craintes infondées, une attente essoufflée de se figer sur elle-même, des processions interminables pour un peu de pain ou une poignée de gros sel, les mesquineries tatillonnes des sbires de l'amiral Robert à peine égayées par des défilés militaires quasi quotidiens, les appels à la révolte contre le pouvoir vichyste distillés sans discontinuer par les radios de Sainte-Lucie et de Dominique et, en final de compte, le plat étalement des jours. L'ennui que seule la parole, heureusement enceinte d'elle-même dans la bouche des nègres, parvient à trouer. Ainsi dois-je souvent provoquer l'avis de Vidrassamy, en amenant le débat sur les femmes indiennes que depuis l'enfance j'ai toujours rêvé de posséder quand je les voyais laver leur linge à même les caniveaux du quartier Au Béraud. Alors le balayeur pète d'un rire sec et saccadé très semblable au caquètement des cabrits-des-bois et met fraternellement sa main râpeuse sur mes épaules, l'air de me dire : «Je sais de quoi tu veux causer, vieux frère. Il n'existe pas assez de mots pour exprimer le vertige que donnent à la peau d'un mâle les femmes de ma race. Ça non !...» Mais il calcule longuement dans sa tête, esquisse un vague sourire et ne dit rien.

«Les femmes coulies, c'est autre chose, hein ? suis-je forcé d'insister.

– Elles flétrissent vite comme toutes les belles fleurs... Au fond, il n'y a qu'une chose au monde qui demeure toujours jeune, c'est la terre. On peut couper ses arbres, on peut la labourer, la livrer aux halliers, quand tu reviens à elle, elle est chaque fois pareille à une fille vierge que tu viens de décacheter.»

Alors il nous parle des nuits entières de la coupe de la canne, des grèves saisonnières qui se terminent plus souvent que rarement par un mort ou deux, de la vie monotone de l'habitation où l'on est sans arrêt sous l'œil du béké, des haines pulsionnelles entre nègres et Indiens, de sa fuite à la ville quelques années plus tôt. Il n'y a qu'un sujet sur lequel il n'est pas intarissable : le Bondieu-couli. «C'est notre religion à nous», lâche-t-il en changeant le cours de la conversation. Si d'aventure Carmélise, curieuse en diable, le fouille, il éructe agacé : «Votre Vierge Marie et notre déesse Mariémen, au fond, c'est même bête même poil ! »

Puis une série de déflagrations secoue Fort-de-France. Enfin ! On aperçoit dans le ciel une escadrille de chasseurs bombardiers qui piquent droit sur la rade et larguent d'énormes projectiles qui provoquent des geysers bleuâtres. L'attaque ne dure qu'une fraction de seconde mais cela suffit à mettre en joie non seulement les nègres du Morne Pichevin mais ceux de Trénelle, des Terres-Sainvilles, du Bord de Canal et de Morne Abélàrd. Les rues sont envahies aux cris de :

«Mi ladjè pété ! Bo fè-a ! Bo fè-a ! Nou ké pété bonda Itlè ! » (Voici la guerre ! Hitler, gare à toi, nous allons te péter le cul !)

Aussitôt une nuée de marins en armes jaillit du fort Saint-Louis et s'empresse de rétablir l'ordre à coups de crosse rageurs. Une petite émeute est vite étouffée aux abords du Carénage quand ils doivent tirer en l'air pour disperser la foule. Après ce coup de semonce, apprends-je le lendemain, de la RAF aux submersibles allemands, la population a constaté que l'amiral Robert ne fait jamais appel aux forces terrestres cantonnées au camp de Balata et au fort Desaix. Ni pour les défilés ni pour intimider les Martiniquais. Robert n'a de toute évidence confiance qu'en ses deux mille cinq cents marins sempiternellement saouls. Néanmoins chacun est heureux de cet incident guerrier qui permet à des forts en gueule comme Siméon Tête-Coton d'affabuler sur la résistance qu'il a opposée, lui et une grappe de bougres de Rive Droite, à des parachutistes nazis qui durent repartir en Allemagne à la nage. Le crieur de la rue Saint-Louis a même fait un prisonnier qu'il a remis fièrement au poste de garde du fort Saint-Louis contre une superbe médaille dont on apprit plus tard, à la fin de la guerre, qu'il s'agissait d'un médaillon de première communion trafiqué en décoration militaire. Il paradait avec elle sur ce qui lui restait de chemise en kaki, puis il l'accrocha à son cou avec un brin d'herbe-cabouillat. On le gratifia d'ailleurs du grade de capitaine Tête-Coton.

Je demeure extérieur à ces frénésies militaristes. Dès mon installation au Morne Pichevin, je me suis jeté avec délices, que dis-je, avec débauche, dans le parler créole que l'on m'avait toujours appris à traiter avec la dernière des condescendances. Je revois encore mon père disant à mon grand frère et à moi-même :

« Il n'est pas question pour vous d'apprendre à zoulouter la langue française, messieurs ! »

Le créole nous était rigoureusement interdit quoique mes parents l'aient employé avec Ernestine, notre servante, laquelle ne connaissait pas d'autre langue. Évidemment, on nous protégeait avec vigilance de la fréquentation des petits « zoulous » et nos seuls compères étaient les petits mulâtres du centre-ville. Nous apprîmes à prononcer le patois zoulou mais nous en gardâmes toujours une espèce de distanciation moqueuse, de sorte que nous ne pouvions formuler une phrase sans sourire en même temps. Le créole devint progressivement l'outil de nos plaisanteries salaces et de nos jurons les plus osés. C'est Philomène qui m'apprend à aimer, dans un même balan, et son corps et le créole car elle fait l'amour dans cette langue, déployant des paroles d'une doucine inouïe, incomparable, qui ébranle mon être tout entier. Aussi, dans nos babils post-coïtaux, je ressens un bien-être physique à habiter chaque mot, même le plus banal, et à être habité par lui. J'éprouve l'ondoiement étrange et délicieux du serpent fer-de-lance qui mue et qui accueille l'ardeur du soleil comme une bénédiction. Je m'avise avec incrédulité que la langue de nos tuteurs blancs n'a pas de mot aussi beau que «coucoune» pour désigner le sexe de la femme et que tous les vocables dont elle dispose, «chatte», «con», «choune» ou «fente», recèlent une verdeur insultante pour nos compagnes. Dans les moments fusionnels de l'amour créole, je mets enfin un sens sur les propos de Dalmeida se méfiant de la valorisation excessive de la race noire par les jeunes intellectuels martiniquais.

«Être créole, me disait-il, c'est être une manière de compromis entre le Blanc et le Noir, entre le Noir et l'Indien, entre l'Indien et le bâtard-Chinois ou le Syrien. Au fond, que sommes-nous d'autre que des bâtards ? Eh bien revendiquons notre bâtardise comme un honneur et ne recherchons pas, à l'instar des békés, des ancêtres héroïques dans une Guinée de chimère ou dans l'Inde éternelle. Voyez-vous, mon cher Amédée, tout ce mélange a produit une race nouvelle, une langue neuve, souple, serpentine, tout en étant conviviale et charnelle. Je suis trop vieux pour espérer voir le jour où notre peuple se dressera face au monde dans sa créolité…»

Voilà à quoi j'occupe mes pensées en ces années de guerre où chacun, pétri d'angoisse, ne songe qu'à se nourrir et à se vêtir. Quand le papier s'est fait rare, au début de 1941 si je ne me trompe, je me suis mis à teindre des pages de journaux avec de l'eau de moussache et lorsqu'il n'y en a plus eu du tout, je me suis procuré des feuilles de bananier sèches que Ti Jo va me récupérer jusqu'à Saint-Joseph. Comme elles servent aussi à fabriquer des nattes pour dormir, le coton faisant défaut dans la colonie, jamais le fils de la boutiquière n'a soupçonné l'usage que j'en fais. Les gamins de Carmélise me procurent parfois des lambeaux d'affiches pétainistes qu'ils vont lacérer la nuit venue avec certains nègres gaullistes des Terres-Sainvilles. Mon étonnement ne parvient pas à s'épuiser devant les us et coutumes des nègres du Morne Pichevin et je suis saisi d'effroi quand je constate que sur cette île si étroite, des strates entières de gens vivent des existences parallèles sans jamais soupçonner de quoi est faite celle du voisin. Que sait mon cher père du Morne Pichevin ? Et mon cousin le docteur Bertrand Mauville, chabin rageur, qui parade à la tête de la Légion des Volontaires de la Révolution Nationale, soupçonne-t-il que les malades qu'il rabroue pour n'avoir pas suivi ses prescriptions à la lettre font allégeance à d'autres modes de guérison plus solides à leurs yeux ? C'est comme cette manie des surnoms. Cela a le don de m'agacer et je trouve de prime abord folklorique, voire débile, qu'on s'acharne à accabler quelqu'un de termes aussi dérisoires que «Lapin-Échaudé», Marcelline Gueule-de-Raie» ou «Siméon Tête-Coton». Je refuse avec vigueur qu'on me baptise «Latin», non pas que je respecte tellement mon ancienne profession, ni même – comme le croient à tort Philomène et d'autres bougres du Morne Pichevin – parce qu'en créole ce mot signifie «je vous mets au défi de», et autorise du même coup des jeux de mots en cascade. La raison est simple : je m'appelle Amédée et je tiens à ce que l'on me désigne par mon prénom, voilà tout. D'ailleurs, j'avance comme argument que Rigobert et Richard n'en ont pas, ce qui provoque une volée de rires plus extravagants que des gloussements de coqs d'Inde en chaleur. Pauvre de moi qui ignore que ces prénoms-là ne sont que les troisièmes – oui, les troisièmes ! – de ces messieurs et qu'ils tiennent bien cachés les deux premiers, surtout le tout premier !

«La force d'un homme est dans son nom, m'explique Richard, si tu livres ton nom sur la place publique, c'est ta force que tu dilapides, compère. C'est la protection que t'ont donnée tes parents que tu démantibules pour rien.» Et l'on continue à me désigner sous le sobriquet de «Latin», ou pire de «Latin Mulâtre» derrière mon dos, même ma négresse féerique que je surprends un jour en grande conversation avec Louisiane. J'ai confirmation que tout le quartier ne me connaît plus que par cette appellation. À plusieurs reprises à la case à rhum de madame Sina, certains bougres, voulant me demander mon avis sur un sujet quelconque, ont de subits trous de mémoire. Le surnom se superposant à la longue au prénom, ils ont oublié «Amédée» et ne veulent pas me dire en face «Latin Mulâtre» pour ne pas me vexer. Leurs langues butent comiquement sur un «hé... hé...» désorienté jusqu'à ce que je vienne au secours du hâbleur en disant : «C'est à moi que tu envoies tes paroles, compère ?», tout cela se terminant dans l'hilarité générale car personne n'est dupe de personne.

«C'est un bonheur que tu sois venu vivre ici pour nous distraire de cette vagabondagerie de guerre, monsieur le professeur», lance la boutiquière en prenant clients et tafiateurs à témoin.

Heureusement, pensais-je à part moi, parce qu'ainsi j'ai réappris à vivre, larguant le semblant de vie bourgeoise et pseudo-française que mon père voulait me contraindre à mener avec Blandine. Sans cela aurais-je jamais trouvé le déclic de l'écriture ?... J'ai conservé quelques relations avec mon bon cousin, le docteur Bertrand Mauville, lequel est devenu un membre éminent de la Légion des Volontaires de la Révolution Nationale. Il me reçoit, toujours à la nuit tombée, dans son cabinet de la rue Jean Jaurès, avec cette curiosité exacerbée parce qu'à ses yeux je représente un cas pathologique rare. Bertrand, avec qui j'ai été très lié dans mon enfance, m'a surpris car rien ne le prédisposait, ni dans ses idées affichées ni dans son caractère, à se transformer en pilier du régime de Vichy. C'est un Martiniquais comme les autres, sans la moindre aspérité, un peu terne même, qui exerce sa profession avec une rigueur admirable. La guerre en a fait un autre homme. Lui qui vitupérait contre «les dix familles, ces descendants d'esclavagistes», s'est mis à aller à la messe tous les jours et à prendre la parole dans les fêtes organisées ici ou là par l'amiral Robert pour dénoncer « la lutte des classes» et «la démocratie électorale, source de désordre social et d'infamie politique ».

« Comment se porte monsieur l'ex-trésorier-adjoint du parti républicain radical ? » ai-je coutume de le taquiner.

Il n'en prend pas la mouche. Bourrant sa pipe, qui ne le quitte jamais depuis la faculté de médecine de Paris, il attend d'être embué de fumée pour se justifier. Comment expliquer d'une autre façon ces longues tirades politico-philosophiques dont il me gratifie avant de me bailler avec parcimonie quelques sachets d'aspirine ou une demi-fiole de mercurochrome.

« Si le Maréchal a interdit les partis politiques, c'est que ces derniers ne faisaient qu'aiguiser les dissensions entre les membres de la grande famille française. Tu le sais pertinemment, Amédée ! Rappelle-toi les élections d'avant-guerre, les conférences électorales où l'on s'affrontait à coups de conques de lambis ou de barres à mine, pour des vétilles. Et le jour de l'élection, il fallait faire intervenir la troupe pour protéger les urnes des énergumènes socialistes et communistes. Ça, tu l'as oublié, peut-être ? Puis, le soir, au moment du dépouillement, ce déchaînement malsain de joie populacière en faveur du vainqueur et la déception parfois meurtrière des fidèles du perdant… aujourd'hui, plus rien de tout cela, Dieu merci ! Notre chef est celui qui décide de la composition des conseils chargés de diriger la colonie et il le fait selon des principes de justice sociale. Quand on est sorti lieutenant de vaisseau de l'École navale comme Georges Robert, on a le sens de l'honneur et de la dignité, mon vieux… Ne t'imagine pas que je sois devenu l'allié des capitalistes, ce n'est pas du tout cela ! Notre maréchal condamne le capitalisme, générateur de gains faciles et d'esprit individualiste. C'est pourquoi l'amiral Robert a pris des mesures sévères contre les commerçants qui profitent de la situation pour s'enrichir illicitement. Des poursuites seront engagées, je te l'assure, et il y aura des amendes, voire des emprisonnements pour les cas graves… d'ailleurs, le peuple martiniquais l'a compris. C'est à Morne Pichevin, où vit la racaille, qu'on crie "Vive de Gaulle !", mon vieux, tandis que les couches saines de la population continuent à faire montre de patriotisme. Tu l'as vu lors de la fête de Jeanne d'Arc, hein ? Tu as remarqué la sincérité des "Maréchal, nous voilà !" ? Si tu réfléchis honnêtement, pour quelle raison notre défaite a-t-elle été si rapide en 40 ? L'affaiblissement de tout le corps social provoqué par l'idéologie socialiste de la Troisième République et par les menées subversives judéo-bolcheviques, voilà !

– Bertrand, toi, un homme de couleur, tu cries aussi sus aux Juifs ? me suis-je écrié, oublies-tu l'esclavage ? Nous ne sommes que la troisième génération après l'abolition. »

Il tire plusieurs bouffées de sa pipe et se plonge dans une profonde réflexion, l'esprit torturé. J'évite de profiter de mon avantage car tous mes amis du Morne Pichevin se partagent aussi la manne qu'il m'octroie : Rigobert ressent un soulagement quand Philomène, son amie de toujours, lui tamponne un peu de mercurochrome sur son eczéma ; madame Sina et Carmélise prétendent avoir un mieux grâce à l'aspirine, la première pour son gros-pied, l'autre pour ses maux de matrice. Je me doute que la soudaine adhésion de mon cousin aux idéaux fascistes est due au fait qu'il a épousé la rejetonne d'une branche déchue de la petite noblesse poitevine. Leurs enfants, presque blancs, faisaient, je m'en souviens, l'admiration de mon père qui voyait en eux les petits-enfants qu'il n'aurait jamais. Bien qu'il les eût toujours couverts de gâteries, Bertrand ne semble en rien disposé à intervenir pour que soient adoucies les conditions de détention de son oncle.

« Normalement, ton père risque d'être déchu de la nationalité française, prétend-il même, faire partie des sociétés secrètes revient à comploter contre la Révolution Nationale. En plus, paraît-il qu'il traficotait avec ce voyou de Maurice des Étages pour faire passer des jeunes gens à la Dominique à l'heure où nous manquons de bras pour planter et récolter le vivrier qui nous permet de nous suffire à nous-mêmes. L'Amiral l'a compris : ce pays peut vivre de ses ignames, de ses patates douces, de son cacao et de son manioc. Ce n'est pas une chimère. Rien n'est plus néfaste à la colonie que tous ces miséreux qui abandonnent leur lopin pour venir s'entasser dans les quartiers malfamés que tu sembles apprécier si fort. Que deviennent-ils ? Des djobeurs ! Des joueurs de dés qui hantent les coins louches de La Savane ! »

Bertrand a organisé l'une des loufoqueries les plus extravagantes commises sous le règne de l'Amiral : le mélange, devant le monument aux Morts, d'échantillons de terre de chaque commune de la Martinique en vue de leur expédition à Gergovie, fief de Vercingétorix. Ce jour-là, les scouts, les Éclaireurs de France, les Ames vaillantes et bien entendu les légionnaires volontaires de la Révolution Nationale ont commencé à parader à travers la ville dès huit heures du matin. L'Amiral, qui vit la plupart du temps claustré, a montré sa barbichette moins d'une heure plus tard, ce qui a contribué à remplir de monde la place de La Savane, certains espérant le toucher pour attraper un petit brin de chance. En effet, maints quimboiseurs attribuent au portrait de l'Amiral des vertus curatives et l'utilisent pour faire leurs impositions de mains. D'autres, tel le célébrissime Grand-z'Ongles, recommandent de le porter sur soi, cousu au revers du vêtement, afin d'éloigner ce qu'il désigne sous le vocable baroque de « malfeintise ». Sur une estrade encadrée de drapeaux tricolores et de francisques montées sur des hampes en bambou, une dizaine d'officiels, Blancs-France ou békés pour la plupart, attendent au garde-à-vous l'arrivée du gérontocrate. Bertrand, dans un costume marron flambant neuf, est au premier rang, s'éventant avec le texte de son discours. Une chorale de jeunes filles du pensionnat Jeanne d'Arc, en uniforme bleu ciel et blanc, entonne un chant à la gloire du « Maréchal, père de la patrie et sauveur de notre armée ». Un dérisoire contingent de fantassins de couleur fait une tache kaki parmi la blancheur resplendissante des marins de l'*Émile-Bertin* et de la *Jeanne*. À onze heures précises, une traction avant arrive à vive allure avec à son bord monseigneur Varin de la Brunelière en chasuble blanc et mauve, portant une crosse dorée qui dépasse sa taille. Le maire de Fort-de-France s'avance au micro et déclare que l'Amiral, trop occupé par la défense de l'île, ne viendrait sans doute pas. Il fait signe aux trente-deux garçonnets qui, gauchement, tiennent un petit sachet de terre à la main afin qu'ils se rassemblent en arc de cercle autour de l'estrade. La fanfare de la Marine se met à jouer la *Marseillaise* et la foule des nègres se découvre. Seuls Rigobert et d'autres hommes que je ne connais pas, au nombre de quatre ou cinq m'a-t-il semblé, conservent leur bakoua ou leur canotier.

« Sa ka rivé zôt ? (Qu'est-ce qui vous prend ?) demande furieusement une plantureuse négresse.

– Landjèt manman Lafwans, mi sé sa-m ! » (Merde à la France !) lui crache au visage Rigobert, en tournant les talons.

L'incident passe inaperçu dans l'euphorie de la cérémonie. Bertrand, à côté de qui ont pris place son épouse et deux de ses filles en uniforme ridicule des Cadettes de France, se repeigne, sentant que son heure de gloire est arrivée. L'Amiral fait son apparition sous les hourras de la foule au moment où Bertrand entame son discours.

« Français, Françaises, fait-il en bégayant un peu sous le coup de l'émotion, nous voilà tous réunis en ce jour pour rendre un solennel hommage à notre mère patrie souffrante et pour signifier une fois de plus à l'ennemi qui nous observe que les liens entre elle et la Martinique sont indissolubles. Notre maréchal, héros de Verdun, a saisi à temps les rênes pour éviter que le chaos et la désespérance ne s'installent sur le sol national et il nous a envoyé ici l'un des plus brillants représentants de nos forces armées, je veux parler de Son Excellence l'amiral Georges Robert qui préside cette cérémonie…

(applaudissements)… grâce à la noble Révolution Nationale dont les premiers effets bénéfiques commencent à se faire sentir en métropole, nous retrouverons peu à peu le glorieux sillon que nos pères nous ont tracé ; quelques esprits pervers prétendent que tout va mal et prennent prétexte des privations actuelles pour faire une propagande éhontée en faveur des traîtres qui sévissent depuis Londres, bien à l'abri de la dure réalité quotidienne. Ceux-là, nous les pourchasserons, quels qu'ils soient, quoi qu'ils fassent, où qu'ils aillent !… (applaudissements)… La cérémonie d'aujourd'hui est symbolique à plus d'un titre : nous allons mêler la terre des trente-deux communes de la Martinique pour en faire une seule et unique motte, manière de signifier à l'ennemi que tous les Martiniquais sont soudés derrière l'Amiral et par conséquent derrière notre guide suprême, le maréchal Pétain. En consacrant notre unité avec ce que nous possédons de plus sacré, notre terre, nous démontrons que rien n'est perdu, que le combat continue et que nous serons à chaque fois présents pour répondre "Maréchal, nous voilà !" quand le sauveur de la patrie fera appel à nous… («Maréchal, nous voilà !» crie la foule)… la terre du Lamentin a été recueillie sur les tombes de deux valeureux soldats de cette commune qui ont combattu au cours de la Première Guerre, celle du Marigot provient d'une falaise où nos ancêtres affrontèrent victorieusement les derniers cannibales caraïbes ; celle des Trois-Ilets, du Diamant et des Anses-d'Arlets des savanes où, dans un lointain passé, notre armée défit les forces d'envahissement de la perfide Albion. Mais le plus beau, le plus noble, le plus émouvant sachet de terre nous vient sans conteste de cette pittoresque commune du Morne-Vert au climat si pur où, sur l'habitation

Bois-Fleuri, le premier maître libéra le tout premier esclave le 23 mai 1848... (applaudissements)... Français, Françaises, ceci est un jour inoubliable ! Dès demain, notre terre sera transférée en métropole, dans la célèbre citadelle de Gergovie où le valeureux Vercingétorix tint longtemps tête à d'autres envahisseurs, les Romains ceux-là, et sera enfouie dans la terre de France pour ne plus faire qu'une seule et même nation que seul Dieu pourra désormais fractionner.

« Vive notre petite patrie !

« Vive l'amiral Robert !

« Vive le maréchal Pétain !

« Vive la France ! »

La place de La Savane est en proie à une véritable frénésie collective. Des petits-bourgeois s'écrient : « Quel français il parle là ! Ce type-là mérite d'entrer à l'Académie française. » La grosse négresse qui s'en est prise à Rigobert s'évanouit sous la magnificence de la langue de Bertrand Mauville et d'autres femmes, aussi éblouies, tentent de lui éventer la figure. Un profond silence fait place à l'hystérie. Un à un les porteurs de sachets de terre communale viennent les vider dans un grand sac de jute tenu par un marin. De temps à autre, un légionnaire de couleur y plonge une truelle pour en tasser le contenu. L'opération achevée, monseigneur l'évêque vient attacher la gueule du sac à l'aide d'un ruban bleu-blanc-rouge qu'il bénit avec une lenteur et une majesté étudiées. Les officiels applaudissent, bientôt imités par la foule qui, pensant la cérémonie close, se bouscule pour tenter de s'approcher de l'Amiral. Les crosses d'un détachement de marins mettent sauvagement fin à cette dévotion populaire. Là-bas, sur l'estrade, le vieil homme reçoit les hommages du maire et de ses

conseillers ainsi que des chefs d'organisations parami-
litaires.

Je comprends, à un certain tremblé de sa démarche,
que mon cousin, le docteur Bertrand Mauville, se trouve
à des années-lumière de bonheur...

8

Ce fut l'arrestation de son père, Maximilien Mauville, qui sortit Amédée nettement-et-proprement de son indifférence à la guerre. Bien que n'entretenant plus que des rapports très épisodiques depuis que lui, il s'était séparé de Blandine et s'était installé, ô honte, dans ce repaire infâme de nègres sans foi ni loi qu'était le Morne Pichevin, il sentit tout son être se révolter contre les conditions mêmes dans lesquelles elle s'était déroulée. En effet, le régime vichyste de l'amiral Robert venait d'édicter un paquet de lois contre les communistes, les Juifs et les francs-maçons. Des bougres surexcités se présentant comme des membres de la Légion des Volontaires de la Révolution Nationale pénétrèrent en pleine réunion maçonnique à la Loge de la rue du Commerce et saccagèrent tout, emmenant sous la menace de leurs armes le grand maître et deux autres vénérables dont Maximilien. On les traîna dans les rues tout habillés de leurs chasubles de cérémonie et de leurs insignes sous la risée du petit peuple qui fut définitivement convaincu que les francs-maçons n'étaient autres que des quimboiseurs bourgeois. Après les avoir interrogés sans ménagement au fort Saint-Louis, on procéda à leur internement au camp militaire de Balata sans même leur bailler une miette de temps pour prévenir leur famille et empaqueter quelques effets.

Un bien découlant toujours d'un mal, comme on dit, Maximilien y fit la connaissance de Vidrassamy, le couli, à qui les autorités reprochaient de faire partie du fameux Comité communiste clandestin. C'est ce dernier qui expliqua à Maximilien l'évolution d'Amédée qu'il connaissait par le biais de Rigobert et provoqua chez le notable mulâtre, habitué à ne jamais se déjuger, un modèle de remords bien pire à supporter que l'isolement des geôles humides du camp où, de temps à autre, on retrouvait lové un serpent fer-de-lance. Il n'avait rien compris à ce fils en lequel il avait placé tous ses espoirs. Celui d'abord d'éclaircir la race afin de ne pas mettre au monde de petits nègres qui seraient de toute façon malheureux ; celui aussi d'ouvrir, à l'instar des Blancs-pays, un commerce de gros au nom de son épouse Blandine, grâce d'une part aux économies réalisées par Maximilien au cours d'une vie de labeur ininterrompu et de l'autre à sa solde de professeur du lycée Schoelcher. Hélas, maintenant Maximilien savait qu'il ne pourrait plus rattraper sa faute. Sans doute attendait-on un ordre de Vichy pour le fusiller, comme le leur répétait chaque matin leur gardien en leur voltigeant par terre un seau de café au lait et des morceaux de cassave rassis.

Ils étaient entassés à huit par cellule et ne disposaient en tout et pour tout que d'un misérable pot de chambre. La promenade quotidienne d'une heure avait été supprimée après trois tentatives d'évasion (dont une réussie) dans la touffeur des bois de Balata. À intervalles réguliers, des soldats tiraient en l'air par rafales afin d'effrayer les internés. Seul Vidrassamy gardait son sang-froid car c'était la seconde fois qu'il faisait l'expérience de la geôle. Jamais il n'aurait sympathisé avec ce mulâtre pansu et sans doute cossu de Maximilien si le fils de ce dernier n'avait pas été quasiment le frère de Rigobert. Les autres demeurant prostrés sur leur paillasse, il n'y avait d'ailleurs que Maximilien avec qui il pouvait brocanter des nouvelles. Au début, leurs causements avaient été difficiles, Vidrassamy reconnaissant en cet interlocuteur le genre exact d'homme contre lequel luttait le parti communiste depuis une décennie déjà. En outre, il le soupçonnait de mépriser les Indiens en son for intérieur, même s'il feignait d'être naturel. Mais à force de revenir régulièrement à Amédée, ils finirent peu à peu par établir une compréhension minimale entre eux.

« Mon fils est heureux au moins ? demandait comme une ritournelle Maximilien.

– Heureux, c'est beaucoup dire… Est-ce qu'on peut avoir de l'heureuseté dans ce pays-là quand on doit se battre tous les jours pour se mettre un carreau de fruit-à-pain sur l'estomac ?… Je crois quand même qu'il se sent mieux qu'avant.

– Il… il est devenu communiste ?

– Mais non ! fit Vidrassamy en riant. Y a guère de communistes au Morne Pichevin contrairement à ce que vous vous imaginez. À part deux-trois dockers, c'est le refuge du lumpen-prolétariat : des mères d'enfants sans père, des djobeurs, des malfaiteurs surtout, plus aplombs pour tirer leur couteau à cran d'arrêt dehors que pour se servir d'une scie ou d'un marteau. »

Devant la perplexité de Maximilien, il n'osa lui révéler que son fils vivait aux crochets d'une péripatéticienne.

Il pressentait qu'une telle révélation lui aurait été une sorte de coup de grâce.

«Le porte-avions *Béarn* est arrivé il y a trois semaines avec une centaine d'avions américains tout neufs à son bord, soliloquait Maximilien. Je me demande bien pour quoi faire.»

«Sûrement pas pour entraîner les nègres à les piloter ! ricana Vidrassamy. Pétain s'est mis à genoux devant Hitler et ici ce couillon d'Amiral veut nous faire croire que l'armistice c'est la paix. Ha ! ha ! ha ! À mon avis, ces avions-là vont pourrir sur place… à moins que les Anglais ne se décident une bonne fois à attaquer la Martinique…

– N'espérons pas trop, vieux frère ! les Anglais ont sûrement d'autres chats à fouetter. Heureusement quand même qu'ils ont imposé un blocus, l'Amiral et ces salopards de békés ne pourront pas tenir longtemps. L'essence fait défaut à ce qu'il paraît et les voitures officielles vont bientôt rouler à l'alcool de canne.

– À l'alcool de canne ? fit l'Indien éberlué.

– Soi-disant !… C'est Henri Salin du Bercy qui a proposé d'en fabriquer dans son usine du Lareinty.»

Les deux bougres pétèrent de rire devant ce qu'ils croyaient être une bonne blague ou bien une nouvelle macaquerie des Blancs créoles pour rapiner des subventions sur la tête du gouvernement. Maximilien vit la lumière quand on leur affecta un nouveau gardien. Celui-ci avait été débardeur dans l'entreprise où il exerçait comme comptable en chef, et les hasards de la conscription l'avaient conduit au camp de Balata alors qu'il trépignait d'envie d'aller là-bas foutre une raclée aux Allemands. Il fit semblant de ne pas reconnaître Maximilien pour ne pas éveiller les soupçons mais un après-midi, à l'heure de la sieste, il lui glissa un paquet de cigarettes Mélia par les barreaux en lui murmurant à toute vitesse :

« L'amiral Robert, c'est un verrat ! »

Et de s'escamper aussitôt sans attendre la réaction de l'intéressé. Par prudence, Maximilien ne fuma que très tardivement cette nuit-là, en compagnie de Vidrassamy et du seul codétenu fiable, un certain Fernand Saint-Olympie, incarcéré l'avant-veille, qu'un mouchard des services de renseignement de la Marine avait dénoncé pour avoir écouté la BBC à son domicile. Saint-Olympie, clerc de notaire de son état, avait eu la passion de la radiophonie bien avant la guerre – il était un redoutable bricoleur en la matière – et c'est tout entier dévoué à celle-ci qu'il passa outre l'interdiction d'écouter les stations britanniques. Il ne nourrissait aucune intention particulière à l'endroit de l'Amiral jusqu'à ce que son ennemi intime, un bougre avec lequel il avait refusé maintes fois de s'associer dans une affaire d'importation de chaussures de Colombie, ne le désignât comme un « agitateur antinational ».

« Ça peut être un piège, fit-il remarquer à Maximilien ; maintenant, il faut se méfier de son propre frère, vous savez. »

Il expliqua que l'Amiral avait instauré un système de délation généralisée qui faisait de tous les Martiniquais des espions à sa solde. Plusieurs de ses amis fonctionnaires avaient été révoqués sur de simples soupçons et la censure veillait sur ce qui restait de la presse et sur les différentes manifestations culturelles ou artistiques. Or, chance pour Maximilien, ce n'était point un piège. Le débardeur était un opposant convaincu à Robert et, s'il n'en avait tenu qu'à lui, il leur aurait remis les clefs de la geôle. Vivant à Sainte-Thérèse, il était en mesure de contacter Amédée sans éveiller l'attention. Pourtant, il préféra remettre à Philomène la lettre que Maximilien avait rédigée à l'attention de son fils sur du grossier papier d'emballage de ces biscuits de guerre durs comme de la roche qu'on leur servait le dimanche en guise d'extra. La jeune femme conserva le message par-devers elle etcetera de jours, craignant de mauvaises nouvelles. Ne sachant pas lire couramment et connaissant les manières cancaneuses de Louisiane, elle n'avait aucune âme charitable à qui elle pouvait demander de la lui déchiffrer. De prime abord, elle crut que celle-ci provenait de l'ancienne femme d'Amédée et en conçut un sentiment d'incoercible jalousie. Se pouvait-il que cette békée déchue l'aimât toujours ? Ne tentait-elle pas de l'attirer dans ses rets en lui faisant miroiter de la bonne chère ? Mais elle se rendit vite à la raison : les temps étaient devenus trop raides, la quête de la nourriture trop acharnée pour qu'une femme s'embarrassât d'un bougre sans ressources qui l'avait ridiculisée en lui préférant une négresse de la Cour Fruit-à-Pain.

D'ailleurs, Amédée était d'une docilité envers Philomène qui l'effrayait elle-même. Elle avait fini par l'installer d'autorité teneur de queue devant les boucheries ou la boulangerie Lebel, la seule à ouvrir régulièrement ses portes. À son retour du travail, vers les deux heures du matin, sans mot dire, elle se saisissait de ses crayons et de ses feuilles en lui disant :

« Il y a du cochon à ce qu'il paraît à Terres-Sainvilles, va voir, mon cher ! »

Elle lui baillait cinquante francs et le poussait littéralement dehors. La tête encore remplie du vertige de l'écriture, heureux comme il ne l'avait jamais été de sa vie, Amédée affrontait la froidure de la nuit finissante sans la moindre protestation. Il emportait *Jacques le Fataliste* sous le bras et descendait le boulevard de La Levée à grandes foulées pour tenter d'être le premier. Las, des grappes de cinq ou six personnes, à moitié endormies sur le trottoir, l'avaient devancé! À sept heures tapantes, la boucherie ouvrait un battant de porte et on voyait une étrange profitation se dérouler. Barbe-Sale, le caïd de Volga-Plage, ou Lapin Échaudé, le maître crieur des Syriens, désormais sans emploi puisque ces derniers préféraient ne pas crier sur les toits qu'ils possédaient toujours des stocks dans leur arrière-boutique, ou tout autre nègre de ce calibre-là se mettaient à bousculer la queue, voltigeant les femmes et la marmaille dans les dalots et menaçant les hommes récalcitrants avec des becs de mère-espadon. Ils forçaient le boucher à leur vendre cinq kilos de cette viande épaisse et rouge de bœuf de Saint-Domingue puis ils espéraient patiemment qu'elle s'épuise et que la moitié de la queue de pauvres nègres se retrouve le bec coi (et donc le ventre vide). Alors, ils s'employaient à débiter leur butin avec leurs crans d'arrêt en ridicules petites chiquetailles qui tenaient à peine dans la paume d'une main et les revendiquaient trente francs pièce, c'est-à-dire au sextuple de leur valeur. Ou, des fois, puisque l'argent faisait défaut, ils les brocantaient contre des ignames, des pots de farine de manioc, des litres d'huile de coco ou du sel grossier provenant des Salines, toutes abondances qu'ils s'empressaient d'aller négocier à nouveau dans certains quartiers huppés contre de l'argenterie ou des bijoux en or.

Quand ils voyaient Amédée plongé dans son livre et tout-à-faitement insensible à l'agitation qu'ils créaient, les crieurs s'esclaffaient, le croyant débiellé dans sa tête de grand-grec, et lui permettaient d'acheter ce qu'il désirait. Il lui arrivait d'ailleurs de faire quatre fois la queue en une seule journée pour du pain, des vêtements ou des médicaments. Sans l'argent (de la clinquaille en fait !) ramené par Philomène, il serait mort de faim car lorsqu'il était allé s'inscrire à la mairie sur les listes de rationnement, on lui avait demandé sa profession et son adresse et l'étourdi avait répondu sans même calculer :

«Écrivain, Cour des Trente-Deux Couteaux, Morne Pichevin.»

L'employé éclata de rire, persuadé d'avoir affaire à une bonne rigoladerie de la part de ce mulâtre dont il était inconcevable qu'il pût cohabiter avec la négraille malfamée. Sortant brusquement de son rêve tout-debout, Amédée corrigea :

«Professeur de latin, 34 rue Perrinon, Fort-de-France.»

On lui demanda de repasser sous huitaine, le temps de réaliser l'enquête réglementaire. Malheur pour lui, l'Amiral avait destitué tous les maires légalement élus de l'île, dont Victor Sévère, pour les brocanter contre les békés plus souvent que rarement racistes. Le nouveau maire de la capitale, Gérard de Lavalmenière, examinait personnellement les dossiers des fonctionnaires qui demandaient à bénéficier des bons de rationnement et trouvait là le moyen d'assouvir sa rancune à l'égard des mulâtres. Ayant conservé par négligence le même valet que Victor Sévère, l'ancien maire, tous ses propos étaient répercutés en un battement d'yeux à travers la ville. À écouter le nègre-griffe qui lui servait du café à toute heure du jour, l'antienne favorite de Survilliers était :

«Ah ! Le béké est fini ! Voilà ce qu'ils clamaient ces petits messieurs pommadés. La race mulâtre s'est définitivement substituée à la race békée pour gouverner

186

cette île, hein ? Tous les postes étaient pour eux, maires, conseillers généraux, députés et ces couillons de nègres les suivaient les yeux fermés alors que ces messieurs nourrissent un phénoménal mépris à leur endroit. Eh ben, maintenant, on va leur apprendre à vivre, on va leur donner une conduite à tous ces hâbleurs. Le mulâtre n'a que ça : le bagout ! Fouillez-le, il est vide comme un bambou. Ha ! ha ! ha ! »

Aussi de Lavalmenière tint-il à s'entretenir lui-même avec ce drôle de zouave d'Amédée dont il connaissait le père de vue depuis l'enfance. Après tout, Amédée aurait pu être son fils, cet héritier mâle dont il rêvait qu'il relèverait son nom en développant son commerce d'import-export. N'ayant plus d'attaches terriennes depuis deux générations, il n'était pas tenu en très haute estime par le patriarche Henri Salin du Bercy, lequel avait une fâcheuse tendance à l'oublier lors des réunions où se prenaient les décisions importantes, inébranlablement convaincu qu'il était que nul ne saurait se réclamer béké sans être planteur. Il en voulait à son père de l'avoir marié à cette cousine germaine du Prêcheur dont les seuls biens étaient de vastes étendues rocailleuses, striées d'énormes blocs de roche basaltique, qui couraient le long des flancs abrupts de la montagne Pelée. Le commandeur de l'habitation s'entendait comme larrons en foire avec les colons nègres qui étaient censés cultiver cette géhenne et payer une dîme bi-annuelle. Son argument favori consistait à prétexter que des fumerolles s'échappaient des entrailles du monstre et brûlaient les racines des plantes. Autant dire que les de Survilliers du Prêcheur vivaient au bord de la déchéance et qu'ils accueillirent avec joie l'offre d'alliance de leurs parents de la ville. Mais les sangs étaient, hélas, trop proches, et chacun sait que quand on mélange le sang de soi-même avec celui d'un autre soi-même, cela produit des mongoliens. Ainsi le fils aîné du maire par décret de Fort-de-France se trouva être une sorte de babouin blanchâtre aux yeux bigles et à la peau parsemée de longs poils couleur de mangue-zéphyrine qui ne pouvait articuler que de grotesques «Hon-on-on! hon-on-on!» quand la faim le tenaillait. De Lavalmenière avait dû cesser d'organiser des réceptions dans sa villa coloniale du Plateau-Didier. Il avait même dû faire planter une épaisse haie de bougainvillées pour en dissimuler la façade principale, ce qui excitait l'esprit fouailleur des employés de maison qui travaillaient chez les autres békés de l'endroit. La naissance du mongolien avait plongé sa femme et cousine Marie-Eugénie dans le boissonnement. Elle gaspillait des journées entières dans un rocking-chair sous la véranda, une bouteille de gin à portée de main, rabrouant sans la moindre raison le jardinier ou les cuisinières qui venaient respectueusement s'enquérir des menus à confectionner. L'enfant roulait sur la pelouse au mitan des chiens de race et gobait de l'herbe, des jacarandas, des sauterelles et des reinettes dans l'indifférence générale. Dans un premier temps, Jean de Lagarrigue avait fui son domicile et s'adonnait corps et âme à son entreprise du Bord de Mer. Il avait congédié son chauffeur qui mettait une charge de temps à se réveiller le matin et ne regagnait le Plateau-Didier qu'à l'approche de minuit. Les bonnes lui dressaient la table mais elles retrouvaient le repas intact le lendemain, en proie à des colonies de fourmis et de ravets. Puis, se ressaisissant, il avait tenté d'arracher une lueur d'humanité au mongolien en le baignant d'affection. Il le promenait dans le parc, lui parlait sans arrêt comme une crécelle du vendredi saint en lui mignonnant les joues, mais quand l'enfant écrasa avec rage la boîte à musique qu'il venait de lui acheter, il comprit qu'il n'y avait rien à faire et l'abandonna définitivement à son sort. Le mongolien faisait d'ailleurs le désespoir des bonnes que de Lavalmenière avait fait spécialement venir de Sainte-Lucie pour que ne s'ébruitent pas les frasques de l'enfant. En effet, ce dernier refusait de dormir dans son lit et on le retrouvait le lendemain dans les hautes branches d'un majestueux zamana qui s'étalait en éventail sur la moitié du parc. Des négrillons chapardeurs de mangues lui voltigeaient des pierres à l'aide de chassepots et criaient à tue-tête :

« Ga makak blan a ! » (Hé, voilà le singe blanc !)

Il avait fallu accepter effectivement que les branches de cet arbre étaient le véritable berceau du petit monstre et on lui attacha une mince chaîne à l'un de ses pieds afin qu'il ne s'avisât pas d'enjamber la barrière du parc. Pour supporter l'indignation qui l'assaillait (« Pourquoi cette chiennerie m'est-elle tombée sur la tête, hein ? »), de Lavalmenière se plaisait à se souvenir que trois ou quatre autres familles blanches créoles de l'île avaient subi les mêmes ravages insensés de la consanguinité.

« Nous nous détruisons nous-mêmes, soliloquait-il. Non contents d'affronter journellement les vilenies des mulâtres, nous leur offrons des bâtons pour nous péter les reins. Hon ! »

Il reçut Amédée avec une espèce de hargne jubilante. Il ne l'invita pas à s'asseoir et le dévisagea de haut en bas à la manière d'un maquignon. En voilà des bougres qui ne risquaient pas d'estropier leur descendance, eux qui sont le produit d'étreintes hasardeuses entre les deux extrémités de la race humaine !

«Âge? fit-il brusquement.

– Trente-sept ans, répondit respectueusement Amédée.

– Profession?

– Professeur de latin au lycée Schoelcher, monsieur le maire.

– Ah non!… Tttt! Non, monsieur. Un rapport de l'administration, que j'ai présentement sous les yeux, m'indique que vous avez abandonné vos fonctions sans crier gare le… le 16 mai 1938… cela va donc faire près de deux ans. Vous savez que logiquement vous êtes rayé des cadres.

– Je ne l'ignore pas…»

Le valet apporta un café servi dans de la porcelaine et en profita pour lancer un clin d'œil discret à Amédée. De Lavalmenière se cala dans son fauteuil et se servit trois cuillerées de sucre roux avec une lenteur étudiée.

«Notre sucre… marmonna-t-il sans lever les yeux.

– Pardon?

– Rien… Au fait, vous étiez marié à une femme békée, je crois. Quel effet ça fait de tremper son sexe dans une chatte blanche? C'est votre rêve à vous tous, non?»

Amédée ne put s'empêcher de sourire. Il expliqua au maire que malheureusement, il n'avait trouvé aucune différence entre les chattes de toutes les couleurs qu'il avait eu l'occasion de caresser.

«Mais l'odeur? Hein, l'odeur, vous n'allez pas me dire qu'elle est la même! reprit de Lagarrigue, les sourcils arqués.

– Certes non, mais elle n'est pas non plus la même d'une négresse à une autre. Enfin, ce n'est pas à vous que j'apprendrai ça…

– Taisez-vous! Je vous interdis ce genre de privautés,

190

monsieur. Je ne suis pas de ces békés de la campagne qui passent leurs nuits avec des femelles de couleur du premier janvier au trente et un décembre. Ma famille habite Fort-de-France depuis 1862, au cas où vous l'ignoreriez, et moi-même je suis né à Bordeaux. »

« Vous savez, même l'amiral Robert possède sa maîtresse de couleur... » eut envie de riposter Amédée qui jugea plus sage de se retenir.

Le maire finit par proposer à Amédée de prendre un siège. Il ne comprenait plus le tour que semblait adopter leur entretien. Il avait voulu humilier ce mulâtre qu'il soupçonnait prétentieux comme tout colonial qui a fréquenté la Sorbonne et le renvoyer comme un chien en moins de temps que la culbute d'une puce. Il remarqua qu'Amédée tentait de déchiffrer le titre du livre qui était posé sur son bureau et cela le détendit un peu plus.

« C'est *Le Préjugé de race* de Souquet-Basiège, vous connaissez ? demanda-t-il d'un ton presque amical.

– Oui... je l'ai parcouru, fit Amédée.

– Un grand livre. Un très grand livre, monsieur. On nous a accusés, nous les békés, de toutes les turpitudes, eh ben Souquet-Basiège rétablit la vérité : nous n'avons été dominateurs que par une décision de la nature... Parfaitement, monsieur, vous pouvez faire la moue. La nature possède ses propres lois, il existe un ordre naturel et la race blanche a été missionnée pour élever toutes les autres à la Civilisation... Cela aurait dû prendre plusieurs siècles, or, vous les mulâtres, vous avez voulu brûler les étapes, voilà le mal qui ne cesse de ronger cette colonie !... Tenez, je parie que vous avez été l'un de ceux qui ont porté Léopold Bissol au conseil général, hein ? Un ébéniste communiste, un analphabète qui trébuche sur les mots quand il doit prononcer un discours. »

Ils discutèrent trois heures durant. De Lavalmenière était, avec Henri Salin du Bercy, un des rares békés à posséder une solide culture livresque et, à défaut de réelle fortune, il se plaisait à l'étaler. Amédée ne voulut pas trop le contrarier, ayant besoin à la fois qu'on élargisse son père et qu'on lui octroie des bons de rationnement. Il fallait donc ruser et faire montre de la plus extrême bienveillance à l'égard de cet éminent représentant de la Révolution Nationale. Le portrait du vieux maréchal Pétain trônait d'ailleurs en bonne place au mur. C'était la première fois qu'Amédée l'observait vraiment et il lui trouva un air pitoyable en dépit de l'exergue en lettres dorées qui l'accompagnait :

Le premier devoir est aujourd'hui

D'OBÉIR

Le second est d'aider le gouvernement dans
sa tâche

de l'aider sans arrière-pensée et sans réticence.

Maréchal Pétain.

De Lavalmenière se mit alors à défendre l'armistice et la partition du territoire français avec une véhémence suspecte, un peu comme s'il cherchait à se convaincre lui-même.

« Bon, assez bavardé ! fit-il quand sept heures sonnèrent à la cathédrale. Encore un vieux défaut des îles, mon cher, la parlotte ! Nous ne connaissons que ça mais quand il s'agit de concrétiser, on devient des zéros devant un chiffre. Donc, vous souhaiteriez reprendre votre poste au lycée Schoelcher, c'est bien ça ?

– Je me suis fait enrôler mais on n'a pas l'air pressé de nous convoyer en métropole…

– Qui va défendre la Martinique en cas d'attaque extérieure, hein ?… bon… voyez-vous, j'ai l'esprit large. Ce n'est pas parce que votre père a été interné à Balata que je vous range dans le même sac que lui. Rien ne me paraît plus bête que l'adage "tel père, tel fils"… C'est entendu, monsieur Amédée Mauville, je me ferai votre avocat dès demain auprès de l'autorité de tutelle. Seulement, vous savez qu'il vous sera demandé de faire preuve de… disons, de reconnaissance, hein… envers l'extrême bonté de l'Amiral. Votre exemple pourra inspirer d'autres bonnes volontés. Qui sait ? »

Un charivari de tous les diables monta de la rue mal éclairée. Des chants égrillards de matelots en dérade et visiblement ivres se succédaient à une cadence effrénée. De Lagarrigue entrouvrit le rideau et les observa un long moment par la fenêtre, tournant le dos à son interlocuteur. Amédée crut qu'il devait se retirer et bafouilla quelques vagues remerciements.

« Ah non ! Pas ça, pas vous ! fit le béké. On s'est compris tous les deux. Plus besoin de macaqueries… Vous savez quand la race békée a perdu le combat de la civilisation ?… À Saint-Pierre en 1902 ! Eh oui, cher monsieur, un vulgaire cataclysme naturel a détruit le patient édifice civilisationnel que nous étions en train d'ériger. D'un seul coup, vous vous rendez compte !… Je n'ai pas beaucoup connu cette ville. J'y suis allé deux fois, me semble-t-il, à l'âge de sept ans, ou huit peut-être, je ne sais plus. Pourtant, un souvenir m'obsède : je me promène au jardin des plantes, donnant la main à ma bonne, une grosse négresse avec des yeux proéminents, et m'arrête devant un bosquet de salsepareille dont les tiges étaient dressées tels des sexes. Je demeure le bec coi une miette de temps et soudain, la bonne m'arrache à ma contemplation en s'esclaffant grossièrement. C'est gravé là, dans ma calebasse, ineffaçable ! J'ai gardé également de très vagues images du tramway et de la demeure de mon oncle au Morne Dorange… Ah Saint-Pierre, le Paris des Antilles ! »

Un bruit de vitrine brisée suivi d'une volée de jurons interrompit son évocation. Il pesta à part lui en créole : « Faudra que j'en touche deux mots à l'Amiral, ça ne peut plus durer, tonnerre de Brest ! Tous ces ivrognes de marins qui cherchent la bagarre le soir aux paisibles citoyens, c'est pas bon pour nous, ça. Sûrement des brutes de l'*Émile Bertin* ! »

Un marin entonna :

Il était un p'tit homme
qui s'appelait Guillery
Carabi
Il s'en fut à la chasse
à la chasse aux perdrix
Carabi
Ti Ti carabi
To To Carabo
Compère Guillery
te laisseras-tu mouri ?

Amédée toussota, impatient de se retirer. Il venait de prendre conscience que Philomène, ne le voyant pas rentrer au bercail, avait dû imaginer qu'il avait été lui aussi arrêté. La connaissant, tout le Morne Pichevin devait être en effervescence à l'heure qu'il était, ce bougre de Rigobert en tête. Il les savait capables des pires folies et frémit imperceptiblement.

«Saint-Pierre, ça représente quoi pour vous?... Oh, je sais, je sais, c'est un peu le commencement de votre règne, à vous les hommes de couleur...» reprit songeusement le Blanc-pays.

Amédée lui servit une des plus belles phrases des Mémoires qu'il était en train d'écrire à la lueur de bougies en pleine Cour des Trente-Deux Couteaux:

«Monsieur de Lavalmenière, je crois que la qualité d'un homme se mesure à sa plus ou moins grande faculté d'apprivoiser la nostalgie.»

À la lire, elle lui avait paru fort bien balancée. À la prononcer au contraire, elle n'était plus que grandiloquente. Le maire demeura un siècle de temps à réfléchir, comme frappé par la foudre. Puis, il raccompagna Amédée sans rien ajouter. Dehors, ce dernier trouva l'air anormalement frais pour la saison. Il repensa à ses écrits et douta à cet instant qu'il puisse jamais devenir un véritable écrivain. «Tout au plus un littérateur», se dit-il, la gorge nouée par l'angoisse. Il remonta La Levée déserte et noire à cause du délestage qui avait été récemment instauré de huit heures du soir à six heures du matin «pour que l'ennemi ne repère pas l'île et n'ose une attaque traîtresse dans l'obscurité», comme tentait de le justifier inlassablement Radio Guadeloupe, la seule radio française à pouvoir être captée ici, celle de la Martinique ne fonctionnant que par à-coups.

Un calme inhabituel régnait au Morne Pichevin. Amédée poussa la porte de la case de Philomène mais celle-ci était fermée à double tour. Il appela sa compagne à voix basse, puis à voix haute mais nul ne lui répondit. Ni Rigobert ni Carmélise n'étaient chez eux non plus. En désespoir de cause, il se décida à réveiller madame Sina, la boutiquière, dont il était de notoriété publique qu'elle se couchait à l'heure où les poules grimpent aux arbres. La vieille femme ouvrit sa fenêtre en maugréant :

« Sa ki rivé ? An bèf ki mô oben ki sa ? » (Que se passe-t-il ? C'est la fin du monde ou quoi ?)

Le mulâtre se confondit en excuses et lui demanda où était passé le monde. Elle expliqua que la plupart des nègres du Morne Pichevin avaient pris le chemin du retour à leurs campagnes natales le matin même, las de voir leur marmaille se tordre de faim. Ils avaient fini par comprendre que l'amiral Robert ne remuerait pas le petit doigt pour eux. Il ne savait qu'organiser, pour un oui ou pour un non, d'interminables défilés militaires à travers la ville. Au début, cela avait diverti tous ces Blancs-France en shorts et en socquettes, aux jambes bizarrement poilues, mais pendant ce temps-là, le fait-tout des nègres demeurait vide sur le misérable foyer qu'ils entretenaient entre trois roches jour et nuit, faute d'allumettes. À la fin de l'année 1940, des membres de la Légion des Volontaires de la Révolution Nationale étaient venus distribuer des repas au Morne Pichevin, toutefois leur générosité se tarit brutalement quand un mouchard leur apprit que les nègres de l'endroit boudaient les défilés et les kermesses patriotiques.

Amédée remercia Man Sina, la gorge serrée, et redescendit les quarante-quatre marches en les comptant machinalement à l'envers : 44 43 42 41, etc. À ce jeu-là, la trente-huitième marche devenait la septième, celle du malheur, et il aurait fallu sauter par-dessus elle ou réciter la conjuration qui vous protège de son emprise. Or, Amédée, qui s'imaginait maintenant être un vrai natal du quartier, ignorait qu'aucun bougre d'ici n'avait jamais eu l'idée saugrenue de les compter dans le sens de la descente. Il signa donc, ce soir-là, sans le savoir, un pacte avec la mort volontaire, cette chose pourtant si rare aux îles. Il s'assit dans un coin du cacatoir du Pont Démosthène et malgré l'odeur écœurante de l'urine, s'endormit d'un sommeil de plomb. Une patrouille de tirailleurs sénégalais, menée par un capitaine européen, procéda à son arrestation le lendemain et le conduisit, menottes au poignet, au fort Desaix. Il eut beau tempêter, clamer qu'il était professeur de latin, que ses élèves l'attendaient, qu'il était sous la haute protection du nouveau maire, Jean de Lagarrigue de Survilliers et donc de Son Excellence l'amiral Robert, rien n'y fit. Il ne parvint pas à communiquer avec les Sénégalais qui parlaient très mal le français.

Les murailles de pierre du fort l'impressionnèrent. Dans la cour principale, une grappe de nègres essayait des bottes et des vêtements militaires en kaki dans un désordre indescriptible.

« Choisis à ta taille ! » lui ordonna le capitaine en lui déliant les mains.

Rigobert et Barbe-Sale jouaient comme des gamins à se chamailler pour un pantalon visiblement trop ample pour le premier et trop étroit pour l'autre (bougre aussi long que le Mississippi, rappelons-le). À la vue d'Amédée, Rigobert sauta de joie :

« Ah, voilà Latin Mulâtre, enfin-enfin ! Mon vieux, nous allons défendre la patrie. Barbe-Sale, tu connais notre philosophe du Morne Pichevin.

– J'ai entendu de ses nouvelles… » fit le géant entre ses dents en écrasant la main d'Amédée dans la sienne.

Lapin Échaudé, quant à lui, faisait le pitre, retrouvant son talent d'ancien crieur :

« Accourez, messieurs, approchez, jeunes gens ! Caressez-moi cette flanelle kaki dont les reflets chavireront l'âme des jeunes filles en fleur qui…

– Ça suffit, les nègres! cria un sergent-chef blanc. Tout le monde à la visite médicale. Après, vous irez au réfectoire, là-bas, sur votre gauche et, à sept heures du soir, extinction des feux. Compris? Tout manquement aux ordres sera impitoyablement sanctionné. Vous êtes désormais des soldats français, alors abstenez-vous de faire vos singeries de négros. Gar-ar-arde à vous!... Toi, le grand barbu, viens voir un peu... Tu te rends pas compte que ce pantalon est beaucoup trop court pour toi? Non mais, qu'est-ce qu'ils sont cons, ces putains d'enfants de chimpanzés, c'est pas vrai! Ho la-la la-la-la-la!... Rompez!...»

Les choses se passèrent comme il l'avait ordonné sauf qu'une fois allongé sous de grosses couvertures pleines de ravets, un groupe de soldats débarqua dans leur chambrée, fusil au poing, en réclamant Rigobert Charles-Francis. Ce dernier se rhabilla et les suivit dans le noir. Barbe-Sale se mit à rire d'un gros rire gras qui mit Amédée mal à l'aise. Lapin Échaudé s'énerva et dit:

«Qu'est-ce qui te fait rire, compère?

– Rigobert est à la geôle à l'heure qu'il est, les amis. Au fin fond de la geôle! Ha! ha! ha!

– Quoi! s'exclama Amédée en sautant de son lit. Tu racontes des couillonnades ou quoi? Pourquoi l'aurait-on enfermé? Qu'a-t-il fait de mal?»

Le géant continua à rire tout seul, décontenançant les autres bougres qui, ne voyant pas Rigobert revenir, finirent par accorder crédit aux propos du fier-à-bras de Volga-Plage. Au mitan de la nuit, alors qu'aucun d'entre eux ne parvenait à s'assoupir, il révéla qu'il avait dénoncé Rigobert comme étant l'auteur de l'attaque contre la fourgonnette de ravitaillement du gouverneur...

Troisième cercle

Nous voilà enfermés comme des crabes dans une barrique, cherchant désespérément à grimper vers les mirages du ciel, de nos pas malhabiles.

Désormais, seule l'eau appartient à tout le monde. Les cocos secs et les fruits-à-pain se négocient vingt sous pièce et les békés font surveiller la moindre branche d'herbe-de-Guinée.

Ayant tourné le dos à la mer (sauf une grappe de nègres pleins de braveté) et las de tourner dans la désolation affamée de la ville, nous nous dirigeons jusqu'au cœur du pays et ses courbarils tutélaires.

9

Toute la nuit, Rigobert avait sursauté au moindre froissement des halliers, croyant avoir été découvert par la milice. Pour déjouer le flair de ses chiens, il avait été contraint de cheminer dans ce filet d'eau boueuse qu'est la Ravine Bouillé malgré sa puanteur qui lui chavirait l'estomac. D'une maisonnette accrochée à flanc de morne, il avait vu une jeune femme verser son pot de chambre par la fenêtre en le propretant à l'aide d'un moignon de balai en bambou. Puis, petit à petit, les bougies et les photophores s'étaient éteints pour respecter le couvre-feu imposé par l'Amiral. On n'entendait pas non plus les habituels calypsos, les mérengués, ni les chaleureux cadence-rampas captés sur les stations de Trinidad ou de Cuba. Les nègres faisaient les morts ou plutôt les «ceriques» comme se disait Rigobert dans la calebasse de sa tête, mû par de subits accès de colère contre sa race.

Fallait-il redescendre la Ravine Bouillé, auquel cas il aboutirait à la Cour Fruit-à-pain et au Pont Démosthène où il pourrait dénicher des compères pour le cacher ? Mais il ne lui paraissait pas raisonnable de prendre un tel risque car, désormais, il convenait de se méfier de son propre frère. N'est-ce pas cette salope de Barbe-Sale qui l'avait dénoncé au capitaine blanc alors que toutes ses affaires se passaient à la flouze? S'il remontait au contraire, il buterait sur le quartier de Coridon où le filet d'eau se trouvait enseveli sous un assemblage hétéroclite de maisons, et il se retrouverait à même la route bitumée. La rosée du devant-jour lui bailla une longue frissonnade dans le dos qui réveilla son eczéma. Il avait faim et rêva à une impossible boulette de «féroce». La seule vision de la farine de manioc malaxée sous ses doigts avec la chair vert et jaune de l'avocat lui asséchait d'un coup le fond de la gorge.

«Rigole de ma tête, couillon de Bondieu! maugréat-il, c'est dans cette méchante déveine-là que tu voulais à tout prix me voir? Eh bien, me voilà dedans! Je ne vais pas pleurer pour toi, non. Je ne vais pas perdre mon temps à te réciter un petit Notre Père. Merde pour toi, foutre!»

Content d'avoir dit son fait au maître-de-toutes-choses, notre homme calcula qu'il ferait mieux de tenter d'atteindre Volga-Plage où quelque pêcheur de Coco-l'Échelle pourrait lui faire traverser clandestinement le canal de la Dominique. Il songea que Barbe-Sale était le caïd de l'endroit et renonça provisoirement à son idée. Il avait beau secouer son esprit en tout sens, il ne se souvenait pas d'avoir commis la moindre chiennerie à l'encontre de ce bougre-là. Ah, certes, ils s'étaient affrontés dans la joute du damier, il y avait un bon paquet de temps de cela, mais Rigobert ne conservait pas l'idée de l'avoir humilié devant la ronde des spectateurs.

Durant la fête patronale dés Terres-Sainvilles, ce chercheur d'emmerdation de Barbe-Sale lui-même l'avait provoqué. Il s'approchait de chaque table de ce jeu de dés spécial, appelé « sèrbi », misait ce qu'il voulait et lançait en toisant Rigobert :

« Il existe des nègres qui ont peur du sèrbi, messieurs et dames. Ils ont peur d'engager ne serait-ce qu'un vieux petit sou marqué et font la cacarelle dans leur culotte quand on le leur propose. Ha ! ha ! ha !... et ça se croit un cow-boy, oui ! Ça s'imagine qu'il peut faire la gueule forte pour le monde et lui dire "Paix-là". Des capons ! Oui, foutre, une compagnie de capons, voilà ce qu'ils sont. »

Rigobert jouait aux dominos près de là. Il continua à fesser les double-six que le hasard lui attribuait avec une constance déconcertante en s'écriant :

« Manman-cochon ! »

Ses adversaires tremblaient à ce seul nom créole du double-six car ils savaient qu'à partir de ce moment-là, ils couraient à leur perte. Pourtant, le fier-à-bras du Morne Pichevin ne remua pas un poil d'yeux devant la provocation du fier-à-bras de Volga-Plage. Les autres joueurs retenaient leur souffle, sachant que les rasoirs sortiraient au-dehors et sèmeraient bientôt leurs éclairs fulgurants. Vidrassamy, le compère couli de Rigobert, qui dansait sur la lame effilée d'un coutelas lors des cérémonies sacrificielles du quartier Au Béraud où s'était réfugiée une partie de son ethnie fatiguée de suer inutilement dans les champs de canne, se trouvait être le seul à garder son sang-froid. Il en avait vu d'autres à l'époque où les gendarmes à cheval coursaient les Indiens dans les halliers comme des cochons qui ont marronné et tiraient à vue. Il saisit simplement le bras de Rigobert et lui dit :

« Ne prends pas la hauteur de ce nègre-là, il est venu

chercher un trafalgar avec toi. Depuis ce matin, il n'arrête pas d'avaler sec de tafia sur sec de tafia, injuriant le monde et demandant où tu te caches.

– Je ne me cachais point. Je n'ai pas pour habitude de venir dans les fêtes dès l'ouverture, tu sais ça très bien.

– Allons manger un chèlou chez Moutama…

– Je ne vais pas retirer mes pieds au moment où ce monsieur me défie, compère, fit Rigobert. Non-non-non ! On va me prendre pour un petit bonhomme. »

Le jeu de sèrbi s'était arrêté net. On avait prestement rentré les dés car les malfaiteurs profitent de ce genre d'interruptions pour les trafiquer, soit qu'ils les brocantent contre les dés plombés (lesquels retombaient à tous les coups sur le « onze ») soit qu'ils les manipulent avec des prières diaboliques pour les faire déparler. Barbe-Sale, de toute sa hauteur, ne cessait de héler :

« Onze ! J'ai réclamé le onze, oui, tambour de braise ! »

Il voltigeait ses dés sur une table que plus personne n'entourait, les rattrapait avant qu'ils n'achèvent leur course, soufflait dessus et les renvoyait aussitôt cogner la figure du destin, cela sans cesser de couver l'homme Rigobert de son regard de bœuf méchant. Quelqu'un se mit à battre un tambour en sourdine, au mitan du manège de chevaux de bois qui entraînait dans ses tours une marmaille désordreuse. Le manège avait, lui aussi, été déserté et les mères d'enfants avaient rassemblé leur progéniture dans leur giron pour le cas où il faudrait prendre ses jambes à son cou. Un silence brutal s'était instauré, rehaussé par le lancinement du tambour au rythme feutré. Barbe-Sale chercha le batteur du regard mais il ne vit rien à cause des silhouettes rose, bleu et jaune des chevaux de bois. Il sourit de sa bouche édentée et cria :

« Envoyez-moi du bon tambour, celui qui est assis dessus. Allons ! »

Vidrassamy tenta d'entraîner Rigobert qui s'y opposa d'un geste brusque. Barbe-Sale dévisagea alors l'Indien en ricanant avec sauvagerie.

« Espèce de sale couli balayeur de caniveaux ! Dernière race de vermine après les vers de terre et les sangsues ! De quoi tu mêles ton corps ? J'ai appelé ton nom ? Je t'ai demandé celui du bougre qui coque ta femme pendant que tu es là à jouer à la commère, hein ? Couli mendiant, va ! »

La foule gloussa comme une tralée de coqs d'Inde. Ils commençaient à emmerdationner les gens, tous ces coulis malpropres qui envahissaient Fort-de-France depuis quelque temps. On se demandait comment le maire, Victor Sévère, malgré la prédestination de son nom, pouvait tolérer pareille chose. C'est comme si la vérette les avait tout bonnement chassés de leurs savanes à bœufs de Macouba et de Basse-Pointe. La maréchaussée ne les soupçonnait-elle pas d'enlever des enfants afin de manger leur chair ou pour les sacrifier à Mariémen, leur déesse maléfique ? Chaque année maintenant, une famille pleurait une marmaille égarée et qui n'était pas revenue en dépit des pèlerinages à la Vierge de la Délivrance et des messes d'action de grâces. Et puis, c'est une sacrée bande d'hypocrites, oui ! Tu passes près d'eux, ils ne sont que l'ombre d'une ficelle. Ils se font tout petits, ils baissent les yeux dans les dalots qu'ils balayent avec une lenteur désespérante, mais dès que tu les a dépassés, tu sens la braise de leurs prunelles sur tes épaules et tu es certain qu'ils te traitent de salopetés exprès pour accorrer tes affaires de la journée.

Vidrassamy en avait vu d'autres. Dans sa jeunesse, il

avait été un fantastique gréviste marcheur qui n'hésitait pas à enjamber plusieurs mornes de nuit pour soulever les habitations de tout le nord de l'île. Muni de son seul coutelas et d'une torche en bambou, il se mettait en route à la brune du soir en se foutant des réticences de ses camarades du parti communiste et des lamentations de sa compagne. Il n'empruntait jamais les traces connues afin d'éviter les mauvaises rencontres et inventait des chemins-de-coupure dans la forêt dense, lesquels se refermaient à jamais aussitôt après son passage. Il possédait un sens infaillible de l'orientation qu'il avait acquis dès sa petite enfance. Parfois ce don, qui l'avait bien souvent sauvé de la brigandagerie des gendarmes à cheval, lui arrachait quelques larmes qu'il s'empressait d'essuyer dans sa chemise en kaki. La figure de son père (celle de sa mère s'était estompée, seule sa voix fragile semblait résonner encore) lui prenant la paume des mains et soufflant dessus après lui avoir raconté une histoire de l'Inde, le soir, après une dure journée passée à couper la canne du Blanc, cette figure-là, fripée, noire comme le plumage d'un merle, lui revenait à chaque pas qu'il faisait dans les halliers. Il criait alors au beau mitan de la noirceur:

«Parle-moi, père! Parle-moi!»

Il avait la certitude qu'une parole devait être dite, qu'un sens serait fatalement invoqué et qu'ensuite, il guérirait de son tourment et trouverait assez de vaillantise pour affronter la pesanteur des jours. Mais la figure de son père demeurait fermée, un pli soucieux lui barrant le front. Alors Vidrassamy redoublait d'ardeur dans sa marche et lançait son fameux cri à l'orée des cases à nègres et à Indiens qui bordaient les habitations.

«Manmay-la O! Mi lagrèv ka vini baré zôt!» (Hé les amis! La grève vient à vous!)

206

Imaginant la houle humaine qui devait accompagner le balan de ses pas, les travailleurs s'empressaient de prendre l'initiative. La nuit devenait aussitôt la proie d'une calenda démesurée, rythmée par le chant consacré :

« Woy ! Woy ! Misyé Michèl pa lé bay dé fwan ! » (Ohé ! Ohé ! Notre patron Michel refuse de nous accorder deux francs d'augmentation !)

Vidrassamy ne se joignait aux rebelles qu'à l'instant des affrontements avec les forces de gendarmerie. Toujours au premier rang. Toujours arrêté puis relâché. Toujours désigné comme instigateur par les békés et réembauché le dernier pour les tâches les plus ingrates.

« Man sé an komilis ! » (Je suis un communiste !) bougonnait-il à l'endroit de sa compagne lorsqu'elle se mettait à chigner des larmes silencieuses derrière leur case, sa ribambelle d'enfants assise à même la terre battue de la cour, en train de mâchonner des pulpes de mangots verts pour jouer à cache-cache avec la faim.

Les Blancs-pays qui l'avaient pris en grippe l'auraient déjà fait dépendre comme un coco depuis un siècle de temps s'ils n'étaient arrêtés par la singulière histoire personnelle de cet Indien qui savait démontrer qu'il était un formidable abatteur de tâches, soit dans le convoiement de bétail ou dans le repiquage des jeunes pieds de canne. Il convient d'insister sur le fait qu'il était châtreur d'animaux et que personne n'osait s'aventurer à lui porter la main dessus. Il avait hérité ce don de son père nourricier, et non de son vrai père, lequel était faiseur de pluie. Le vieil homme savait intimer (en tamoul) aux nuages de se rassembler au-dessus de la plantation du béké qui l'avait fait quérir et de tomber à grosses gouttes drues pour foutre une bonne calotte au carême qui, certaines années de maudition, refusait de retirer ses pieds.

Pour accomplir ce rituel qu'il nommait «maharaton» ou quelque chose d'approchant, son fils et lui partaient dans les bois à la recherche d'essences rarissimes et d'herbes inconnues des créoles qu'ils étalaient en pile sur une éminence. Puis, ils y mettaient le feu après que le vieil homme eut prononcé une rafale de paroles terribles qu'on supposait être des invocations au dieu de la pluie. Les Blancs, inquiets de l'issue de ce qu'en leur for intérieur ils qualifiaient de «simagrées», et les nègres, mis en désœuvrement par la sécheresse, l'air goguenard, se tenaient à distance respectueuse des deux officiants. Et, tonnerre du sort, oui la pluie tombait nettement-et-proprement en final de compte de tout un pan du ciel, tandis qu'un peu plus loin, il ne cessait d'arborer son bleu chargé de soleil.

«Respectez les coulis, foutre!» marmonnait-on ici et là de façon énigmatique.

Vidrassamy ne parlait pas à haute voix quand il saisissait les pattes du cochon qu'il s'apprêtait à châtrer mais chacun pouvait discerner l'aller-venir saccadé de ses lèvres très minces et de sa langue malgré sa bouche close, et au premier giclement de sang, on comprenait qu'il venait, une fois de plus, de dompter l'esprit de l'animal car ce dernier ne se débattait pas le moins du monde. Ainsi, le monde partageait le chagrin de Vidrassamy et lui baillait plus de respectation que celle qui est en général dévolue à un couli. Ce dont il s'agit ici n'a pas été embelli – une fois n'est pas coutume – par la raconterie populaire. Ce n'est que la franche vérité dans toute sa cruauté.

Les Indiens avaient sauvé l'économie de l'île de la ruine après que les maîtres les eurent importés pour remplacer les nègres dans les champs, cinq années environ après l'abolition de l'esclavage. Ils avaient bourriqué comme des êtres sans maman et sans papa, étaient morts par centaines d'épuisement, de faim inassouvie, de typhoïde, de paludisme et de pian. Par bonheur, ils possédaient un contrat de travail prévoyant leur rapatriement immédiat aux Indes une fois leur temps accompli et ceux que Mariémen et Maldévilin protégèrent de l'ensevelissement en terre païenne (ô malheur qui interdit la bienheureuse réincarnation) purent un jour ramasser leurs maigres bagages et dire un adieu sans remerciement aux champs de canne de Basse-Pointe et de Macouba. Le père et la mère de Vidrassamy furent de ceux-là. Ils n'avaient qu'un seul regret : celui d'abandonner sept enfants dans le ventre de cette terre infâme, décimés au fil des ans, qui par la coqueluche qui par les vers intestinaux. Seul le tout dernier, Vidrassamy, pourrait refaire avec eux le passage des eaux et retrouver la terre dravidienne bénie. Mesurant la créolisation du garçon (il comprenait assez bien le tamoul mais ne le parlait pas), ils jugèrent bon de ne pas l'informer de leur départ prochain et afin de lui bailler tout-à-faitement le change, décidèrent d'empaqueter le matin même du jour tant espéré. Vidrassamy, loin d'être un petit couillon, avait été intrigué par l'inhabituelle excitation de ses parents en dépit des efforts qu'ils faisaient pour paraître normaux. Il se réveilla une nuit sur son grabat de feuilles sèches et rampa dans l'obscurité jusqu'au bord de la toile, à même le sol de terre battue sur lequel ils s'obstinaient à dormir. D'ordinaire, il ne prêtait aucune attention à leur défilé de paroles tamoules qui s'éternisait parfois jusqu'au devant-jour, grappillant par-ci par-là un mot ou une chiquetaille de phrase qui avait inévitablement trait aux rizières du pays perdu où paissaient les bœufs sacrés, ou aux mariages somptueux des seigneurs de village au cours desquels tous les miséreux, même les intouchables, recevaient leur part d'abondance (au contraire du pays d'ici où la bombance des riches békés se déroulait dans la plus stricte intimité). Ce soir-là, sa mère, si volubile oiseau de nuit, mais muette, ah, si muette! le jour sur l'habitation, ne disait mot, et son père, vieil arbre mille fois cabré et mille fois redressé par les cyclones de l'existence, récitait les paroles sibyllines du prêtre indien lorsqu'il dansait sur la lame effilée du coutelas avant le sacrifice. Vidrassamy ne comprit rien à cette parole chantée et retourna à sa couche, perplexe tout bonnement. Mais il se dit que son père avait commencé un jeûne et qu'il préparait son corps et son âme à recevoir la cendre sacrée que l'officiant lui parsèmerait sur les paumes ainsi que sur le front, afin de satisfaire quelque vœu. Sans doute voulait-il guérir cette plaie qui lui rongeait le cou-de-pied gauche, depuis le premier instant où il était descendu du bateau qui l'avait amené des Indes et avait pilé le sol trop humide, trop verdoyant, de cette contrée où on lui avait promis qu'il ferait fortune en peu de temps. Malgré les bains de feuillage du prêtre indien, les cataplasmes du sorcier nègre, l'eau bénite de l'abbé européen et des tas d'autres stratagèmes, la plaie persistait à faire son intéressante: tantôt elle rapetissait, ses bords se desséchaient et la chair cessait d'être rose pour prendre une rassurante couleur violacée, tantôt elle s'élargissait, gonflée d'un pus malodorant, et l'élançait à chaque pas.

Si bien que le lendemain matin, Vidrassamy ne s'inquiéta pas quand il vit la natte vide. Ses parents devaient se trouver aux champs puisque avril inaugurait la saison de la coupe de la canne. Il avala la timbale d'eau de café que sa mère lui laissait sous une demi-calebasse pour écarter les mouches et prit le chemin de la rivière des Roches. À hauteur du gué qui avoisinait le moulin à farine de manioc de l'habitation Bellevue, il avait rendez-vous avec une compagnie de petits nègres experts en capture d'écrevisses et poissons dormeurs. Toute la semaine, il avait ciselé une magnifique nasse en bambou avec laquelle il espérait attraper quelques-unes de ces grosses écrevisses-habitants dont le béké de Chassagne raffolait. Ses parents avaient bien tenté de faire de lui un ramasseur de canne mais quand il leur rapporta régulièrement des piles de sous tout neufs en plus des petites écrevisses-boucs qu'il traquait à la main sous les roches, ils le laissèrent à son fructueux vagabondage. Or, le malheur ne connaît pas la détresse qui gît dans le sang des Indiens, il ne connaît que son propre cours têtu, c'est pourquoi le matin du départ, il écarta Vidrassamy de ses parents. Ceux-ci n'étaient pas allés couper la canne mais déterrer sous un prunier-moubin une boîte en fer-blanc dans laquelle ils avaient placé une mèche de cheveux de chacun de leurs enfants décédés, ainsi que le peu d'argent qu'ils avaient réussi à mettre de côté. Une charrette devait venir les chercher à midi pour les conduire au bourg de Grand-Anse d'où on les convoierait, sans doute en camion, en compagnie d'une tralée d'autres Indiens qui avaient choisi le retour à la fin de leur contrat, jusqu'au port de La Trinité où les espérait un bateau. Une heure avant le mitan de la journée, les parents de Vidrassamy ne s'inquiétèrent pas, eux non plus, sachant qu'il rentrerait pour manger. Mais la nasse du garçon fit des miracles : il la relevait toutes les heures car les écrevisses semblaient hypnotisées par les morceaux de canne à sucre qui lui servaient d'appâts. «Une pêche comme on n'en fait qu'une dans sa vie », lui avait assuré l'aîné de la bande qui l'encouragea à épuiser sa chance tout le temps que la lumière du jour éclairerait le bassin ombragé par des pieds de pommes-roses où ils pêchaient.

La charrette arriva devant la case des Vidrassamy dans un grand balan d'essieux grinçants et de sabots mal ferrés. Le bougre qui la menait avait quatre plis amarrés à son front, furieux d'avoir été désigné par le béké pour conduire ces «coulis malpropres». Les ordres des békés sont des ordres, hein!

«Brennen tjou zôt ba mwen la, sé kouli mandja-a!» leur lança-t-il (Remuez-vous les fesses, espèces de mendiants de coulis!), «Man pa ni tout lavi-a douvan mwen, non!» (Je ne vais pas vous attendre toute ma vie!).

La mère de Vidrassamy fondit en larmes. Elle tressait et détressait sa longue natte de jais qui lui arrivait jusqu'à la naissance des reins. Le père, lui, semblait terrassé. Il se tenait debout sur le pas de la porte de sa case, le regard perdu sur les flancs épaissement boisés de la montagne Pelée où son fils, son ultime fils, devait gambader avec insouciance. Le charretier tempêtait de plus belle. Alors le père se coucha subitement sur le sol et se mit à proférer une parole millénaire jusque dans ses entrailles, ce qui provoqua un léger tremblement de terre. Les pieds de bambou qui entouraient la case frissonnèrent. Le soleil sembla rebrousser chemin car l'ombre des trois êtres se mit à rétrécir au lieu de s'allonger. Le cocher nègre poussa un hurlement et donna un coup de cravache aux chevaux mais ceux-ci demeuraient cloués par le chant mystérieux de l'Indien.

«Pa mwen épi sé kalté zès bondyé-kouli zôt la!» (Je ne veux pas être mêlé à vos sorcelleries de coulis!)

Midi dévia en arrière. Le temps revint à quatre heures

du matin du même jour, quand le père et la mère de Vidrassamy s'étaient levés dans la joie de leur natte et s'étaient approchés du garçon pour lui caresser le front. La mère le couvrit de toute sa chétive personne et l'embrassa avec ferveur, les sanglots secouant sa poitrine, qu'elle avait généreuse comme toutes les Indiennes. Le père souleva le garçon à hauteur de ses yeux et le fixa un siècle de temps sans rien dire. Puis il le redéposa par terre et déclara :

« Partons ! Il ne désire pas venir avec nous. Ce pays-là est le sien en final de compte. Mariémen veillera sur le restant de ses jours. »

Ils montèrent dans la charrette où le nègre, statufié, regardait le soleil reprendre prestement sa place dans le mitan du ciel. Plus tard, il ferait courir la légende selon laquelle les coulis sont capables de remonter les jours comme un réveille-matin pour mieux jouir de leur détresse tandis que les nègres, eux, au contraire, s'ils le pouvaient, ils auraient chassé le temps à grands coups de pied devant eux, sûrs et certains que leur devenir serait de toute façon moins hideux que leur aujourd'hui. Lorsque Vidrassamy revint chez ses parents, peu avant la brune du soir, sa nasse chargée d'écrevisses, et qu'il leur lança depuis la cour de terre battue : « Hé, la famille ! Regardez ce cadeau que la rivière m'a fait ! », il ne récolta qu'un amas surprenant de silence. Il demeura planté là comme un pied de coco. Sans voix. Le souffle court. Puis, il pénétra avec prudence dans la case désormais vide, hormis son grabat de feuillage et il comprit que ses parents avaient cette fois-ci enjambé les eaux pour de bon. Loin de fondre en larmes, il espéra le finissement de la nuit et entreprit d'imiter un geste qu'il les avait vus faire maintes fois sans qu'ils le sachent. Il remplit une bassine d'eau, se prosterna cinq fois, les mains implorantes, et sauta par-dessus à pieds joints, ayant pris garde de fermer les yeux. Il retomba de l'autre côté de la bassine et, interloqué, tapa le sol du talon pour bien s'assurer qu'il n'avait pas rêvé. Hélas, il était toujours au même endroit et l'océan ne s'était pas ouvert sous l'effet de son bond. Pourtant, ses parents effectuaient ce voyage aux Indes au moins une fois par mois et ils en revenaient comme qui dirait rassérénés, rajeunis même. Le garçon recommença quinze fois sans succès, avant de comprendre que ce bond magique devait être accompagné d'une prière spéciale qu'il ignorait, pauvre diable. Le lendemain, le béké, touché par l'insolite de son histoire, le fit quérir et le plaça sous la protection de son châtreur, un nègre créole gros-gras-vaillant, demeuré sans concubine à cause de la réputation de sa verge (on la prétendait si longue qu'il devait l'enrouler autour de sa taille) qui avait fait fuir toutes les femelles du coin. Il enseigna au petit couli les secrets de l'art de châtrer ainsi que ceux du sèrbi qu'il jouait avec des dés plus blancs et plus volumineux que d'habitude. Leur relation filiale aurait pu durer une éternité si le châtreur n'avait pas été également investi par le béké du droit de châtier les coupeurs de canne récalcitrants et les coulis qui, en ce temps-là, marronnaient sans relâche. Le «bourreau», comme on le surnommait à son insu, prenait un plaisir sadique à confondre son occupation de châtreur avec celle de châtieur. D'ailleurs, il les inversait délibérément en proclamant: «Je vais châtier un verrat ce matin», et: «On a encore fouillé des ignames portugaises cette nuit à Savane Pois-Doux, je vais châtrer le téméraire qui a osé toucher à la terre du béké». Et ce n'était pas du jeu, messieurs et dames, quand il vous attrapait un de ces hors-la-loi qui gîtaient dans les forêts de courbarils et de gommiers rouges de la région : il lui coupait les deux graines nettement-et-proprement. C'est au début de la récolte de la canne que ses talents trouvaient à s'employer contre les grévistes qui réclamaient chaque année de quoi vivre et non plus vivoter. À la tête d'une compagnie de nervis armés de coutelas et de barres à mine, il tendait des embuscades scélérates aux marcheurs qui venaient soulever les travailleurs des différentes plantations. Pour déjouer ses attaques, ceux-ci avaient dû cesser de souffler le ralliement dans des conques de lambi et certains nègres africains envoyaient des messages par tambour, incompréhensibles aux créoles. Alors, il plaçait un chien de nègre traître, un couteau à double tranchant, quoi ! parmi les grévistes marcheurs et, à un moment donné, dans les sous-bois, le châtreur et ses excités fondaient sur les coupeurs de canne, semant une panique sans mesure, non qu'ils fussent si terribles combattants que ça mais parce que nul ne voulait risquer de se faire émasculer pour une augmentation de deux francs et quatre sous. Vidrassamy, qui observait les cérémonies du Bondieu-couli – de loin, certes ! –, se souvint que ses parents lui parlaient toujours de sérénité et de justice. Irrésistiblement, les paroles tamoules sacrées qu'ils lui avaient apprises remontèrent en lui à son insu, et il se retrouva prêtre indien, dansant sur la lame du coutelas, tranchant la tête de moutons ou de coqs en guise de sacrifices. Ce jour-là, Vidrassamy prit congé de son protecteur en lui remettant toute l'obole que les fidèles lui avaient baillée, ce qui faisait un bon paquet de pièces et de billets mal en point. Le châtreur devint soudain muet et regarda celui qu'il appelait partout son fils se diriger vers un parc à mulets, où une dizaine de camarades l'attendaient pour bâtir une case en coup de main. Le gros nègre en prit du chagrin et le monde s'en alla répétant à l'envi:

«Salope, va! Tu as trouvé quelqu'un pour boiter ton balan!»

Tout l'hivernage, il resta assis sur le pas de sa porte, le dos appuyé à une roche, méditant sur on ne sait foutre quoi. Vidrassamy savait châtrer à la perfection, maintenant. Quelques bavardeurs avaient informé le béké que son fidèle sbire était devenu inutile, d'avoir été rongé dedans son corps par «des années et des années de jouissance inassouvie»: il ne s'embêta point pour lui. Le bougre devint aussi maigre que l'ombrage d'une ficelle. Ses yeux avaient une fixité redoutable qui obligeait celui qui le regardait à baisser tout-de-suitement les siens. Quand les feuilles des champs de canne commencèrent à bruisser dans les savanes, le vieux châtreur éclata d'un rire effroyable, qui se répercuta au faîte de la montagne Pelée d'où déboulèrent trois roches noires et gigantesques qui barrèrent d'un seul coup le chemin de l'habitation au bourg de Basse-Pointe. Les coupeurs de canne, au nombre d'une cinquantaine, se trouvèrent isolés du reste du monde et ne purent rejoindre les grévistes marcheurs des propriétés voisines. Ils furent contraints de coutelasser la canne sans la moindre promesse de quelques sous supplémentaires sur leur paie hebdomadaire. C'est alors que s'interposa Vidrassamy, véritable Ti Jean-l'Horizon en la circonstance. Il colla sa bouche sur chacune des pierres, qui se déplacèrent lentement sous le charme de sa prière, et rouvrit le chemin, où il attendit d'un pied ferme son père nourricier, lequel était allé flatter le béké comme à son habitude. Il s'agissait d'une occupation encore sérieuse en ce début de siècle, que ni l'éruption du volcan ni l'éclatement de la Première Guerre mondiale n'avaient réussi à dissoudre (les anciens serinaient, résignés: «Encore une ère de déveine pour le nègre, oui!») Le châtreur suivait partout le béké dans ses déplacements, lui à pied, le Blanc à cheval, et dès qu'ils approchaient d'un groupe de nègres, le flatteur se répandait en propos plus doux que le sucre trempé dans le miel, sans que le béké daignât lui prêter attention:

«Ah! Quel bon béké que monsieur de Médrac, je vous assure! Je suis au service de sa famille avant même qu'il ne soit né et, la foi en Dieu, je n'ai jamais rencontré tant de générosité et de gentillesse chez les Blancs natals du pays. Jamais on n'a pu dire qu'un nègre mourait sans que le père de Médrac lui achète un cercueil, hein? Où avez vous déjà vu ça ailleurs? Vous connaissez beaucoup de békés qui vous laissent reposer votre carcasse parce que le soleil de onze heures est trop raide et que la sueur mêlée aux grattelles des feuilles de canne vous mange la peau, hein? Dites-moi un peu?»

Vidrassamy et le flatteur de béké s'affrontèrent à coups de barre à mine un après-midi de mars 1931 et l'on fit passer auprès des autorités la mort du second pour un règlement de comptes entre sauvages. Cela étouffa net l'affaire car «quand père et fils se gourment, tu n'as pas à te mélanger, foutre!».

Tel est l'homme qui, au mitan de la fête patronale des Terres-Sainvilles, essayait de dissuader Rigobert d'affronter Barbe-Sale, le fier-à-bras de Volga-Plage, et qui, en conséquence, fut accablé d'injures les plus venimeuses contre sa race déjà placée si bas sur l'échelle des valeurs de la colonie – en fait, plus bas que les nègres eux-mêmes.

Il se résigna, la mort dans l'âme, à cette joute entre prolétaires, comme sa formation de communiste le poussait spontanément à les qualifier. Pourchassé en tant que maître-à-manioc syndical à la campagne, il avait maintes fois cogné des maquereaux ; émigré à la ville où il dirigeait la section CGT des employés de la voirie municipale, il avait dû recommencer une nouvelle existence avec cette patience inébranlable si propre aux Indiens.

« Que celui qui se sent vaillant lève la main ! »

Barbe-Sale lançait d'une voix volontairement chevrotante ce défi traditionnel de la danse-combat du damier, et une sueur épaisse lui dégringolait sur les épaules.

Avec de grands gestes pleins d'emphase, il écartait les gens de façon à esquisser une ronde, ses pieds virevoltant jusqu'au ciel, en direction de la gorge de son adversaire, qu'il affectait de ne pas regarder. Les spectateurs reculèrent avec effroi, sachant qu'aucun des coups ne leur était destiné. Une sorte de respectation sacrée les saisit devant la belleté et la vigueur du damier dansé par ce nègre de Guinée de Barbe-Sale. Un de ces damiers, messieurs et dames !

« Allons, allons, frappez ce tambour pour moi, tonnerre de Brest ! demanda-t-il au jeune homme qui était assis à califourchon, l'air hébété, sur l'écale d'un tambour-bèlair. Que celui qui se sent vaillant lève la main ! Que celui qui se sent vaillant lève la main ! »

Le dou-gou-dou-gou-doum lancinant du tambour enveloppa la chaleur de l'après-midi tout bonnement, emplissant les cœurs d'une sorte de tremblade indéfinissable. Rigobert n'avait jamais pensé que ce défi, inévitable entre les deux fiers-à-bras les plus renommés de Fort-de-France, éclaterait si tôt. Il en avait toujours repoussé le moment dans le fin fond de son esprit, et voilà qu'à présent il ne pouvait plus reculer. On lui tapait l'épaule en lui demandant d'achever ce combat sur-le-champ.

«Ne nous déçois pas, compère!» lui lançait-on ici et là.

Alors il s'avança dans la ronde du nègre de Guinée en remuant les hanches pour sentir si le rythme du tambour-bèl-air reprenait possession de sa chair. Il éprouva au contraire une sorte d'engourdissement qui le cloua sur place et lui coupa les bras.

«Tonnerre du sort!» maugréa-t-il en lui-même.

L'étroite rue où se préparait le combat ne cessait d'attirer les gens comme happés par les virevoltes du tambour. Certains grimpaient aux branches d'un flamboyant tout proche, d'autres montaient sur le toit de deux tacots au rebut. Où qu'il tournât la tête, Rigobert n'apercevait que des grappes humaines excitées par les lueurs sauvages qui émanaient de son adversaire. Il n'y avait pas d'échappatoire. Et le bougre ne cessait de héler:

«Que celui qui se sent vaillant lève la main!»

«Je suis là avec toi, me voici!» lâcha Rigobert quand il sentit que le tambour devenait méchant.

Le moment était arrivé où il fallait qu'un événement se produise, que la danse cède la place aux coups de pied. Il fallait que l'un des lutteurs se saisisse de l'autre et le fracasse par terre sur l'écale du dos. Autrement ce serait déresperter les ordres du tambour et s'exposer ensuite à une faillite interminable comme cela était arrivé à maints nègres à forte tête: perte de sa femme, de sa case et même de sa santé puisqu'un coup imperceptible avait le pouvoir de vous laisser infirme pour la vie. Il surprit le nègre de Guinée à battre la bouche et réciter à grand balan une prière avant de détendre sa jambe droite sur le fale de Rigobert, avec une virtuosité qui laissa les spectateurs sans souffle. Il n'eut que le temps de reculer d'un demi-pas et de chercher un nouvel appui. Déjà le bruit mat d'un dos de pied éclatait sur sa cuisse, déclenchant une saccade de décharges électriques qui se propagèrent dans tout son flanc gauche. Il vit chavirer le ciel et la boule bleu-jaune du soleil rouler sur le sol. Il esquissa une parade des deux mains, poignets relevés et doigts tendus pour parer, à la manière de la mante religieuse, les attaques que Barbe-Sale portait à sa gorge et à son estomac. Le bougre, en transes, éructait des «han! han!» féroces à chaque détente de son corps, en parfaite harmonie avec la cadence du tambour qui avait augmenté son allant. Le batteur faisait la peau de cabrit parler français, messieurs et dames! Les supporters du fier-à-bras de Volga-Plage hurlaient:

«Fesse-le par terre pour nous, oui! Fesse-le une fois pour toutes!»

Satisfait de cette première démonstration, Barbe-Sale reprit sa danse tournoyante, dégageant son dos en guise de défi suprême. Rigobert comprit qu'une telle insolence méritait châtiment, ou alors il s'exposait à perdre son titre de major du Morne Pichevin. Il ne serait plus qu'un caca de chien que même les femmes et la marmaille pourraient gouailler comme bon leur semblerait. Il serra les dents du fond de sa bouche pour sentir sa langue s'assécher de colère, ainsi que le lui avait enseigné son père, le très redouté Garcin dont le seul nom faisait encore frémir et, pour de bon, son corps cessa d'appartenir à ses pensées: il obéit à son impulsion, doué d'une volonté propre. Rigobert, livré à l'extase du dédoublement, stade décisif de cette danse de la mort qu'est le damier, vit ses deux jambes rivaliser de voltige. Puis, il vit son adversaire vaciller sous l'effet d'un coup au foie et trembler quand le vent soulevé par son talon effleura ses deux graines. La sueur semblait recouvrir son corps d'une écharpe protectrice qui lui donnait un sentiment d'absolue invulnérabilité. Il lut un paquet d'admiration dans le regard brillant de l'Indien Vidrassamy qui, pourtant, demeurait impassible dans le déchaînement des clameurs. Son tour vint de parader autour de Barbe-Sale, offrant sa figure exaltée aux applaudissements de la foule et son dos au lutteur déboussolé.

«Haaa! Haaa! Quel combat, messieurs et dames!» se pâmaient les femmes qui avaient des vues sur chacun des lutteurs.

Plusieurs fois, Barbe-Sale reprit le dessus, sa taille démesurée lui étant d'un avantage considérable, mais Rigobert avait été à l'école de son père, lequel lui avait enseigné en secret deux coups mortels: l'un pour briser le fil du cœur qui se situe sous le sein gauche, l'autre pour fendre le foie. Rigobert, qui avait hâte de terminer ce damier qu'il n'avait pas provoqué, hésitait à terrasser Barbe-Sale de cette façon. Non que l'interdiction de tuer et la transformation de cette danse-combat en macaquerie pour voyageurs métropolitains l'eussent arrêté le moins du monde, mais il n'avait jamais pris la vie d'un homme et il souhaitait que cet événement lui arrive le plus tard possible, à un âge où il serait en état de supporter les tourments de sa conscience. Il maudissait Dieu d'avoir choisi un tel jour où il ne s'était point préparé, pour le contraindre à affronter le géant de Volga-Plage. Alors, comme en chaque occasion désespérée, une idée de génie germa dans l'esprit de Rigobert: il allait prononcer le véritable nom de Barbe-Sale sur la place publique et on verrait si monsieur continuerait à se cambrer devant le monde avec son air impérial!

«Jean Placide, s'écria le drivailleur du Morne Pichevin, hé, Jean Placide, montre-nous ce que tu vaux, compère!»

À la révélation de son nom et aux «Oooh!» qui se propagèrent dans la ronde des spectateurs, Barbe-Sale réagit par la stupéfaction absolue. Il se figea sur lui-même, sans qu'on vît bouger même ses poils d'yeux, et se confondit avec son ombre.

«Ouais! Rigobert c'est un nègre qui a de la malintrie dans son esprit, oui!» fit un homme ravi.

«Beau! Beau!» reconnurent avec honnêteté les supporters du géant qui s'approchèrent de lui et l'emmenèrent loin de la fête des Terres-Sainvilles, où il était venu faire soi-disant la gueule forte et était reparti drapé d'hébétude comme une momie.

Or, Rigobert n'avait pas estropié Barbe-Sale comme cela se produit au damier, et sa défaite avait été douce en final de compte (bien qu'humiliante au plus haut point pour dire la franche vérité). Sa dénonciation aux autorités militaires n'était signe que de la petitesse d'âme et de la lâcheté du géant, défauts indignes d'un vrai lutteur de damier.

Des coups de feu éclatèrent dans la nuit accompagnés d'éclats de voix et d'aboiements de chiens. Rigobert savait que désormais, l'Amiral n'aurait aucune pitié pour lui car à son forfait contre la fourgonnette de ravitaillement du gouverneur venait s'ajouter le crime de désertion. À savoir si son nom n'était pas déjà martelé à la radio et si sa tête n'avait pas été mise à prix! Il décida, quelles qu'en fussent les conséquences, de descendre la Ravine

Bouillé jusqu'au Pont Démosthène et de là, de grimper les quarante-quatre marches quatre à quatre afin de rejoindre le Morne Pichevin.

À la Cour Fruit-à-Pain, il vit un groupe de marins blancs en train de discuter le prix d'une passe avec deux péripatéticiennes en lesquelles il reconnut Mérilise, une négresse qui ne s'en laissait pas compter, et Cécile, une petite coulie qui semblait avoir peur de son ombre. Les bougres étaient saouls et tempêtaient contre les propositions des deux femmes.

« Trop cher pour une négresse ! » criait un marin, en titubant, à l'adresse de Mérilise qui lui calotta la figure.

Cécile évita une bagarre généralisée en s'offrant pour deux francs et quatre sous, ce qui fit bouillir le sang de Rigobert, caché derrière une carcasse de Peugeot. Puis, le calme se fit subitement et le groupe de marins pénétra dans une case délabrée avec les deux femmes de tout le monde. Ces couillons de la milice avaient perdu sa trace, et Rigobert profita de l'embellie pour traverser à la vitesse d'une mangouste la route des Religieuses et monter l'escalier en se gardant comme la peste d'en piler les septième et trente-troisième marches maudites. Sur le petit plateau du Morne Pichevin, on ne distinguait aucune lueur : les nègres étaient terrés au fond de leurs cases et parlaient à voix basse à leurs concubines, n'osant même pas faire l'amour pour ne pas dérespecter les ordres de silence de l'Amiral. Rigobert voulut héler comme un fou pour faire éclater cette ignoble complicité quand il aperçut Philomène, en gaule de nuit, qui allait déposer son pot de chambre au bord de la route des Religieuses pour que le camion de tinettes le ramasse. Il l'appela d'un sifflement discret.

«Je sais qui est là. Je t'ai reconnu. Fais vite, entre dans ma case, Rigobert.»

Elle n'avait rien à lui offrir pour s'accorer l'estomac. Depuis quelques jours, elle baillait tous ses gains à Carmélise dont les enfants en bas âge mouraient comme des mouches à cause de la typhoïde. La mère d'enfants ne trouvait pas de médicaments à acheter et se lamentait à longueur de temps sur la disparition de son concubin Octave «qui lui au moins connaissait l'herbe-qui-guérit-tout».

«Tu n'as plus de chez-toi, mon bougre. Hier, les gendarmes sont passés et ils ont tout emporté. Ils ont même défoncé le plancher de ta case pour voir si tu n'y cachais rien.

— Philomène, chère... je vais partir en dissidence...

— Si vous partez tous, les jeunes nègres, qui va nous défendre, hein? On n'est plus qu'une compagnie de femmes esseulées au Morne Pichevin, oui. Moi-même, l'armée m'a pris mon Amédée et ça fait bien trois semaines que je n'ai plus de nouvelles de lui.

— Nous étions ensemble au fort Desaix, Philomène. Rassure-toi, ils ne vont pas l'expédier en France. La guerre est arrivée à son bout. Les Allemands ont gagné.»

Philomène fondit en larmes. Elle s'approcha de Rigobert et posa sa tête sur sa poitrine. Ses lèvres effleurèrent son cou et l'homme, vaincu par sa tendresse subite, lui mit la main entre les cuisses et remonta lentement sa robe. Ils firent l'amour non comme deux amants mais comme deux amis, sans brutalité ni empressement. Au matin, Rigobert la pria d'aller lui chercher Noëllise, la bonne des De Maisonneuve, qui lui avait ouvert son cœur sur le Pont Gueydon. Philomène le dissuada d'emmener la jeune fille avec lui car,

prétendait-elle, le signalement de Rigobert avait été diffusé partout et il aurait les pires difficultés à rejoindre
le nord du pays d'où il pourrait embarquer clandestinement pour l'île de la Dominique.

« Cette petite capistrelle est jolie et gentille, c'est vrai,
mais saura-t-elle marcher la nuit dans les halliers ? Et
puis, qui t'a dit qu'elle est prête à mettre sa vie en
danger pour un échappé du bagne de ton espèce,
hein ? »

Rigobert ne voulut rien entendre. Il réussit à
convaincre Carmélise de se rendre jusqu'au Plateau-
Didier où la jeune fille travaillait, pour la ramener à lui.
Il avait confiance dans la science des affaires amoureuses
de la mère d'enfants et dormit toute la journée du lendemain où il avait débarqué dans la case de Philomène.
Il ne ressentait plus la faim bien qu'il n'eût pas mangé
depuis près de trois jours. Une sorte d'exaltation s'était
emparée de lui à cause du défi que lui avait imposé Barbe-
Sale et par conséquent l'amiral Robert. Il avait le sentiment de livrer le premier vrai combat de damier de son
existence, un combat qui l'élèverait au rang de grand
maître à l'instar de son défunt père, et qui inscrirait pour
l'éternité le nom de Charles-Francis dans la mémoire des
nègres de ce pays-là. Lui qui n'avait jamais voulu devenir un fier-à-bras, il comprenait que le destin l'avait désigné pour prendre la succession de son père et qu'il était
vain de s'y opposer.

Carmélise revint avant le délestage et lui déclara
avec froideur :

« Tu peux retirer tes pieds, mon nègre. Ta Noëllise ne
viendra pas et c'est une chance pour toi, car cette race
de négresse-là c'est un poison pire que le lait de man-
cenillier. Échappe ton corps pendant qu'il est encore

temps ! En ville, ils te cherchent partout, on aurait juré que c'est toi qui empêches le soleil de tourner. Je ne sais pas ce que tu leur as fait mais s'ils te collent, j'ai peur pour tes os, Rigobert... »

10

L'enseigne de vaisseau Helmut von Teuerschmitt ôta son monocle et se mit à l'essuyer avec un mouchoir brodé à ses initiales. Il observait Noëllise, la bonne de ses hôtes, comme une bête curieuse, s'étonnant qu'elle pût brosser le parquet, servir et desservir le café, répondre à une injonction ou formuler une demande aussi aisément que n'importe quelle fräulein de sa Bavière natale. Il faut préciser à sa décharge qu'il n'avait jamais eu l'occasion d'approcher d'aussi près une personne de couleur. Sa jambe blessée le faisait souffrir depuis une semaine et il se mit soudain à douter des soins que lui avait prodigués ce drôle de rouquin frisé qu'on lui avait présenté sous le nom de Bertrand Mauville et qui semblait être le médecin de la famille. Arielle de Maisonneuve, la maîtresse de maison, lui avait laissé entendre qu'il s'agissait d'un mulâtre, bien que rien sur son visage ne le laissât supposer.

« Monsieur veut aller s'asseoir dans le parc ? demanda la bonne d'une voix exagérément respectueuse.

– Nein... Danke schön... merci beaucoup, mademoiselle. Dehors il doit faire encore plus chaud qu'ici, je suppose.

– Même les feuilles des arbres demandent pardon»,
répondit Noëllise en époussetant la bibliothèque au
centre de laquelle trônait le portrait en pied de l'ancêtre
des de Maisonneuve.

Le galbe de ses longues jambes noires mit l'Allemand
mal à l'aise. Il détourna les yeux quand elle grimpa sur
un escabeau pour ouvrir les persiennes. Aussitôt une
clarté insoupçonnée pénétra à l'intérieur, réveillant
l'appétit de vivre d'Helmut. Il se souvint pour la centième
fois à quel point il était passé près de la mort, une mort
stupide, incongrue même, qui n'aurait rien rapporté au
Reich. En un sens, il enviait les combattants terrestres,
surtout ceux du front russe, qui avaient l'occasion de
prouver aux yeux de tous leur courage. Dans un sous-
marin, ce n'est pas pareil. On guette sa proie des journées entières sans bouger, on la suit, on recule ou on se
terre quand il arrive qu'elle se doute de quelque chose
et, au moindre relâchement, on l'envoie par le fond.
Jamais on n'affronte l'ennemi à découvert. On n'éprouve
pas la satisfaction de le voir se tordre de douleur ni celle
de l'achever. C'est à la mer qu'il échoit de faire le reste.
Perdu dans ses sombres pensées, Helmut n'avait pas
entendu entrer Arielle de Maisonneuve et sa fille
Gervaise. Elles lui sourirent sans mot dire et ôtèrent leur
chapeau pour s'éventer.

«Je vous suis… très reconnaissant, madame, commença l'Allemand, conscient de l'effet déplorable que
provoquait sur d'aussi douces oreilles son dur accent germanique.

– On ne parle que de vous en ville, lieutenant, fit
Arielle de Maisonneuve, votre présence sur l'île n'est pas
passée inaperçue, même si, Dieu merci, les nègres s'imaginent qu'il s'agit d'une blague. Mon mari a obtenu une

autorisation de sortie pour vous auprès de monsieur le gouverneur. Dès que vous serez guéri, la Peugeot qui est dans le garage sera à votre disposition. Nous avons un beau pays, vous savez.

– Je n'en doute pas... mais... qu'est devenu mon sous-marin ?

– Reparti ! Eh oui, il n'a été autorisé qu'à vous débarquer et a dû reprendre la mer trois heures après. N'oubliez pas que nos deux pays sont, hélas, en guerre ! Et puis, les Américains qui sont sans cesse sur notre dos n'admettraient pas que nous recevions dans nos eaux un submersible ennemi. Je crois que vous devrez attendre la fin de la guerre ici, il faut vous faire une raison.»

Gervaise, qui était un beau spécimen de laideron, se tortillait sur sa chaise pour tenter d'attirer l'attention du sous-marinier, sans le moindre succès. Ses vingt ans ne parvenaient même pas à lui donner cette fraîcheur juvénile qui, en général, fait ralentir le cœur des hommes d'âge mûr. Ses parents désespéraient de la marier car aucun cavalier ne l'invitait dans les bals mensuels organisés par les de Maisonneuve dans l'unique but de lui trouver un prétendant. N'étant point idiote, elle tentait de masquer son désarroi derrière un écran de futilité dont les principaux accessoires étaient le regard fixe et vide, ainsi que les questions niaises. L'Allemand avait remué quelque chose en elle, et pour la première fois de sa vie, elle s'efforçait d'avoir une contenance. Sa gouvernante noire, Adeline, lui avait conseillé de prendre un bain de chance: feuilles de corossolier, eau bénite, eau d'embouchure et pipi de crapeau ladre recueilli le deuxième décan d'un mois impair. Naturellement, elle n'avait pas osé employer cette abominable recette de nègres mais elle ne désespérait pas de trouver un remède à sa désolante absence de charme.

Joseph de Maisonneuve rentra peu après sa femme. Sa Dodge fit une pétarade d'enfer dans la cour, derrière l'immense villa coloniale composée de trois bâtiments distincts. La maison principale, entourée d'une véranda où poussaient des alamandas et du fleuri-Noël, une baraque sans style pour les bonnes et le jardinier, et tout au fond, le garage qui servait aussi d'établi. Helmut von Teuerschmitt l'observa à travers les rideaux, époustouflé de le voir toujours congratuler le vieux nègre bossu qui passait ses journées à tailler les haies d'hibiscus et les manguiers greffés, dans ce langage barbare qu'ils appelaient le créole. Helmut détailla ses traits : l'arête de son nez était droite, ses lèvres étaient minces, le poil de ses cheveux châtains ne bouclait aucunement et la couleur verte de ses yeux achevait d'en faire un pur Aryen. Tout juste avait-il le teint un peu hâlé, mais comment se protéger du soleil quand on vit dans ce pays sans saisons depuis dix générations ?

« Mon cher Germain, j'ai d'excellentes nouvelles pour vous, fit-il d'un ton jovial. Notre grand chef, Henri Salin du Bercy, passera peut-être vous voir ce soir et il m'a prié de vous inviter d'ores et déjà à la soirée théâtrale qu'il organise au Lareinty. C'est rare, vous savez ! Jamais il ne reçoit les Européens de passage à ce genre d'amusements. Nous nous y retrouvons entre nous, les békés, puisque nous sommes au fond une race à part. Ha ! ha ! ha !

– Si ma jambe me le permet…

– Bah ! Vous serez guéri en moins de deux, un vaillant guerrier comme vous. Ha ! ha ! ha !... Ces mulâtres sont de bons médecins, croyez-moi, sinon nous ne ferions pas appel à eux. D'ailleurs, nous leur avons tout laissé, la médecine, le droit, la littérature, les arts et, ma foi, ils se débrouillent à merveille. Quel besoin aurions-nous d'aller user nos culottes sur les bancs de la Sorbonne, puisque toutes les terres et toutes les usines nous appartiennent ? Mais je sens que je vous ennuie, mon cher, voulez-vous que nous passions au fumoir, j'ai là des cigares de Panama à côté desquels ceux de Cuba sont d'affreux brûle-lèvres. »

Joseph de Maisonneuve était à la fois propriétaire de soixante-quatre hectares plantés en café et en canne à sucre à Rivière-Salée et du fameux Garage Américain à Fort-de-France, rue Amiral de Gueydon, où l'on pouvait se procurer voitures, frigidaires, scies mécaniques et outils divers de fabrication yankee. Depuis le début des hostilités en Europe, son approvisionnement était devenu chaotique, les Américains voulant contraindre l'amiral Robert à se ranger du côté des Alliés, ce que ce dernier refusait sous prétexte de neutralité. Parfois, Joseph se disait qu'il aurait mieux fait de suivre l'exemple de son frère Georges qui, dès 1937, avait vendu tous ses biens et s'était installé à Miami.

« Un peu de rhum vieux ? Désolé, plus de bourbon ni de cognac dans ce foutu pays. Au fait, que pensez-vous de ma petite bonne, hein ? Un sacré morceau de femme, non ? Je l'ai engagée il y a cinq mois de ça, bien que je n'aie pas spécialement besoin de ses services. Les deux cuisinières et la gouvernante de Gervaise nous suffisent. »

Helmut ne put s'empêcher d'éclater de rire. Tant et tellement que des larmes lui vinrent aux yeux. Il éprouva un léger sentiment de honte de laisser entrevoir à un hôte qui avait fait preuve d'une si grande gentillesse à son égard qu'il le méprisait. Il trouva une issue en élargissant la conversation.

« L'Empire français s'étend sur les quatre continents mais c'est en Afrique que vous avez vos plus vastes possessions, est-ce bien cela ?

– Exact ! fit de Maisonneuve qui ne se départait jamais de sa bonne humeur (après tout, il encaissait bien les rebuffades d'Henri Salin du Bercy).

– Vous… vous n'avez pas un peu… comment dirais-je, peur d'être un jour avalés par tous ces nègres, ces Annamites, ces… Arabes ? C'est ce qui est arrivé à la race slave. Regardez les Russes, ils ne sont plus que des demi-Asiates avec un vernis de civilisation. La révolution de 1917 n'est que la victoire des masses jaunes sur la noblesse aryenne. Lénine n'est qu'un Mongol ! Cela se voit à ses yeux bridés et à ses pommettes saillantes. Tous les chefs de l'Armée rouge ont du sang jaune, turc ou juif, et c'est pourquoi ils rêvent de détruire notre civilisation occidentale. »

Joseph de Maisonneuve, qui n'avait qu'une culture générale sommaire comme la plupart des planteurs créoles, s'émerveillait d'avoir à domicile quelqu'un avec qui il pouvait débattre de l'état du monde. Aux réunions entre békés, deux camps se formaient automatiquement : les pro-Hitler qui gueulaient « Mort aux nègres ! » et, moins nombreux, les pro-de Gaulle qui songeaient à l'avenir de la colonie, laquelle aurait toujours besoin des nègres pour couper la canne. Après cinq minutes de débat, tout le monde se mettait d'accord autour d'une bouteille de tafia et chacun rentrait saoul chez soi, satisfait d'avoir épanché son cœur. Joseph appela Noëllise et lui demanda d'avertir Madame que le dîner se ferait exceptionnellement à neuf heures car il attendait un

232

invité. Il caressa les seins de la négresse, qui se laissa faire en protestant avec faiblesse.

«Si vous la voulez ce soir dans votre lit, pas de problème! fit-il à l'Allemand.

– Nein!

– Vous avez tort, mon cher. Les femmes des races inférieures et des peuples vaincus sont faites pour être baisées. C'est ce qui s'est toujours passé dans l'Histoire.

– Nous avons vaincu la France et pourtant nous ne violons pas les Françaises tous les jours», rétorqua Helmut agacé.

Une lueur de colère traversa le visage du béké et s'éteignit aussitôt. Ce bougre d'Allemand oubliait qu'il n'était qu'un prisonnier de guerre et que sans sa blessure, il aurait croupi au fin fond d'une geôle au fort Saint-Louis. Tout officier qu'il était, il n'aurait bénéficié d'aucun régime de faveur car on savait ici quels mauvais traitements Hitler faisait subir aux nôtres en dépit des règlements internationaux. Il observa son curieux monocle et se dit que seul un Européen pouvait s'affubler d'un appareil aussi ridiculement prétentieux. Il avait tout de suite accepté, quand Salin du Bercy lui avait demandé d'héberger ce von Teuerschmitt pour quelques jours, d'abord parce qu'il n'était pas en position de refuser quoi que ce soit au patriarche de la caste, ensuite parce que la curiosité le démangeait, lui qui n'était jamais allé en Europe. Comme tous les Martiniquais, il brûlait de voir un Allemand de près pour savoir ce qu'ils avaient de si terrible. En fait, ils n'étaient guère différents des métropolitains, hormis que leur langue vous écorchait les oreilles. Il se demandait comment sa fille pouvait répéter les mots gutturaux que von Teuerschmitt lui apprenait par jeu des après-midi entiers dans le jardin, à l'ombre du tamarinier.

Avant le repas du soir, les de Maisonneuve avaient coutume de se retirer dans leurs appartements et la maison sombrait dans un calme total qui impressionnait Helmut. De la fenêtre de sa chambre, il regardait avec un effroi renouvelé la nuit tropicale remplacer le jour sans l'intervalle d'un crépuscule. D'étranges grillons se mettaient aussitôt à craqueter et des bandes de lucioles voletaient dans les gliricydias du jardin. Les servantes prenaient leur bain à grands seaux d'eau sur le seuil de leur baraque, impudiques et rieuses. C'est à ces moments-là qu'il ressentait avec le plus de force la nostalgie des soirées d'été en forêt dans sa Bavière et les lacs si calmes où évoluaient des couples de cygnes. Ici, en dépit de l'hospitalité de ces Blancs coloniaux, il avait le sentiment d'être sur une autre planète et surtout de ne plus jamais être en mesure de regagner un jour la sienne. Il avait tenté de se distraire avec des livres mais, bien qu'il parlât assez correctement le français, il répugnait à lire plus de trois pages dans cette langue. Sans cette maudite torpille qui avait fonctionné à l'envers, il serait encore à bord de son sous-marin à jouer aux échecs avec son vieil ami Dieter.

Comme un rituel immuable, la sonnette de sa chambre l'avertissait de descendre souper au salon. Il ne pouvait s'empêcher d'admirer ces gens qui, en dépit d'une cohabitation séculaire forcée avec les nègres, parvenaient à maintenir tout de même un semblant de civilisation. Il avait parfois le sentiment de les juger avec trop de dureté et en venait à douter des affirmations de *Mein Kampf* selon lesquelles les Français seraient déjà à moitié nègres. Les de Maisonneuve, tout au contraire, faisaient preuve d'une distinction supérieure à celle de bien des Allemands de pure souche, en particulier les ouvriers d'usine qui passaient leur temps à se saouler à la bière le samedi soir dans les cafés les plus infâmes. À son avis, le Führer aurait dû interdire cette boisson dont on avait abusivement fait le symbole de la joie de vivre allemande. Pour Helmut, ce n'était qu'un breuvage grossier à l'odeur écœurante, qui ne soutenait pas la comparaison avec ce rhum incolore et subtil dont il commençait à raffoler sans l'avouer à ses hôtes. Il brûlait de voir la canne dont on tirait cet alcool.

Quand Arielle comprit que l'invité-surprise de son mari n'était autre que le patriarche lui-même, elle se sentit gonflée de fierté car c'était sa première visite chez les de Maisonneuve. Le matin même, il avait laissé comprendre à Joseph qu'il passerait saluer l'Allemand. De Maisonneuve savait que chaque vendredi il rendait visite à l'une de ses amantes mulâtresses dont il avait cinq enfants au quartier Des Rochers, en amont du Plateau-Didier. Il y avait toutes les chances pour que Salin du Bercy lui fît l'insigne honneur de dîner à sa table.

« C'est vous l'Allemand ? demanda-t-il abruptement à von Teuerschmitt en le dévisageant de la tête aux pieds, il parle français au moins ?

– Très bien ! fit Arielle de Maisonneuve, vous verrez qu'il n'a rien d'une brute.

– Et toi, fifille, quand c'est qu'on te marie ? Joseph sa ou ka atann pou ba ti fi'w'la an nonm, fout ! (Dis donc Joseph, qu'est-ce que t'attends pour donner un mari à ta fille ?)

– Lanné kannèl (À la saint-glinglin), plaisanta le maître de maison.

– Ah non! Parlez français, que notre invité comprenne!» s'interposa Arielle. Puis, se tournant vers l'Allemand: «Excusez-les, chassez le naturel...»

Salin du Bercy rappelait à Helmut certains hobereaux bavarois, pour qui afficher une certaine grossièreté campagnarde était une marque de défiance envers l'évolution trop industrielle d'une société dont ils avaient cessé d'être le centre. Du Bercy avait gardé son casque colonial sur la tête et essuyait ses doigts pleins de graisse sur sa chemise en kaki. L'aristocrate créole était impardonnable. Il dirigeait une usine moderne, au matériel américain, qui produisait la moitié du sucre de la colonie et il avait voyagé pour affaires dans les trois Amériques. On murmurait qu'il possédait une ferme de vingt mille hectares (soit vingt fois la superficie de la Martinique) en Colombie où des peones sous-payés veillaient sur des milliers de têtes de bétail. Au début, il ne s'adressa pas directement à Helmut, se contentant de se renseigner sur lui par Arielle de Maisonneuve, chose qui la gêna, elle qui avait pu apprécier la finesse d'esprit de l'Allemand. En final de compte, du Bercy l'entreprit:

«Donc votre Hitler prétend que nous voulons bâtir un empire nègre en Europe et ainsi corrompre la belle race aryenne. Ce n'est pas très sérieux tout ça. Figurez-vous que j'ai voyagé aux États-Unis et au Brésil et que j'y ai vu des pays en pleine expansion malgré leurs millions de nègres, des pays qui domineront le monde demain. L'essentiel est que la race blanche gouverne les métèques et sache préserver sa pureté. Nous, ici, on ne se marie pas aux gens de couleur...

– J'en parlais tout à l'heure avec monsieur de Maisonneuve. Je crois qu'à long terme les métèques finissent toujours par se révolter et prendre le pouvoir. Vous-mêmes, n'avez-vous pas été contraints d'abolir l'esclavage ? »

Salin du Bercy sembla perdre un peu de sa belle assurance. Il avala plusieurs gombos d'affilée dans un grand bruit de succion puis se servit une rasade de rhum à assommer un mulet. Soudain, les lumières s'éteignirent et ils entendirent les servantes hurler dans la cour :

« Délestage ! Délestage ! »

Personne ne bougea avant que l'une d'elles apporte une lampe Coleman. Helmut recommença à souffrir de sa jambe et son visage se crispa. Arielle le crut fatigué et lui proposa d'aller dormir. Il prit congé des deux békés et, aidé de la femme, monta péniblement l'escalier en bois. La douceur de la peau de celle-ci réveilla en lui des sensations oubliées. Il murmura « Ulrike », le nom de sa fiancée qui devait souffrir le martyre de le savoir entre des mains ennemies. Sur le palier, Arielle lui sourit énigmatiquement. Le rejoindrait-elle comme elle l'avait fait depuis quatre nuits ? Il avait soif de leurs étreintes sans paroles, presque brutales, qui lui faisaient oublier sa maudite blessure. Chaque fois qu'il pensait à cette dernière, la même image sinistre défilait dans sa tête : le commandant qui avait ordonné un exercice de tir de routine, la torpille qu'il avait arrimée avec Dieter, puis la mise à feu et le brusque recul du projectile qui lui fouilla les chairs, la panique dans le submersible qui était désormais devenu une bombe à retardement. Il ne s'était pas évanoui et le souvenir de la douleur qui l'avait étreint le fit frissonner. En s'engouffrant avec délices dans les draps frais, il se demanda, sans se donner une réponse convaincante, si le commandant aurait fait surface et demandé que les Français l'hospitalisent s'il n'y avait pas eu en même temps la menace de la torpille à demi amorcée.

Quand les deux békés se retrouvèrent tout-à-faitement seuls, Salin du Bercy proposa à de Maisonneuve d'amener l'Allemand à engrosser Gervaise.

«Il nous faut effacer les quelques gouttes de sang noir qui courent dans nos veines, mon vieux. Rien de meilleur qu'une bonne dose de sang prussien! Hitler est peut-être fou ou mégalomane mais il a au moins raison sur un point: la race blanche doit se purifier si elle veut survivre. Hon! En parlant de ce cochon-là, savez-vous comment il a reçu Alexis Saint-Léger, un authentique béké guadeloupéen, par ailleurs poète émérite sous le nom de Saint-John Perse, qui a fait carrière dans la diplomatie? "On m'a dépêché un mulâtre!" a protesté Hitler!

– Vous voudriez que je fasse de Gervaise une fille-mère? s'inquiéta de Maisonneuve.

– Ah! Tout de suite les grands mots! Fille-mère, ça signifie quoi? C'est du langage de curés, ça. Vous savez, je ne me laisse pas impressionner par toutes les bondieuseries de l'Amiral. Moi, j'ai vingt-trois femmes-dehors et près d'une cinquantaine de petits mulâtres qui m'appellent papa, vous croyez que j'irai en enfer pour ça? Ha! ha! ha!… Allons, Joseph, je plaisantais pour Gervaise tout à l'heure. Ce que vous pouvez être naïf!»

Ce soir-là, de Maisonneuve resta longtemps à méditer dans son fumoir, après le départ de son hôte illustre. La plaisanterie de Salin du Bercy lui avait donné à réfléchir. Pourquoi pas, après tout? Il pourrait faire passer cette grossesse sur le compte de la fourberie allemande et puis, si jamais elle faisait un garçon, ça serait toujours un de Maisonneuve qui pourrait reprendre au moins l'habitation de Rivière-Salée. Et qui sait? Au cas où Hitler parviendrait à mettre le monde sous sa botte, ce gamin-là pourrait toujours se prévaloir de son ascendance germanique. De Maisonneuve termina la bouteille de rhum qui avait été entamée à table et s'écroula, ivre mort, sur un canapé. C'est ce soir-là qu'il devint père (et non grand-père) d'un métis créole-allemand, bien qu'il ne sût jamais la vérité. Dès que l'état de santé d'Helmut s'améliora, il tenta de le rapprocher de Gervaise en les emmenant visiter la fontaine Didier au milieu des fougères arborescentes si propices à l'émotion, et se baigner à la mer entre Saint-Pierre et Prêcheur, où il les abandonnait des heures durant sous le fallacieux prétexte d'encaisser une dette de jeu au Morne-Rouge, mais rien n'y fit. Le Germain, comme il le surnommait, boudait sa fille. Il finit par oublier ses préoccupations inséminatrices lorsqu'il dut fermer le Garage Américain, faute de pièces de rechange. D'ailleurs, l'essence faisait si cruellement défaut qu'elle était réservée aux militaires et aux médecins. Les particuliers avaient recommencé à circuler à cheval. Il décida de s'installer seul à Rivière-Salée pour surveiller de près la récolte de la canne car des nègres gaullistes s'amusaient maintenant à incendier les champs pour mettre en difficulté les autorités légales de la colonie.

Couvé par Arielle de Maisonneuve, le sous-marinier allemand se remit rapidement et pointa le nez dehors, un chapeau-bakoua enfoncé jusqu'aux oreilles, afin que son extrême blondeur n'attirât par l'attention. Il descendait la Ravine Didier en compagnie de Gervaise qui lui enseignait les fruits du pays. La pomme-cannelle lui semblait un fruit béni des dieux. Il avait peine à croire que l'univers était en proie à l'une des guerres les plus féroces qu'il ait jamais connues à en croire Radio

Martinique. Il avait peu à peu perdu le sens des distances et imaginait Kiev aux portes de Berlin. Les reparties idiotes de la jeune pucelle contribuaient à brouiller davantage encore sa perception des choses. Il éprouvait un bien-être curieux à se laisser aller à l'indifférence et au détachement, sans la moindre prétention philosophique. Seule lui manquait la musique de Berlioz, et ses déchaînements soudains. La nuit, il faisait l'amour avec fougue à la maîtresse de maison dont il confondait parfois les rondeurs avec celles de la jeune servante Noëllise. L'image de celle-ci le hantait, véritable tentation satanique qu'il s'efforçait de repousser avec un héroïsme admirable.

Joseph de Maisonneuve retourna au bercail lorsque sa distillerie se mit à fumer. La fin de la récolte de la canne coïncidait avec l'ouverture de la saison des bals et des soirées théâtrales du monde béké, et il tenait à exhiber von Teuerschmitt chez Salin du Bercy. L'Allemand était devenu sa chose. Il en parlait d'ailleurs en disant «mon Germain» comme il aurait dit «mon doberman». L'essentiel pour lui était qu'il se rendît intéressant aux yeux de ses pairs. Von Teuerschmitt n'était pas dupe de son manège mais lui accordait de bonne grâce ce qu'il considérait comme une compensation à l'utilisation forcenée qu'il faisait de son épouse. Il voulut mettre son uniforme d'officier allemand pour se rendre à la réception du patriarche, un peu par provocation envers la bêtise békée, un peu pour faire plaisir à Arielle qui adorait le faire parader ainsi dans la chambre conjugale avant l'amour. Joseph faillit accepter, étant d'un naturel facétieux mais, à l'ultime minute, il recula, craignant les foudres de Salin du Bercy, connu pour détester les surprises. Il lui prêta un costume en lin blanc, trop étroit, qui lui donnait l'air d'un épouvantail à merles. Arielle et lui prirent le parti d'en rire derrière le dos du cocu. Gervaise détesta sa mère à compter de ce soir-là et s'enferma pour le restant de sa vie dans un mutisme rageur, qui lui interdit de dénicher le moindre amant. À cause de cette sale guerre et de ce sacré maquereau d'Allemand, elle demeura vieille fille.

« Hitler a des difficultés en Dalmatie, mon cher Helmut, jubilait Joseph de Maisonneuve en conduisant sa Dodge sans tenir compte des nids-de-poule.

– Cesse de l'importuner ! Il est loin de tout, de sa famille, de son pays… protesta Arielle.

– Ah voilà une vaillante défenseuse de la race aryenne ! Ha ! ha ! ha ! Elle oublie que la moitié de notre doulce France est occupée par vos troupes. »

L'Allemand refusa de prendre part à ce qu'il considéra comme une querelle de ménage. Il s'employait à préserver sa jambe droite des soubresauts du véhicule. Le terrible déroulé de son accident affluait à sa mémoire. La ville de Fort-de-France lui sembla un affreux assemblage de cahutes peuplées d'ombres furtives. Il ne comprenait pas le risible couvre-feu que les Français imposaient à la population, lui qui savait, comme eux-mêmes, que la mission des submersibles allemands ne consistait qu'à espionner les déplacements des navires de guerre américains. L'accostage de son sous-marin avait été le fruit d'un malheureux hasard. La chevelure d'Arielle qui flottait dans le vent lui caressa les mains et il se demanda s'il l'aimait ou s'il n'avait fait que céder à des instincts bestiaux. Il remarqua le regard haineux de Gervaise, qui s'était recroquevillée sur le siège arrière où ils se trouvaient tous les deux, comme si elle avait peur qu'il l'effleurât. Il se prit à la comparer à Noëllise et fut forcé d'admettre qu'on pouvait parfaitement présenter tous les signes extérieurs de l'aryanité et ne pas arriver à la cheville d'une négresse. Ce paradoxe l'agaça en profondeur. La demeure d'Henri Salin du Bercy méritait tout-à-faitement l'appellation de château. Ce furent les vérandas sur trois étages qui impressionnèrent le plus von Teuerschmitt. Des couples y dansaient avec grâce, les hommes étaient gantés de blanc tandis que les femmes arboraient des rubans de crinoline dans les cheveux. Joseph de Maisonneuve se tailla un immense succès avec son Germain. Chacun voulait le toucher, lui faire dire deux ou trois phrases d'allemand et le sous-marinier eut la désagréable impression d'être un objet de foire. Un montreur d'ours, voilà ce qu'il était au cours de cette soirée, ce Joseph ! La colère de l'Allemand ne s'apaisa que quand madame Salin du Bercy battit des mains pour annoncer le début de la représentation théâtrale, attendue par les enfants qui couraient en tous sens dans les jardins. La plupart des planteurs étaient déjà chargés de tafia comme des mulets bâtés et parlaient d'une voix pâteuse. Une nuée de serveurs noirs déambulaient entre les petits groupes d'invités, plateaux en main, attentifs à satisfaire le moindre désir de pâté chaud, de boudin créole, de rhum ou de sorbets au coco. Noëllise qui était venue en renfort lui présenta un plat de beignets à la banane en le caressant du regard. L'Allemand en fut troublé et chercha Arielle qui papotait en créole avec des cousines à son mari. Elle l'avait oublié, occupée qu'elle était à échanger les derniers racontars qui faisaient les délices du petit monde béké.

« Allons, mesdames, la pièce va commencer, faisait la femme du patriarche, que chacun prenne place. Monsieur l'Allemand, je vous en prie, cherchez la chaise qui vous a été réservée, elle porte votre nom. Allons-allons, que tout le monde se dépêche ! »

Deux serveurs avaient débarrassé les tables et les buffets en bois ouvragé de la vaste pièce centrale et avaient suspendu à une poutre un drap rouge en guise de rideau. Femmes et enfants occupèrent les places assises, les hommes restant debout dans le fond, un gros cigare au bec. Helmut fut le seul mâle à avoir l'insigne honneur d'un siège, chose qui ne contribua guère à améliorer son humeur car il était conscient qu'en agissant ainsi ses hôtes voulaient égratigner sa virilité. Ou alors prendre une sourde revanche contre celui dont l'armée avait si méchamment humilié leur pays. Helmut se résigna à regarder ce qu'il supposait être une représentation du *Malade imaginaire* ou de *L'Avare*, que montaient chaque année les étudiants de français de l'université de Cologne et à laquelle ses parents se faisaient un devoir d'assister pour se montrer au sein de la bourgeoisie. Son étonnement fut à son comble quand la fille aînée d'Henri Salin du Bercy annonça à l'assemblée, en faisant une révérence digne des meilleures cours européennes :

« Vous allez assister tout d'abord au chef-d'œuvre de M. Jean de Lagarrigue de Survilliers, maire de Fort-de-France, intitulé *Le Caraïbe amoureux*. Puis, nous vous présenterons l'acte I du *Devin du village* de Jean-Jacques Rousseau, traduit en créole par mon père. »

Une salve d'applaudissements ponctua ses propos et aussitôt les lumières s'éteignirent, sauf aux cuisines où les serviteurs noirs s'affairaient encore. Trois coups furent frappés et la toile rouge fut enroulée sur elle-même par une ravissante fillette. Une sorte de hutte en feuilles de cocotier sèches et trois énormes paniers tressés prétendaient figurer un village caraïbe où un chef, couché dans un hamac, regardait travailler ses quatre femmes. Les acteurs avaient été teints avec une poudre rougeâtre du plus bel effet. L'intrigue se révéla d'une ennuyeuse platitude : la tribu avait capturé une femme blanche que se disputaient le chef et son fils, avec des vociférations incompréhensibles censées mimer le langage de ladite peuplade. Des éclats de rires gras secouaient les spectateurs au sein desquels seuls les enfants paraissaient attentifs. Helmut remarqua qu'Arielle n'avait cessé de chuchoter à l'oreille d'une rousse svelte et arrogante qui gloussait de temps en temps. Les hommes discutaient de la récolte de la canne dont le tonnage n'atteindrait pas la production de sucre de l'an passé. Le patriarche disait à un petit groupe :

« Non seulement on ne trouve plus de coupeurs et la canne pourrit sur pied à Beauchette mais en plus, des bandits trouvent le moyen de foutre le feu aux pièces de canne isolées !

– Les nègres sont devenus difficiles à tenir ces jours-ci, fit un vieux planteur d'une voix fataliste.

– Difficiles ? Je ne connais pas ce mot-là, fit Salin du Bercy. Ça n'a que trop duré ! Il faut que nous fassions notre propre police sinon on va finir par se retrouver les fesses à l'air.

– Silence là, messieurs, derrière ! » lança son épouse depuis le premier rang de chaises.

Un vieux nègre pointa le bout du nez à la porte principale, un petit cochon de lait embroché à la main. La maîtresse de maison le chassa avec rudesse et ferma la porte à clef. Sur scène, deux esclaves nègres venaient d'apparaître, chaînes aux pieds, capturés eux aussi par les féroces Caraïbes. Un énorme éclat de rire secoua l'assistance à leur apparition. L'un des acteurs, peint à la suie de charbon de bois, n'était autre que Joseph de Maisonneuve, l'autre un jeune homme inconnu d'Helmut. Ce dernier se sentit incapable d'assister à de telles niaiseries et fila sur la véranda. Là, un étrange spectacle s'offrit à ses yeux : tous les serveurs noirs ainsi que les cuisinières et les chauffeurs s'étaient massés dans l'obscurité à un angle de la maison où le bois devait présenter quelque fente et assistaient à la pièce d'une façon passionnée. Un sentiment de pitié qu'il s'efforça en vain de refouler envahit l'Allemand. Aurait-il oublié les valeurs du Reich, dans cette île perdue ? Il mit son monocle et aperçut Noëllise adossée à un arbre, toute seule, au fond du parc. Il descendit avec circonspection la volée de marches en marbre qui ornait l'entrée de l'immense villa coloniale des du Bercy et partit à la rencontre de la jeune servante. Des lucioles virevoltaient dans les feuillages des mandariniers, qu'elles animaient d'une clarté irréelle. Helmut tenta d'en happer une en plein vol et ne réussit qu'à réveiller sa douleur à la cuisse. Sa maladresse provoqua un faible sourire chez Noëllise, surprise et terrorisée à la fois. Pour se donner contenance, elle allongea le bras devant elle et, à la grande stupéfaction de l'Allemand, une, puis deux, puis trois lucioles vinrent s'y poser.

« Vous pouvez la toucher, elle ne brûle pas, dit Noëllise en lui tendant l'un des insectes.

– Danke schön, mein Schätzchen... (Merci beaucoup, mon trésor.)

– Sa ou ka di a ? » (Que dites-vous ?) demanda la jeune fille.

Ils se regardèrent droit dans les yeux et finirent par pouffer de rire. Applaudissements et exclamations emplissaient la villa sans discontinuer. Un attrait irrésistible le poussait vers la servante et il en eut la gorge sèche. Il sentit son souffle chaud sur son cou et succomba à la douceur de ses lèvres. À sa grande surprise, Noëllise ne savait pas embrasser sur la bouche : pour les nègres, il s'agissait d'une pratique loufoque et dénuée de sensualité, dont ils se gaussaient quand ils la voyaient au cinéma. Ils se caressèrent une éternité de temps sans le moindre murmure, le visage d'Helmut se frottant avec avidité contre les seins de Noëllise. Soudain toutes les lumières se firent et, comprenant que la seconde pièce de théâtre devait être achevée, elle se dégagea et courut à toutes jambes vers les cuisines.

« Helmut ! Helmut, où êtes-vous, mon cher ? » fit une voix féminine un peu agacée.

Sans répondre, l'enseigne de vaisseau regagna la villa, l'esprit songeur. Les minauderies qu'Arielle fit à son intention le laissèrent froid. Il avait hâte de s'éloigner pour examiner son trouble à tête reposée. Les deux heures qui suivirent lui furent un véritable cauchemar, les au revoir békés étant interminables. Le retour lui fut également pénible car il dut remplacer Joseph de Maisonneuve au volant, malgré sa jambe blessée. Le béké ne cessait de vomir le rhum qu'il avait ingurgité tout au long de la soirée. Il lui fallut même le porter jusqu'à son lit avec l'aide d'Arielle, qui en avait l'habitude, et celle du vieux jardinier. En refermant la porte de la chambre conjugale, celle-ci le toisa avec toute la violence qu'elle put :

« Je ne vous rejoindrai pas ce soir, monsieur. Je dormirai avec ma fille. Vous puez la négresse ! Bonsoir. »

11

MÉMOIRES DE CÉANS ET D'AILLEURS

Pleure pas, p'tit nègre, le froid n'est pas si terrible que ça ! Et puis, le jardin des Tuileries est si émouvant au milieu de l'hiver avec ses nuées de gosses qui se battent à coups de boules de neige. On aurait juré que le temps est devenu immobile. Tu te plonges comme un affamé dans les souffrances de Werther dont tu n'as jamais fait l'expérience et elles te semblent étrangement délicieuses. Se peut-il que le mal d'amour soit masochiste ?

Dans ta chambrette de la rue Rateau, au quartier Latin, Colette attend ton retour, guettant une étincelle dans ton regard, implorant un signe de connivence, quelque chose, n'importe quoi. Elle fait des efforts, Colette, elle a même lu les poèmes d'Osman Duquesnay et de Daniel Thaly que toi, tu abhorres à cause de leur fixation sur les cocotiers et les colibris et c'est elle qui ouvre *la Dépêche* à laquelle ton cher père t'a abonné. Elle connaît par cœur le nom de toutes les communes de ton île, et parle de Fort-de-France comme si elle s'était toujours promenée sur la place de La Savane. En entendant tes pas dans l'escalier, elle accourra sur le palier et te dira d'une voix rauque :

«Alors?

– Rien… non, rien», lâcheras-tu piteusement.

Tu avaleras en silence la côte de porc et les frites qu'elle t'aura préparées avec amour, esquissant de temps à autre un sourire «à dix francs» comme on dit au pays. Puis, tu te mettras à lui commenter le dernier cours d'Alain quoiqu'elle n'y comprenne goutte. Une seule fois, elle t'a fait remarquer d'un air distrait:

«Ton soi-disant philosophe, il raconte des trucs tellement banals des fois!»

Tu t'es fâché tout net, non point à cause de l'insulte faite à ton maître à penser mais plutôt parce que son accent faubourien avait le don de te hérisser quand elle s'appliquait à le prendre. Dans ces cas-là, tu avais envie de la foutre carrément à la porte et de lui gueuler: «Casse-toi dans ton bled de Montreuil, espèce de conne!», mais elle savait se lover contre toi et vous faisiez l'amour jusqu'au jour suivant, toi, t'étonnant qu'elle puisse se lever régulièrement et aller, comme si de rien n'était, remplir le chauffage de charbon. Il existait bien une distance entre vous, qui n'était fondée sur rien de très sérieux, hormis une série de petits faits quotidiens comme celui-là.

«C'est notre rapport aux choses qui n'est pas pareil», songes-tu dans le noir alors que ton visage se perd dans la touffeur châtaine de ses cheveux et que sa chair blanche se soude à la tienne. Mais le rapport aux choses, qu'est-ce que cela veut dire, hein? Ne masques-tu pas ta sécheresse de cœur de petit-bourgeois colonial derrière de fallacieux arguments? Ou alors, comme le suggère Diouba, ton camarade de fac soudanais, tout cela se résume à une différence de classe sociale. Sa blonde à lui vient de l'aristocratie orléanaise, et les week-ends, il est reçu comme un prince nègre par la famille de Marjorie, dont le père a été ambassadeur en Amérique du Sud et aux Philippines. D'ailleurs, la seule fois où tu as accepté d'y aller en compagnie de Colette, une gêne sournoise s'est installée dès le déjeuner à cause de cette dernière qui n'a pas compris qu'elle horrifiait la mère de Marjorie avec ses histoires de clients toujours prêts à lui mettre la main au panier. Elle s'est même, en vraie professionnelle, permis de critiquer le velouté de canard aux herbes de Provence, ce qui a provoqué une catastrophe. La mère de Marjorie a même quitté le déjeuner, prétextant une improbable migraine. Colette a proposé de lui faire avaler un bon coup d'absinthe en guise de calmant.

Point d'apitoiements ! La nuit est ma patrie car tous les nègres y sont gris et je hante le théâtre des Champs-Élysées pour m'abreuver de Mme Joséphine Baker, svelte autruche rose, dont la *Revue nègre* est un triomphe permanent. Au début, cette débauche de fanfreluches multicolores, ces plumes gigantesques qui balayaient la scène au rythme, étrange pour moi, du jazz m'ont laissé perplexe. La mine de mangouste égarée de la danseuse étoile et le dessin exagéré de ses cils m'arrachaient des petits rires brusques tandis qu'autour de moi, les Blancs quinquagénaires étaient congestionnés sur leurs sièges. Petit à petit, je me suis laissé envoûter par l'ondoiement de cette liane égarée au milieu du béton de la ville lumière. Je revenais tous les soirs, m'asseyant à la même place et retrouvant les mêmes voisins avec lesquels je finis par sympathiser. Giuseppe, un Italien qui traficotait dans les cigarettes américaines, arrivait à chaque représentation avec un énorme bouquet de dahlias qu'il lançait sur scène lorsqu'il n'en pouvait plus. Une fois, il me fit voir un billet doux qu'il avait glissé – «Le même depuis cinq ans!» précisa-t-il –, attaché avec une fine cordelette dorée:

«Miss Joséphine, depuis que vous dansez votre âme, je crois à nouveau en Dieu. Continuez à nous secouer de votre grande folie apaisante.»

Croyant avoir plus de chance que Giuseppe à cause de mon origine, je me suis présenté d'autorité à la loge de la chanteuse, bousculant deux cerbères qui ne voulaient pas me reconnaître en Harry Baker, frère cadet de madame Joséphine. Deux petits coups secs sur sa porte et une voix aiguë, fort différente de celle qui enchantait le public, s'écria dans un anglo-américain sentant le Sud profond:

«Let me alone, shit! I don't wanna speak to anybody tonight. Is that clear?» (Qu'on me fiche la paix! Je ne veux parler à personne ce soir. C'est compris?)

J'ai entrebâillé la porte. Miss Baker se démaquillait devant un impressionnant miroir ovale qui renvoyait la splendeur de son corps à demi déshabillé.

«Please! I'm tired… (S'il vous plaît! Je suis fatiguée…)

– Je viens de la Martinique», fis-je simplement.

La chanteuse se retourna, me dévisageant avec circonspection. Elle semblait ne pas avoir compris ma phrase, que je me crus obligé de répéter dans mon mauvais anglais. Elle tenait un peigne en écaille de tortue et seule sa lèvre supérieure était délivrée du fard vermillon qui ajoutait tant à sa sensualité naturelle.

«Mar-ti-ni-que… Martinique… marmonnait-elle rêveusement.

– Yes, Martinique. A small French island of the Caribbean (Oui, la Martinique. Une petite île française des Caraïbes).

– Oh ! Martinique, the land of Josephine Bonaparte, my God ! » (Oh ! La Martinique, le pays de Joséphine Bonaparte, mon Dieu !)

Je n'avais pas prévu que mon idole noire-américaine assimilerait son destin à celui de son illustre homonyme du siècle dernier. Pire, l'épouse du Premier Consul représentait tout son savoir sur mon île et elle eut du mal à comprendre qu'il n'y avait pas de notable différence entre les grands fermiers blancs du Mississippi dont elle était issue et la caste békée qui avait sécrété la Bonaparte.

« Vous savez, chez nous, elle n'a pas bonne presse. On prétend que c'est elle qui aurait poussé Napoléon à rétablir l'esclavage que la Révolution française avait aboli.

– What !… pas croyable… » répétait Baker avec son inimitable accent qui, je le constatais maintenant, devait déclencher des frissons chez ses adulateurs européens.

Parce que je venais de briser l'un de ses rêves les plus chers, elle m'offrit un abonnement annuel à sa revue nègre et tint à ce que je l'entretienne de mon pays au moins une fois par semaine. Elle m'avait présenté à son imprésario français, visiblement jaloux, comme un maître danseur venu d'Haïti avec lequel elle apprenait de nouveaux pas. Nous nous promenions parfois au quartier Latin mais elle préférait cent fois les alentours de la place Blanche.

« Ici, je me sens chez moi, tu comprends. Je ne suis pas une intellectuelle, moi ! Tout juste une danseuse de cabaret qui remue le derrière avec une plume de paon. La vie c'est de la merde, hein ?

– Mais, madame, vous êtes la reine de Paris !

– Je ne connais pas Paris, je ne connais nulle part… je ne suis chez moi que sur les planches, trois heures par jour. »

Je finis par comprendre que ses éclats de rire n'étaient que de pathétiques signaux de détresse. Sa chair brune semblait se friper soudain et ses traits vieillissaient de vingt ans. Elle me refusa tout net le droit de partager sa couche alors qu'elle se montrait assez généreuse avec nombre de ses admirateurs. Son secret ne manqua pas de lui échapper: Baker était bréhaigne. Comme la mer de Grand-Anse. Comme Annaïse, la fianceuse du diable. À Saint-Louis du Missouri, toutes ses amies de treize ans enfantaient pour des contremaîtres blancs, pour de vieux nègres vicieux qui les soudoyaient avec quelques cents rouillés ou pour quelqu'un de la famille, père ou cousin dans le meilleur des cas. Seule Joséphine demeurait le ventre inconsidérément plat. Sa mère finit par la mettre à la porte parce qu'elle rechignait à garder la progéniture de ses sœurs, tandis que ces dernières partaient faire la tournée des bals du samedi soir à travers tout le comté. Elle voyait un marabout algérien de Belleville qui lui avait assuré que l'esprit d'une personne décédée de sa famille la pourchassait d'une féroce vengeance. Elle portait, accrochés à son corset, trois talismans en peau de chameau ornés de caractères arabes, et récitait au coucher du soleil des prières étranges. Elle ne se séparait pourtant pas de sa bible en anglais où elle se plongeait entre deux verres de champagne. Quand elle était tout à fait ivre, elle se mettait à psalmodier des *spirituals* déchirants en s'agrippant à mon bras. Toutefois, une demi-heure avant sa revue, elle avait retrouvé tous ses esprits et engueulait ses danseuses avec une virulence qui faisait résonner les couloirs des loges. Elle en voulait particulièrement à une nommée Sabrina d'origine suédoise, parce qu'elle était la dernière à enfiler son fourreau transparent. Joséphine lui claquait les fesses en hurlant:

«Où as-tu mis ton derrière, toi? À la banque? Tu t'imagines que les mecs payent pour voir des planches à repasser?»

La jeune fille fondait en larmes, se roulait par terre, s'arrachait les cheveux jusqu'à ce que Joséphine la relève et la caresse maternellement. Elle se suçait le pouce, la tête engoncée dans le creux des seins de sa protectrice, sans que personne, machinistes, couturières, maquilleuses ou femmes de service, s'intéresse le moins du monde à ce spectacle désopilant. J'avais pris l'habitude de suivre la revue en coulisse, jouissant à la fois du ballet des longues jambes affolantes de Joséphine et des faciès fascinés aux premiers rangs des spectateurs. J'appris à connaître le vrai visage de la détresse quand elle revenait se changer derrière le rideau, son sourire se dissipant dès qu'elle se savait à l'abri des regards. Elle ignorait ma présence et se dénudait avec une grâce qui aurait ensorcelé un agonisant. Une fois revenue sous les sunlights, elle arborait à nouveau une mine radieuse.

Je mène une double vie, hantant de jour le bistrot où Colette s'escrime à servir soiffards et routiers tandis que la nuit, je suis voué à l'admiration béate de Joséphine dans sa *Revue nègre*. Colette, bonne fille comme à l'ordinaire, ne souffle mot bien qu'elle ait tout compris le jour où, nettoyant un de mes vestons, elle y a découvert une dizaine de billets d'entrée du théâtre des Champs-Élysées. Je me suis mis à déserter les amphithéâtres de la Sorbonne. Les professeurs me donnent l'impression de très vieux singes en cage qui mendient du regard une cacahuète ou un sourire d'approbation. Je me suis même endormi à un cours sur «le génie du christianisme», la prose grandiloquente de Chateaubriand m'ayant emporté

253

dans les limbes. Diouba me prête ses notes que je recopie sur un coin de table, après le déjeuner, mais je m'ennuie dès la deuxième page. En réalité, tout m'ennuie et je crois que je m'ennuie de moi-même. Mon père m'écrit tous les deux jours, si bien que je reçois des paquets de lettres, et j'en extrais une au hasard que je lis en diagonale. Les autres s'entassent sur un rayon de ma petite bibliothèque, sagement rangées par Colette et dérisoires dans leur silence. Ainsi je n'ai appris la congestion qui a frappé ma mère que six mois plus tard. J'ai alors saisi le monticule de lettres et je les ai ouvertes les unes après les autres en les dévorant sans en sauter une ligne. J'ai découvert que mon père n'était pas aussi gâteux que je l'imaginais. Il avait la cohérence et l'obstination des bourgeois mulâtres martiniquais qui conçoivent chaque nouvelle génération comme une avancée sur la route de la Civilisation : c'est-à-dire, dans sa tête, de la blancheur. Je suis sûr qu'il aurait accepté Colette à bras ouverts, toute prolétaire qu'elle fût, et je l'imagine discutant sans difficulté avec son père, eût-il *L'Humanité* sous le bras et un ballon de gros rouge à portée de main. «Éclaircir la race», tel est le leitmotiv de sa génération.

On en rit beaucoup au salon littéraire de Paulette Nardal, célèbre professeur de musique qui tient à la fois de la prêtresse yorouba et de la douairière berrichonne. Elle règne, par le biais d'une revue littéraire intitulée *Revue du monde noir*, sur un extraordinaire aréopage de poètes noirs américains, de médecins ou d'anthropologues haïtiens et de gens de lettres martiniquais. J'y fus introduit par Jean-Price Mars, qui m'avait ému par son sublime *Ainsi parla l'oncle* qui devait se révéler, deux décennies plus tard, comme l'ancêtre idéologique du mouvement de la négritude. Chez Nardal se causait un ravissant mélange de créole authentique et de français raffiné égayé par les fines bouteilles de clairin haïtien que le docteur Sajous, codirecteur de la revue, se procurait clandestinement auprès d'un marin de Fécamp, naviguant sur la ligne Le Havre-Port-au-Prince-Miami, à qui il avait jadis sauvé la vie. Claude MacKay nous lisait avec sa belle voix grave de la Jamaïque des poèmes d'une déchirante concision, égrenés comme les plaintes des ramasseurs de coton en Alabama. Il aurait été indécent d'applaudir et divers individus qui avaient manqué à cette règle tacite s'étaient retrouvés exclus du jour au lendemain de ce salon minuscule où soufflait l'esprit nègre. Quand le poète négro-américain était saoul, il cachait sa nostalgie d'émigré en chantonnant *I love France*, une mélodie de sa composition.

Malheur pour moi, je ne fréquentai ce petit monde qu'en 1934, année où il allait se dissoudre dans les méandres de l'existence. Mon idée première a été d'organiser une rencontre entre Joséphine Baker et Paulette Nardal, incontestablement les deux premières dames noires de Paris, l'une célèbre et adulée, l'autre dans l'ombre et connue d'une poignée d'initiés. L'intellectuelle avait souri à ma proposition :

« Baker ? La brunette qui se déguise en oiseau et se trémousse comme…

– Stop that shit, man !… She's nobody ! Do you hear me, that chick is nobody ! » (Laisse tomber ces conneries, mon vieux !… elle n'est personne ! Tu m'entends, cette gonzesse n'est personne !) l'interrompit Claude MacKay en me tenant le bras à la manière fébrile des Noirs américains.

Puis, il se mit à l'imiter de façon grotesque au milieu du salon, manquant de renverser la table basse où clairin et whisky rivalisaient de scintillements, pour finir par s'écrouler dans les pieds d'Étienne Léro, un brillant poète martiniquais, devenu célèbre pour avoir participé à une revue-brûlot baptisée *Légitime défense*. Nous nous étions vite liés d'amitié sans que je consente à fréquenter le reste de son cercle. Mon maître Alain m'avait communiqué une défiance instinctive envers le marxisme et les débordements surréalistes. Léro, nœud papillon et montre à gousset, beau nègre bon teint, a coutume de jeter des phrases sarcastiques en marchant trop vite, semblable dans la précision à un chirurgien maniant le scalpel. En deux temps trois mouvements, il met en pièces le conformisme de mes goûts littéraires. Ni Leconte de l'Isle ni Hérédia ni Daniel Thaly ne trouvent grâce à ses yeux et Alain, quant à lui, il l'affuble du titre de «grand maître en pantalonnades». Le texte le plus féroce de Léro, *Misère d'une poésie*, a commotionné le milieu étudiant antillais de Paris. La plupart de nos condisciples fuient ce pourfendeur de la petite-bourgeoisie de couleur et le décrivent soit comme un vulgaire cabotin soit comme un demi-fou. D'autres, plus rares, récitent par provocation ses textes sanguinolents. Léro me les lit parfois, certains soirs où il fait bon se retirer sous le pont de l'Alma malgré les braillements des clochards. Sa voix de ténor léger résonne encore à mes oreilles, voix que la mort a sarclée à trente ans:

«Il est inexact de parler d'une poésie antillaise. Le gros de la population des Antilles ne lit pas, n'écrit pas et ne parle pas le français. Quelques membres d'une société mulâtre, intellectuellement et physiquement abâtardie, littérairement nourrie de décadence blanche se sont faits, auprès de la bourgeoisie française qui les utilise, les ambassadeurs d'une masse qu'ils étouffent et, de plus, renient, parce que trop foncée... on est poète aux Antilles comme l'on est bedeau ou fossoyeur, en ayant une "situation" à côté. Tel médecin, tel professeur, tel avocat, tel président de la République, se fait une petite notoriété parmi la bourgeoisie mulâtre en lui servant son visage et ses goûts en vers alexandrins. »

Colette ne me reconnaît plus depuis que je fréquente avec assiduité Étienne Léro. Elle devine que je lui échappe et redouble d'efforts pour combler le vide qui s'élargit au mitan de nos vies. Elle tente de contrebalancer mes fréquentations dandies en m'emmenant à de flamboyants meetings de la CGT où, pour la première fois, je compris ce qui a un jour fait la grandeur de la France : non pas les Rois Soleils ou les Robespierre, ni même les Hugo, mais le peuple des travailleurs en salopette. Nous attendrons parfois des heures, dans la salle mal chauffée de la Mutualité hérissée de drapeaux rouges, que Léon Blum monte à la tribune, partageant nos casse-croûte avec les zingueurs, les maçons, les mécanos et les vendeuses de grands magasins. Nous nous asseyons toujours au cinquième rang où Colette sait trouver Gervais, un apprenti pâtissier, qui lui voue une passion d'amoureux transi. Le jeune homme ne montre aucune hostilité à mon égard, mais il s'étonne de mon parler châtié et de mes mains aux ongles propres. L'assurance et le sens de l'avenir de Colette ne cessent de m'impressionner.

« C'est avec lui que je me marierai un jour », m'explique-t-elle à chaque fois.

Dans sa voix, nul défi ni provocation. Simplement une certitude sereine, définitive. C'est pourquoi en 1936, quand les sans-culottes parvinrent à prendre le pouvoir, je devins entiché de sa personne. Je fais la gueule à Gervais, je peste contre les odeurs des corps mal lavés que nous côtoyons, je feins d'être absorbé par la lecture de *Jacques le Fataliste* en pleine réunion syndicale. Bref, je nage dans la puérilité. La nuit, je me réveille et j'écris des poèmes chargés de flamme, que je déchire au matin d'un geste colérique. Désormais la grisaille parisienne me paraît presque belle. Je redoute l'apparition des maigres rayons de soleil qui trouent l'automne comme s'ils pouvaient troubler le cours de notre union. Au quartier Latin, je rase les murs et fuis les étudiants martiniquais qui me croient perdu dans la débauche. Certains prétendent que je joue aux cartes la bourse que m'a accordée le conseil général de la Martinique et que, fauché, je fais au petit jour les poubelles afin de trouver quelques pommes avariées ou un croûton de pain. Je n'accomplis pour ma part aucun effort pour démentir ces ragots et ne réponds plus aux missives alarmistes de ma famille. Mon père a même dû menacer par télégramme de me rapatrier pour que je prenne sur moi de lui griffonner quelques lignes d'apaisement. Je ne ressens plus rien de commun avec l'île qui me semble flotter, irréelle quoique encore attirante. Je me suis détaché sans m'en rendre compte de son rythme, redoutant même, à interroger les mauvais rêves qui interrompent mon sommeil, de la voir apparaître soudain tel un zombi à l'angle du Faubourg-du-Temple ou derrière la fontaine Saint-Michel. Quand on m'adresse la parole, j'affecte un léger accent sud-américain, qui fait pouffer de rire Colette, laquelle ne comprend plus où je veux en venir. C'est d'ailleurs elle qui d'autorité s'est chargée de répondre à mes parents en leur expliquant que j'étais débordé de travail à cause de l'approche de mes examens de licence. Un jour où j'allais poster une de ses lettres, j'ai été arrêté, au moment de la glisser dans la boîte, par son poids inhabituel. Je l'ai ouverte et y ai découvert une photo d'elle la montrant sous un angle avantageux dans un champ de bleuets, vêtue d'une robe moulante, blanche à pois noirs. Au dos de la photo, elle avait inscrit de son écriture malhabile : « À l'attention de monsieur et madame Mauville, Colette reconnaissante. » J'ai longtemps erré sur les Grands Boulevards avant de prendre la décision de déchirer et la photo et la lettre. La traditionnelle lucidité de ma très chère était en train de vaciller. Sans doute était-elle victime de l'euphorie qui gagnait le peuple des banlieues à l'annonce de la débandade des gros capitalistes. Son père ne se rendait plus au travail depuis un mois, persuadé qu'on instituerait des unités de production gérées par les ouvriers eux-mêmes. Il me forçait à lui donner des leçons d'arithmétique et de français afin de faire face aux nouvelles responsabilités qui lui incomberaient sous peu. J'étais le seul à percevoir l'insolite d'une situation où le nègre colonial enseignait à un métropolitain de pure souche les subtilités de sa propre langue. Ni Colette ni sa mère ni ses frères ne s'en étaient formalisés. Pour eux, nègre ou pas, j'étais un intellectuel, un point c'est tout. Et puisque j'avais choisi de fréquenter une prolétaire, cela signifiait que j'avais pris fait et cause pour les damnés de la terre et qu'en conséquence, je devais me mettre à leur service sans plus tarder. Je passai les années 36 et 37 dans une inoubliable atmosphère de camaraderie prolétarienne lorsqu'à la fin de la seconde année, Colette m'annonce qu'elle allait épouser son pâtissier. N'ayant jamais envisagé qu'elle prendrait l'initiative d'une rupture, je suis demeuré une semaine groggy, assis à la terrasse d'un café pouilleux du douzième arrondissement à siroter pastis sur pastis jusqu'à l'écœurement. Diouba qui a retrouvé ma trace, j'ignore de quelle façon, vient à mon secours. Il m'oblige à quitter quelque temps l'appartement où je vivais avec Colette et me loge chez un de ses compatriotes, près de Barbès. Le type faisait le marabout à ses heures perdues et, le reste du temps, trafiquait des objets mystérieux en quoi je crus reconnaître des défenses d'éléphant. Il tenta en vain de me convertir à l'Islam et accrocha, en désespoir de cause, une amulette au revers de ma veste afin, prétendait-il, de me protéger des mauvais génies qui profitent de l'extrême mélancolie pour vous asservir. Le défilé de femmes africaines abandonnées par leurs maris, de jeunes Algériens en quête d'un travail, de bourgeois français frappés d'impuissance sexuelle, et j'en passe, auquel il m'était donné d'assister par une fente dans la cloison de ma chambrette contribua à anesthésier ma peine. Je contemplais des êtres plus à la dérive que moi, une véritable caricature de l'humanité. Diouba vint me chercher deux jours avant les examens de licence, plus pour que je l'aide à réviser à la hâte les cours séchés que par véritable sollicitude. Je campe à présent dans le quatre pièces somptueux de sa marquise poitevine qui l'a déserté pour nous permettre de cogiter en toute tranquillité.

« Vous les Martiniquais, vous êtes de drôles de nègres, me fait Diouba que la philosophie de Bergson ennuie au plus haut point.

– Pourquoi drôles ?

– Eh bien… c'est difficile à dire. Un drôle de mélange d'atavisme nègre et d'apriorisme européen. Vous avez acquis les défauts des deux races, quoi ! D'ailleurs, vous n'êtes plus des nègres, vous n'êtes que des mulâtres, même ceux qui chez vous ont le teint foncé. Tu vois ce que je veux dire ? »

Je ne poursuis pas la discussion, me contentant d'acquiescer de la tête par pure forme mais je me suis demandé si, en final de compte, les états d'âme où j'ai été ballotté depuis mon arrivée en France ne proviennent pas de cette curieuse hybridation décrite par Diouba. En tout cas, j'admire sa détermination et la certitude qu'il a d'être quelqu'un un jour dans son Soudan natal.

« L'Afrique est éternelle, mon vieux. On est le seul peuple qui n'a jamais envahi personne et ça nous a porté bonheur. Les Blancs peuvent voler notre arachide et notre okoumé, ils peuvent nous obliger, nous les élites locales, à parler leur langue ou à nous habiller comme eux mais ils ne réussiront jamais à changer l'homme des champs de mil et des savanes. Mon propre père est un roc d'africanité comme dit le petit Sérère... comment s'appelle-t-il déjà ? Senghor, c'est ça...

– Tes gosses avec ta femme blanche, ils seront encore africains, tu crois ?

– Pff ! Deux ou trois mulâtres par-ci par-là, dans un océan de nègres, c'est vraiment pas ça qui changera le cours de l'Histoire. Le problème devient crucial et selon moi insoluble quand, comme dans vos îles, tout un peuple nègre devient sang-mêlé. »

Nous passons nos examens avec une désinvolture suicidaire, traduisant par exemple le premier des deux thèmes latins proposés au choix des candidats, sans même regarder si le second nous inspirerait davantage. À l'oral, je tombe sur une explication de texte de Scarron et je me sens couler corps et biens sous l'œil goguenard de mon interrogateur, un vieux monsieur soigneux qui tripote ses lunettes pour masquer son énervement.

« Ban mwen nouvel péyi-a (Donnez-moi des nouvelles du pays), me fait-il au bout d'un moment.

– Vous êtes créole ?

– Créole de cœur simplement. En 1915, j'ai commandé un régiment composé en majorité d'Antillais français et de volontaires haïtiens. Je n'ai jamais oublié cette expérience. Un tel amour de la France chez des descendants d'esclaves est inouï ! Et puis, cette façon de parler notre langue, de la caresser à chaque phrase, surtout chez les petits-fils de Toussaint-Louverture et de Dessalines, ça vous remue le cœur. »

Il me demande de tirer un autre sujet et le hasard m'autorise à briller sur mon très cher Diderot. Nous reprenons ensuite notre conversation sans nous rendre compte qu'autour de nous, les oraux ont pris fin et que les employés de service ont commencé à balayer les innombrables boulettes de papier qui parsèment les salles et les couloirs. On nous chasse de la Sorbonne sans la moindre considération pour la notoriété du professeur, qui se trouve être un spécialiste mondialement connu du roman épistolaire. Il sourit des vociférations d'un des cerbères et, me prenant par le bras afin de suivre mon allure, me dit :

« Ces gens vivent dans le présent immédiat alors que nous, les siècles s'installent en strates successives dans nos consciences. Ils ne peuvent pas avoir la même perception des choses que nous, le temps ne possède pas la même épaisseur pour eux et pour nous. C'est cela la principale différence entre les hommes et non la couleur de la peau, la religion ou la langue. Même dans les sociétés africaines ou océaniennes les plus primitives, il existe une petite élite qui maîtrise le temps et organise son pouvoir en fonction de lui, tandis que le reste du peuple vit dans chaque seconde qui s'écoule, ce qui revient à dire dans le dérisoire.

– Bergson pense que…

– Non, ne me parlez pas de ce prestidigitateur de la philosophie. Dans trente ans, ses cabrioles conceptuelles qui vous charment tant, vous les jeunes, vont se révéler être ce qu'elles sont vraiment : du bavardage mondain saupoudré de platonisme mal digéré. Voyez-vous, le problème central de la société humaine, c'est de pouvoir inculquer à chacun le sens du Temps. Je me suis intéressé à la littérature épistolaire parce que j'ai découvert que les êtres qui entretiennent des correspondances régulières se rendent davantage maîtres des trois dimensions temporelles et, au fond, dirigent mieux le cours de leur vie. »

Je raccompagne le vieux professeur, à qui je n'ai même pas songé à demander son nom, à son hôtel particulier du sixième arrondissement. Il vit au premier étage et loue les cinq autres à des étudiants et à des peintres. Parmi ces derniers, deux Martiniquais d'un certain âge m'accueillent avec une chaleur qui me surprend. Venus à Paris en 1921 étudier les beaux-arts, ils ne sont jamais revenus au pays et peignent des paysages délirants sur des toiles d'une longueur inhabituelle. Des champs de canne, hérissés comme des cheveux de négresse terrorisée, affrontent des bataillons de coutelas brandis par des mensfenils sans tête. Des rivières rouges lézardent les rues obstruées par des assemblages de roches volcaniques et charrient des mulets hilares jusqu'à des embouchures qui les relient non pas à la mer mais à des nefs de cathédrales désertes. Je reste sans voix et le rhum paille qu'ils me servent ne parvient pas à m'éclaircir les idées. Le professeur m'entraîne dans son appartement :

« Marcel et Antoine, deux fous…

– Ils n'exposent jamais. C'est la première fois que j'entends parler d'eux.

– Deux fous, vous dis-je, jeune homme. Quand ils ont terminé une toile, ils l'effacent et en recommencent une autre. Des années que ça dure.

– Mais de quoi vivent-ils ?

– Au début, de leurs rentes, je suppose, et puis au fil des années, leurs familles ont dû les oublier. Ça fait des lustres qu'ils ne m'ont pas réglé leurs loyers. Je ferme les yeux car ils font maintenant partie de ma famille, voyez-vous. À l'époque du carnaval, ils fabriquent des masques et dansent dans leur atelier pour mon seul plaisir. »

Le professeur ne possède aucun livre chez lui. Il préfère aller les consulter à la bibliothèque Sainte-Geneviève car il ne peut travailler que lorsque d'autres cerveaux cogitent autour de lui. Il se sent bien dans le silence sépulcral, précise-t-il, des salles de lecture. À la maison, il en profite pour réfléchir en écoutant Ravel et griffonner des notes serrées sur de minuscules carnets à la couverture marron qu'il porte dans les poches de ses vêtements. Il m'offre du kirsch et des madeleines un peu moisies, en me questionnant sur mes aventures métropolitaines.

« Avec Colette, ce n'était nullement une question de couleur, mon bon ami, plutôt une question de temps. C'est cela qui vous a séparés, rien d'autre. Vous viviez sans le savoir dans deux temporalités différentes. »

Soudain, je distingue sur un mur un grand tableau représentant une tête d'homme de couleur, en redingote début de siècle. La tristesse infinie qui se dégage de ses yeux contraste avec le comique de ses cheveux crépus dessinés comme un nid. L'ensemble dégage une impression d'ambiguïté qui me saisit au ventre. Je suis cet homme ! Oui, ce nègre-là, hésitant entre le grand mirage blanc et la tendresse du giron nègre, c'est Amédée

Mauville lui-même. Le professeur sourit de mon air effaré.

« Vous savez de qui c'est ?

– De Marcel ou de l'autre… Comment s'appelle-t-il déjà ? Antoine, j'imagine…

– Ah ! Vous n'y êtes pas du tout, mon cher. Alors là pas du tout ! Où voudriez-vous que ces deux fous trouvent assez de lucidité pour faire leur autoportrait ? Ce tableau c'est *Le Nègre*, de Géricault. »

Je ne dis plus rien et prends congé de mon hôte tard dans la soirée, refusant son invitation à souper. Je n'ai plus qu'une hâte : courir à mon appartement, empaqueter mes affaires et acheter dès les aurores un billet de bateau pour la Martinique. Je me promène pourtant dans les rues de Paris jusqu'à une heure du matin, attentif à humer les moindres détails des immeubles haussmanniens, cherchant à m'imprégner des images des squares et des ponts de la Seine. Une exaltation que je ne peux encore expliquer me pousse, m'étreint, me secoue parfois. Il est temps de rentrer au pays ! C'est la certitude qui s'impose à moi au moment précis où je tourne la clef dans la serrure de mon appartement. Je n'ai pas envie de devenir le nègre de Géricault, ni de Marcel, ni d'Antoine, ni d'aucun de ces traîne-savates coloniaux qui hantent la capitale française de leur foulée légère d'hommes sans racines. Le regard du nègre de Géricault m'a épouvanté et me poursuit jusque dans mon demi-sommeil, tel l'œil de Caïn. Au matin, Diouba entre sans frapper et m'annonce la bonne nouvelle : nous sommes reçus à la licence ès lettres, lui avec la mention bien, moi avec assez bien. Je ne parviens pas à partager sa joie et il me croit souffrant. Il me tâte le pouls, écoute ma respiration, l'oreille contre ma poitrine et déclare en exagérant son accent africain :

«Monsieur est en pleine forme. Quand monsieur aura daigné retrouver ses esprits, que monsieur veuille bien se rendre au numéro 23 de la rue des Écoles où une petite réception sera donnée en l'honneur des sorbonnagres et sorbonnicoles natifs de l'Empire français.»

Je me rendors jusqu'au milieu de la matinée. Un télégraphiste m'apporte les félicitations de mon père, averti, j'imagine, par Colette qui, en dépit de notre rupture, continue à se préoccuper de mon destin. Par la fenêtre, je vois un semblant de neige tomber, les premiers flocons, bien précoces, d'un hiver que le calendrier prévoit encore lointain. Je m'habille avec une lenteur qui me rappelle que je suis en train de vivre mon dernier jour dans cette ville tant aimée. Chacun de mes gestes va désormais être alourdi par l'imminence du départ. À midi, je rends les clefs à mon propriétaire et n'ose lui avouer qu'un bref départ en vacances en Bretagne. Dans le train qui m'emmène au Havre, je regrette d'avoir fermé les yeux entre mon ancien appartement et la gare du Nord.

«Adieu, Paris!» me surprends-je à murmurer sottement.

Solitaires ou accompagnés, les départs sont toujours mélodramatiques. Colette, Diouba ou mon professeur de Sorbonne n'auraient pas compris les raisons de ce qui se révèle être une fuite précipitée. Fuir à cause d'un nègre dans un tableau! Au Havre, je me terre dix jours durant dans un hôtel de passe pour attendre le paquebot transatlantique *Antilles*. Je ne veux pas visiter cette ville qu'on m'a décrite laide et sinistre. Je me mets à écrire des poèmes que je déchire en fin de journée, renouant avec une ancienne manie. Jamais je ne me suis senti autant en exil qu'en cette courte période de claustration et pourtant, je n'éprouve aucune joie particulière à l'idée de revoir la Martinique. Je n'imagine pas les contours plantureux de ses mornes et n'ai aucune fièvre à retrouver les cris des marchands de légumes au bord des chemins de terre ou l'odeur de la canne que l'on pile à l'usine. Je n'arrive même pas à me créer la moindre image de l'île de mon enfance. J'ai peur, très peur du jour où j'y poserai de nouveau les pieds.

Antilles quitte le port du Havre sans flonflons ni trompettes en ce mois de novembre 1938. De ma cabine, je vois un docker, sans doute antillais, fixant pensivement notre paquebot.

Encore un modèle pour Géricault, car il a la gravité du nègre qui regarde la neige tomber…

12

Les flamboyants, au comble de leur floraison, jettent leurs feuilles pour ne conserver qu'un seul écrin de rougeur crépue au flanc des mornes. Rigobert, qui se terrait le jour dans les touffes de halliers, pouvait les contempler à loisir et, inexplicablement, il sentait la brûlure se réveiller quelque part en lui, lancinante, insoutenable parfois. Quand il tentait de la situer, palpant sa poitrine, sa gorge ou le devant de sa tête moite de sueur, elle se dissipait dans tous ses membres et les irradiait d'une chaleur frémissante. Il se remémorait l'ultime parole de Philomène au moment où ils se séparèrent au Pont Démosthène :

« Seul le couteau sait ce qui gît au cœur du giraumon, mon nègre. »

Elle n'avait pas dit : « Veille bien sur ta carcasse ! » ou : « Que la déveine oublie de marcher dans la même trace que toi ! », consciente qu'il était dérisoire de l'inciter à une quelconque diversion. Elle l'avait vu se morfondre sur lui-même, guetter les pas de Carmélise qu'il avait envoyée en ambassadrice auprès de celle que la quarante-deuxième marche lui avait généreusement baillée après tant et tellement d'années de néant amoureux. Notre bougre avait oublié qu'il ne l'avait pilée qu'un demi-quart de seconde et au hasard d'une chute due aux assauts conjugués du tafia et du sommeil. Il avait tout noyé dans les brumes de sa mémoire quand Noëllise, la bonne des de Maisonneuve, lui avait ouvert son cœur, un soir, vers cinq heures (heure elle-même si brève en hivernage), sur le Pont Gueydon, au mitan des criailleries des acheteuses de poisson harcelant les pêcheurs. Elle l'avait fait de manière si inattendue qu'il s'était senti chavirer dans l'eau boueuse du canal Levassor, la courbure si pure du pont accentuant son vertige. Elle ne s'était pas embarrassée des circonlocutions habituelles. Elle lui avait effleuré le poignet et avait souri. Simplement souri.

Rigobert parvenait à se gourmer contre cette image obsédante pendant la nuit car il marchait cé qui s'appelle marcher hors des routes coloniales et que tout lui était nouveau : le bruissement des bambous receleurs de trigonocéphales à Courbaril-Duchamp, les ravines odorantes des bordages de la rivière Petite-Lézarde où croissaient des arbres au nom inconnu, l'étreinte de la froidure au haut des mornes quand le devant-jour rosissait le ciel et que la fatigue le terrassait. De temps à autre, il apercevait une case en claies de bois-ti-bombe tressées mais il s'en écartait prestement car le prix de sa caboche était tambouriné chaque dimanche, de beau matin, au sortir de la messe, par les énergumènes de la Légion des Volontaires de la Révolution Nationale. Avec cette somme incroyable, un nègre pouvait espérer vivre à l'aise sans remuer les dix doigts jusqu'à ce qu'il monte en Galilée.

Lui, le citadin jusqu'à la moelle des os, se surprenait à aimer l'odeur de la terre rouge après que le soleil eut séché les litanies d'averses qui s'abattaient sur les bois. Il s'abritait à l'aide d'une feuille de chou caraïbe et s'amusait à écraser les gros grains de pluie limpides qui dégoulinaient sur ses bras. Il se nourrissait d'icaques, de goyaves sauvages, d'abricots et, quand il pouvait s'approcher sans trop de risques d'une bananeraie, de figues mûres. Les étoiles le dirigeaient vers le nord bien qu'il dût corriger son itinéraire au matin en observant les simagrées de la mer qui lui semblait tantôt une paupière bleue et fixe dans le lointain, tantôt une cavalcade d'écume blanche rugissant contre des anses désertes.

« Quand tu verras des fougères géantes qui servent de parapluie aux tourterelles, l'avait prévenu Philomène, tu pourras être certain que la peau de tes fesses est assurée. Le Morne-des-Esses sera devant toi. »

En cet endroit, il devait rechercher le quartier Rivière Romanette où habitait la mère de Carmélise, une vieille négresse sourde de cent dix-huit ans qui n'avait pas frayé avec ses semblables depuis l'époque du gouverneur Alfassa au moins. Il était époustouflé par l'ampleur des mornes au dos desquels poussaient des caféiers et des bananiers au mitan de jardins créoles minutieusement entretenus. Des bougres et leurs femmes, torse nu brillant de sueur, maniaient la houe au rythme du tambour, s'interpellant sans la moindre retenue.

« Ils ne savent pas que la France est en guerre, murmura Rigobert, impossible ! »

Il s'approcha d'un jardin et remarqua d'énormes paniers débordants d'ignames, de couscouches, de choux de Chine, de patates douces et de pois d'Angole en attente d'être chargés sur des mulets qui paissaient non loin de là. Leur insouciance, après l'avoir interloqué, le rassura. Aucun d'eux ne pouvait avoir entendu parler de lui.

« La compagnie, bien bonjour ! lança-t-il d'une voix légèrement altérée tout de même.

– Hééé ! Voici un nègre marron ! s'exclama une jeune fille en exhibant deux rangées de dents d'une blancheur miraculeuse.

– D'où tu sors, toi ? lui demanda un des hommes sans une once d'agressivité. Tu as l'air de n'avoir pas mangé depuis un siècle de temps. »

Alors Rigobert se laissa choir dans l'herbe, soulagé mais épuisé et se mit à leur raconter son histoire du commencement au finissement, c'est-à-dire depuis le premier jour où, marmaille encore, il avait découvert le Morne Pichevin jusqu'au moment où il avait dû franchir de force le poste de garde du fort Desaix sous le coup de la dénonciation de ce chien-fer de Barbe-Sale. Il leur parla des chimères à vous fendre l'âme de sa voisine Philomène, de cette espèce de grand-grec fou de mulâtre appelé Amédée Mauville – c'est son vrai titre, je vous l'assure, oui ! – qui devait présentement se battre contre les Allemands quelque part en Europe, de Louisiane, la coqueuse finie qui trompait son mari avec tous les mâles du quartier jusqu'au jour où il revint avec un bel uniforme de soldat, ce qui fit d'elle une religieuse sans voile, de Lapin Échaudé, un bougre qui vivait de son cri – oui, les Syriens le payaient pour crier à la devanture de leurs magasins, vous avez ma parole ! – et qui avait le cœur le plus large qu'il ait jamais connu. Les campagnards l'écoutaient bouche bée, inaccoutumés à d'aussi étranges péripéties. Quel drôle de conteur était-ce là ! Monsieur ne vous baillait pas les aventures de compère Lapin et compère Éléphant, il ignorait les fourberies de dame Araignée qui fabrique son fil plus vite qu'un battement d'yeux et voilà qu'il vous tenait sous le charme impitoyable de ses propos !

Il parla, il parla, il parla, tant et tellement qu'il déparla, ce qui signifie que ses mots se tournèrent à l'envers et qu'il s'abîma dans un intarissable délire. Une fièvre glacée ébranla tout son corps et il vit les choses chavirer autour de lui dans un grand trou noir. Quand il se réveilla, des jours et des jours après, lui sembla-t-il, on l'avait allongé sur un grabat de feuilles enivrantes (qu'on lui désigna comme de l'ylang-ylang), veillé par une femme qui ressemblait à sa mère, Idoménée, ou du moins à celle que dans ses rêves, il avait toujours vue sous ces traits. Elle lui prit les mains et lui demanda quelque chose qu'il n'entendit point. Une sorte de brouillard cotonneux semblait lui boucher les oreilles et seules des bribes de sons déformés lui parvenaient. Il réussit à articuler :

« Idoménée ! Manman, c'est toi ? »

Puis, il se rendormit plusieurs jours durant. À la tombée de la nuit, on lui faisait ingurgiter un breuvage brûlant d'herbes-à-tous-maux adouci avec de la cannelle. Un vieil homme à la peau parcheminée frottait son corps d'un onguent qui le saisissait tout entier et devait être de la graisse de serpent-couresse. Au terme d'une période qu'il ne put mesurer, le manieur d'herbes lui déclara qu'il était guéri et pouvait aller prendre un peu de la force du soleil au-dehors. Pour de bon, Rigobert ne sentit plus ce vide dans le crâne qui lui donnait le vertige chaque fois qu'il tentait de se redresser sur son grabat. En titubant un peu, il sortit et fut immédiatement ébloui par le spectacle qui s'offrait à lui : une maisonnée de jeunes filles, noires et belles comme les ténèbres en novembre, enlevaient la parche de cocos secs à l'aide de pieux en bois de glycéria fichés dans le sol. Elles attrapaient la noix, la fessaient en trois endroits différents sur la pointe effilée et la déshabillaient avec une dextérité effarante.

«Oho, voilà notre beau parleur!» dit l'une d'elles.

«Idoménée, voilà ton fils, ma chère», fit une autre en s'adressant au groupe de femmes âgées, chargées, dans un autre coin de la cour en terre battue, de casser les cocos et d'en extraire la pulpe qu'elles mettaient aussitôt à tremper dans des fait-tout en terre cuite pleins d'eau.

La femme ainsi désignée s'approcha de Rigobert en souriant et lui tendit un bout de pulpe de coco qu'il voulut refuser mais se vit, ô surprise, accepter puis mâchonner avec avidité. À l'une des extrémités de la cour, deux fûts en tôle étaient posés sur trois roches, au centre desquelles on avait allumé un feu puissant. Des adolescentes à la nudité désirable s'employaient à les remplir avec la pulpe nettoyée par les femmes. Rigobert remarqua qu'il était le seul homme présent.

«Tu peux m'appeler Idoménée si tu le désires, mon garçon, lui déclara la femme, tu m'as l'air d'être un bon chrétien.

– Merci, manman», articula-t-il avec peine.

Puis, plus personne ne s'occupa de lui. Il les observa avec curiosité travailler d'arrache-pied, jacassant avec la même ardeur. Elles préparaient de l'huile de coco à ce qu'il put en déduire car, à intervalles réguliers, deux d'entre elles penchaient les fûts pour en recueillir un liquide jaunâtre et écumeux dans des écales de cocos vides sur quoi on avait fixé des manches. Une foule de questions qu'il ne parvenait pas à formuler se pressait à ses lèvres, car il se sentait encore faible. Il demeura toute la journée sur le pas de la case, tantôt accroupi, tantôt assis, guettant l'arrivée des hommes. Toujours sans prendre sa hauteur, une jeune fille lui déposa une demi-calebasse de fruit-à-pain et d'une viande boucanée qu'il n'avait jamais goûtée auparavant. Le sel qu'il avait oublié depuis si longtemps lui procura une sensation de bien-être immense. Ces nègres-là possédaient de l'huile et du sel, eux qui gîtaient pourtant dans cet amas de forêts impénétrables qu'est le Morne-des-Esses, alors qu'à la ville, le monde se déchirait pour une cuillerée de méchant saindoux américain, fabriqué selon certains avec de la graisse de prisonnier ! Rigobert crut rêver. Il sursauta quand une main calleuse lui tapota la nuque. C'était l'homme qui lui avait adressé la parole le premier à son arrivée dans le hameau. Il affirma se nommer Thémistocle mais à son air finaud, Rigobert devina qu'il s'agissait d'un paravent à son véritable titre.

« Tu loges dans ma case, compère, ajouta-t-il. Maintenant que ton corps va mieux, on peut faire un coup de main et t'en construire une si tu désires t'établir parmi nous. Qu'en dis-tu ?

– Je te remercie à nouveau mais je cherche une femme plus que centenaire qui habite à Rivière Romanette. Est-ce loin de chez vous ? »

L'homme tapa des mains, et quatre garçons qui lui ressemblaient surgirent aussitôt des halliers que le faire-noir naissant commençait à envelopper.

« Vous êtes encore en chasse de manicous, bande de petites saloperies ! s'écria Thémistocle d'un ton faussement furieux. Allez me chercher vitement Celle-qui-n'a-pas-son-pareil, allez ! »

Il lorgna les côtes de Rigobert qui traçaient des rangées proéminentes sur son ventre et lui demanda si tous les nègres de la ville avaient convolé en justes noces avec la maigreur. Les deux hommes éclatèrent d'un rire franc qui se répercuta en écho dans tous les environs. D'autres bougres se présentèrent, flambeau à la main, et partagèrent avec celui qui se faisait appeler Thémistocle de gros cigares sommairement roulés, qui dégageaient une épaisse fumée dont l'odeur n'était point désagréable. Le maître de la case fit les présentations et Rigobert tomba d'emblée d'accord avec père Rosalien, un vieux-corps robuste qui se tenait droit comme un piquet, et Ombre-du-Tonnerre, ce qui veut dire, dans notre langue, «Celui qui marche si doucement que jamais ses pas ne trahissent sa venue». Ces deux-là le questionnaient plus que les autres sur la guerre, sur ce fameux général de Gaulle dont il fallait prononcer le nom la bouche sous le bras quand on descendait au bourg de Sainte-Marie à cause des gendarmes à cheval, sur l'amiral Robert, que jusqu'ici les gens tenaient pour une vermine, sur les duretés de l'existence à la ville où, avant la guerre, la plupart des jeunes campagnards rêvaient d'amener leur carcasse! Ah, qu'il cause bien, ce monsieur Rigobert! scandaient-ils à tour de rôle en buvant les plaidoiries du nègre du Morne Pichevin.

Soudain, Celle-qui-n'a-pas-son-pareil fit son apparition et Rigobert, qui avait déjà vu etcetera de belletés dans sa vie, fut comme qui dirait saisi du haut-mal. À côté d'elle, cette Noëllise, qui lui rongeait le cœur pour avoir refusé de le suivre dans sa fuite, préférant sans doute essuyer les pots de chambre des de Maisonneuve, n'était qu'un zéro placé devant un chiffre et puis c'est tout. Cette vision de paradis terrestre guérit Rigobert nettement-et-proprement de son mal d'amour et en fit un autre homme. Il se souvint de ses interminables discussions philosophiques avec Amédée sur l'existence de Dieu et eut pour la première fois le sentiment que tous deux s'étaient trompés par excès de présomption, le mulâtre en le niant, lui en le condamnant sans appel.

«Comment une telle belleté peut-elle un jour disparaître à jamais? se demandait-il. Comment celui qui l'a créée peut-il être accusé de détester la race des nègres ? Non, ce n'est pas possible ! »

Le souffle coupé, il avait hâte d'entendre la voix de cette créature qui, en effet, n'avait pas sa pareille au monde. La noirceur fine de son buste et de ses bras aux lignes parfaites lui baillait un corps de déesse. Le grain de poivre de ses cheveux enserrait sa tête comme un diadème que rehaussait la nacre éclatante de ses yeux. Une véritable négresse ! Une négresse d'Afrique, aux fesses larges et matées, d'une taille très supérieure aux sang-mêlé. Rigobert pour qui laideur et noirceur avaient toujours été même bête même poil, et qui tapissait sa case de photos de Marlène Dietrich et de Lauren Bacall, comprit ce qu'Amédée appelait une « négresse féerique ». Jusqu'à ce jour, cette expression n'avait rien voulu dire pour lui, sauf que le professeur de latin devait être fou dans le mitan de la tête.

« Hé, nègre de la ville, fit Thémistocle moqueur, mademoiselle n'est pas un zombi. Fais-lui voir la couleur de tes paroles !

– Je…

– Elle rendait visite à ta centenaire, là-haut, à Saint-Aroman où les feuilles des arbres sont rousses et tombent sans arrêt et sans raison.

– Man Herminia n'est plus, déclara Celle-qui-n'a-pas-son-pareil d'une voix empreinte d'une fluidité et d'une profondeur semblables à la chute d'une cascade.

– Il doit peut-être s'agir de quelqu'un d'autre. Celle que je dois rencontrer habite Rivière Romanette », insista Rigobert.

La jeune femme expliqua que la centenaire avait abandonné ce quartier depuis que des maisonnées étrangères s'y étaient abusivement installées. Elles avaient agi avec la complicité du béké de Bezaudin dont le besoin en coupeurs de canne était insatiable et qui désirait prendre ainsi le serrage des nègres du Morne-des-Esses, trop discutailleurs à ses yeux. La centenaire avait été enterrée au pied d'un fromager après qu'on l'eut veillée trois nuits de suite grâce aux plus prestigieux conteurs et maîtres de la parole descendus des mornes d'alentour.

« Il y eut de ces modèles de brocantage de paroles ! fit Thémistocle encore ébloui.

– La centenaire m'a tout révélé, continua Celle-qui-n'a-pas-son-pareil, viens rester dans ma case et je te dirai ce que tu veux savoir mais ne te trompe pas sur mon compte, compère. Je ne suis pas femme à aimer ni à me laisser aimer. J'ignore ce sentiment-là qui bouleverse à jamais tant et tant d'êtres humains et les transforme en âmes en peine. Viens-tu quand même ?

– Ass... assurément... » balbutia Rigobert.

Celle-qui-n'a-pas-son-pareil habitait à l'écart du hameau de Mornes-des-Esses, en un lieu d'accès difficile appelé Trou-Mangouste. La forme circulaire de sa case surprit Rigobert ainsi que le toit fait de bottes de fougères séchées amarrées entre elles avec des lianes. À l'intérieur, où il faisait presque noir, un petit foyer de brindilles crépitait dans un coin. La jeune créature déployait sa splendeur avec une grâce qui semblait se communiquer aux choses qui l'entouraient. Demandant à Rigobert de l'aider, elle se mit à cueillir des graines brunes, lisses et dures d'un arbuste qu'elle appela bois-savonnette. Elle prépara ensuite une macération de graines et de feuilles du même arbre dans un pot d'eau qu'elle plaça au creux d'un manguier aux racines échassières qui ombrageait la case et sa petite cour.

«Allons fouiller une igname pour toi, moi je me contente d'un morceau de cassave d'ordinaire…»

Derrière sa case, Rigobert découvrit un jardin créole si bien entretenu et si productif qu'il ne parvint pas à dénombrer les centaines d'espèces qu'elle y avait fait pousser dans un savant entrelacement : la christophine grimpait sur les rames de l'igname qui elle-même abritait la laitue et l'oignon-pays du soleil tandis que les pois longs, mariés à la pomme-goyave, étreignaient les basses branches d'un caféier chargé de fruits rouge vif. D'habitude il se moquait des campagnards qui, dès leur arrivée au Morne Pichevin, débroussaillaient un bout de terre grand comme un mouchoir pour y planter un pied de piment ou de persil. Il dut admettre qu'il s'était trompé : même à la ville, il était possible de se nourrir si l'on appliquait les méthodes de Celle-qui-n'a-pas-son-pareil. Cette dernière s'accroupit, tâta une racine au pied d'une rame recouverte d'un habit de feuilles d'un vert brillant et déclara, en lui tendant un bâton pointu :

«Celle-là est bonne. Tu peux la prendre mais fais bien attention à ne pas l'écorcher car elle se conservera moins longtemps.»

Le nègre de la ville n'avait jamais vu d'ignames qu'au Grand Marché de Fort-de-France, quand bien lavées et essuyées, les marchandes les alignaient à même le ciment entre les pattes de banane jaune et les tiges de canne-malavoi épluchées. Celle-qui-n'a-pas-son-pareil le bassina d'un rire communicatif tant et tellement voluptueux qu'ils roulèrent à même la minuscule rivière en bordage du jardin créole, plus enlacés que les plantes qui y levaient. Alors Rigobert apprit les gestes éperdus de la fusion charnelle que la fréquentation des putaines de la Cour Fruit-à-Pain et la masturbation quotidienne devant des photos d'actrices européennes lui avaient interdits. Ce corps ferme et noir, ces seins plantureux qui se gonflaient sous le mignonnage de ses mains affolées, cette coucoune chaude aux lèvres d'un rose violent dont la languette sentait bon le vétiver, cette sueur qui lui pénétrait dans la peau et le faisait frémir, c'était cela l'amour nègre que les Blancs-pays avaient su découvrir avant tout le monde et dont ils voulaient se garder le privilège. Figures tournées vers les étoiles naissantes, le couple attendait que la cavalcade de leur cœur s'apaisât.

Puis, Celle-qui-n'a-pas-son-pareil s'empara du bâton pointu et fouilla rapidement la terre autour de la rame, dégageant la tête d'une imposante igname-bokodji. Elle lui apprit à l'ôter avec soin en l'encourageant de très maternels «Mets tes griffes en terre, mon bougre». Elle mit ensuite la racine à cuire dans un coucou-nègre et proposa à Rigobert de prendre un bain, et c'est à ce moment qu'il saisit l'objet de l'étrange macération qu'elle avait préparée à leur arrivée. Une mousse savonneuse extraordinaire en émanait et ils prirent un plaisir déborné à s'en barbouiller jusqu'à la nuit noire. Elle lui enseigna qu'outre le bois-savonnette, le pays abondait d'herbes-à-savon et d'herbes-à-bougie telles que le gommier, le chandelier caraïbe, le mahault-cochon, le bois-baume, l'abricot-Arabie, le bois-longuent et le ciroyer. Le nègre du Morne Pichevin s'émerveillait de la belleté de ces différents noms et touchait avec ferveur chacun de ces arbres qu'il n'aurait jamais su distinguer dans la touffaille oppressante de la forêt.

«Ou ni apwann pou'w apwann (Tu as encore mille et une choses à apprendre), lui murmurait son amante.

– Man plis ki sav sa» (Je le sais fort bien), répondait-il, toute sa superbe citadine s'étant brusquement évanouie.

279

Ce bonheur exceptionnel dura une quantité de jours que Rigobert ne songea pas à compter jusqu'à ce qu'un après-midi, une marmaille à Thémistocle arrive en courant, les yeux empreints d'une désolation terrible et le corps secoué par la tremblade.

« Yo... yo la !... (Ils... ils sont là !...) parvint-il péniblement à articuler avant de s'enfuir dans les bois.

– Ce qui doit se faire se fait », déclara Celle-qui-n'a-pas-son-pareil avec un calme impressionnant.

Alors elle entraîna Rigobert sur une petite éminence d'où l'on découvrait le Morne-des-Esses et l'enchantement de ses jardins créoles comme des coiffures aux cheveux des savanes en pente.

« Là ! » fit-elle en désignant un hameau appelé Fond-Zicaque.

Rigobert distingua, malgré la distance, deux camions militaires autour de quoi s'affairaient des soldats blancs. Ces derniers chargeaient des sacs de légumes et de fruits qu'ils obligeaient les nègres à transporter. Fusil en main, ils scrutaient les alentours d'un air inquiet et leur chef lançait de temps à autre un ordre bref dont Rigobert et sa compagne ne recevaient que l'écho, sans pouvoir le déchiffrer. Soudain, un nègre se mit à élever de véhémentes protestations, les bras levés et s'écroula aussitôt sous l'effet d'un coup de crosse derrière la tête. Plusieurs soldats durent tirer en l'air afin d'arrêter la colère des nègres puis ils s'embarquèrent, disparaissant dans le mauvais chemin de pierre qui menait au bourg de Sainte-Marie.

« Bandes de chiens ! marmonna Rigobert. Chiens enragés !

– Tu retires tes pieds d'ici aujourd'hui même ! » lui ordonna Celle-qui-n'a-pas-son-pareil sans se départir de son calme.

Le nègre du Morne Pichevin, terrassé, comprit que ces saloperies de soldats de l'Amiral venaient de rapiner ceux qui l'avaient si magnifiquement accueilli. Ils signaient du même coup la fin du rêve tout-debout qu'il vivait à Trou-Mangouste. Les habitants se réunirent dans la case de Celle-qui-n'a-pas-son-pareil et décidèrent qu'Ombre-du-Tonnerre l'accompagnerait jusqu'aux contreforts du Morne Dominante, dans la commune du Marigot.

«De là, précisa Thémistocle, on aperçoit le Morne Jacob et bien sûr Carabin, autant dire que tu es en plein dans la commune de Grand-Anse où l'on t'attend à ce que tu as toujours prétendu…

– Vous m'avez mal compris. Personne ne m'espère à Grand-Anse où on ne connaît même pas la couleur de ma figure, compères. J'ai un ami qui s'appelle Alcide Nestorin, un bougre qui est actuellement militaire, il m'a recommandé d'y demander asile à sa famille car son nombril a été enterré à Grand-Anse, au quartier Fond-Massacre.

– Ta plaidoirie ne nous fléchira pas, reprit Thémistocle, ta venue nous a amené la pire des emmerdations. Jamais les soldats ne montaient aussi haut pour voler les légumes des gens. Jamais! S'ils se sont aventurés jusqu'au Morne-des-Esses, c'est qu'ils cherchaient assurément et pas peut-être à te coller. Comment on va faire pour se nourrir à présent? On va bouillir les feuilles ou les totottes des arbres-à-pain peut-être?»

Rigobert comprit qu'il était inutile de s'appesantir en paroles dilatoires. Au lieu de leur bailler des remerciements, voilà qu'il se comportait comme le roi des mal élevés! Il se reprit aussitôt et serra les mains de chacun. Il embrassa Thémistocle qui sourit de ce geste inaccoutumé et déclara à Ombre-du-Tonnerre:

«Je suis prêt à te suivre mais laisse-moi voir une dernière fois Celle-qui-n'a-pas-son-pareil, je t'en prie.

– C'est d'accord mais ne t'éternise pas sinon tu chercheras ton chemin tout seul.

– Merci… grand merci…»

Celle-qui-n'a-pas-son-pareil étalait des grappes de ricin qu'elle avait cueillies l'avant-veille, sur une aire propre afin de parfaire leur dessiccation. Elle en ferait de l'huile pour fortifier les cheveux et pour soigner les piqûres de maringouins. Elle ne leva pas les yeux quand l'ombre de Rigobert la recouvrit, tout accroupie qu'elle était. Elle semblait partie très loin et n'accorder qu'un intérêt infime à la tâche qui l'occupait.

«Je suis venu te dire au revoir… Je… commença Rigobert d'une voix émue.

– Adieu!

– Je suis venu te dire que je pars…

– Eh ben, pars!

– Je voudrais te dire que je ne t'oublierai jamais, que chaque jour que je vivrai sans toi me sera une souffrance inouïe…

– Je t'ai déjà oublié!»

Rigobert se demanda si c'était la même personne à la belleté foudroyante qu'il avait présentement devant lui ou si c'était un esprit qui avait pris la forme de son corps afin de lui déchirer le cœur une fois de plus, ce cœur qui n'avait battu que pour Noëllise avant qu'il n'arrive au Morne-des-Esses. Alors que la négresse d'Afrique lui avait permis de mettre un petit baume d'oubli sur l'image de la servante des de Maisonneuve, voilà qu'elle enserrait en lui un germe de souffrance encore plus atroce. Il songea à la quarante-deuxième marche de l'escalier du Morne Pichevin et se dit que c'est elle qu'on aurait dû déclarer maudite, et non la pauvre septième qui n'avait jamais nui à quiconque (ou alors aux seuls mauvais vivants). Il se promit de rectifier cette erreur dans l'esprit des nègres du quartier le jour où il reviendrait de la dissidence.

« Toi qui n'as pas ton pareil, continua-t-il, je veux que tu saches que je t'aime...

— Je t'avais prévenu, villageois : Celle-qui-n'a-pas-son-pareil n'aime personne et ne permet à personne de l'aimer. Elle connaît trop bien la souffrance d'amour, elle sait que la lisière entre la souffrance et l'amour est ténue et que le nègre a été conçu pour se ronger les sangs sur cette terre. Alors elle te dit : pars et ne te retourne point sur tes pas, il n'y aura rien ! »

Puis, la femme rentra dans sa case et la nuit tomba comme une roche. Une main tira Rigobert en arrière et une voix doucereuse lui dit :

« Il est temps de partir. »

Ombre-du-Tonnerre avait bien mérité son nom car Rigobert ne l'avait pas entendu arriver. Il marchait pour de vrai comme si ses pieds ne foulaient pas le sol, et le nègre du Morne Pichevin lui emboîta le pas, hypnotisé par un tel phénomène. Grâce à ce don, les deux bougres firent près de vingt kilomètres dans la nuit, contournant les habitations de békés où l'on entendait japper les molosses, cherchant le gué des rivières dans le noir, grimpant des mornes d'une telle raideur qu'ils vous obligeaient à demander pardon au Bondieu, ne s'arrêtant que le temps d'observer la marche des étoiles dans le ciel, non pour se diriger mais parce qu'une étoile filante viendrait chercher un jour Ombre-du-Tonnerre pour l'emporter au firmament. Rigobert prit conscience que ce bougre-là était fou de la bonne qualité de folie et fut saisi d'une peur-cacarelle. L'autre lui dit en riant :

«Je n'ai plus tous mes esprits, c'est vrai, compère, mais dis-toi bien que la forêt n'a plus de secrets pour moi et que je sais reconnaître au seul frémissement des pieds de bois-canon si un vol de tourterelles s'y posera dans la journée. Je te conduirai sans faute là où tu dois aller.»

La rosée annonçant le devant-jour leur glaça les membres à leur arrivée à Dominante, sur le territoire de la commune du Marigot. Le bleu intense de la mer atlantique surprit à nouveau Rigobert mais de la montagne où ils se trouvaient, elle semblait figée sur sa masse et point du tout menaçante.

«Ouvre les coquilles de tes yeux, voici le Morne Jacob là-bas. Tu es content?

– Foutre qu'il est haut, eh ben Bondieu!» s'exclama Rigobert.

Ombre-du-Tonnerre eut un sourire-macaque.

«Quand tu auras fini de te gourmer avec les Allemands, repasse par ici, je t'enseignerai à parler avec les étoiles.

– Merci... grand merci...»

Quatrième cercle

Deux qualités de paroles nous tinrent compagnie
tout au long de notre douloureux périple: celle des
mornes car «trois heures passées en compagnie d'un bon
conteur sont plus courtes que trois minutes de silence»,
et celle de Papa de Gaulle que l'on guettait à toute heure
de la sainte journée sur des postes de radio à galène
presque à bout de souffle.

Alors la chape de tristesse tendue par l'Amiral et ses
sbires fut déchirée par la folle audace de la Dissidence...

13

Dissidence.

Ce mot cognait l'écale de la tête d'Amédée depuis une bonne charge de temps. Il lui semblait l'entendre partout. À la radio – avant que leur poste ne rende l'âme – quand elle était dénoncée par le lieutenant de vaisseau Bayle de sinistre réputation, ce bougre blanc qui avait torturé Marcellin Gueule-de-Raie jusqu'à la mutilation de ses dix doigts pour le faire avouer qu'il était un passeur, alors que l'ex-crieur de la rue Saint-Louis n'avait jamais touché la mer que des yeux ; dans les causements à voix basse tenus dans l'arrière-cour des cases du quartier Bord de Canal où, en compagnie d'Alcide, il espérait un signal ; dans le murmure cristallin même de l'eau qui jaillissait de la splendide fontaine Gueydon surplombant le canal Levassor.

Dissidence.

Depuis qu'ils avaient escaladé les murailles médiévales du fort Desaix, lieu de leur cantonnement, et s'étaient perdus dans le dédale de Trénelle, ils savaient leurs carcasses en danger. Tandis qu'Alcide ne songeait même plus à sa femme Romaine, ni à son rejeton Cicéron, et vivait dans une sorte de débornation d'enthousiasme, lui, Amédée, était rongé par l'absence de sa négresse féerique. Dès qu'il entrevoyait une silhouette féminine à travers les fentes de la case aux agrès où des pêcheurs les avaient cachés, il s'écriait : « Philomène ? C'est toi ? », transpirant d'une sueur mauvaise qui inquiétait son compagnon. Sur les deux heures de l'après-midi, un jeune homme venait leur apporter une demi-calebasse de farine de manioc épaissie avec un mélange d'eau et de saindoux, lequel refusait de se dissoudre et flottait en grosses bulles jaunâtres à la surface de ce manger écœurant.

« Il faut attendre… » murmurait le jeune homme en tournant aussitôt les talons.

Attendre. Attendre. Amédée en avait assez du commerce avec l'attente. Il voulait voir l'air libre autrement qu'à la nuit tombée et surtout écouter les nouvelles. Alcide avait baillé à un pêcheur le prix de trois postes de radio mais ils n'avaient rien vu venir. Le prétexte était que la plupart des postes disponibles au Bord de Canal étaient eux aussi tombés en panne et qu'on ne trouvait ni réparateur ni pièces de rechange. Plus rarement que souvent, on leur apportait *La Petite Patrie*, journal dirigé par Thomas Gaboly, un condisciple de lycée du père d'Amédée. Sa prose déprimait l'un alors que l'autre la trouvait désopilante. Pour distraire son compagnon d'enfermement, il prenait plaisir à relire d'un ton grand-guignolesque l'entrefilet consacré à l'Amiral :

« C'est notre Pétain, transposé. N'en parlons jamais qu'avec admiration et affection. Pour nous, c'est le guide sans peur et sans reproche ; le chef résolu et fraternel ; le digne représentant de cette France qui nous comprend et nous aime, comme nous savons l'aimer et la comprendre. Et vive l'amiral Robert ! »

Alcide haussait les épaules et continuait à s'escrimer à teindre ses vêtements militaires avec de la suie de charbon de bois dans l'espoir qu'ils garderaient à la longue une autre couleur que le kaki trop repérable. Toutes ces sottises ne parvenaient pas à combler leur ennuyance.

Dissidence.

Le mot courait sur toutes les bouches, véritable sésame car les bougres que démangeait l'envie d'aller rejoindre les Français Libres à l'île voisine de la Dominique se reconnaissaient d'emblée à leur seule façon de le prononcer. Une espèce de solidarité avant la lettre s'instaurait entre eux et ils s'encourageaient à prononcer un nom-emblème, un nom plein de dangereusité : celui du général de Gaulle. Dans leur cahute, Alcide retrouvait un moral de fer et s'entraînait à déclamer les quelques phrases d'anglais qui lui restaient de son lointain séjour à l'École normale de Croix-Rivail. Un soir, un mulâtre d'âge mûr vint les voir en compagnie d'un pêcheur. L'homme triturait ses gants, alors que le timbre de sa voix dénotait une parfaite maîtrise de lui-même. Il évitait de regarder les deux recherchés dans les yeux et leur servait rasade sur rasade de l'excellent tafia qu'il leur avait apporté.

« La côte caraïbe est très surveillée ces temps-ci, leur disait le gentleman, la pêche nocturne a été de nouveau interdite et les pétainistes tirent à vue sur tout ce qui bouge. Hon !... L'obscurité leur donne du courage à ces salauds. Le gommier qui devait vous embarquer a été arraisonné hier près du Carbet. La mer était démontée et il a dû accoster...

– Germain a été arrêté ! » s'exclama Alcide.

Le mulâtre acquiesça en baissant la tête. Son accompagnateur s'éventa à l'aide de son chapeau-bakoua comme pour chasser une pensée qui le torturait.

«Germain était son demi-frère, fit-il enfin.

– Pourquoi dites-vous *était* ? cria cette fois Alcide.

– Ils… ils l'ont tué… à coups de crosse. Son corps est resté sur le sable toute la journée. Des femmes qui allaient jeter leurs pots de chambre l'ont découvert là.»

Alcide crut que sa caboche allait péter. Il voulait hurler sa rage mais se retint à temps, conscient de l'inutile danger qu'il ferait courir à ses compagnons. Germain lui fournissait du poisson depuis un paquet d'années et les deux hommes s'appréciaient profondément. Pour réunir le dossier de bourse du fils du pêcheur, Alcide lui avait donné un coup de pouce. Ils se rencontraient aussi autour de mémorables parties de football sur La Savane.

«Cependant, voici quelques bonnes nouvelles quand même, reprit le mulâtre. Les Américains ont changé d'attitude envers l'Amiral. Il semblerait que l'accord entre Robert et Greenslade soit désormais caduc. Robert obéit trop servilement à Vichy et aux puissances de l'Axe pour être neutre comme il a toujours voulu le faire croire. Les bateaux américains ne nous ravitaillent plus depuis deux mois et la farine est introuvable, à tel point que l'amirauté se fait livrer des sacs entiers de manioc depuis les campagnes du Nord. Il s'agit de réquisitions qui laissent la population sans ressources… À notre sens, les gens sont mûrs pour se soulever contre l'amiral Robert, la faim fait sortir les plus capons de leur réserve. Mais je ne peux pas vous en dire davantage pour l'instant, je suis venu vous demander si vous marchez avec nous…»

Amédée et Alcide se consultèrent du regard puis hochèrent la tête en signe d'approbation. Le mulâtre en qui Amédée venait de reconnaître Maurice des Étages, célèbre pour avoir tiré à bout portant sur un gouverneur qui portait la responsabilité de l'assassinat de son père lors d'une confrontation électorale, lui serra longuement la main. Il leur révéla qu'il était en contact permanent avec le colonel Perrelle, responsable des FFL en Dominique, à qui de Gaulle avait donné pour mission l'accueil des dissidents martiniquais et guadeloupéens ainsi que leur transfert aux États-Unis. Au moment où il s'apprêtait à prendre congé d'eux, ils sentirent leur sang se glacer dans leurs veines : des voix, en majorité féminines, hurlaient des paroles incompréhensibles dans la ruelle menant au pont de l'abattoir. Le pêcheur demanda aux trois résistants de se dissimuler sous une pile de vieilles planches et de filets avant de sortir calmement de la case. Des Étages ôta un pistolet de la poche intérieure de son veston et l'arma. Il tendit à Amédée une carte sur laquelle on pouvait lire :

STUDIO PÉTRON

Établissement moderne de photographie

66, rue Ernest-Renan

Portraits d'art

« Si nous devions ne plus nous revoir, contactez les camarades à cette adresse », chuchota-t-il.

La rumeur allait en s'amplifiant sans qu'ils puissent toujours l'identifier. Lamentations ou cris de révolte ? Aucun d'eux n'aurait su le dire. Maurice des Étages redressa sa haute stature et entreprit de déclouer une planche de la cloison donnant sur la mer. Puis, il leur lança :

« Vive la France Libre, messieurs ! » avant de s'escamper.

Alcide et Amédée comptaient les heures avec impatience. Le second voulait aller aux renseignements tandis que l'autre tentait de l'en dissuader. Minuit finit par sonner à l'horloge de la cathédrale sans que le pêcheur revînt. Un calme feinteur s'était établi sur la ville. Amédée s'allongea sur le sol, repliant ses genoux, et chercha le sommeil. Alcide continua à boire tout seul le tafia apporté par des Étages, l'oreille aux aguets. Les figures de Louisiane, de Philomène, de Rigobert et des autres habitants du Morne Pichevin défilaient devant ses yeux à une cadence folle. La voix de Philomène jaillissait des lèvres de Louisiane, cristalline et troublante ; la démarche d'Artaban de Richard faisait avancer un Rigobert hilare qui lançait autour de lui, tel un paysan ses semis, les pièces d'un jeu de dominos. Alcide se passa de l'eau sur le visage à plusieurs reprises sans retrouver tout-à-faitement ses esprits. Il repensait au jugement porté sur lui par Philomène, il y avait un bon paquet d'années, selon lequel il était un bougre à double personnalité et constata que grâce à cette guerre, il était en train de devenir véritablement lui-même. Il n'avait plus l'obsession de la crème à défriser Morgan importée des États-Unis et se sentait à l'aise avec sa tignasse crépue qui commençait à s'échancrer sur les tempes. Peut-être la guerre avait-elle eu le même effet sur chacun d'eux. Rigobert, par exemple, qui faisait profession de drivailler dans les rues de Fort-de-France sans but ni raison et qui injuriait Dieu toute la sainte journée, devait à présent affronter un autre destin, beaucoup plus redoutable, dans les mornes et les forêts du Nord.

Le pêcheur revint vers le mitan de la journée avec un

peu de riz et du poisson-coulirou. Il paraissait anxieux sans donner l'air de vouloir s'ouvrir aux deux hommes. Il déclara ne rien savoir de la manifestation de la nuit précédente mais, poussé dans ses retranchements, finit par révéler que les Américains avaient débarqué et que le pays leur appartenait désormais. Les nègres avaient protesté sans pouvoir empêcher que l'on emmène l'Amiral de force sur le torpilleur qui relâchait dans la rade de Fort-de-France. Les marins blancs de fort Saint-Louis (sacrés capons!) s'étaient rendus sans combattre. Alcide sauta au cou d'Amédée.

«Bien fait pour lui! s'écria-t-il. Il sera jugé par un tribunal de guerre américain et finira pendu haut et court, le scélérat!

– On peut sortir alors? demanda Amédée au pêcheur.

– Pas encore! Il faut être prudent... des soldats du camp de Balata en ont profité pour se mutiner. Ils tirent en l'air près de la Croix-Mission. Vous savez, ces soldats-là n'ont jamais aimé les marins, peut-être trouvent-ils que ces derniers ont rendu les armes trop vitement. Les gens se sont barricadés chez eux... ils attendent...»

Leur dissidence n'ayant plus grand sens avec l'écroulement du régime vichyste, les deux hommes négligèrent les conseils du pêcheur et se mirent à déambuler au Bord de Canal étrangement désert à cette heure. Ils poussèrent jusqu'à la Pointe Simon où, pour de vrai, ils distinguèrent, malgré une fifine de brume, les flancs grisâtres d'un navire de guerre battant pavillon US. Deux petites vedettes s'affairaient autour de lui, sans doute pour le ravitailler. Un coup de feu réveilla les deux hommes de leur contemplation muette. La balle s'écrasa à un mètre d'Alcide qui s'était hissé sur un assemblage de caisses vides. Ils se retournèrent et virent trois marins qui les mettaient en joue. En un battement d'yeux, ils choisirent la seule fuite possible : un plongeon dans les eaux nauséabondes de l'embouchure du canal Levassor. Alcide se blessa contre la carcasse rouillée d'une épave et poussa un cri avant de couler à pic. Les marins se mirent à tirer sans discontinuer sur toute la surface de l'eau. Amédée se laissa dériver par le courant, la figure chimérique de Philomène s'imposant à son esprit. À la nuit tombée, il regagna le rivage et se cacha parmi les barques. Il n'était pas loin du refuge mais il attendit avant de s'approcher en rampant. Par une fente, il aperçut le pêcheur qui les protégeait ainsi qu'un homme qui paraissait indien à cause de la texture d'huile de ses cheveux ; ils se penchaient sur un corps au fond d'un filet. Il entra sans faire de bruit et reconnut Alcide qui avait une large entaille depuis l'épaule gauche jusqu'au nombril. L'instituteur, qui gardait les yeux clos, gémissait.

« C'est moi... fit Amédée d'un ton gêné.

— Bande de couillons ! rétorqua le pêcheur, vous êtes fous ou quoi ? Qui va le soigner maintenant, hein ? Dites-moi un peu ? »

L'Indien demeurait impassible, attendant qu'Amédée le reconnaisse. Dans le demi-faire-noir, les deux amis de Rigobert se serrèrent la main.

« Je me suis évadé du camp de Balata, dit Vidrassamy ; depuis cette histoire de débarquement américain, c'est le bordel là-bas.

— Des soldats américains nous ont tiré dessus. Je n'y comprends rien. Ils ont établi un couvre-feu, c'est ça ?

— Pas du tout ! fit l'Indien, tu as failli être tué par les marins de l'amiral Robert, mon vieux. Cette histoire de débarquement n'est qu'une rumeur populaire sans fondement. Les gens ont vu un bateau de guerre américain dans la baie, ils ont rencontré deux-trois marins américains se promenant dans Fort-de-France et en ont déduit que les États-Unis s'étaient emparés du pays.»

Alcide ouvrit à moitié les yeux et appela son compère Amédée d'une voix cassée. Il lui demanda d'aller chercher le docteur Valbin qui habitait Plateau-Fofo et en qui on pouvait avoir confiance. Franc-maçon, il n'hésiterait pas une seconde à venir en aide à un dissident. Amédée proposa au contraire de faire appel à son cousin Bertrand Mauville, mais Vidrassamy l'en dissuada. En effet, les choses avaient empiré pendant les deux mois au cours desquels Alcide et Amédée avaient été enfermés dans cette cabane de pêcheur au Bord de Canal. Le docteur Bertrand Mauville était devenu l'idéologue numéro un du régime, détrônant même Thomas Gaboly et sa feuille de chou. L'Amiral lui avait d'ailleurs confié la responsabilité d'un nouveau service spécialisé dans la traque des dissidents, en collaboration avec les services secrets de la Marine. Amédée accepta comme un automate d'enfiler des hardes de pêcheur. Il craignait la confrontation avec Valbin, dont il avait négligé la fille dix ans auparavant lors de son retour flamboyant de jeune sorbonnard. Marie-Laure l'avait aimé en secret pendant cette période, mais il ne le sut qu'au moment où elle entra dans les ordres en juillet 1939. Alors qu'il hantait le Morne Pichevin en quête d'une négresse féerique qui n'était pas de son monde, Marie-Laure, minée par le chagrin, sombra dans l'extase mystique au grand dam de ses parents, qui lui avaient trouvé un beau parti. Toute la mulâtraille en voulut à Amédée de cette fin que d'aucuns considéraient comme tragique vu que les Valbin appartenaient, depuis bien avant l'éruption, à une vieille famille radicale-socialiste et anticléricale de Saint-Pierre.

Tragique aussi parce que le docteur Valbin était un membre éminent de la Loge du Commerce. Amédée se rassura en se promettant d'évoquer devant Valbin les souffrances endurées par son père Maximilien, interné au camp de Balata, auquel le liait l'amitié maçonnique. Il escalada le petit raidillon menant au lycée Schoelcher et éprouva un sentiment de joie en revoyant ses épaisses colonnes ocre. Il s'arrêta devant le grillage et le saisit à deux mains, imaginant sa salle de classe d'où l'on pouvait contempler la cohée du Lamentin et les Trois-Ilets. Il se souvint des matins de mars où il arrivait avant tout le monde, même les balayeuses, et s'accoudait au balcon, «le cœur bruissant de générosités emphatiques» comme l'écrivait Aimé Césaire dans son *Cahier d'un retour au pays natal*. Il avait envie de déclamer Ovide et quand ses premiers élèves arrivaient, peinant sous le poids de leurs dictionnaires Gaffiot, il les accueillait d'un sourire qui les détendait pour le reste de la journée. Il continua à battre son chemin, retenant les bords de son chapeau-bakoua des assauts du vent nocturne. Malgré le délestage, il se dirigeait sans peine le long de cette route qu'il avait souvent arpentée le mercredi après-midi en compagnie de ses deux meilleurs élèves, en guise d'application du précepte «mens sana in corpore sano» qu'en ces années 35, 36 et 37, le ridicule mussolinien n'avait pas encore tué. Amédée ressentit une sorte de fierté à l'idée que ces randonnées avaient obtenu un résultat, celui de changer les deux jeunes gens en dissidents de la première heure. Ils n'avaient pas hésité à offrir leurs dix-huit ans à la France Libre alors que lui, à trente-sept ans dépassés, nageait encore en pleine incertitude existentielle.

Le docteur Valbin avait prestement brocanté de

casaque après l'annonce de l'armistice en métropole. D'ailleurs, il ne se montrait plus ni au Cercle martiniquais où la bourgeoisie de couleur discutait doctement des affaires de la colonie en jouant au baccara, ni à sa loge. On aurait juré qu'il avait suivi sa fille dans sa retraite, refusant même l'offre de Jean de Lagarrigue de Survilliers de faire partie du conseil municipal fraîchement nommé par l'amiral Robert. Il reçut Amédée dans le jardin pour ne pas se compromettre et pour lui marquer sa rancune tout à la fois. Il s'enquit des nouvelles de son père par pure politesse puis en arriva à l'objet de sa visite.

« Pouvez-vous secourir un ami blessé ? fit timidement Amédée.

– Un ami à qui ? À vous ou à moi ?

– Un ami à mon père, mentit le dissident, il s'appelle Alcide Nestorin. Il faisait une pêche de nuit dans la baie quand il est tombé à l'eau et s'est blessé sur une épave.

– Une pêche de nuit ? Vous voulez plutôt dire que ce Nestorin tentait de passer en catimini en Dominique, oui ! Je ne soigne pas les ennemis de la France et du Maréchal, jeune homme. Disparaissez de ma vue, sinon vous m'obligerez à donner l'alerte. »

Amédée demeura le bec coi. Le docteur Valbin lui avait déjà tourné le dos et montait le perron de sa villa. Sa longue silhouette voûtée se dessinait sur la porte d'entrée. Pris d'une subite inspiration, Amédée lui lança :

« Au nom de la France, je vous en supplie…

– Que savez-vous de la France, jeune homme ? Je porte une cravate noire en signe de deuil depuis l'assassinat de Jaurès. Vingt-cinq ans déjà, vingt-cinq ans… »

Amédée songea à la carte que lui avait remise Maurice

des Étages et regagna le centre-ville par Clairière puis le Pont de Chaînes, se perdant dans le labyrinthe de cases et de sentiers masqués par des pieds de piquants. Un silence énorme couvrait la ville, accentué par le délestage qui transformait les maisons en masses d'ombre. Il trouva le Studio Pétron sans peine, pour y avoir tiré certaines de ses photos de première communion. La sonnette ne fonctionnait plus et la lourde porte en mahogany interdisait qu'on y cogne avec quelque chance de se faire entendre à l'intérieur. Une bougie éclairait le premier étage derrière un voile d'épais rideaux. Il ramassa une petite roche dans le dalot, qu'il jeta contre la fenêtre. La lueur s'éteignit en un battement d'yeux et Amédée se retrouva entouré d'un flot de noirceur impénétrable. Puis, une lucarne s'ouvrit sous le toit de la maison et une voix demanda :

« Mot de passe !... Je répète : mot de passe !

– Opération Coquelicot, lança Amédée en désespoir de cause.

– Attendez. Je descends... »

Le photographe ne reconnut pas Amédée de prime abord. Il avait gardé sa célèbre claudication et son air de vieil aigle fatigué. Son nez crochu de métis de négresse et de Syrien tressautait lorsqu'il parlait. Ils s'assirent dans ce qui devait être le salon et le photographe demanda :

« Où en sont les préparatifs ? Je n'ai pas vu des Étages depuis quinze jours. J'espère que mon idée a été retenue. Il n'y a pas de meilleur endroit pour s'emparer de l'Amiral que quand monsieur va visiter sa maîtresse à la Croix de Bellevue. Il y vient d'habitude le vendredi vers vingt heures et repart toujours à vingt-deux heures trente précises.

– Monsieur Pétron, la situation est devenue gravissime.

Des Étages a dû replonger dans la clandestinité et nous avons un camarade grièvement blessé. Pouvez-vous faire quelque chose ? »

Le bâtard-Syrien sembla soudain écrasé d'accablement et de terreur mêlés. Il esquissa un geste qu'Amédée ne déchiffra pas à cause du faire-noir, puis le crachotement d'un poste de radio se fit entendre. Plusieurs stations se chevauchaient sur les mêmes fréquences et il était difficile de comprendre autre chose que des pans de phrases. La petite lumière jaune de l'appareil dégageait une clarté dérisoire dans le salon. Pétron parvint enfin à capter Radio Trinidad en anglais et Amédée, le latiniste chevronné, qui avait toujours eu cet idiome en horreur, regretta de ne pas l'avoir étudié plus sérieusement. Il crut reconnaître les noms de Staline et d'Hitler et comprit vaguement qu'il était question de la Yougoslavie et d'un certain Josip Tito dont le speaker parlait avec chaleur.

« Rien de neuf ! fit le photographe au bout d'un moment. Où se trouve le camarade blessé ?

– Dans une case de pêcheur au Bord de Canal…

– Je n'ai pas de docteur à vous proposer… Hon ! Ils se sont tous rangés aux côtés de l'Amiral ! Mais Hégésippe Cincinnatus peut tout aussi bien faire l'affaire. »

Le bâtard-Syrien se mit un vieux melon sur la tête, empoigna une canne en métal et invita Amédée à le suivre par une porte qui donnait sur une cour intérieure. Il ouvrit le battant d'une sorte de hangar et ils se retrouvèrent dans la rue Gallieni. Aussitôt, Pétron se mit à raser les murs avec un balan stupéfiant, en dépit de sa claudication. Au pied du Calvaire, le photographe lui fit signe d'attendre sous le porche d'un magasin et disparut dans un labyrinthe de cases en feuilles de tôle. Une heure s'écoula sans qu'il réapparût et la froidure du devant-jour commença à titiller les os d'Amédée qui se colla au mur de l'immeuble. Il songea à Philomène et une douleur intense le traversa de part en part. Il posa ses lèvres contre l'un de ses bras et l'embrassa passionnément, luttant contre une brusque giclée de larmes:

«Ma négresse féerique, murmura-t-il, je ne peux pas vivre sans vous…»

Une main ferme le tira de sa rêverie tandis qu'une voix un peu caverneuse lui demanda, sur un ton de commandement, de la conduire à «la personne». Amédée avait entendu maintes rumeurs sur le compte du quimboiseur Hégésippe Cincinnatus, célèbre pour communier tous les matins à l'église des Terres-Sainvilles dont il emportait les hosties avec quoi il concoctait des philtres aux pouvoirs, disait-on, mirifiques. Même Octave, son collègue du Morne Pichevin, avait coutume d'avouer à la cantonade:

«Les amis, respect et honneur pour monsieur Hégésippe Cincinnatus, oui!»

Le quimboiseur demanda, chemin faisant, si «la personne» pouvait encore s'exprimer ou bien si la mort avait déjà entrepris de lui amarrer la langue. Il s'enquit de sa couleur car les soins qu'on apporte au nègre-Congo ne sauraient être valables pour le mulâtre ou le couli et pouvaient tuer le Blanc nettement-et-proprement. Avant de pénétrer dans la case où reposait Alcide Nestorin, il s'accroupit et prit une poignée de terre qu'il laissa retomber à la manière d'un sablier en prononçant des invocations en langage bossale. Amédée était partagé entre un sentiment de profonde détresse et le fou rire. Il avait tout accepté des gens du Morne Pichevin, leur intonation plébéienne, leur façon de manger en plein air dans un simple fait-tout et de faire l'amour sans chichis, leurs inconséquences quotidiennes même, mais le quimbois butait sur la dernière petite crasse de rationalisme qui sommeillait dans le recoin le plus obscur de son esprit. Alcide allait mourir. Il venait de prendre conscience de cette évidence. Ce bougre-là, avec sa magie et tout son lot de simagrées, ne pourrait au mieux que lui bailler des illusions afin de lui adoucir son agonie. Il décida de ne pas entrer dans la case et de le laisser officier seul. Ainsi il n'y avait pas un seul docteur, dans cette foutue colonie, assez courageux pour respecter le serment d'Hippocrate et soigner un homme, fût-il un opposant, à l'article de la mort. Il eut envie de héler : «Bande de capons ! Pays de nègres sans graines !» mais un râle monta de l'intérieur de la case. Il s'y précipita et vit Cincinnatus en train d'étaler une pâte jaune clair sur les bords de l'entaille d'Alcide, en récitant à mi-voix ses étranges prières. L'instituteur avait repris ses esprits et souriait pauvrement, les yeux encore vitreux.

«Alcide, mon cher... commença Amédée.

– Péla !» (Silence !) lui intima le quimboiseur furieux.

Ce dernier se mit à bander le corps du malade avec un bout de toile épaisse en lui demandant de ne pas bouger pendant l'opération. Sa dextérité étonna Amédée. Alcide ne semblait pas souffrir de la pression que ses doigts agiles exerçaient sur l'entaille. Quand l'instituteur fut presque momifié, Cincinnatus se redressa et déclara à Amédée :

«Soit la personne passe ce matin même, soit la personne enjambe la mort et, à ce moment, elle a besoin d'au moins trois semaines pour se rétablir. Il ne faut pas que la personne sorte d'ici du tout du tout du tout. C'est compris, oui ou non ?

– Compris », fit sèchement Amédée.

Le quimboiseur rangea son onguent dans une petite bourse qu'il portait à l'intérieur de son pantalon, à hauteur de son sexe, et s'en alla sans les saluer. Par la porte qu'il laissa entrouverte, la vivacité d'un jour nouveau s'engouffra dans la cahute encombrée de rames, de nasses en bambou et de filets de pêche rapiécés. Une soudaine rumeur de marmaille et de « Ohé ! » de pêcheurs en partance pour Miquelon réveilla Alcide pour de bon.

« Ça va aller, compère… » lâcha-t-il dans un souffle.

Vidrassamy, l'Indien de Basse-Pointe, retourna vers le mitan de la matinée, métamorphosé. Il s'était fait raser le crâne à la manière d'un coco sec, si bien qu'il était difficile de prime abord de savoir si on avait affaire à un Indien ou à un nègre. Il tendit à Amédée un papier dactylographié, d'un air fier. Il s'agissait d'un tract du Comité communiste clandestin qui appelait « les masses populaires martiniquaises » à la révolte généralisée contre l'ennemi intérieur clairement désigné comme l'amiral Robert et ses troupes de marine. À aucun moment il ne s'inquiéta de la santé d'Alcide Nestorin et offrit à Amédée une tranche d'avocat pas encore à maturité ainsi qu'un bout de cassave.

« Votre projet d'enlèvement de l'Amiral est une sacrée couillonnade, déclara-t-il. Maurice des Étages et toute sa clique, ce sont des bourgeois. Ils s'en foutent des prolétaires qui crèvent la faim et de leurs enfants qui tombent comme des mouches faute de médicaments. Il travaille pour la classe mulâtre. Non ! Tais-toi, mon vieux !… La classe mulâtre n'a jamais roulé que pour son propre intérêt dans ce pays-là.

– Admettons, répondit Amédée vexé, mais quoi faire alors ? Rester les bras croisés à admirer les clowneries de cette soldatesque ?

– Non, monsieur Mauville. Je n'ai jamais prétendu ça ! Il faut organiser le peuple des travailleurs, les charbonnières, les djobeurs désœuvrés, les servantes, les maçons au chômage, les balayeurs de rue, les charpentiers et lancer un mouvement de désobéissance civile. Plus personne pour assister à leurs défilés, plus personne pour réparer les routes, plus personne pour les servir à table. Voilà ce qu'il convient de faire !

– Et comment le tovaritch Vidrassamy va-t-il s'y prendre ? En distribuant des tracts à des gens qui ne savent même pas lire, peut-être ?»

Alcide tenta de se redresser sur sa couche. Amédée se précipita pour l'en dissuader. Le blessé battit des lèvres pour dire quelque chose mais sa voix fut tout-à-faitement inaudible. Vidrassamy se plongea dans un abîme de calculation, les yeux mi-clos. Le pêcheur qui les hébergeait vint leur apporter un peu de poisson blanc dans une gamelle et leur annonça que leur traversée était prévue pour le surlendemain. L'Indien sursauta. Il reprit le même discours qu'il venait de tenir à Amédée avec une véhémence qui fâcha le pêcheur.

«Mon bougre, si tu veux perdre ta vie, ça c'est tes affaires. Ce que je sais, c'est que vous ne pouvez plus rester ici. La milice fouille les cases du Bord de Canal une par une depuis deux jours. Quelqu'un a dû vous dénoncer… il vous faut déguerpir.

– Alcide n'est pas transportable ! plaida Amédée.

– Je veux partir, je suis avec vous, les hommes…» s'écria le blessé dans un effort surhumain.

Par chance pour lui, ce fut une fausse alerte. Quinze

jours plus tard, il fallut embarquer sur les une heure du matin à l'embouchure du canal Levassor. Le passeur avait allongé Alcide au fond du gommier. Chaque mouvement de la houle lui arrachait des hurlements qu'il était contraint d'étouffer à l'aide d'une demi-calebasse servant à écoper. Presque au sortir de la baie, balayée par les rafales de lumière provenant de trois phares, leur embarcation faillit s'échouer contre l'un des contre-torpilleurs qui d'ordinaire patrouillaient en ce lieu. Ces vicieux de marins avaient stoppé les machines et laissaient leur navire dériver en direction de la Pointe des Nègres. La manœuvre était subtile car le moindre bruit de rame faisait un vacarme d'enfer. Amédée et Vidrassamy durent souquer ferme pour aider le passeur à revenir à terre.

«Depuis que je dois vous faire traverser, j'ai une salope de déveine qui m'accorre, fit-il. Le mois dernier, j'ai emmené près de vingt bougres en dissidence. Je n'ai jamais eu le moindre problème. Et puis, je vous avertis, si votre camarade meurt à bord, je le voltige à la mer. Nous, les pêcheurs, on n'est pas des corbillards !

– On va vous payer votre passage… tenta de l'amadouer Amédée.

– Ce n'est pas une question d'argent ! Quand on va défendre la France, moi, je ne demande que le remboursement de mes frais d'essence et un petit quelque chose pour mes enfants au cas où le malheur se fesserait sur moi. Mais là, charroyer un mourant derrière soi, c'est de la bonne qualité de folie !

– Assez donné à vos bouches de l'air sur mon compte ! Je vous entends, messieurs, fit Alcide. Compère, je suis d'accord avec toi : si je passe, jette mon cadavre aux requins, ça vaudra mieux. Je ne te demande qu'une petite faveur, une seule : balance-le près de Grand-Rivière. Les courants qu'il y a par là me ramèneront sur le rivage de Grand-Anse, j'en suis sûr et certain. »

Les quatre hommes éclatèrent de rire et dissipèrent l'animosité qui commençait à s'élever entre eux, grâce à une bonne chopine de tafia. Le passeur fut tellement enchanté de leur amicalité qu'il les cacha chez lui à Morne Abélard dans un grand poulailler vide sous un pied de jujubes. Sa concubine, une petite chabine dorée et maigrichonne, ne leur posa aucune question et partagea en neuf parts ce qu'elle avait prévu pour six. Ses quatre marmailles faisaient montre d'une débrouillardise sans pareille. Ils partaient en drivaille dès le devant-jour, arbalète et canne à pêche en main, et rentraient à la brune du soir, chargés de victuailles diverses. La chabine décida de ne nourrir Alcide qu'avec du poulpe qu'elle cuisait à toutes les sauces.

« En peu de temps, monsieur sera debout comme un coq-game », affirmait-elle.

Le passeur leur apprit que les relations entre le camp de Balata et l'amirauté étaient au plus bas et que les patriotes en avaient profité pour placarder les murs de Fort-de-France d'affiches anti-pétainistes. Les robertistes en étaient devenus comme fous : des patrouilles de marins blancs et de tirailleurs sénégalais drogués à a la colle de bananier pénétraient chez les gens à n'importe quelle heure du jour et de la nuit, et saccageaient tout sur leur passage.

« Ils cherchent surtout un certain Rigobert Charles-Francis, leur dit un jour le passeur, j'espère qu'il ne s'agit pas de l'un d'entre vous. Je ne protège pas les bandits, moi.

– Rigobert n'est pas un bandit ! s'écria Vidrassamy, nous étions comme qui dirait deux frères avant cette putaine de guerre et je peux dire que c'est un homme qui sait ce qu'honneur et respect veulent dire.

– Peut-être mais ils affirment que c'est lui qui a incendié les champs de canne de l'habitation Acajou, qui a violé deux sœurs travaillant à l'archevêché, que c'est lui qui a attaqué une camionnette de ravitaillement militaire au Plateau-Didier…

– Arrête de dire des couillonnades! l'interrompit l'Indien. Dis aussi que c'est lui qui a coqué ta mère pour te mettre au monde pendant que tu y es! À l'heure actuelle, Rigobert doit se trouver à Basse-Pointe ou à Macouba en train de chercher à enjamber le canal de la Dominique comme nous-mêmes.»

Les jours ayant chassé les jours, Alcide finit par se rétablir tout-à-faitement à la grande stupéfaction de ses amis. Il ne fut pas nécessaire de lui ôter la bande de toile qui l'enserrait de toutes parts. Celle-ci s'était collée à la plaie et cicatrisait avec elle, se desquamant en même temps que les bords de la blessure. Amédée ne lui révéla jamais qu'il avait été sauvé par le fameux quimboiseur du Calvaire, Hégésippe Cincinnatus. Alcide était déterminé à partir depuis qu'il avait recouvré une partie de sa vaillanceté. Le passeur devait modérer son impatience en l'invitant à jouer aux dominos sous le pied de jujubes ou en lui racontant des blagues sales sur l'Amiral. Amédée et Vidrassamy étaient, eux aussi, friands de celle qui avait trait à Hermancia, la maîtresse de couleur du très pieux chef de la colonie.

«Hermancia est tellement jeune fille, mesdames et messieurs, qu'elle se lave la coucoune avec de l'eau bénite. Ha! ha! ha! Et qui lui fournit cette eau bénite, s'il vous plaît? Monseigneur Varin de la Brunelière! s'esclaffait le passeur.

– Peut-être est-ce l'amiral Robert qui exige d'elle qu'elle se passe l'eau bénite entre les cuisses avant de la chevaucher. Ça doit effacer le péché à l'avance, non ? rigolait à son tour Vidrassamy.

– Je ne sais pas. Toujours est-il que monsieur l'Amiral n'a jamais trempé son coco dans la coucoune de madame Hermancia. Eh oui, n'ouvrez pas de grands yeux, les amis ! Hermancia n'était qu'une pauvre mulâtresse qui vendait des bonbons à l'entrée de l'église de Bellevue avant que l'Amiral ne la remarque en sortant d'une messe en l'honneur de sainte Jeanne d'Arc. Je peux le sermenter, j'y étais, ce jour-là.

– Foutre que tu es menteur ! s'exclamait sa concubine, toi, aller à la messe ! Messieurs, n'écoutez pas mon bougre, il ment sur la vérité, il vous raconte des contes, oui. »

En final de compte, l'embellie vint. Des Étages leur fit parvenir un message leur demandant d'intervenir sur les ondes de Radio Dominica dès qu'ils auraient foulé le territoire britannique, de façon à donner du cœur aux autres jeunes nègres qui brûlaient de partir défendre la mère patrie. « Si vous vous faites repérer, avait précisé le chef de la résistance, battez-vous jusqu'à la mort. » Alcide, avec sa légendaire grandeur d'âme, laissa tout ce qui lui restait d'argent à la femme du passeur. Amédée, qui avait commencé à apprendre à lire à l'aîné des marmailles, le serra interminablement contre lui, s'étonnant de sa propre démonstration de tendresse. En cette brève période de tranquillité, il avait pris conscience, de façon confuse certes, qu'il avait toujours désiré un enfant pour remplacer son fils défunt et que la seule femme au monde qui lui semblait digne de le lui faire était Philomène, la câpresse qui vendait son corps – mais pas son âme ! – à la Cour Fruit-à-Pain. Ils n'en avaient jamais discuté au cours de leurs longues nuits d'amour au Morne Pichevin. Comme s'ils avaient eu l'éternité devant eux.

« Or, la vie est plus courte qu'un battement d'yeux… » murmura Amédée pour lui-même.

« Messieurs, dans six heures de temps, nous atteindrons les côtes de la Dominique. Vive l'Empire britannique ! fit théâtralement Alcide.

– Si Dieu veut… » ajouta le passeur soucieux.

Ses craintes se révélèrent infondées. Une mer d'huile accompagna leur embarcation dans ce qui fut une promenade au clair de lune. Ses éclats moirés dans la nuit étaient un véritable enchantement. Peu à peu, la masse hautaine de la montagne Pelée se dissipait derrière une cohorte de nuages graciles. La Martinique ne fut bientôt qu'un songe de plus en plus ténu…

14

Depuis qu'il longeait la côte atlantique, le voucoume de la mer n'avait cesse d'assaisonner ses nuits (car, bien entendu, l'épisode fabuleux du Morne-des-Esses n'avait été que le fruit de ses délires oniriques). Il demeurait muet d'hébétude devant le déferlement des grands rouleaux blancs qui semblaient tous venus du rocher de la Caravelle qu'un phare éclairait au passage. C'était contre cette scélérate que l'avait mis en garde Alcide ! Maintes fois, il avait eu la tentation d'y plonger son corps mais s'était retenu, lui qui n'avait connu que le calme du bassin de la plage de La Française à Fort-de-France.

Il fut émerveillé par le sable couleur de farine de maïs de l'Anse Cosmy, par le vert sombre parsemé d'éphélides des criques de l'Anse Azérot mais c'est l'Anse Charpentier, si démesurée et désolée, qui le cloua en haut d'une falaise, des jours entiers. Il se nourrissait de raisins de mer à la chair violacée et de petit crabes-touloulou. Il avait oublié qu'il était un dissident, un bougre dont l'Amiral avait mis la tête à prix. Il ne se cachait plus, insoucieux des éventuelles patrouilles de la milice. La figure et le fale battus par les embruns, figés par le sel, il surveillait la naissance du soleil et trompait la soif de tafia qui le démangeait depuis longtemps.

« Aime la mer de Grand-Anse, lui avait recommandé Alcide, aime-la au premier cognement de l'écale de tes yeux sur elle et puis laisse la détestation t'envahir, comme ça tu comprendras le sens des gens de chez moi. »

À Marigot, le cœur gros, il avait dû reprendre le chemin des mornes, la mer et les falaises se fiançant trop pour laisser le passage à un homme de sa carrure. Jamais le danger ne s'était fait aussi pressant : des cabrouets chargés de cannes fraîchement coupées sillaquaient à travers la campagne. Des compagnies de coupeurs de canne et d'amareuses livraient bataille à d'interminables rangées, creusant des trous jaune clair dans la masse de verdure. Rigobert comprit ce que Siméon Tête-Coton voulait dire par « couper la canne, ce n'est pas du jeu, vieux frère ! », et pourquoi il préférait crier pour les Syriens sur les trottoirs empoussiérés de la ville. Les coutelas virevoltaient sans pitié dans la chaleur vibrionnante de juin, maniés par des bras noirs maladroitement ficelés dans des restes de vieilles hardes. Plus la canne tombait, plus il semblait que d'autres pieds se dressaient devant eux. Rigobert fut surtout effrayé par l'indistinction des figures de ces nègres, comme si la raideur extrême de ce modèle de travail avait pour résultat de les façonner dans le même moule. De temps à autre, un commandeur à cheval passait au galop, lançant un ordre bref ou happant une canne pour en tester le jus.

Il faisait déjà grosse nuit et pourtant les travailleurs n'arrêtaient pas de bourriquer au flanc des mornes. On avait fait venir des torches de bambou qu'on avait plantées en divers endroits de la pièce de canne pour tenter de percer le faire-noir. Cela lui rappela qu'on vivait en temps de guerre et que nul ne pouvait prétendre s'amuser. Travailler de jour et de nuit était bien une réalité, pas une fable inventée par les opposants irréductibles à l'Amiral. L'esclavage était bel et bien revenu, même si on ne distinguait plus de chaînes aux pieds des nègres ni de carcans à leur cou. L'esclavage ! Rigobert frissonna en prononçant cette parole qui n'avait jamais signifié grand-chose pour lui. Alors, pris d'une panique immotivée, il se mit à fendre les halliers droit devant lui, enjambant des ravines ombragées, escaladant des mornes raides comme des coups de rhum vieux à jeun et, soudain, il se trouva au pied du Morne Jacob, élévation tutélaire d'où partaient les rivières de Grand-Anse. La touffeur de la forêt intouchée le fit hésiter. Il savait qu'y pénétrer signifierait récolter la nuit en plein jour et marcher dans un mélange-migan d'eau et de feuilles mortes, sans doute receleur de fers-de-lance et d'araignées-de-falaise.

Des chiens jappaient en contrebas de la trace qu'il venait d'emprunter. L'avaient-ils flairé au passage ? Il ne fit ni une ni deux, il plongea dans les bois, son cœur et le sang de ses tempes tambourinant sans pitié sa maigre carcasse. À un moment, il atteignit une sorte d'étroit plateau dénudé, gardé par une énorme roche verticale. Il grimpa et, de là, vit les nègres pas plus gros que des fourmis-folles à travers les champs de canne. Il décida de s'y reposer pour la nuit et bascula, épuisé, dans un sommeil maréchal. Une voix secoua la quiétude de l'endroit, une voix lourde, à l'accent congo, qui parlait créole. Rigobert se redressa, chercha autour de lui :

« Jeune nègre, je suis là ! À tes pieds. »

Rigobert entrevit une forme obscure, lovée dans une

anfractuosité de la roche qu'il n'avait point remarquée. Une tête chenue surmontée d'une paire d'yeux brillants l'observa fixement. L'envie de redescendre la trace tout aussi vite le prit, or c'était aller droit à la mort.

«Tonnerre de Dieu! Ce coup-là, j'ai pris du fer, je suis foutu.

— Je t'espérais, reprit la forme en jaillissant brusquement de son trou.

— Moi-même?

— Toi-même, jeune nègre! Les temps de ces jours-ci annoncent des courses-courir sans fin du nord au sud du pays. Les hommes sont devenus des cerfs-volants en rupture de cordage», dit le vieillard ratatiné.

Puis, il ne prit plus du tout la hauteur de Rigobert et se mit à saigner un pied de bois-flambeau à l'aide d'une pierre plate acérée. Une sorte de latex grisâtre s'écoula le long du tronc, qu'il recueillit dans un récipient en bambou. Il pénétra dans sa tanière où brûlaient quelques tisons rougeoyants, en saisit un et fabriqua une torche avec le lait du pied de bois-flambeau qui illumina la petite esplanade. Il sourit à Rigobert et lui dit:

«J'en ai vu passer des dizaines et des dizaines de ta marque, mon nègre. Vous désirez tous vous rendre en Dominique mais qu'est-ce qu'elle renferme de si extraordinaire, cette contrée brumeuse qu'on aperçoit d'ici quand le ciel est dégagé?

— Nous partons à la guerre...

— À la guerre! Ah, quelle guerre? Celle des hommes blancs qui n'ont que faire de nos macaqueries...»

Alors le vieux-corps tint Rigobert sous l'empire de sa parole toute la nuit, lui baillant des contes d'un merveilleux tel que le dissident se demanda s'il n'était pas en train de rêver une seconde fois. Peut-être que le soleil lui avait tant et tellement échaudé la peau du crâne qu'il était incapable de distinguer la réalité de l'imaginaire. Et si le cœur du pays n'existait pas ! Et si le refuge qu'il cherchait loin des traîtrises de la ville n'était qu'une chimère ! Comme s'il avait deviné la perplexité qui minait Rigobert, le vieux-corps lui déclara :

« Je vais te laisser poursuivre ta route. Tu n'auras qu'à te laisser conduire par cette trace que tu vois là-bas dans les halliers, et quand le soleil sera en descendant, tu seras à Grand-Anse. Toutefois, je vais te réciter un dernier conte et tant que tu n'en auras pas déchiffré le sens, tu ne comprendras pas où va ta vie... Cela s'appelle *Monsieur le Roi et son enfant bâtard*. Monsieur le Roi avait trois garçons. L'un qui avait pour nom Le-Cadet, un autre Le-Printemps et un dernier qui était un fils bâtard, Ti Jean-de-la-Nuit. Un jour, le Roi se faisant vieux tomba gravement malade. Il envoya Le-Cadet et Le-Printemps lui chercher des remèdes à l'autre bord de la terre, dans un pays qui est loin-loin-loin, un pays qui s'appelle "Belle Vie", à Coulée d'Or... les deux garçons du Roi étaient partis avec une pile d'argent afin de ramener les remèdes-qui-guérissent-tout à leur papa. Quand ils arrivèrent à la ville, une seule bacchanale, un seul bordel y roulait. Dès que tu avais quelque argent, tu pouvais obtenir tout ce que tu voulais. Les soirs il y avait un bal, les gens dansaient tout nus, les femmes se transformaient en hommes et les hommes en femmes. Krik !

– Krak ! répondit Rigobert.

– Les deux jeunes gens, Le-Printemps et Le-Cadet, tombèrent dans la vie facile. Rencontrant des joueurs de cartes, ils se mirent aux cartes, rencontrant des débauchés, ils se mirent dans la dévergondation, rencontrant des bagarreurs, ils se mirent dans la bagarre. Un jour, ils furent ruinés. Les bandits de la ville avaient trouvé le moyen de les détrousser et d'amener le juge de paix à les enfermer à la geôle. Mistikrik !

– Mistikrak ! répondit Rigobert.

– Les jours passèrent, chassant les jours, le Roi ne voyait pas ses deux garçons lui rapporter les remèdes alors qu'il sentait venir la mort. C'est à ce moment-là qu'il songea à son troisième garçon bâtard qu'il n'aimait point du tout et que les deux frères détestaient aussi. Il fit venir Ti Jean-de-la-Nuit et l'envoya à leur recherche avec quatre fois plus d'argent que ce qu'il avait remis à ses aînés. Arrivé en ville, Ti Jean-de-la-Nuit découvrit qu'on traînait ces derniers autour de ses murailles derrière deux chevaux, tels des chiens. Ils avaient été condamnés à mort car ils étaient devenus nouveaux dirigeants du bordel à Belle Vie, à Coulée d'Or. Le petit frère bâtard n'hésita pas, il se frappa la poitrine et dit aux bourreaux: "Détachez-moi ces hommes !" Les bourreaux rétorquèrent: "D'accord si vous payez leur crime, car ils ont saccagé la ville, pris nos femmes, corrompu nos enfants." Ti Jean-de-la-Nuit paya tous les crimes de ses deux frères. Puis, il acheta les remèdes pour son père et il se dit que même si Le-Printemps et Le-Cadet étaient la honte de la famille du Roi, même s'ils étaient en lambeaux, il n'avait pas le droit de les abandonner. Il décida de les ramener à son père. C'est comme ça qu'ils les conduisit, presque nus. Yé krik !

– Yé krak ! répondit Rigobert.

– Sur le chemin du retour, les trois frères arrivèrent près d'un puits appelé Puits d'Abel. Ti Jean-de-la-Nuit, qui avait soif, se pencha sur sa margelle pour boire un petit brin d'eau. Le-Printemps et Le-Cadet, qui le détestaient, le jetèrent dans le Puits d'Abel afin qu'il ne raconte pas à monsieur le Roi dans quelle situation de bamboche effrénée il les avait trouvés à Belle Vie, à Coulée d'Or. Ah! C'est la parole qui est belle! Il se trouvait que le Puits d'Abel était plus profond que le précipice d'une falaise bordant les fronts dominants. Les deux frères ramassèrent les affaires de Ti Jean-de-la-Nuit, sans oublier le remède de leur père. Ils rentrèrent chez monsieur le Roi, qui leur demanda où ils avaient passé ainsi et s'ils n'avaient pas rencontré Ti Jean-de-la-Nuit qui était parti à leur recherche. Le-Cadet et Le-Printemps qui savaient très bien ce qu'ils avaient fait, mentirent à leur père. Krik!

– Krak! répondit Rigobert.

– Ainsi, le Roi but le remède et guérit. Afin de remercier le ciel, il donna un festin et invita tout son monde. Ses deux fils s'habillèrent bien comme il faut et prirent place à la table royale. Pendant le déroulement du festin, un gros oiseau prit Ti Jean-de-la-Nuit en pitié et le sauva du Puits d'Abel. Ti Jean-de-la-Nuit arriva au château de monsieur le Roi alors que le festin battait son plein. Il était sale, les vêtements en hardes comme un mendianneur et tout son corps couvert de poils. Son propre père ne le reconnut pas. Il essaya d'entrer par la cuisine mais un valet l'en chassa. Dans la cour, des domestiques lui crachèrent dessus, prêts à le chasser aussi. Quand le Roi apprit qu'un mendianneur rôdait près du château, il donna l'ordre qu'on le rasât proprement et l'habillât comme un prince. Cela fait, les domestiques l'amenèrent au Roi qui reconnut immédiatement son fils bâtard. Il le fit asseoir à ses côtés et lui demanda de lui expliquer ce qui s'était passé. Ti Jean-de-la-Nuit raconta à son père ce que lui avaient fait les deux autres frères.

Pour les punir, le Roi les déshérita. C'est depuis ce jour-là que tous les pères reconnaissent leurs enfants bâtards. Moi-même, je passais par là, j'ai entendu cette raconterie et quelqu'un m'a donné un grand coup de pied aux fesses pour que j'arrive jusqu'à vous ici et que je vous la baille, mon ami. Yééé krik !

– Krak ! »

Le vieux-corps s'accroupit et dessina une étrange calligraphie sur le sol, puis il lui donna l'ordre de partir. Rigobert voulut lui demander le sens de cette histoire dont il sentait qu'il n'avait saisi que l'écorce et non la chair, mais le conteur avait déjà regagné son antre et s'y était muré avec un tronc de fougère géante. Il ne restait plus à Rigobert qu'à descendre la trace qu'il lui avait indiquée. Curieusement, il se sentit plus fort, plus maître-à-manioc de sa personne et les paroles du conte l'irradiaient encore. Il arriva au Morne Carabin où il demanda pour la case familiale des Nestorin. On lui ricana au nez, le dévisageant avec une méfiance appuyée. Il continua à avancer à travers la campagne qui regorgeait de cultures de toutes sortes et où l'on devinait la proximité de la mer à une chaleur secrète de l'air qui donnait au bougre une envie de chanter. Il chercha un air de carnaval dans sa tête et s'étonna de n'en trouver pièce. Toutes ces aventures l'avaient vidé comme un coco sec et il avait même le sentiment qu'au fond, cette guerre qui l'avait contraint à abandonner son Morne Pichevin, là-bas, lointaine, impalpable, n'avait qu'une raison d'être : lui faire trouver un sens à l'errance quotidienne qui avait été la sienne jusqu'à maintenant.

À Fond-Massacre en revanche, on le reçut à bras ouverts, un peu à la façon d'un enfant prodigue ramené par le vent. Le père d'Alcide était un muletier d'une placidité admirable auprès duquel les coupeurs de canne et les manieurs de houe des environs venaient prendre conseil à la moindre vétille. Il raccommodait les concubins en bisbille, soignait les rages de dents des petites marmailles, prêtait quelques têtes d'ignames à des amis venus du bourg de Grand-Anse contre la promesse de poissons imaginaires puisque la mer en cet endroit du pays avait la triste notoriété d'être incurablement bréhaigne. «Un abbé l'a maudite quelques années après l'éruption de la Pelée, lui avait révélé Alcide. Il a secoué sa robe sur ses flots et depuis ce jour, plus moyen d'y capturer ne serait-ce qu'un misérable poulpe ou un marignan-tête-de-fer.»

Rigobert s'étonna que personne ne prononçait jamais le mot «guerre» et qu'on lui faisait de gros yeux quand il demandait à qui s'adresser pour traverser le canal de la Dominique. La famille Nestorin semblait mue par une unique préoccupation, celle du travail de la terre, et elle était si nombreuse (le père ayant recueilli des enfants de différents lits) que Rigobert avait renoncé à identifier clairement le lien de parenté que les uns entretenaient avec les autres. Une femme qui lui sembla dormir dix soirs d'affilée dans le lit du patriarche se désignait comme sa fille, ce qui ne semblait choquer personne. Le seul à avoir retenu son attention était le fils d'Alcide avec cette fameuse coulie blanche qui l'avait abandonné pour un Blanc créole de l'extrême-Nord et dont on n'évoquait la personne qu'en crachant par terre. Son élégance naturelle et son teint jaune tranchaient avec la noire uniformité du restant de la famille. Il avait la parole rare et se tenait souvemment à l'écart. On l'avait d'ailleurs désigné sous le sobriquet mi-affectueux mi-jaloux de Bec-en-Or pour la bonne raison qu'il refusait de s'exprimer autrement qu'en français. Ses seules distractions consistaient à chasser les serpents fers-de-lance dans les bois du Morne Jacob et à brocanter leurs têtes à la gendarmerie du bourg contre une dérisoire prime de cinq francs ou à aller à la recherche de l'hortensia rouge des hauteurs, fleur vermillon rarissime dont la belleté étreignit Rigobert jusqu'aux entrailles, et qui ne vit qu'une moitié de jours hors de sa serre naturelle. Mais un jour le fils d'Alcide rompit le pacte du silence qui semblait lier la famille Nestorin:

«Quantité de jeunes nègres de chez nous ont péri noyés dans cette mer enragée que tu n'as pas encore eu l'occasion de voir de près. À quoi sert un tel sacrifice?» demanda-t-il à Rigobert sur un ton de gravité extrême.

Le nègre du Morne Pichevin ne put retenir la colère qui péta en lui et, invoquant le sort tragique de la France avec ces mots créoles de son invention qui faisaient jadis l'admiration des vieux de son quartier, se mit à fustiger l'ingratitude des nègres. Il affirma à Bec-en-Or qu'elle était, la mère patrie, la seule chose pour laquelle il accepterait de donner sa vie de son plein gré et que rien d'autre, pas même sa mère Idoménée, pas même Noëllise qui lui avait pourtant ouvert les portes de son cœur, ne comptait pour lui. D'ailleurs, aujourd'hui même, il descendrait au bourg de Grand-Anse et demanderait pour Login, le passeur dont la renommée avait atteint la capitale elle-même. Le fils d'Alcide demeura impassible, l'air de dire: «Si tu veux te faire jeter à la geôle par les miliciens de l'amiral Robert, vas-y, mon vieux, c'est ton affaire!»

«Je n'ai eu ni père ni mère, moi, allez voir une mère patrie», finit-il par lâcher en tournant les talons.

Il se saisit du bâton torsadé avec lequel il matait la

hargne des fers-de-lance et prit le chemin des bois. Le père Nestorin qui préparait un four à charbon sollicita l'aide de Rigobert pour empiler les branchages de poirier qu'il venait de couper avec deux de ses petits-fils. Le nègre du Morne Pichevin se prit d'admiration devant la subtile stratification de bois et de feuilles sèches de différentes variétés que composait le vieil homme. Il songeait qu'à la ville, même les charbonnières qui passaient leur vie à charroyer en procession leurs lourds sacs, depuis le marché aux poissons jusqu'au port afin de ravitailler les paquebots, ignoraient quel art exigeait la fabrication du charbon de bois. S'accroupissant en certains endroits précis de l'amas ainsi constitué, le père Nestorin en alluma les brindilles à l'aide d'un gros morceau de braise que l'un de ses petits-fils portait dans une pelle rouillée dépourvue de manche. Loin de s'embraser comme l'avait imaginé Rigobert, le four s'emplit d'un sourd grondement, qui signala que le feu avait bien pris et qu'il se propageait lentement sous la première couche de feuilles sèches, dégageant une senteur troublante.

« Ne t'embête pas pour Bec-en-Or, fit le père Nestorin, ce n'est pas un mauvais bougre mais il a son petit caractère à lui. Sois patient, d'ici une semaine je t'emmènerai voir ce Login qui se cache pour l'heure à Grand-Rivière. La côte, de Grand-Anse à Macouba, est devenue peu sûre à cause des miliciens qui fourmillent comme une étouffée de maringouins. On dirait des chiens enragés! Il te faut attendre une embellie, mon nègre... »

Rigobert vécut comme un vrai natal de la campagne de Grand-Anse. Il participa à la fabrication d'huile de coco et de pain de manioc. Il aida à tailler des chaussures dans des restes de pneus de camions qui ne roulaient plus faute d'essence, et qu'on allait dérober en catimini dans les hangars des grandes habitations de békés. Il négociait avec les gens aisés, venus du bourg, des légumes et de la volaille contre des bijoux de famille ou des objets (statues de la Sainte Vierge ou du dieu Mars). Les clients l'appelaient d'ailleurs Nestorin, sachant l'étendue de cette famille et la verdeur de son chef. Pour la seconde fois depuis sa fuite, Rigobert oublia la guerre et ce coup-là, ce ne fut point un rêve éveillé. Des hauteurs qui ceinturaient Fond-Massacre, il observait les contours montagneux étonnamment hostiles de l'île de la Dominique, sans songer que là-bas, à Roseau, l'attendait, lui et les autres dissidents, un bateau qui les transporterait aux États-Unis. Pourtant on captait de façon distincte Radio Dominica et la BBC; contrairement à ce qui se passait à Fort-de-France, personne à Fond-Massacre ne se cachait pour les écouter. Toute la famille Nestorin était gaulliste et plusieurs fils et neveux du patriarche avaient rejoint les Forces Françaises Libres bien avant la prise du pouvoir par l'amiral Robert. Le vieil homme, héros de 14-18, n'avait eu aucune peine à les convaincre d'aller aider la mère patrie, et tout le monde considérait la dissidence tardive de Rigobert comme une preuve supplémentaire de l'inconséquence des gens de la ville. Les femmes doutaient même qu'il éprouvât un réel amour pour la France, et la femme-fille du père Nestorin prétendait qu'il fuyait un chagrin d'amour et rien d'autre. C'est que Rigobert n'en reluquait aucune. La blessure causée par Noëllise étant refermée et Celle-qui-n'a-pas-son-pareil ne venant plus hanter ses rêves, il se sentait aussi soulagé que celui qui vient de soulever un sac de roches. Il comprenait ce qui avait tant ralenti la course de ses pieds. Au moment où il approchait du but, il n'y avait aucune raison d'embarrasser son cœur d'une nouvelle passion, foutre! Au cours des longs après-midi chauds sur la véranda, seul à ne pas trouver le sommeil, il s'étonnait que l'amour ait pu tenir une place aussi importante dans son existence. Pourtant, il se gaussait toujours de ce débiellé de mulâtre d'Amédée ou de ce cocasse d'instituteur-chaud lapin d'Alcide ou même de cette Philomène qui recherchait chimériquement un bâton dans la vie. Il se demandait si, en final de compte, il n'était pas, contrairement à ce qu'il avait toujours cru, de la même espèce qu'eux. Ce qui veut dire qu'ils n'étaient tous qu'une compagnie de nègres et de négresses à la recherche désespérée d'une bouée dans ce monde si plein de récifs.

Quand le père Nestorin jugea le moment propice, il l'emmena avec lui déguisé en femme au bourg de Grand-Anse et, là, Rigobert comprit d'un seul coup tout ce qu'Alcide n'avait pas su lui traduire avec des mots. D'abord la mer, immense et rageuse, roulant sans arrêt des lames qui s'enroulaient sur elles-mêmes dans un fracas assourdissant. La mer de Grand-Anse si réputée pour sa violence et ses entrailles bréhaignes. Et ce sable noir couvert de cristaux brillants comme des têtes d'épingle sous le soleil, ce noir d'obsidienne qui vous imposait sa solennité inquiétante. De quelque bord que l'on se trouvât dans le bourg – une rue-devant faite de boutiques, de cases-à-rhum et de magasins de toile tenus par des Syriens; une rue-derrière réservée au boulanger, au presbytère et bien sûr à ces messieurs qui parlent le beau français – on était empli de ce lourd martèlement, tant et tellement qu'il prenait un malin plaisir à suivre le balan même de votre cœur.

«Mais elle ne se laisse pas couillonner, déclara Login

d'un geste fataliste en direction de Miquelon, elle est là, elle nous ronge notre sommeil la nuit, elle nous amarre à son ressassement pendant qu'on travaille le jour, et inutile d'essayer de faire le vide dans sa tête et de l'oublier. Malgré ça, on l'aime, cette chienne de mer qui nous vole parfois nos enfants trop téméraires. »

Monsieur Login (il insistait pour qu'on lui baillât ce titre ou sinon il vous tournait le dos), un nègre mince et long comme le Mississippi, d'une cinquantaine d'années environ, était mécanicien à la distillerie de Fond-Brûlé avant la guerre. Sa principale distraction était de sortir en mer le samedi matin sur son *Ne me jalousez pas*, l'unique canot de la commune, et de rentrer trois heures plus tard sous le regard à la fois goguenard et furieux des anciens qui trouvaient que le bougre exagérait de provoquer ainsi la mer atlantique. Toujours est-il que cela lui avait permis de se reconvertir dans le transport de vivres entre Grand-Anse et la petite ville de Trinité. En fait, monsieur Login avait à son actif plus d'une soixantaine de passages clandestins vers l'île voisine, et bien qu'on le soupçonnât fortement et que le nouveau maire désigné par l'Amiral lui refusât tout bon de ravitaillement par mesure de rétorsion, personne n'avait pu le prendre sur le fait. L'explication en était limpide : il ne tentait ses traversées que les jours de grand vent, lorsque la mer se faisait si enragée que les habitants du bourg se signaient discrètement chaque fois que leurs yeux avaient le malheur de buter sur elle. Mettre un gommier à la mer par de tels temps relevait de la démence et le monde prétendait que « Monsieur Login tel que vous le voyez là a signé, je vous le certifie sur la tête de ma marraine, un pacte avec les Manmans d'Eau ». Or, il ne faisait que compter sept lames et, à l'embellie qui s'ensuivait, il poussait prestement son canot vers le large.

Dès que Rigobert eut ôté son ridicule accoutrement, il le dévisagea et dit :

« Toi, tu ne passes pas, mon vieux ! »

Interloqué, Rigobert se tourna vers le père Nestorin. Le vieil homme ne brenna pas un poil d'yeux.

« Je répète qu'il n'y aura pas de dissidence pour toi, reprit le passeur, cette mer-là n'embarque pas le premier venu sur son écale. Une fois, j'ai tenté le défi de prendre à mon bord un nègre de la ville de ta qualité, eh ben, elle nous a chavirés près de La Roche que tu vois là-bas et le pauvre bougre n'a pas été capable de rentrer à la nage. On a retrouvé son corps jusqu'à Moulin-l'Étang.

– C'est toi qui connais… » fit le père Nestorin, énigmatique.

Rigobert était effondré. Tant de fatigues, tant de risques pour rien et cela depuis des mois et des mois ! Voilà qu'on lui refusait le droit de quitter ce pays où sa caboche était mise à prix ! Il chercha une issue, un compromis, n'importe quel arrangement et n'en trouva point. Monsieur Login déclara que même pour un paquet d'or, il n'embarquerait pas un passager tel que Rigobert.

« Ce n'est pas moi qui te refuse, compère. Je ne te connais ni en bien ni en mal donc je n'ai rien contre toi, mais sache que cette mer-là a sa volonté et nous, les nègres de Grand-Anse, on n'a qu'à lui obéir ou alors elle vous démantibule nettement-et-proprement. »

Le nègre du Morne Pichevin fut contraint d'attendre le finissement de la guerre au sein de la famille Nestorin, à Fond-Massacre. Plein d'amertume, il lui arrivait de scruter le promontoire de la Crabière dans le lointain, ce lieu béni où, aux dires d'Alcide, les raisiniers offrent les lourdes grappes de leurs fruits en pâture au gibier marin et aux diablesses. L'envie de s'y rendre le tenailla une charge de temps mais la ribambelle des Nestorin le surveillait, peu désireuse qu'on apprît qu'elle hébergeait un hors-la-loi. Le destin fit alors de lui un solide nègre de la campagne et cela changea du tout au tout sa vision des hommes et du monde. Un nouveau Rigobert naquit un beau jour d'avril 1942. Cet homme-là ne lançait plus d'anathèmes à la figure du Bondieu, ni n'accablait sa mère Idoménée de reproches empreints d'une férocité débornée comme à son habitude. Il méditait, cherchant à en percer les méandres, ce passage des Psaumes dédié à «la glorieuse épopée d'Israël», que le père Nestorin lui récitait souventes fois afin qu'il engrange de la patience :

«Le Seigneur a dit: "De Bashân, je fais venir,
Je fais revenir des abîmes de la mer,
    afin que tu enfonces ton pied dans le sang,
    que la langue de tes chiens ait sa part d'ennemis."»

15

Henri Salin du Bercy n'avait pas voulu se rendre à l'amirauté, ce qui aurait signifié une sorte de Canossa. L'amiral Robert, lui, avait refusé l'invitation à déjeuner dans son «château» de la plaine du Lamentin. Il avait fallu trouver un terrain neutre pour permettre aux deux hommes les plus puissants de la colonie d'entamer un dialogue. Le gouverneur Nicole, réduit de facto à l'état de bois-bois de carnaval depuis la débâcle en France, avait offert sa résidence en prenant soin de préciser qu'il passerait la journée à Morne-Rouge où devait se dérouler une journée d'actions de grâces en faveur de «notre armée».

Salin du Bercy et Robert s'étaient soigneusement évités dès la prise de pouvoir de ce dernier, au cours de laquelle ils s'étaient serré la main avec une froideur sans appel. Tout d'emblée les sépara : le béké manifestait des dehors de bon vivant, amateur d'orgies avec les négresses, dont le seul centre d'intérêt tournait autour de son usine sucrière du Lareinty, la plus grande de la Martinique, et ses huit cents hectares de bonnes terres plates, chose précieuse dans cette île où derrière des mornes, il y avait des mornes et encore des mornes ; l'Amiral, avec sa face émaciée, son regard austère, était un catholique bon teint, respectueux de l'ordre et de la morale, qui nourrissait une très haute idée de sa nouvelle affectation aux Amériques. Pour lui, les Blancs coloniaux ne représentaient qu'une poignée de descendants de malandrins exilés et de prostituées de La Rochelle qui s'étaient inventé des quartiers de noblesse pour impressionner les nègres, mais à qui il manquait le sens de l'honneur et, plus grave, l'amour de la mère patrie. Il s'était d'ailleurs trouvé dans l'obligation de solliciter un entretien avec le patriarche de la caste pour lui rappeler que jusqu'à preuve du contraire, l'île de la Martinique demeurait une possession française, l'une des plus vieilles d'ailleurs (« française bien avant Nice et la Savoie », comme les bourgeois de couleur lui avaient annoncé d'un air fier le lendemain de son arrivée), et que le devoir patriotique ignorait les particules et les patronymes à rallonge.

Bien que le rendez-vous fût fixé à neuf heures du matin, du Bercy arriva quelques instants avant dix heures et ne daigna pas s'excuser. Il était vêtu d'un costume de lin blanc et d'un casque colonial immaculé. Il donna congé au chauffeur de sa Dodge qui pétaradait à cause du médiocre carburant à l'alcool de canne qu'utilisaient les rares véhicules particuliers encore en état de marche. Il se promettait de passer un sérieux va-te-laver à ce couillon d'amiral qui se faisait tirer l'oreille pour fournir aux békés l'essence que les bateaux américains débarquaient chaque mois au fort Saint-Louis. Le valet du gouverneur ne savait que faire devant l'impressionnante inimitié qui s'était installée entre ces deux Blancs. Il servit un punch à chacun et posa un carafon de jus d'ananas sur la petite table en acajou où s'était attablé l'amiral Robert, qui s'éventait à l'aide d'un dossier en dépit de la fraîcheur de la véranda. Ce dernier s'était dressé et avait fait un bref salut militaire. Le Blanc-pays avait ôté son casque colonial sans qu'on puisse interpréter le moins du monde un tel geste comme une marque de déférence. N'étant pas demandeur, il attendait que le chef de la colonie ouvre les hostilités. Il lui trouvait l'air d'un vieil aigle fatigué avec ses yeux perçants et sa barbichette pointue.

« Monsieur du Bercy... commença-t-il d'une voix douce mais ferme, j'ai à vous entretenir d'une très grave question relative à l'avenir même de nos possessions dans cette partie du monde. Il y va de l'avenir de l'Empire... »

L'Amiral guetta un hochement de tête ou un grognement approbateur qui ne se manifesta point. Au contraire, le béké avait allongé les jambes et donnait l'impression de s'ennuyer ferme.

« Vous connaissez, je crois, un certain monsieur Gervasi, attaqua l'Amiral, journaliste de son état, qui aurait visité notre île il y a trois semaines de cela.

– Ah ! Cet Américain fouineur qui se plaignait tout le temps des moustiques ! Nous avons bavardé une matinée, si mes souvenirs sont exacts. De tout et de rien... les Américains ne comprennent rien à la vie française, c'est bien connu...

– Ce monsieur a cru bon d'écrire dans la presse de son pays que des membres éminents de l'industrie et du commerce de la Martinique lui auraient fait part de leur souhait de la voir passer sous contrôle américain. En tant que représentant de l'État et donc de son intégrité territoriale, surtout en cette période de grand malheur national, je me dois de réagir... »

Henri Salin du Bercy ne put empêcher un sourire narquois. Il se souvenait combien Gervasi avait été ébahi devant le «charme sudiste», comme il l'avait qualifié, des plantations de Beauchette et de Bois-Rouge. Ils étaient partis tous les deux à cheval à travers les traces qui échancraient le vert soyeux des cannes.

Chemins creux au long desquels Honorienne, sa «da», autrement dit sa nounou noire, le promenait au finissement des après-midi de carême en lui racontant les facéties de compère Lapin. Ils rencontraient de vénérables coupeurs de canne à la peau craquelée par le soleil qui s'arrêtaient pour lui sourire ou lui susurrer une parole gentille dans leur créole pourtant si rauque. Il était le fils du maître, celui que tous chérissaient et que les négresses nubiles voulaient toucher pour attraper un petit brin de chance dans la vie. La nounou avait invariablement quelque rendez-vous galant aux abords des cases à nègres situées en contrebas d'un petit morne rocailleux. Des mères entourées d'une marmaille innombrable faisaient cuire des carreaux de fruits-à-pain dans d'énormes fait-tout noirâtres posés sur trois roches à feu. Elles lançaient comme une ritournelle :

«Honorienne, chère, tes affaires roulent bien ?

– Tout douce, tout douce…» murmurait la nounou en enveloppant l'héritier du Bercy dans les pans de sa robe en madras rouge et or, qui faisait s'écarquiller d'admiration les grains d'yeux des négresses.

À ces moments-là, l'enfant éprouvait contre son visage la douceur un peu moite des bras de celle-ci et il fermait les siens contre son ventre, de ravissement. Elle brocantait des propos furtifs avec le maréchal-ferrant, homme d'une impassibilité légendaire qui ôtait rarement sa pipe de sa bouche, même, ô braveté! quand le père d'Henri lui adressait la parole. Les autres travailleurs de l'habitation avaient l'air de le craindre depuis qu'il avait reconstruit sa case à l'écart après le passage du dernier cyclone. L'enfant comprit beaucoup plus tard les raisons de cette surprenante impunité : le maréchal-ferrant était le seul de tout le pays à savoir fabriquer des caidons à l'effigie de son père. Partout ailleurs, ce n'étaient que de grossières rondelles en zinc sans la moindre marque, que les planteurs baillaient à leurs travailleurs casés en guise d'avance sur salaire. Alors que les caidons n'avaient légalement cours que dans l'enceinte des habitations cannières où les nègres les échangeaient contre des chopines d'huile, des boîtes de beurre rouge, des demi-livres de morue salée ou du tabac à chiquer, celles de Du Bercy avaient maintes fois fait illusion sur les marchés des bourgs où certains nègres bandits dans l'âme n'avaient pas craint de les mêler aux sous marqués par le gouvernement. Le maître n'avait tenu aucun compte des remontrances de l'administration à ce sujet et la presse socialiste le soupçonnait même d'encourager ses bougres à commettre de tels délits. Henri revoyait son père gueulant tout seul sur le pas de sa porte :

« Man pa ni konmisyon ba gouvèlman, mwen. Zafè tjou'y ! » (J'en ai rien à foutre du gouvernement, moi !)

En pleine récolte, dans la splendeur d'avril, il avait coutume de rassembler tous ses nègres, gens casés comme gens du dehors, venus louer leur sueur comme ils disaient joliment, pour leur tenir une plaidoirie invariable où paroles de sirop-miel et menaces à peine voilées faisaient bon ménage. Salin du Bercy était un homme du siècle dernier, celui où il se vantait à tout bout de champ d'avoir vu le jour, comme l'expliqua Henri au journaliste américain, et l'arrivée des syndicats dirigés par des communistes, le plus souvent mulâtres et sans aucune attache terrienne, l'avait surpris comme une égorgette donnée en traître. Il ne comprenait pas que les coupeurs de canne ne s'arrêtent plus à son passage pour lui dire «Bonjour, missié» et que les amareuses refusent plus souvent que rarement d'obéir à ses désirs charnels qui étaient aussi soudains qu'insatiables. Seule la négraille de la grande maison, les sept cuisinières, les deux jardiniers, le valet muet, la nounou de son fils aîné et son cocher étaient demeurés d'une docilité exemplaire. Le pire était que Sophie, son épouse, trouvait ces changements tout à fait normaux et continuait d'accourir au mitan de la nuit, comme au bon vieux temps, jusqu'aux cases à nègres lorsqu'une négresse ne parvenait pas à mettre bas. Il s'enferma de rage impuissante dans un mutisme qui faisait tressaillir la famille lors du repas du soir, l'entrecoupant de «Tonnerre du sort!» tonitruants. Exaspérée parfois, Sophie du Bercy plantait là mari et enfants et montait prier à l'étage dans leur chapelle privée où le prêtre du Lamentin venait officier une fois par mois. Le père d'Henri en profitait pour faire venir l'une des six lavandières mulâtresses dont il avait une rafale de bâtards dans une baraque attenant à la maison et la montait bruyamment une bonne partie de la nuit. Sa préférée, une grande bringue aux cheveux qui lui arrivaient sur la raie des fesses, nommée Doriane, se comportait même comme l'égale de Sophie du Bercy, entrant sans frapper au salon ou rabrouant les cuisinières quand elles tardaient à lui remettre les restes de repas auxquels son statut lui donnait droit.

«Mes enfants doivent manger comme leur papa, foutre! s'écriait-elle. Je n'ai pas mis des petits nègres sur la terre, moi, eh ben Bondieu!»

Gervasi avait tenu à descendre de cheval et à pénétrer dans les cannes en dépit de leurs feuilles effilées comme des rasoirs ainsi que des serpents trigonocéphales qui y gîtaient. Il les trouvait plus nobles que les cotonniers du Mississippi et de l'Alabama et moins propices à nourrir l'âme de tristesse. Un coupeur lui en avait épluché une et il avait essayé ses dents sur elle avant de s'en délecter sous l'œil réjoui d'Henri Salin du Bercy. Ce dernier se souvenait du jour où une marche de grévistes en colère l'avait barré à hauteur de la Lézarde où il allait chercher des sangsues pour soigner le gros-pied de sa nounou. Il ne sembla aucunement ému par les vociférations des bougres et c'est sans doute son calme qui le sauva d'une mort quasi certaine puisque quelques heures plus tôt, trois grévistes avaient été fusillés sur les terres de son père par les gendarmes à cheval du Lamentin. Le chef de la bande l'avait soulevé de terre et lui avait demandé avec rudesse : « Sa ki'w, ti bétjé ? » (Qui es-tu, petit Blanc ?)

Mais une grappe de nègres s'étaient précipités pour protéger le gamin qui mâchonnait une canne créole et se léchait les doigts par intermittence. Ils avaient continué leur marche sur l'habitation en entonnant un chant de bèl-air au rythme lancinant. À aucun moment Henri n'avait eu peur. « Ma force, songeait-il parfois, c'est que je n'ai jamais eu peur des nègres. Sophie, qui les aime pourtant bien, tremble dès qu'elle entend les premiers battements d'un tambour. Hon ! » Gervasi aussi semblait les craindre et risquer une chute de sa monture, quand un vieillard, hideux et sec comme le bâton torsadé sur lequel il s'appuyait, surgit au détour d'une trace et leur dit :

« Patwon, ba nèg ou an ti lanmonné, souplé ! » (Patron,

fais la charité à ton nègre d'une petite pièce de monnaie, s'il te plaît!)

Henri ne put refréner un rire gras et chassa le mendianneur d'un coup de pied dans l'estomac suivi d'une cravachade sur les épaules. Le vieux nègre parut se casser en deux, révélant une carcasse aussi filiforme que celle d'une mante religieuse, puis brusquement il se redressa et se sauva plus vite que l'éther dans un champ de cannes, en dessinant devant eux une étrange figure avec son bâton. Gervasi, blême et couvert de sueur, s'agrippait à sa selle sans faire avancer sa monture.

«Ce bougre-là est un vieux nègre-marron inoffensif, lui expliqua le Blanc-pays. Son père, à ce qu'on dit, avait fui avec deux femmes en haut du morne que vous apercevez là-bas, le Morne Pitault, vers 1843 ou 44, quelques années avant l'abolition de l'esclavage. Mon aïeul l'avait acheté fort cher à un négrier hollandais qui avait fait une escale forcée à Saint-Pierre à cause d'une avarie, je crois. Le bougre abattait un travail monstrueux: coupant la canne, bâtant les mulets, grajant le manioc pour en faire de la farine et surtout engrossant toutes les négresses de l'habitation. À cette époque-là, nous les du Bercy, nous possédions plus de cent cinquante esclaves et nous n'avions jamais eu de révoltes, hormis un ou deux mouvements d'humeur lorsque nous tardions à les ravitailler en morue salée. Ah ça! Ils adorent la morue, les bougres! Subitement, cet esclave hollandais incendia l'une de nos plantations à Roches-Carrées et marronna sur les hauteurs. Du Morne Pitault, on découvre l'ensemble de la plaine du Lamentin et, au loin, Fort-de-France et Schoelcher. Le Hollandais put déjouer les battues organisées par mon grand-père et quand nous avons libéré les nègres, lui et ses épouses refusèrent d'y croire et s'enfoncèrent plus profondément encore dans leur refuge forestier. Je ne vous ennuie pas au moins ?

– Pas du tout ! » répondit l'Américain qui avait retrouvé sa nonchalance d'homme qui se croit supérieur.

Ils regagnèrent les écuries au même balan que le soir de juillet qui tardait à tomber. Des lavandières revenaient de la Lézarde avec des paniers chargés de draps blancs fleurant bon le savon fabriqué à partir de coquelicots. En dépassant les deux cavaliers, chacune d'elles lançait un clair « Bien bonsoir ! » qui emplissait d'aise l'Américain.

« Ce nègre hollandais eut des enfants de ses deux femmes, dont certains descendirent s'installer dans la plaine. Ceux qui restèrent là-haut devinrent une race à part, sauvage et fière, que les nègres civilisés prirent l'habitude de consulter quand ils voulaient commettre quelque quimbois. Quimbois signifie sorcellerie dans notre pays… mais au fur et à mesure, mon père a commencé à rogner sur leur domaine en élargissant ses plantations sur les flancs du morne. Du coup, ils cessèrent d'être de dangereux nègres-marrons qui venaient voler nos légumes à la nuit tombée pour se transformer en hommes des bois hirsutes et répugnants, auxquels personne ne voulait parler. Le vieux nègre au bâton que nous venons de rencontrer est le dernier de la race. Toutes les femmes ont fui en bas et lui, il est resté tout seul là-haut à rêver parmi les fromagers et les bois-canons.

– Comment s'appelle-t-il ?

– Of ! Je ne crois même pas qu'il soit déclaré à l'état civil. Il se fait appeler N'Zounda ou quelque chose dans le genre, un nom africain, je crois, qui fait rire tous mes nègres. Même ses capacités de quimboiseur sont mises en doute et il n'effraie plus que les négrillons chapardeurs de canne avec les signes cabalistiques qu'il trace avec son bâton. Je pense sincèrement qu'il est devenu fou. »

Un long silence gêné s'était établi entre l'amiral Robert et Henri Salin du Bercy. Chacun essayait de retarder l'esclandre qu'ils savaient inévitable ou, à tout le moins, d'éviter de porter plus tard la responsabilité de son déclenchement. Robert, qui s'était mis au service de la patrie dès le début des hostilités bien qu'il fût déjà à la retraite depuis trois ans, n'avait point soupçonné qu'en acceptant ce poste de haut-commissaire de la République pour les Antilles-Guyane, il serait plus amené à se débattre dans les méandres de la politique qu'à diriger les manœuvres de la flotte française de l'Atlantique. Lui qui s'était toujours tenu à l'écart des préoccupations mesquines des terriens en passant la moitié de sa vie adulte en mer, voilà qu'il se retrouvait confiné dans une villa coloniale du Plateau-Didier hâtivement baptisée « L'Amirauté ». Il y passait le plus clair de son temps à louvoyer entre les menaces des Anglais basés à Sainte-Lucie et Dominique, les pas de deux des Américains qui naviguaient au large de la Martinique dans l'attente d'un ordre de Roosevelt pour débarquer, la pression invisible des sous-marins allemands qui encerclaient l'île prêts eux aussi à tenter un envahissement, l'agitation des gaullistes locaux (tous des hommes de couleur) dont les services secrets de la Marine venaient d'éventer un complot au nom codé de « Coquelicot » visant à provoquer un soulèvement populaire, les bouderies de l'armée de terre et de ce commandant Tourtet au camp de Balata qui trouvait que les marins étaient les premiers et les mieux servis en vivres et enfin, ces rustres de Blancs créoles, à l'image de cet Henri Salin du Bercy qui lui faisait face, des flibustiers qui se croyaient toujours à l'époque des caravelles et tenaient les lois prises en métropole pour du chiffon de papier. À côté de tous ces requins, le petit peuple nègre lui paraissait fort sympathique. Il se rappelait avec émotion la fête du souvenir du rattachement de la Martinique à la France à Saint-Pierre, à l'embouchure d'une rivière où Colomb avait pour la première fois mis pied à terre. Il n'avait jamais éprouvé une telle ferveur populaire, un tel amour de la France. Amour qu'il jugeait d'autant plus sincère que ces plantureuses négresses couleur de suie à la tête ceinte de madras bleu-blanc-rouge, qui portaient à bout de bras des enfants dépenaillés et qui le surnommaient «Papa Robert», ne bénéficiaient en rien des largesses du gouvernement. Un nègre s'était approché de lui, après sa lecture de l'acte de rattachement de l'île à la métropole et avait pieusement baisé le revers de sa manche. Ne serait-ce que pour défendre l'affection de ces gens pour la patrie, il se devait de rester fidèle au maréchal Pétain qui représentait la seule autorité légale. Ici, en Amérique, la principale menace n'était pas les régiments blindés du Reich mais les porte-avions américains. On lui avait confié les Antilles-Guyane françaises, il fallait qu'il les rende telles quelles, coûte que coûte, le jour où la France retrouverait sa dignité. Il y allait de son honneur d'officier supérieur français. Il se souvenait avec quelle assurance le contre-amiral américain Greenslade lui avait serré la main lorsqu'ils avaient commencé à discuter de leur premier accord. L'officier américain, un énorme cigare à la main, faisait traduire ses propos sans le regarder et hochait la tête en marmonnant des «yeah» inquiétants. Il avait dû ruser pour éviter que la centaine d'avions de guerre dûment achetés et payés aux

États-Unis par la France ne soient rapatriés sur le sol américain. Il avait réussi à proposer le démontage d'une partie de leurs moteurs pour pouvoir les garder dans l'île. S'étant arrangé avec plusieurs chefs mécaniciens, des éléments divers avaient été prélevés sur chaque moteur de façon à en reconstituer au moins une vingtaine en cas de nécessité urgente. Les Américains n'y avaient vu que du feu, tout contents de contempler le ventre dégarni des avions sur le pont du Béarn. De grands enfants! En contrepartie, il avait obtenu un ravitaillement en mazout pour permettre à son navire personnel, le *Barfleur,* et aux deux autres croiseurs, le *Quercy* et l'*Estérel*, de continuer à patrouiller dans les eaux territoriales franco-martiniquaises. Du mazout certes, mais aussi des produits alimentaires pour atténuer les privations dans un pays où la monoculture de la canne ne laissait aucune place aux légumes. Ou si peu. Cet Henri Salin du Bercy avait le ventre plein, lui, disposant de serfs nègres sur ses terres du Lareinty qui lui plantaient de quoi vivre sans modifier son style de vie d'un iota!

L'Amiral tentait de contrôler la fureur sourde qui lui faisait battre les veines du cou. Sa dignité de représentant de l'État lui interdisait de montrer la moindre émotion, surtout dans cette résidence du gouverneur où il se sentait mal à l'aise. Il ouvrit le dossier qu'il avait posé sur la petite table, en ôta un journal qu'il tendit à son interlocuteur.

« Tenez, monsieur Gervasi parle de vous...

– Je suis déjà au courant et je démens les propos qu'il m'attribue. Je n'ai discuté que d'économie avec lui et cela dans un sens favorable à la colonie puisque nous avons évoqué la possibilité d'exporter notre sucre et notre rhum sur le marché américain. Vous savez fort bien que toute notre production de cette année va nous rester sur les bras.

– Non, monsieur ! Nous avons établi une ligne de navigation commerciale entre les Antilles et le Maroc et nous comptons écouler nos produits sur le marché d'Afrique du Nord. La France est un empire, je vous le rappelle. Nous pouvons encore compter sur nos possessions ultramarines pour continuer le combat. Le Maréchal a été contraint de signer l'armistice mais dans son esprit, notre pays n'aura rétabli sa dignité que le jour où le dernier soldat d'Hitler aura retraversé le Rhin. »

Henri Salin du Bercy était plus impressionné qu'il ne voulait l'admettre par le ton et la conviction de l'Amiral. Il avait cru affronter un vulgaire soudard analphabète, un loup des mers qui ne voyait pas plus loin que les tourelles de ses navires, et voilà qu'il avait devant lui un chef. C'était cet homme-là qu'il avait projeté de faire enlever afin de demander la protection des États-Unis pour cause de vacance du pouvoir. Tout était prêt. La malle où il aurait été enfermé, le camion dans lequel il aurait été transporté au milieu d'un chargement de bananes et la cahute où il aurait été séquestré sur l'habitation La Monnerot, au François, sous la garde d'une dizaine de nègres du béké Despointes. Un incident de dernière minute avait fait tout annuler. Un tel homme se serait suicidé plutôt que de subir un tel affront, songea du Bercy, fasciné par le regard de l'Amiral. Il avait fallu trouver une autre parade pour décider Roosevelt. Du Bercy avait cogité des jours et des jours avant de crier eurêka. Il avait convoqué les principaux békés sur son îlet privé pour leur faire part de son stratagème. La plupart d'entre eux ayant des amis ou des parents aux États-Unis, il fallait que par leur truchement l'opinion publique américaine fût informée du fait que l'amiral Robert avait accordé une petite baie aux sous-marins allemands pour qu'ils puissent y faire relâche. Salin avait proposé la baie de Case-Pilote mais, devant les vives protestations de Bally, le béké de la région, peu désireux de recevoir des bombes américaines sur la tête, il avait finalement choisi l'Anse Céron, au Prêcheur, où ne résidaient qu'une poignée de nègres coupés de toute civilisation. Gervasi n'avait pas été très difficile à couillonner, d'autant qu'il avait montré une trouille du tonnerre lors de la montée du Morne Table dont la pente quasi verticale vous voltigeait le regard puis le corps tout entier dans le bleu immobile de la mer des Caraïbes. La traversée de Fort-de-France à l'Anse Céron lui avait été une épreuve sans nom et il ne compta plus les fois où il fallut passer de la voiture de Du Bercy à un cabrouet branlant de paysan et de ce dernier véhicule à l'échine raide d'un quelconque mulet. Parfois, il avait même fallu mettre pied à terre et cheminer dans la touffaille des halliers. Les békés avaient prévu que l'Américain aborderait l'endroit à la brune du soir et lui avaient arrangé une petite escorte de nègres portant des flambeaux en bambou. Du Bercy arborait une figure faussement tendue et mâchonnait un cigare éteint, ne répondant que par monosyllabes aux questionnements répétés du journaliste. Ils firent quatre haltes chez des békés qui, complices du patriarche, forcèrent sur les doses de tafia chaleureusement offertes. À Saint-Pierre, Gervasi était déjà presque saoul et maugréait en anglais contre les attaques des moustiques. Il demeura le bec coi devant la splendeur tranquille de la montagne Pelée dont il rêvait de voir de près le fameux cratère. Il caressa les pans de mur en ruine, mimant l'explosion du volcan avec des gestes saccadés. Du Bercy dut faire taire ses nègres à coups de cravache, tant l'Américain provoquait l'hilarité chez eux.

Au Prêcheur, il se mit à vomir sur son veston, incapable de redresser la tête. Le patriarche béké ordonna qu'on le trempe tout habillé dans la rivière des Pères pour qu'il puisse témoigner à son retour aux États-Unis de la présence des sous-marins allemands à l'Anse Céron. Ce fut à un Gervasi à moitié groggy que du Bercy et Bally, qui s'était joint au groupe, désignèrent une masse sombre à environ deux cents brasses du rivage. L'Américain s'écria :

« God damned ! The Germans are here ! »

Et il s'évanouit dans les bras de du Bercy qui remercia le Seigneur de cet incident providentiel. Les deux békés lui avaient désigné l'îlet La Perle, petit rocher noirâtre qu'on aurait dit taillé par quelque orfèvre et dont la croix servait de repère aux habitués du canal de la Dominique. Les nègres qui les accompagnaient ne comprirent pas une patate à ce qui se déroulait entre ces trois Blancs. Certains émirent l'hypothèse que le plus saoul devait être frappé d'une redoutable maladie que seule la vue de cet îlet, au moment où la barre du jour se brisait, pouvait guérir. De cet instant, la petite crique de l'Anse Céron devint un lieu de pèlerinage clandestin pour tous les souffreteux de la région, deux ou trois se noyant même à essayer d'atteindre La Perle à la nage. Toujours est-il que du Bercy et Bally venaient de réussir avec brio leur coup. Dès son retour à Fort-de-France, le journaliste américain n'eut plus qu'une idée : avertir le peuple américain du danger nazi qui couvait dans son arrière-cour. Il s'enferma dans sa chambre d'hôtel pour rédiger ses articles, refusant les invitations à dîner de diverses personnalités de l'île.

Dans le face-à-face entre l'amiral Robert et Henri Salin du Bercy, il se déroulait plus de choses dans la tête des deux protagonistes que dans leur maigre et chaotique conversation. Chacun tentait de débusquer la faiblesse de l'autre afin de s'y engouffrer et lui porter l'estocade finale mais, étant tous les deux des macaques de première catégorie, ce petit jeu risquait fort de s'éterniser. L'Amiral, qui ignorait à quelle heure le gouverneur Nicole regagnerait sa résidence, ne désirait pas être surpris par lui en si mauvaise posture. Cela lui aurait été une manière de revanche sur le rôle dérisoire qui était devenu le sien depuis que la *Jeanne-d'Arc* avait mouillé dans la rade de Fort-de-France. Voyant venir le finissement de la matinée, l'Amiral se décida en final de compte à porter l'estocade. Il lissa sa barbichette et, fixant son interlocuteur, lui déclara :

« Monsieur du Bercy, en tant que représentant suprême de l'État dans cette colonie, je me trouve contraint d'exiger de vous que vous démentiez publiquement les propos que vous fait tenir ce Gervasi. Il y va de la sécurité et de l'ordre public.

– Parlons-en de l'ordre public ! contre-attaqua le hobereau béké, cette île est devenue depuis bientôt deux ans le paradis des bandits de grand chemin et des dissidents. Au nord et au centre, le nommé Rigobert Charles-Francis fait les quatre cents coups. Monsieur incendie les champs de canne, empoisonne l'eau des sources, terrorise nos employés, viole les lavandières près des rivières, aide les traîtres au Maréchal qui veulent fuir la Martinique pour aller rejoindre de Gaulle et j'en passe. Quant à Beauregard qui règne sur le Sud, n'en parlons même pas ! Et que font vos troupes, hein ? Dites-le-moi un peu ? Elles fainéantisent au fort Saint-Louis et boivent du rhum à longueur de journée en attendant que nous leur fournissions des vivres. Voilà où nous en sommes sauf votre respect ! »

L'amiral Robert accusa le coup un instant. Il voulut rétorquer que Beauregard avait commencé à défier la loi bien avant son arrivée dans l'île, mais se retint car il sentait que la colère de du Bercy n'était qu'à moitié simulée. Il était devenu rouge sous son hâle cuivré et les veines de son cou saillaient à chacune de ses phrases. Après tout, Robert se disait qu'il venait de marquer un point en obligeant le planteur à sortir de sa réserve. Son regard goguenard avait disparu, il ne se tapotait plus les genoux pour marquer son ennui. L'Amiral se servit tranquillement un verre de jus d'ananas et fit mine d'être absorbé par une volée de merles qui jouaient à s'ébrouer dans le petit bassin qui ornait le mitan du parc. La stridence de leurs piaillements pouvait d'ailleurs légitimer son silence. Du Bercy ralluma son cigare et parut se calmer. La matinée déployait ses fastes de lumière ocre à travers le dôme des pieds de mangues et des zamanas pleins de majesté. L'Amiral émergea de sa songerie, très attentif qu'il était à ne pas sombrer dans la torpeur créole. Un camarade de promotion qui avait fait les îles dans les années vingt l'avait mis en garde après qu'il eut repris du service. Il s'agit d'un mal qui ne frappe que les Blancs venus de la métropole et qui, ajouté à la fréquentation trop assidue de l'alcool de canne, vous démolit un homme en un rien de temps. Les autochtones, blancs ou noirs, semblaient échapper à cette fatalité ou, plus exactement, ils savaient profiter des avantages que procure cette suave torpeur sans se laisser miner par ses inconvénients. L'Amiral avait pu mesurer la véracité de cette théorie car bon nombre de soldats sénégalais encasernés au fort Desaix avaient dû être internés, tout Noirs qu'ils étaient. Une question l'obsédait : qu'étaient ces créoles ? En dépit de leurs tiraillements féroces, pourquoi participaient-ils d'un même mode de penser ? Il avait le sentiment que s'il avait pu mener à son terme une telle réflexion, un rustre tel que du Bercy n'aurait pas pesé lourd devant lui. Hélas, ce créole défiait les lois de la psychologie : celle qu'on lui avait enseignée à l'école de guerre. Il se demandait parfois si ces gens-là auraient fait de bons soldats et il aurait payé cher pour les voir en action sur un vrai champ de bataille. Il avait entendu des éloges sur leur bravoure au cours du premier conflit mondial, notamment à la bataille des Dardanelles, mais il n'avait pas eu l'occasion de commander à des marins créoles. Il hasarda une stratégie de bluff :

« Fort bien ! Dans ce cas, je supprime toute livraison de mazout à votre usine du Lareinty et je demande à une commission d'enquête de vérifier vos livres de comptes depuis l'année 1937.

– Quoi ! Vous voulez plaisanter ?

– Mes propos ont été suffisamment clairs, monsieur du Bercy. Soit vous vous déjugez devant toute la colonie, soit je fais mettre vos biens sous séquestre pour non-paiement de vos impôts et pour faux en écritures. Reconnaissez avec moi que l'administration fiscale s'est montrée complaisante avec vous jusqu'à présent. J'en possède la preuve, je peux vous la faire tenir cet après-midi même, si vous le désirez.

– Comment dois-je m'y prendre ? » demanda le béké d'un air épuisé.

Il avait perdu la partie et le savait. Ce vieux couillon d'amiral, qui avait déjà roulé les Américains en diverses occasions, venait de lui mettre le couteau sous la gorge. Il se mit à réfléchir en jouant au je-m'en-fous-ben et finit par admettre qu'il ne disposait d'aucune issue honorable.

«Je ne vous engage qu'à envoyer une lettre à toute la presse dans laquelle vous vous démarquez des élucubrations de votre ami Gervasi. Est-ce trop vous demander?

— Non, bien sûr...

— Croyez-moi, il ne s'agit pas d'une mesure vexatoire prise à votre seule encontre. Pourquoi l'aurais-je fait d'ailleurs? Je n'en vois pas la moindre raison... seulement vous devez comprendre qu'en période de guerre, la démocratie ne peut plus se donner libre cours comme en période de paix. Il y a des pensées qui ne peuvent être formulées à haute voix et, parmi elles, je range votre désir de voir la Martinique se transformer en dominion américain.»

Henri Salin du Bercy éprouva pour la première fois de sa vie un sentiment de profonde humiliation. À cinquante-quatre ans passés, cela faisait mal. Lui, qui avait pour habitude de cogner les coupeurs de canne trop lents à la tâche ou de trousser les négresses, qui à même l'herbe-de-Guinée des champs, qui dans leurs cases infectes, en présence de leur progéniture, se voyait réduit à l'état de nègre par ce Blanc-France. C'était tout-à-faitement ça: il était devenu un nègre! Il venait de recevoir un ordre et il n'avait aucun moyen de le discuter ou de s'y soustraire. Il se redressa nerveusement et prit congé de l'Amiral. Son chauffeur arrivait par l'allée bitumée, bordée de pieds de filao, dans un fracas d'essieux et d'échappement crevé. L'Amiral lui fit un salut militaire et l'escorta jusqu'à la voiture, conscient du trouble qu'il avait insufflé à du Bercy.

«Misyé, radyo di kon sa méritjen débatjé… (Monsieur, la radio vient d'annoncer que les Américains ont débarqué), dit le chauffeur.

– Woy papa! Es ou wè yo? (Bon sang! Tu les as vus?)

– Man pa wè yo nan dé grenn kokozyé mwen men man pèsivwè bato ladjè yo nan larad-la. Tout nèg Fôdfwans pwan kouri séré afôs yo pè. (Je ne les ai pas vus de mes propres yeux mais j'ai aperçu leurs bateaux de guerre dans la rade. La population de Fort-de-France a si peur qu'elle a couru se cacher.)

– Zôt lé bisui-a men zôt pa lé méritjen-an» (Vous aimez la bouffe américaine mais vous ne voulez pas voir leurs gueules), ironisa Henri Salin du Bercy avant de traduire la bonne nouvelle au chef de la colonie.

Ce dernier s'émerveillait de la connivence secrète qui s'établissait d'emblée par le biais du langage créole entre ce béké arrogant et ce nègre de piètre engeance. Il songea à sa maîtresse Hermancia, superbe mulâtresse de la Croix de Bellevue, dont le parler était un roucoulement enivrant. Ils se comprenaient à moitié, et faisaient l'amour avec cette tendresse si émouvante d'êtres qui ont passé l'âge des assauts charnels.

«Je vous rassure tout de suite, fit-il à l'adresse des deux créoles, les Américains n'ont pas débarqué en Martinique ou alors leurs officiers n'ont aucune parole. Ces messieurs viennent simplement renégocier l'accord que j'ai passé avec eux. Nos cent avions neufs les inquiètent beaucoup, ce en quoi ils ont tort. Au fait, j'ai su que vous avez permis à Gervasi de visiter l'endroit où je les ai fait entreposer à Montsigny. Il s'agit d'un acte de trahison qui là aussi pourrait être retenu contre vous.

– Ça c'est des bobards inventés par les gaullistes, protesta du Bercy.

– Oh non ! J'ai reconstitué votre itinéraire depuis Coco-l'Échelle jusqu'à Montsigny en passant par L'Étang-Abricot. Je peux même vous donner le nom du pêcheur qui vous l'a fait traverser. Vous voyez, nous aussi, nous avons nos espions dans la population… »

Du Bercy embarqua avec rage dans sa voiture et ordonna au chauffeur de démarrer. Suprême humiliation : le véhicule refusait d'avancer, crachotant une fumée grisâtre. L'Amiral proposa au béké de le déposer en ville, lui promettant de lui indiquer son garagiste personnel aux Terres-Sainvilles. Du Bercy fut contraint d'accepter et maudit cent fois cette journée. Alors qu'il était arrivé le matin tout fringant et sarcastique, il se retrouvait la queue entre les jambes, pauvre bougre, obligé de subir les banderilles à peine mouchetées de cet amiral qui pourtant n'avait pas une réputation d'homme d'esprit. Il l'écrirait, son foutu article, mais rien ne l'empêcherait de penser que les Américains s'occuperaient mieux de la Martinique que les Français. Il en avait eu la preuve lors de son séjour à Porto Rico quatre ans auparavant. Au moment où la voiture de l'Amiral atteignit l'entrée de la résidence du gouverneur, une jeep stoppa net devant elle et un homme jeune en descendit, très excité.

« Mon Amiral, le contre-torpilleur *Blakeley* a été touché ce matin à la limite de nos eaux territoriales. Sans doute le travail d'un sous-marin allemand…

– Mon aide de camp, fit Robert à l'adresse de Du Bercy, l'enseigne de vaisseau Sabbagh, un israélite. Vous avez la preuve vivante que toute la propagande que les anti-pétainistes répandent sur notre compte n'est que fadaises. Vous avez agi suivant mes instructions, Sabbagh ?

– Oui, mon Amiral… le *Blakeley* a pénétré dans nos eaux pour être réparé au bassin de radoub dès demain matin.

– Parfait ! J'accompagne monsieur du Bercy dont la voiture fait des siennes. Avertissez tout l'état-major que j'organise une réunion extraordinaire ce soir à dix-neuf heures à bord du *Barfleur*. »

L'Amiral expliqua au béké que ce torpillage ne remettrait pas en cause les bonnes relations qu'il avait su établir avec les Américains, car l'agression allemande s'était produite en dehors du territoire français.

« Ha ! ha !… autrement vos amis m'auraient encore accusé de collusion avec Hitler, et l'agitation gaulliste aurait repris de plus belle dans ce pays… Au fait, sachez que je tiens à avoir la tête de ce Rigobert Charles-Francis mort ou vif. Au moins Beauregard se contente-t-il de violenter des négresses isolées tandis que lui semble être un vrai dissident. Je reste persuadé qu'il est manipulé par leur ridicule Comité de Libération Nationale. Vous allez être content, j'ai fait arrêter Maurice des Étages. Ces bourgeois mulâtres envoient les nègres semer la terreur et ils en récoltent les fruits sans avoir à se salir les mains ! »

Du Bercy n'avait pas envie de prolonger la discussion. Féroce jusqu'au bout, Robert enfonça le clou en prenant congé de lui devant le garagiste :

« En tout cas, je vous suis reconnaissant d'avoir bien voulu recueillir cet officier allemand dans vos familles. Je n'aurais pas voulu le mettre à la geôle dès sa sortie de l'hôpital. Il a eu une blessure très grave, vous savez. Von Teuerschmitt est un officier, après tout… »

16

MÉMOIRES DE CÉANS ET D'AILLEURS

Je n'ai pas avancé d'un pas. En relisant mes feuilles de papier tiquetées de caca-bougie et le gribouillis, déchiffrable par moi seul, de mes parchemins en feuilles de bananier sèches que j'empile tel un trésor sur une étagère, je comprends l'ampleur de mon échec. En guise de roman, je n'ai fait que noter au gré de mon humeur les péripéties saugrenues qui nourrissent le train-train quotidien des habitants du Morne Pichevin. Je me suis laissé fasciner ou, plus exactement, happer jour après jour par une suite sans queue ni tête d'émois faciles. J'ai été la proie de l'affabulation qui est le mode de penser ordinaire du petit peuple créole. Reniant tout cartésianisme, j'ai appris, à l'instar de Philomène ou de Rigobert, à raconter, avec la véracité troublante de celui qui nie sur le bûcher, trente-douze mille versions d'un même événement. Une fois pris dans cette spirale, il n'y a plus qu'à croire en chacune d'elles successivement.

Ainsi ce bougre de Rigobert et son histoire d'attaque de la fourgonnette de ravitaillement du gouverneur. Certaines fois, elle devint le dérobement de l'or de la Banque de France que le régime de Vichy a fait cacher à la Martinique, dans les oubliettes du fort Desaix. Ou dans le tunnel, mythique et pourtant bien réel, qui le relie au fort Saint-Louis. Les imaginations se déchaînent au Morne Pichevin où la nouvelle est parvenue par les habituels canaux ancillaires. Un tel soutient que cette cargaison d'or vaut plus de trente millions de dollars (on évalue en monnaie américaine sous l'influence des westerns que le cinéma Gaumont a recommencé à présenter après que l'Amiral eut signé un pacte de neutralité avec l'Oncle Sam); tel autre avance le chiffre fabuleux de mille milliards. Ti jo, qui a l'oreille toujours pendue à un poste de radio, déclare doctement:

«Trois cent cinquante tonnes d'or français reposent au fort Desaix, messieurs.»

Un seul point fait l'accord (et la joie) de tout le monde: la mère patrie a choisi la Martinique et non la Guadeloupe pour y mettre en sécurité les réserves de la banque nationale.

J'en suis venu à douter de la présence de tout cet or quand Rigobert a raconté comment il a escaladé les murailles de pierre du fort Desaix, un soir sans lune, a estourbi trois soldats en faction avant de gagner le bâtiment de la prison au-dessous duquel se trouvait l'entrée du fameux tunnel. Le plus comique dans l'affaire c'est que loin de se tailler un sacré succès comme pour sa version de l'attaque de la fourgonnette de ravitaillement du gouverneur, il est en butte à l'hostilité virulente des gens du quartier, non qu'on doute de la réalité de ce haut fait, mais bien parce qu'on y hait les nègres ingrats. Carmélise est la plus excitée et crie:

«Messieurs et dames, regardez-moi ça, oui! Pendant que Lapin Échaudé et Richard se battent dans la froidure de l'hiver, pendant que mon homme Ti Jo va tirer au fusil chaque semaine à Balata avec l'infanterie de marine, pendant que nous, on s'amarre la ceinture et qu'on donne des feuilles de giraumon à manger à notre marmaille, pendant que…

– Dis ce que tu as à dire, lui intime madame Sina qui la sait intarissable quand son hystérie s'empare d'elle.

– Eh ben, oui… Pendant que tout le monde lutte pour sauver la France, voilà que monsieur Rigobert Charles-Francis trouve le moyen de voler l'or de l'État. C'est des manières, ça ? »

Rigobert ploie sous l'accusation. Vingt paires d'yeux accusateurs l'acculent dans un recoin de la case-à-rhum où il aime venir siroter la crasse de cœur-de-chauffe que quelques rhumeries parviennent encore à fabriquer. Il prend pour la première fois conscience de la gravité de son acte, lui qui ne se considère pas moins fils de la France que les autres. Ti Jo déclare qu'il doit rendre cet or sans délai. Louisiane, la seule à savoir lire, s'indigne de l'ignominie de son voisin et brandit le journal *La Paix* :

« La France prend du plomb, les amis ! Elle souffre, elle souffre, elle souffre, je vous dis… le maréchal Pétain a justement organisé "La quinzaine impériale de solidarité" pour que nous, les nègres, pour lesquels la mère patrie a tant fait, nous puissions aujourd'hui lui venir en aide. Laissez-moi vous lire ça un brin, les amis !… "S'occuper de ceux qui souffrent, c'est l'œuvre du Secours National. N'attendez pas pour donner ; l'hiver lui n'attend pas" signé Pétain… Hein ! Vous avez entendu ? L'hiver lui n'attend pas ! Ça veut dire que les gens meurent de froid et de faim là-bas pendant qu'on rigole plein notre ventre ici et, en plus, ce mâle verrat de Rigobert dévalise les dernières richesses de l'État ! »

La lecture de l'entrefilet est en quelque sorte le réquisitoire du procès inopiné de Rigobert, lequel doit piteusement avouer qu'il a inventé ce hold-up de toutes pièces. Personne ne s'est avisé que le bougre qui s'était arraché une dent en or pour permettre d'offrir un avion à la France ne pouvait quelques mois plus tard voler le bien le plus précieux de son pays. J'emprunte le journal de Louisiane, laquelle parvient à se le procurer de temps à autre, bien qu'on n'ait pas vu la couleur d'un sou marqué dans le quartier depuis près de deux ans, grâce aux relations ambiguës qu'elle entretient avec l'abbé de Sainte-Thérèse. Cette histoire de «Quinzaine impériale de solidarité» m'intrigue au plus haut point. Je soupçonne en effet les finances de Vichy et de Fort-de-France de se trouver dans un état de capilotade avancée car les conditions de détention de mon père au camp militaire de Balata sont devenues dramatiques au dire de son geôlier. Ce dernier me fait des rapports bihebdomadaires en échange d'une promesse d'embauche comme commis une fois la guerre terminée, dans l'entreprise où mon père était comptable en chef. Le type lui fait passer clandestinement un peu de sucre, du café ou un pot de farine de manioc. Au moins suis-je soulagé d'apprendre que mon père ne m'en veut pas de l'échec de mon entrevue avec Jean de Lagarrigue de Survilliers, le nouveau maire de la capitale. D'ailleurs, aucun des internés n'a été élargi à ce jour malgré les intercessions et soudoiements divers qui n'ont pas manqué de se produire, puisqu'ils font tous partie de l'élite de couleur.

L'exemplaire de Louisiane reproduit des extraits d'une allocution radiophonique d'un certain André Demaison, chargé des émissions *La Voix de la France* sur les ondes vichyssoises. «Mes chers amis, vous savez ce qu'est le Secours National, commence-t-il, vous le savez si bien que les dons reçus de l'Empire s'élèvent déjà à plus de cent quarante millions de francs. Vous venez d'apprendre que le Maréchal, toujours soucieux, avec son grand cœur, de soulager les infortunes privées, a fait appel à chaque corporation, à chacun de nos groupes humains pour qu'ils fassent un effort collectif... »

Je ne peux m'empêcher de sourire. Je lis dans les yeux de chacun quelque chose comme « Latin a compris davantage que le journal ne le dit mais il ne va pas nous l'expliquer. On est trop ignorants pour ça ». Je bois une lampée brûlante de cœur-de-chauffe pour leur rappeler que je suis un des leurs et je fais mine de suivre la partie de dominos qui oppose le champion Rigobert à un djobeur de Morne Vanier.

« ... un effort collectif, continue le journal... qui que vous soyez, Algériens, Tunisiens, Marocains, vous que les restrictions n'atteignent pas encore sérieusement, vous qui récoltez le fruit du labeur de vos ancêtres audacieux et de vos merveilleux efforts, pensez aux réfugiés qui n'ont pas encore rebâti leur maison... et vous, Malgaches aux bœufs innombrables, aux champs si fertiles... le Maréchal vous fait confiance, tout comme aux habitants des îles fortunées de la Réunion, des Antilles et du Pacifique. »

Iles fortunées ! Là, j'éclate de rire. La petite salle surchauffée de la case-à-rhum où nous nous réfugions jusqu'à une heure tardive de la nuit, se tait sur-le-champ. Je sens que si je ne leur baille pas une explication, quelle qu'elle soit, ils recommenceront à me prendre pour un fou. Déjà que ma tiédeur envers les événements déplaît à plus d'un, faut-il que j'aggrave mon cas en plaisantant sur les malheurs de la France. Tiens, je n'avais pas remarqué que les nègres du Morne Pichevin évoquent rarement les Français en chair et en os. Dans leur esprit, il n'existe qu'une entité abstraite, la France, dont la souffrance est aussi mystique que celle du Christ sur la croix. Fort peu avaient une claire conscience de la trahison du Maréchal dont on cloue d'ailleurs le portrait sur le potéau-mitan des cases, juste au-dessous des sacrés-cœurs, cela en dépit de l'intense propagande gaulliste des stations de radio britanniques depuis les îles voisines. Ti Jo a beau fanfaronner en clamant haut et fort: «De Gaulle, c'est un mâle bougre! Je vais bientôt aller le rejoindre à Londres, vous verrez», on n'oppose pas le chef de la Résistance à l'allié objectif du Reich puisque tous deux relèvent de la même France éternelle, qui ploie présentement sous le joug du malheur pour reprendre une expression coutumière de Carmélise.

Je suis sauvé in extremis par l'arrivée d'un unijambiste, spécialiste du marché noir et du trafic de cartes de rationnement, à qui son infirmité ouvre certaines portes. Ce soir-là, il dispose de saindoux américain qu'il revend à la cuiller ainsi que d'une paire de chaussures usée jusqu'à la corde mais sur laquelle personne n'aurait osé faire la fine bouche, puisque la plupart d'entre nous allons nu-pieds, chose qui ne manque pas de provoquer une recrudescence de chiques. Comme on n'a pas de quoi le payer, il brocante ses maigres portions de saindoux contre ce qu'il nomme comiquement une «vision».

«La personne qui n'a pas d'argent me donne une vision, oui. Sans quoi, nothing for you!»

Comme le fruit-à-pain, cuit à l'eau et sans sel, a fini par donner haut-le-cœur à plus d'un, les femmes n'hésitent pas une seconde à satisfaire l'étrange désir du trafiqueur: une fois leur cuillerée de saindoux enveloppée dans leur mouchoir de tête ou recueillie sur une palette de bois, elles se rendent derrière la boutique où, protégées par le faire-noir de la Cour des Trente-Deux Couteaux, elles soulèvent leurs robes mille fois rapiécées et offrent leur triangle magique à la vue de l'unijambiste. Monsieur doit être nyctalope, ou peut-être lape-t-il sans les voir ces coucounes ouvertes le temps de compter jusqu'à cinq comme le prétend ce misogyne de Rigobert. Je n'ai jamais cherché à vérifier tant je suis abasourdi par une pratique que mon père aurait qualifiée de barbare. Peut-être que son internement et la faim, dont il devait pour la première fois faire l'expérience, auraient modifié son jugement. Qui sait?

Deux événements majeurs viennent bouleverser ma vie en cette fin d'année 1941 et réduire à néant mon projet d'écriture romanesque: ma rupture avec Philomène et la cavale de Rigobert. Le premier m'avait tenu par surprise car rien dans les propos ou le comportement de mon amante ne laissait supposer qu'elle brûlait d'envie de fuir la ville pour se réfugier dans sa campagne natale du Gros-Morne. Certes, elle n'avait cesse, certains jours, de traîner partout son air chimérique et de répondre à mes questions par des bougonnements, mais il n'y avait rien de bizarre à cela: tout le monde avait toujours connu Philomène comme une femme en proie à la rêverie mélancolique. N'était-ce pas là le trait dominant de son caractère? Devinant qu'elle me jalousait non seulement de savoir lire mais d'y prendre en plus plaisir, je supprimai ce «vice». D'ailleurs, cela me fit grand bien quant à mes propres écrits, en me libérant de l'empire étouffant de *Jacques le Fataliste*. J'avoue aussi avoir supporté de plus en plus mal les restrictions alimentaires. Au début, l'ivresse d'un amour neuf et le sentiment de vivre une situation inédite m'ont permis de me contenter d'eau fraîche mais maintenant, je rêve parfois d'une bonne tranche de cochon rôti ou d'un plat de christophines au gratin comme savait si excellemment les préparer Ernestine, mon ancienne bonne. Mon évolution a été en quelque sorte l'inverse de celle des gens du Morne Pichevin : ils ont tout d'abord gémi sous le choc, et puis ils se sont peu à peu habitués aux privations de toutes sortes, déployant des trésors d'inventivité pour donner à manger chaque jour à leur nombreuse marmaille.

Je me propose d'essayer de donner des cours privés puisque le lycée Schoelcher m'est désormais interdit. Cela déplaît à Philomène. Par le biais de mon cousin Bertrand Mauville, j'essaie de tâter le terrain auprès de certaines familles que j'ai côtoyées à mon retour de Paris, après l'obtention de ma licence ès lettres. Les Valbin se défilent, jugeant que je leur ai fait un affront en préférant cette békée déclassée de Blandine à leur fille Marie-Laure et, au fond, ils s'en félicitent en constatant ce que je suis devenu, me précise Bertrand avec une cruauté appliquée. Deux autres familles se récusent elles aussi, non sans avoir laissé entendre qu'elles examineront mon offre d'un bon œil. En réalité, je suis un voyou à leurs yeux et un opposant à l'amiral Robert du seul fait que je n'assiste pas aux défilés de la soldatesque sur La Levée.

Un mouchard prospère au Morne Pichevin car tout se sait en haut lieu, mais jamais ce chien-fer n'a pu être démasqué quoique de lourds soupçons aient pesé sur l'unijambiste. Or, ce dernier ne fait que traverser le quartier avec sa camelote et il est impossible qu'il rapporte avec autant d'exactitude certaines conversations qui se sont tenues entre quatre yeux. Chacun s'est mis à soupçonner son voisin et on se baille le bonjour du bout des lèvres. Il m'est même arrivé parfois de douter de Philomène car quelques-unes de mes pensées les plus secrètes avaient filé jusqu'aux services de renseignement de la Marine, auxquels Bertrand émargeait comme bon nombre de petits-bourgeois de couleur. Ce bougre a la réputation d'être fin psychologue en dépit de ses colères de chabin-rouquin. Et puis un beau jour, ma négresse féerique s'est de nouveau envolée, sans prévenir, sans laisser d'indication précise sur l'endroit où elle se rendait. « Au Gros-Morne », a-t-elle dit à madame Sina comme si la campagne de cette commune du mitan du pays où elle avait vu le jour n'était pas un vaste labyrinthe de ravines encaissées, de savanes et de mornes interminables où la canne des békés uniformisait les êtres et le paysage ! Il aurait d'abord fallu m'y rendre à pied puisque les autobus ne fonctionnent plus faute d'essence, puis errer seul dans les champs car, le monde étant devenu d'une méfiance à la mesure de la traîtrise des suppôts de l'Amiral, personne n'accepterait de croire que je cherche Philomène par amour.

La fuite de Rigobert, elle aussi imprévue, est venue troubler le roulage de mes jours. Ce djobeur analphabète, quoique métaphysicien à sa manière, a remplacé le frère aîné que je n'ai pas eu le temps de connaître et, grâce à lui, je me suis peu à peu défait de mes manières de petit-bourgeois colonial. Quand, par fidélité au souvenir de Dalmeida, je me suis procuré deux ou trois numéros de la revue littéraire *Tropiques* qu'éditent certains de mes ex-collègues, réputés communistes, du lycée Schoelcher, je n'ai pu réprimer un sourire devant ces textes, cette poésie surtout qui avait charmé André Breton, empreints d'une indéniable beauté, mais si éloignés du vrai réel martiniquais et si français dans leur facture. J'ai à diverses reprises tenté d'inciter l'un de ces professeurs à abandonner son éternel costume et son parler du seizième arrondissement pour se plonger en ma compagnie, ne serait-ce qu'une toute petite journée, dans l'univers du Morne Pichevin et pouvoir ainsi causer avec Philomène, Rigobert, Ti Jo ou Carmélise. Il a refusé net, arguant du fait que le pouvoir trouverait cette démarche suspecte et aurait un prétexte rêvé pour interdire la revue. Mon surréaliste n'a eu, en fait, aucune envie de patauger dans la boue d'un bidonville ni d'entendre le gros créole lui écorcher les oreilles. C'est pourquoi Dalmeida s'est gentiment moqué d'eux après le départ de Breton pour l'Amérique du Nord.

« À quoi bon le surréalisme ? leur a-t-il demandé sur les quais alors que le bateau sortait de la baie des Flamants à longs bramements. Il suffit de regarder la réalité de ce pays les yeux bien écarquillés et quasiment à chaque pas, on bute sur des hommes qui se muent en chien ou en oiseau et sur des arbres qui se mettent à jouer des partitions musicales. La vie d'ici est surréaliste en elle-même, messieurs. La décrire telle quelle suffit, non pas avec le regard de l'étranger assoiffé d'exotisme comme le font nos poètes régionalistes, mais avec notre propre regard, celui des vieux nègres, des djobeurs, des joueurs de sèrbi, des charbonnières, des coulis balayeurs de rue… »

Jamais cette apostrophe (demeurée sans réponse) de Dalmeida ne m'a paru aussi vraie qu'après la mise à prix de la tête de Rigobert. Alors que j'étais déjà torturé à l'idée qu'en deux temps trois mouvements, la milice pétainiste le cernerait dans cette île à la taille dérisoire, je m'aperçus avec ébahissement qu'aucun habitant du

Morne Pichevin n'employait le mot «île». Aucun! Ce mot, dont la résonance onirique travaille aussi bien le poète d'ici-là que celui de l'autre bord, n'a pas la moindre consistance pour eux. Ils disent le «pays» et dans leur bouche cela renvoie à des étendues quasiment illimitées et non à un quelconque monceau de rocher cerné de toutes parts par l'océan et battu par les vents ou les cyclones. C'est pourquoi ils ne s'inquiètent pas outre mesure pour Rigobert, car ils savent que celui-ci trouvera bien un refuge sûr dans nos montagnes et nos forêts du Nord. D'ailleurs, sans même m'en rendre compte, n'ai-je pas tenu le même raisonnement qu'eux à propos de Philomène dont, en final de compte, le Gros-Morne natal n'est distant de Fort-de-France que d'une vingtaine de kilomètres ?

Les gendarmes débarquent chez nous deux semaines après la désertion de Rigobert. Ne pouvant ou ne voulant pas prendre en charge notre nourriture, l'armée nous a renvoyés «à nos foyers», comme elle dit dans son jargon. On nous interroge longuement mais nous ne savons où est passé notre fier-à-bras. Fous de rage, ils se mettent à saccager sa case, allant même jusqu'à en défoncer le plancher sous lequel ils découvrent le squelette d'un être humain. Ce macabre butin les fait fuir: ils ne veulent pas avoir affaire avec celui que certains d'entre eux considèrent comme un cannibale et d'autres comme un quimboiseur.

Ma vie n'a désormais plus de sens et je songe parfois à l'abréger, ou plutôt j'espère qu'elle s'abrégera d'elle-même. Le soir, je m'endors dans la case désertée de ma négresse féerique, souhaitant ne plus jamais me réveiller. Man Sina est devenue ma compagne de solitude à mesure que le quartier se vide de ses occupants. Elle me raconte comment un homme à qui elle a refusé sa virginité lui a envoyé un mal qui lui a fait grossir sa jambe droite jusqu'à la faire quadrupler. «Ainsi à chaque pas que tu feras dans la vie, tu songeras à moi!» lui a-t-il lancé avec méchanceté. Avant de se coucher, elle adresse toujours au grand saint Michel une prière contre lui et, depuis peu, elle y joint des supplices à la Sainte Vierge pour qu'elle prenne pitié de notre mère la France.

«Parle-moi de là-bas, Amédée, me bassine-t-elle. Rien ne dit qu'avant que la mort ne me barre, je n'irai pas y faire un rond... si cette saloperie de guerre se décide à s'arrêter, oui! J'ai déjà mis l'argent du billet de côté. Chaque mois, depuis vingt-sept ans que j'ai ouvert ma boutique, j'enlève un petit brin de monnaie de ma caisse et je le cache pour qu'au jour dit, je sois prête. On m'a assuré que l'hiver redonne des forces parce que la froidure te secoue la chair, qu'elle la saisit, hein?... Qu'est-ce que tu as à coudre ta bouche de cette façon, mon garçon? Tu songes à Philomène, mais je te le répète car je connais l'envers et l'endroit des choses, elle et toi, vous vous retrouverez si vous devez vous retrouver et puis c'est tout. Ce qui est pour toi, la rivière ne le charroie pas.»

Alcide est venu interrompre cette désastreuse monotonie qui me mine de l'intérieur et que je conjure avec du mauvais tafia, au grand désespoir de la boutiquière qui craint de ne plus obtenir ses cachets d'aspirine. L'instituteur a encore durci sa position envers le régime de l'Amiral quand il a pris connaissance de la lettre que son fils Cicéron a adressée à ce dernier, sous la dictée de son inénarrable mère, et qui a été publiée dans toute la presse martiniquaise. Il saisit ce prétexte pour rompre avec eux et vient habiter avec moi au Morne Pichevin. La prose de son rejeton provoque chez moi un fou rire dont je ne me suis plus cru capable. Pour dérider Alcide, je m'amuse à le lire avec l'accent banania en supprimant les *r* et en exagérant la tonalité basse de ma voix:

« Monsieur l'Ami'al,

« Moi, je vous connais sur La Savane un jou'de fête. Vous pa'liez devant le mic'o; je vous écoutais avec attention, vous disiez beaucoup : "La Fouance, les Fouançais".

« Vous êtes 'eparti, je vous ai bien 'ega'dé pa'mi tous les messieurs, j'ai vu que vous aviez des étoiles, comme sur la photo du Ma'échal qui est dans not'e salon.

« J'ai lu qu'un Ami'al est un g'and ma'in qui fait beaucoup de combats sur la me'; c'est pou'quoi, le Ma'échal vous a envoyé ici pour chasser tous les enne-mis de la Fouance !

« Puisque vous êtes si bouave, je demande à Dieu de vous ga'der longtemps avec nous.

« Vot'e dévoué petit Fouançais

« Cicéron Nestorin. »

Plus sérieusement, Alcide a commencé à m'entraîner dans des réunions d'anti-robertistes qui se tiennent chaque troisième mercredi du mois chez un bourgeois du centre-ville à l'identité secrète pour éviter tout mou-chardage. Il nous reçoit dans le noir quasi complet autour d'un énorme poste de radio qui, entre dix heures et minuit, nous crachote les émissions en français de la Voix de l'Amérique à destination des Antilles fran-çaises. La dizaine de personnes présentes se contrefont la voix et l'on échange les dernières nouvelles de la colo-nie. Quand j'ai fait mon entrée dans ce groupe, sa pré-occupation principale concernait l'attitude du milieu béké face aux États-Unis. De plus en plus, la caste croyait la

France rayée de la carte du monde et souhaitait voir la Martinique transformée en dominion américain sur le modèle portoricain.

«Des pourparlers ont déjà été engagés avec le gouvernement Roosevelt, fit une voix, il nous faut agir vite.

– Notre seule chance est l'opération Coquelicot, répondit une autre voix, encore que nos principaux appuis extérieurs se trouvent à... Washington. Jacques Vauzanges dont je vous ai déjà entretenu et qui doit la coordonner arrivera ici incessamment.

– Quelqu'un peut-il me dire en quoi consiste cette opération? C'est la première fois que j'entends parler d'elle, demanda une voix suave.

– Mot de passe! exigea le maître de maison visiblement inquiet.

– Je suis belle ô mortels comme un rêve de pierre», rétorqua sans hésiter la même voix douce.

Silence complet.

«Peut-on me donner des explications? insista-t-elle. S'agit-il de se mettre sous la coupe des autorités britanniques? Je ne marche pas dans pareil cas, messieurs, car vous ne me ferez pas croire qu'ils ne convoitent pas eux aussi l'or de la Banque de France. Il n'y a aucune puissance qui ne se réjouisse de notre défaite, même celles qui se prétendent nos alliées.

– Je crois que nous gaspillons notre temps en discussions oiseuses, reprit le maître de maison. De Gaulle dirige la lutte depuis Londres, je crois que certains d'entre nous ont un peu trop tendance à l'oublier... Coquelicot est une opération gaulliste, compagnons, elle vise à soulever la population de la Martinique contre l'amiral Robert et contre les békés puisqu'ils se soutiennent mutuellement. Il nous faut profiter du mécontentement actuel pour commencer à agir. Compagnons, je crois que certains d'entre vous, aveuglés par un nationalisme anti-britannique dépassé, oublient qu'il existe des enfants en bas âge qui crèvent de faim à la périphérie de Fort-de-France. À Trénelle, à Volga, à Terres-Sainvilles, au Bord de Canal, à L'Hermitage et j'en passe, les gens n'ont même plus de quoi se vêtir. Ça c'est la réalité ! »

À la fluidité de son discours, on devine qu'il est avocat. Ou politicien. Pourtant ni Alcide ni moi-même ne parvenons à mettre un nom sur cette voix. Alcide, qui participe peu aux discussions, se montre agacé par ces bourgeois concernés plus par la haute stratégie internationale que, en final de compte, par les péripéties, certes mesquines, de la vie politique dans la colonie.

« La dissidence n'est pas faite pour les chiens », me déclare-t-il un soir que nous revenons d'une de ces réunions, reprenant une expression qui fait fortune dans le petit peuple.

Jamais il ne s'inquiète de savoir si je veux partir avec lui. Notre désir d'aller rejoindre les Forces Françaises Libres à la Dominique lui semble relever de l'évidence la plus banale. Depuis qu'il a pris cette résolution, je ne reconnais plus mon bon vieil Alcide, d'habitude si avide de conquêtes féminines. Il est comme transfiguré et évoque la France du même ton fervent que les croisés en partance pour Jérusalem. Aussi ricane-t-il de me voir noircir des feuilles de papier et hante-t-il le Bord de Canal à la recherche de Gros-Édouard, le maître des dés du Bois de Boulogne, qui s'est transformé en passeur émérite. Je ne ressens plus en moi le ressort de la volonté. Ne plus penser à rien, suivre Alcide dans ses moindres déplacements sans me poser de questions est un excellent baume à mon désarroi. Tout juste les vers prononcés par Dalmeida à son départ pour le front me hantent-ils par intermittence :

Cyprès français, sera-ce vous qui bercerez
Ma tombe en la douceur de l'éternel automne ?

Cette perspective me fait sourire.

Cinquième cercle

L'île respire enfin dans une vaste clameur de conques de lambi. Les femmes pleurent dans leurs mains fanées aux abords des chemins, insouciantes de leurs hardes en charpie. Les hommes scrutent le miquelon de la mer avec une sérénité sans mesure.

Les nègres porteurs de présages du Morne Pichevin retournent tranquillement à leur négrerie. Ils roulent les dés sur les tables de sèrbi, cherchant le onze magique qui défait soi-disant la déveine.

Le désamour est l'auteur d'une soudaine flambée de drames...

17

Le monde autour d'elle pleurait de joie.

Les cloches des trois églises de Fort-de-France carillonnaient depuis trois heures du matin quand la Voix de l'Amérique eut annoncé la capitulation de l'Allemagne. Dans toutes les cases-à-rhum de la Transat, on avait ouvert à fond les postes de radio qui captaient aussi des stations du Venezuela, de Curaçao, de Trinidad ou de Porto Rico, dans une incroyable cacophonie entrecoupée de musiques au rythme endiablé. Philomène titubait au pied des quarante-quatre marches menant au Morne Pichevin, les yeux embués de larmes, les mains crispées sur le madras rouge flambant neuf avec quoi elle s'était amarré les cheveux. Une compagnie de bougres surexcités et puant le tafia déboula au Pont Démosthène et tenta de l'entraîner dans un calypso en braillant: «Nou pété bonda Itlè! Nou pété bonda Itlè!» (Nous avons pété le cul d'Hitler!) La câpresse se dégagea à grand-peine et fit trois pas hésitants dans l'escalier. Une impalpable douceur montait dans l'air, enveloppant les quénet-tiers et les herbes-marie-honte qui le bordaient d'une sorte de halo enivrant. Philomène résista à l'empire de ce sortilège naturel en serrant les mâchoires, et étouffa du même coup un sanglot qui avait commencé à soulever sa poitrine amaigrie. Elle clôtura les yeux puis avança d'un pas. D'un second. À la septième marche, celle du malheur, elle s'arrêta, ouvrit les yeux et refusa de prononcer la conjuration habituelle. Ce défi extraordinaire au destin, ce jeu volontaire avec la mort apaisa quelque peu sa souffrance. Elle chercha un regard humain avec lequel brocanter le sentiment de liberté absolue qui l'envahissait, mais elle ne buta que sur des grains d'yeux rendus hagards par une joie animale. Plus rien ne comptait maintenant que la victoire. Même l'unijambiste, le trafiqueur, qui avait plutôt bien profité de la dureté des temps, gigotait sur sa béquille en bois de goyavier comme un masque-mocozombi. Une envie de meurtre, vite refoulée, s'empara de la jeune femme. Il y avait toute une charge d'indécence dans ce déchaînement populaire qui l'écœurait : le lâche soulagement de la bête traquée qui voit s'éloigner le chasseur. Elle éprouva une bouffée de honte, qui était l'aveu d'avoir vécu sans grandeur.

D'Amédée, elle n'avait conservé que son haussement de sourcils et de pommettes, quand il voulait signifier que le besoin d'écrire le tenaillait comme l'intonation amoureuse de sa voix. Son visage s'était estompé en trois ans de séparation, ne réapparaissant qu'au détour des rêves qui surgissent au finissement de la nuit. Quand elle apprit son décès à la radio, elle n'en crut pas un mot, tout d'abord. Elle préféra imaginer quelque ruse pour déjouer les poursuites de la milice ou pour arrêter les exactions contre la famille Mauville, notamment contre son père interné. Elle espérait un message par Gros-Édouard, le maître des dés, qui faisait passer les dissidents aux îles anglaises et hantait le Bord de Canal où il cachait son gommier parmi ceux des pêcheurs. Ou alors une lettre. Voire le grain d'or qu'elle lui avait remis lors de leur première rencontre et qu'il conservait sur lui tel un talisman. Mais il n'y eut jamais le moindre signe, comme si la dissidence l'avait happé tout entier et gommé toute trace de souvenir en lui. Elle continua à monter cet escalier en raidillon qu'elle avait si souvent emprunté pour aller vendre son corps aux marins blancs dans les paillotes fétides de la Cour Fruit-à-Pain. Un immense dégoût affleura à ses lèvres et elle accéléra le pas jusqu'à la trente-troisième marche, celle de la mort subite dans la fleur de l'âge, et y fit une nouvelle halte provocatrice.

Elle découvrit le boulevard de La Levée fourmillant de monde et de voitures qui cornaient sans arrêt. Du Pont Démosthène jusqu'à la Croix-Mission, ce n'était qu'un seul vidé de carnaval bigarré où nègres, mulâtres, chabins, Indiens, Syriens, bâtards-Chinois et même quelques Blancs-pays donnaient libre cours à leur contentement. Elle crut apercevoir la Panhard mauve de monsieur Dalmeida, conduite lui semblait-il par Rigobert – oui, ce bougre d'injureur du Bondieu de Rigobert ! –, et chargée d'une grappe de gens qui s'accrochaient aux garde-boue et aux portières ou bien escaladaient son toit en brandissant des drapeaux bleu-blanc-rouge. Elle voulut crier : « Hé, l'homme ! Rigobert, mon bougre, comment vas-tu ? », mais en même temps, elle se sentait à l'aise dans le mutisme. Elle devinait que dorénavant elle deviendrait une personne peu loquace, de peur de réveiller en elle, au détour d'un mot partagé avec l'être aimé (ce n'est pas à dire qu'Amédée n'était pas attentif à chaque mot créole entendu pour la première fois), les tisons rougeoyants de la passion. Elle s'assit sur la trente-troisième marche et songea à son erreur fatale. À cette trahison qu'elle avait commise pour l'appétit des yeux bleus du quartier-maître de la *Jeanne-d'Arc*, Louis Ferrier. C'est ce qui l'avait subjuguée : la couleur de ses yeux. Il n'était pas plus beau qu'Amédée et ses paroles n'étaient aucunement plus mielleuses ; toutefois dès qu'il te regardait dans le mitan des yeux, tu te sentais chavirer et une frissonnade du tonnerre te secouait le haut du corps. Il n'avait été, de prime abord, qu'un client plus assidu et moins grossier que les autres, sans que pour autant elle le traitât avec davantage d'égards. Elle n'avait pas retenu son banal prénom et il était forcé de le lui rappeler à chacune de leurs rencontres. Une fois il la suivit en plein jour dans la ville désertée et l'accosta au pied du Calvaire où elle allait déposer des bougies de remerciements à la Sainte Vierge.

« Je t'emmène avec moi en France dès que la guerre aura pris fin », lui déclara-t-il tout de go et sur un ton chaleureux qui surprit Philomène.

Elle pouffa de rire face à ce qu'elle croyait être une macaquerie de marin à demi ivre, mais le bougre était tout-à-faitement à jeun, son haleine n'empestait pas et le bleu de son regard étincelait. Il se mit à gravir le petit Morne du Calvaire à ses côtés, s'arrêtant à chacune des stations où la jeune femme allumait une bougie et faisait semblant de l'accompagner dans ses génuflexions et ses prières.

« Alors ma belle doudou ? Qu'en penses-tu ? reprit le quartier-maître. Mon père possède une ferme dans le Midi du côté d'Avignon. Je suis sûr que tu t'y plairas. L'odeur des champs de lavande en se réveillant le matin, mmm !

– Je suis déjà prise, monsieur, lâcha sèchement Philomène.

– Prise ?… Mais qu'est-ce qu'il t'offre, l'autre, hein ? Est-ce qu'il peut t'acheter des robes qui n'insultent pas ta beauté ? »

Philomène sentit qu'elle allait se fâcher. Ce marin commençait à se mêler un peu trop de ses affaires personnelles alors qu'elle ne le connaissait ni en bien ni en mal. Il avait beau répéter: «Je suis Louis, ton Louis», elle ne le distinguait pas des autres puisque, contrairement à ceux du pays, tous les Blancs-France se ressemblent. Il l'accompagna sur le chemin du retour au Morne Pichevin sans lui en demander la permission.

«Foutre que vous êtes sans-gêne, vous les Blancs!» s'exclama-t-elle exaspérée.

Puis elle se mit à courir, le plantant, médusé, sur le trottoir. Quand elle rentra chez elle, elle ne trouva pas son beau mulâtre. Elle le chercha partout à la Cour des Trente-Deux Couteaux pour finir par se souvenir, sur le coup de midi, qu'il avait demandé à être reçu par le nouveau maire de la ville afin de tenter de retrouver son poste de professeur de latin au lycée Schoelcher. Elle avait désapprouvé cette démarche comme elle désapprouvait tout ce qui pouvait le rapprocher de son ancien milieu, et par-dessus tout de sa femme békée dont il était séparé mais sans être divorcé. Amédée avait prétexté qu'avec sa solde, elle pourrait cesser de subir les vagabondageries des marins, mais à beau dire à beau faire, elle n'y voyait que la sourde menace du départ de son amant. Elle demanda au voisinage si par hasard il n'était pas rentré puis reparti avec Ti Jo dont la chasse aux crabes-mantous dans la mangrove du Lamentin était devenue l'occupation principale depuis que le port n'embauchait plus et que les camions de tinettes avaient cessé de ramasser les pots de chambre le long de la route des Religieuses. Personne ne fit attention à son désarroi, ce qui contribua à l'amplifier. Louisiane, Carmélise et d'autres bougresses du quartier étaient en train d'empaqueter leurs maigres effets et nettoyaient leur marmaille afin, clamaient-elles, de remonter dans leurs campagnes d'origine au début de l'après-midi. Cette soudaine migration laissa Philomène pantoise. Certes, une à une, les cases du Morne Pichevin s'étaient vidées de leurs occupants à cause de la faim qui tenaillait le monde sans pitié, mais aujourd'hui, il s'agissait d'une véritable fuite, d'un exode. Elle se sentit perdre la raison et courut en tous sens en criant:

«Amédée! Où est Amédée? Qui l'a vu? Répondez-moi, chers!

– Moi-même là, j'ai déjà perdu cinq enfants à cause de la coqueluche et de la typhoïde, et un bébé pour lequel je n'avais pas une miette de lait, je m'en vais, répondit Carmélise, je préfère mourir dans les bras de ma mère, oui.»

Seule madame Sina observait avec flegme ces allées et venues, soulagée de ne plus avoir à faire la charité à Untel ou Unetelle. Sa boutique, mal pourvue, ne vendait plus guère qu'aux péripatéticiennes qui pouvaient supporter le triplement du prix des marchandises. Elle aimait trop Philomène pour accepter de la voir en prise avec ce qu'elle croyait être le mal-caduc. Malgré son éléphantiasis, elle rattrapa la jeune câpresse aux abords de la croix et la ramena chez elle. Le Morne Pichevin se vidait. Une file interminable de femmes, des paniers caraïbes juchés sur la tête, poussaient au-devant d'elles des négrillons dépenaillés qui pleurnichaient sous le soleil. Quelques vieux-corps suivaient avec peine.

«Raconte-moi ta douleur, mon petit sucrier. Pourquoi as-tu le gros-cœur, hein?» susurrait la boutiquière en tapotant le front et les tempes de Philomène avec un bout de toile imbibée de bay-rhum.

Elle l'allongea sur son magnifique lit à colonnes en bois de courbaril qui détonnait avec les cloisons décrépies de sa chambre. La jeune femme s'y assoupit jusqu'à ce que l'angélus sonne à l'église de Sainte-Thérèse. À son réveil, elle demanda un verre d'eau et, se redressant comme animée d'une résolution irrévocable, déclara à sa protectrice:

«Je retire mes pieds du Morne Pichevin. Tu lui diras que je suis remontée à Rivière-Lézarde. La vie est devenue beaucoup trop raide en ville.

– Tu es folle, ma fille! Toi qui cherchais un bâton dans la vie depuis si-tellement de temps, tu…

– Madame Sina, c'est moi qui suis responsable de ma vie, tu n'es pas ma manman, non. Tu lui remettras la clef de la case pour moi, chère.»

Elle la tendit à la boutiquière, l'embrassa sur les deux joues et s'escampa dans l'obscurité naissante. Au même instant, mais elle ne le sut jamais, le destin étant d'une cruauté gratuite, Amédée remontait à grandes enjambées La Levée, après s'être entretenu avec le maire. Elle cavalcadait dans les quarante-quatre marches au moment où il eut en vue le Pont Démosthène et, assurément et non pas peut-être, ils se seraient aperçus de loin si la lumière du jour ne s'était déjà évanouie. Philomène bifurqua vers la Transat et se rendit sur le quai non loin duquel la *Jeanne-d'Arc* avait largué ses amarres. Elle ôta son mouchoir de tête et fit de grandes démonstrations à l'endroit de deux ou trois marins qui se doraient sur le pont principal du navire. L'un d'eux l'observa à la jumelle et ordonna qu'on mette un canot à la mer. C'était le quartier-maître Louis Ferrier. Ils n'échangèrent pas une parole et attendirent que la nuit tombe pour monter secrètement sur la *Jeanne*. Deux hommes de bord étaient de connivence avec Ferrier, un type barbu et ventru surnommé Pierrot et un autre, haut comme trois pommes, qui faisait des clins d'œil à répétition à Philomène et omit de décliner son identité. Le sordide de la situation éclata au visage de la câpresse le soir même quand, après lui avoir fait l'amour, Ferrier la conduisit à fond de cale, où il lui proposa de passer la nuit, allongée à même le zinc, entre d'énormes caisses de munitions et des bidons d'essence. Il prétexta que des visites impromptues étaient effectuées dans les cabines afin de réprimer les saoulards dont le comportement à terre commençait à exaspérer la population.

Philomène sursauta quand une voix féminine lui cria à l'oreille:

«Hé, tu es sourde, ma fille? Ça fait un siècle de temps que je hèle ton nom et que tu es là à calculer dans ta tête. En plus, mademoiselle est assise sur la trente-troisième marche, eh ben Bondieu!»

Carmélise, inchangée, traînait à sa suite son habituel cortège de marmaille dont les quatre derniers petits étaient inconnus de Philomène.

«La guerre ne m'a pas empêchée de pondre comme tu peux voir, ha! ha! ha! Elle m'en a pris six à cause de cette chiennerie de typhoïde, eh ben je lui ai rendu coup pour coup. Enfin presque... dans deux mois et dix-huit jours, si Dieu veut, je ferai mon cinquième.»

Au lieu de tomber dans les bras de la commère de jadis, Philomène fondit en larmes sur son panier caraïbe.

Carmélise n'y comprenait goutte. Alors que chacun fêtait la fin des privations et de la craintitude qui vous torturait les boyaux plus que la faim, pourquoi un tel étalage de tristesse ? Incapable d'éclaircir ce mystère et peu désireuse de devoir le faire, Carmélise poussa sa marmaille devant elle et gagna la Cour des Trente-Deux Couteaux. Philomène eut un choc en constatant qu'elle aurait pu, elle aussi, avoir autant d'enfants si elle ne les avait pas tués à chaque fois dans son ventre à l'aide des préparations répugnantes de défunt Octave, qui la laissaient exsangue des jours et des jours. Elle prit conscience de sa souveraine solitude dans le monde, qui ne cesserait jamais plus puisqu'elle avait fini par devenir bréhaigne. Elle grimpa encore sept marches, délaissant son panier et, se couchant à même la quarantième, implora le ciel :

« Je veux mourir à quarante ans. »

Soudain, ses yeux butèrent sur une petite forme humaine engoncée dans un entrelacement de halliers et de pieds de piquants. Elle se redressa et entreprit de dégager le petit être qui semblait vivre encore. Un bébé ! Seigneur-la Vierge Marie, oui, une fillette dont les cheveux jaune-zéphyrine, maculés de boue, ne parvenaient pas à dépareiller le joli minois. À la vue de l'unique jambe du bébé, Philomène fut saisie d'une grande pitié. Il fermait les yeux dès qu'elle le tenait couché dans ses bras, comme s'il craignait les flèches solaires du carême naissant. Elle lui chantonna une berceuse créole d'une infinie douceur et faillit s'assoupir elle-même.

« Ki mannyè yo ka kriyé'w, yich mwen ? » (Comment t'appelles-tu, mon enfant ?) demandait-elle en le caressant.

On approchait de midi. Les défilés de la victoire

semblaient diminuer d'intensité au centre-ville. Des gens montaient et descendaient les quarante-quatre marches en s'apostrophant, bouteilles de tafia matées dans la bouche. Personne ne semblait se soucier de cette pauvresse et de son enfant, recroquevillés au faîte de l'escalier, même ceux qui avaient été enracinés au Morne Pichevin ou qui fréquentaient assidûment sa chair de câpresse du temps de sa splendeur. C'est qu'elle avait vieilli de vingt ans ce matin-là en pilant au Pont Démosthène la première marche défoncée où elle avait failli se tordre les chevilles. Une ride amère lui barrait un côté de la figure et ses poils d'yeux avaient blanchi, lui dessinant un faciès d'outre-tombe. Philomène avait deviné la transformation qui s'était opérée en elle au gonflement des veines de ses mains jadis si lisses, que Louis Ferrier n'avait cesse de baiser en s'extasiant, en dépit des atrocités qu'il lui faisait subir par ailleurs. Elle ne s'en émut point car plus rien ne lui importait désormais. Aucun autre homme, aussi beau, aussi gentil fût-il, ne parviendrait à remplacer Amédée, mystère qu'elle aurait bien voulu éclaircir, parce qu'il était lui. Elle répétait à voix basse, comme pénétrée de l'insondable de cette pensée :

« Il était lui… il était lui… »

Elle se rappela le petit être qu'elle serrait contre sa poitrine amaigrie et songea qu'il aurait faim tout à l'heure. Elle traversa la Cour des Trente-Deux Couteaux sans un mot pour les gens qui reconstruisaient les parois de leurs cases en coups de main avec des exclamations joyeuses. Devant ce qui fut la sienne, elle se figea net-tement-et-proprement. Le fibrociment avait été brisé en morceaux et pendait sur les planches en bois de caisse elles-mêmes ravagées par les poux. Au mitan de cet amas grotesque poussait un arbre rare au maintien insolent, étendant ses racines tentaculaires qui prenaient appui sur tout ce qu'elles trouvaient à leur portée. Philomène reconnut un figuier-maudit. Elle se mit à l'injurier, lui répétant qu'elle n'avait pas peur de lui et des zombis qu'il avait coutume d'héberger. Un petit attroupement se produisit, bien que le monde demeurât à l'écart de ce qu'ils savaient être un débordement de souffrance accumulée. Le travail reprit dans le plus profond silence, cette fois-ci. Philomène venait de donner à calculer aux nègres de céans. Ceux-ci se concertèrent à voix basse pour savoir s'il fallait lui venir en aide, mais Carmélise les en dissuada d'une sentence qui mit fin à leur compassion :

« Ce n'est plus la personne que nous avons connue. »

Philomène se mit à arracher d'une main les hautes touffes d'herbe sauvage qui barraient ce qui fut le pas de sa porte, l'autre main retenant le bébé contre sa poitrine. Puis, elle s'installa au cœur même du figuier-maudit et fabriqua un lit de feuilles mortes pour le bébé qu'elle endormit avec la même berceuse créole. Ne distinguant aucune lumière dans la case de son amie, Louisiane s'en approcha pour lui proposer une bougie ainsi qu'un plat de bananes naines. Point de réaction. La femme du docker, affolée à l'idée que l'arbre maléfique avait étranglé Philomène avec ses lianes, courut jusque chez Carmélise, qui préparait une purée de giraumon pour sa marmaille. La mère d'enfants qui possédait à la perfection tous les arcanes de la science amoureuse haussa les épaules, soucieuse de coucher d'abord les plus petits. Elle avait pelotonné des sacs de guano à même le sol pour les garçons, tandis que les filles dormiraient à côté d'elle sur un sommier bancal couvert de bouts de carton.

«Tu vas voir si elle va rester la bouche cousue», fit-elle à Louisiane admirative.

Dans la nuit, la ville brillait de toutes ses lumières retrouvées et l'on percevait d'ici la rumeur étouffée des bals publics qui se déroulaient place de La Savane. Carmélise esquissa quelques pas de biguine et déclara, tout excitée, que ce soir elle irait «secouer son corps» puisque ce couillon de Ti Jo ne s'était pas inquiété de son retour en ville. Il est vrai qu'elle était partie après l'avoir traité de sacré modèle d'inutile lorsque son cinquième enfant avait péri.

«La colère avait été plus forte que moi, chose qui ne m'arrive pas d'habitude, avoua-t-elle à Louisiane. Bon! Parlons de machins sérieux, ce soir, ma fille, ta chère Carmélise te demande le petit service, un tout petit-petit-petit service, de garder une oreille à l'écoute de sa case. Si jamais tu entends le moindre couic, tu vas voir pour ta commère, d'accord, doudou-chérie?

– Tu peux aller danser ton compte de danser. J'ai le sommeil fragile depuis que mon Richard est parti se battre contre les Allemands. Tu te rends compte, je n'ai plus de nouvelles de lui depuis un an et demi.

– Ha! ha! ha! Philomène et toi, vous êtes au fond de la même pâte. Si Richard ne revient pas de la guerre, tu ne vas quand même pas le pleurer le restant de ta vie, eh ben Bondieu! Tout ça d'hommes qu'il y a!... ma chère, n'oublie pas que sous la terre, il n'y a pas de plaisir. Ha! ha! ha!»

Arrivées devant la case de Philomène, les deux femmes s'arrêtèrent, effrayées. Une voix qui lisait un texte en français tout-à-faitement incompréhensible s'élevait dans l'obscurité redoutable du figuier-maudit. Carmélise prêta l'oreille et certifia qu'il ne s'agissait pas de la sainte Bible comme Louisiane l'avait cru. D'ailleurs, de temps à autre, elles reconnaissaient des noms de gens du Morne Pichevin, dont les leurs, dans ce flot de paroles sibyllines. Ceux de l'Amiral et du docteur Bertrand Mauville revenaient fréquemment aussi. Carmélise alluma la bougie et ce qu'elles découvrirent les ahurit : Philomène lisait des feuillets avec un balan effarant, elle qui ne savait guère coller deux mots de français et qui avait eu plus souvent que rarement recours à Louisiane dans le passé pour lui déchiffrer les lettres, rédigées par l'abbé du Gros-Morne, que lui envoyait sa mère une fois l'an.

« Phi... Philomène », balbutia Louisiane.

La câpresse ne réagissait pas. Elle continuait à psalmodier son texte en accompagnant sa lecture de hochements de tête saccadés.

« Tchip ! Laisse-moi faire, tu verras, fit Carmélise en redressant la pointe de son madras. Madame Amédée, hé, tu m'entends, madame Amédée ? C'est ta bonne commère qui te parle, oui. Il paraît que tu as un bébé, tu peux nous le montrer ? »

Au seul nom de madame Amédée, Philomène suspendit ses paroles et tourna son visage en direction des deux femmes, un large sourire aux lèvres. Le mal-caduc faillit prendre Carmélise car la femme fripée qui se nichait dans le figuier-maudit aurait pu être sa mère tant la vieillesse l'avait assaillie et surtout-surtout-surtout, elle n'avait rien à voir ni de près ni de loin avec la Philomène qu'elle avait rencontrée le matin même dans les quarante-quatre marches. Carmélise réprima un mouvement de panique et se serra contre Louisiane, elle aussi pétrifiée.

« Venez donc, mes commères, vous ne souhaitiez pas voir le fruit de mes entrailles. Ha ! ha ! ha ! Madame Amédée vous présente mademoiselle Lucile Mauville, sa fille unique. Souris-leur, mon petit ange !... Cet enfant ira loin dans la vie, marquez ça dans votre tête, elle ne croupira pas comme je l'ai fait dans la fange de la Cour Fruit-à-Pain. La destinée accédera à tous ses désirs. Elle est née au moment même où les cloches des églises annonçaient la fin de la guerre. »

Carmélise et Louisiane buvaient la belleté de la plaidoirie de Philomène qu'elles n'avaient jamais connue si éloquente. La vieillesse subite avait sans doute effacé sa terrible mélancolie d'antan.

« Vous les entendez s'amuser sur La Savane, reprit-elle en caressant le ventre rose du bébé, il n'y a pas assez de musique pour contenter leur joie, hon !... Ils s'imaginent que maintenant la vie va brocanter d'aspect et que le nègre sera davantage respecté que les chiens sans maître. Pauvres diables !

– Madame Amédée... Pourquoi tu dis ça ? » demanda avec respect Carmélise, que toute envie de danser avait désertée nettement-et-proprement.

Philomène se mit à rire et rangea les mystérieux feuillets dans son corsage. Elle se pencha sur son enfant et le noya dans l'opulence frisée de sa chevelure de câpresse qui avait blanchi. Puis, elle congédia les deux femmes :

« Mes paroles sont arrivées à leur bout. Je ne veux pas que vous accusiez ma langue d'être aussi prophétique que celle du cabrit. Laissez reposer mon bébé ! »

Le lendemain matin, le voisinage, rameuté par Carmélise la figure encore bouffie par les festivités de la veille, vint constater avec effarement que Philomène était devenue folle dans le mitan de la tête : son bébé n'était qu'une poupée blonde désarticulée qu'un enfant avait dû voltiger dans les halliers à l'époque heureuse de l'avant-guerre. Car on avait aussitôt commencé à forger toute une raconterie échevelée qui faisait de ces six années de fausse guerre une ère de misère atroce pour la race des nègres. «Au temps de l'amiral Robert» devint le leitmotiv de chacun dès qu'il voulait évoquer l'enfer sur terre. L'Amiral fut rendu responsable de la métamorphose de cette pauvre Philomène, qu'on se mit désormais à désigner sous le titre de madame Amédée afin de mettre un peu de baume sur sa blessure. Incurable comme tout tourment d'amour, on savait qu'elle n'aurait cesse de lui ronger la chair jusqu'à ne lui laisser qu'une ficelle en guise de peau et des orbites caverneuses pour ses prunelles racornies. Alors une grappe de nègres charitables entreprit de reconstruire la case de la malheureuse qui s'était tue, sa poupée disloquée toujours collée sur sa poitrine. Elle se disait pourtant dans son for intérieur:

«Ils croient que j'ai perdu la tête, hon! Ont-ils seulement vécu une miette de ce que j'ai vécu?…»

Et elle sentait sa chair à nouveau lardée par trente ou quarante verges assoiffées sur le pont du *Béarn* où l'avait conduite en secret Louis Ferrier. Les capitaines des trois navires dans la rade avaient été convoqués à terre par l'Amiral et chacun, pressentant quelque nouvelle épouvantable, s'empressait de jouir de la vie qui leur restait. Des caisses de cocomerlo, un résidu agressif pour la gorge de la fabrication du tafia, avaient été montées à bord grâce à un pêcheur à qui les marins fournissaient des grenades pour attraper le poisson. La distribution s'était faite à même le goulot des dames-jeannes et les mousses ne saluèrent plus les quartiers-maîtres, tandis que les canonniers et ceux qui avaient la garde des avions chantaient des chansons brocardant leur capitaine. Chaque marin qui passait sur le ventre de Philomène remettait un billet ou une pile de monnaie à Louis Ferrier qui, ivre mort, les balançait aussitôt par-dessus bord dans un éclat de rire.

«Nous sommes foutus! gueulait-il. Nous les Français, nous ne sommes bons qu'à baisser nos culottes! Les Américains ont demandé à nos chefs de désarmer nos bateaux et ils comptent nous saisir nos avions. On ne sera plus que des bonniches, tout juste bons à balayer, astiquer et faire la cuisine.

– Mort aux Américains!» cria à son tour un marin en détachant la ceinture de son pantalon.

Soudain, la jeune câpresse vit bleu, c'est-à-dire qu'elle eut l'impression que tous les violeurs avaient les yeux bleus, plus bleus que ceux de son amant et elle trembla d'une frayeur terrible comme celle qui précède l'agonie. Le tatouage d'un marin lui sauta dessus et elle dut se débattre avec la dernière énergie pour échapper aux pattes du dragon rouge et noir qui crachait une longue flamme sinueuse. Elle tomba au mitan d'un cœur vert percé d'une flèche qui atteignit son propre cœur à elle et en arrêta les battements une fraction de seconde. Elle hélait «Maman! Maman!» mais aucun bruit ne tigeait au-dehors. Elle sombra ensuite dans un rêve vertigineux aux parois d'une falaise tapissée du visage d'Amédée. Sa chute dura plus qu'un siècle, si le temps se mesure au poids de souffrance qu'un être est en mesure de supporter. Quand elle toucha le fond, elle se croisa les bras sous la tête et contempla le ciel terne et lointain. Une pluie salée la mouilla de la tête aux pieds. Ferrier qui tenait un seau à la main s'était mis à glapir:

«Qui veut de la négresse? Vaillants loups de mer,

levez-vous et venez goûter à ce fruit des tropiques qui vous pourrit les lèvres à jamais. Qui a peur de la négresse ? »

Philomène subit à nouveau les assauts de la meute et se réveilla dans la cabine du chirurgien de bord. Il lui bandait le corps de pansements, d'un air pensif, et regardait parfois par le hublot. La mer était uniformément grise et silencieuse. La câpresse tenta de bouger ses membres pour ressentir le déroulé de son corps. Elle se mit à gémir, enfouissant sa tête dans l'oreiller dont la taie puait la pommade. Le chirurgien la redressa et lui fit boire un peu d'eau. Quand on frappa à sa porte, il grommela quelque chose avec un accent qui n'était pas habituel aux Blancs-France. Le capitaine entra et le repoussa contre l'étagère de fioles de toutes couleurs avec quoi il préparait ses remèdes.

« Mademoiselle, vous m'entendez ? fit le capitaine. Vous comprenez le français... N'ayez crainte, je suis là pour vous aider. Je viens juste vous poser quelques questions.

– Elle ne peut pas encore parler... déclara le chirurgien.

– Toi, l'Alsacien, la ferme ! C'est à cause de tes cousins les boches qu'on se trouve dans tout ce merdier. Et puis d'abord qu'est-ce que tu connais à la médecine ? Un boucher, v'là c'que t'es !... Mademoiselle, depuis quand êtes-vous montée à bord ? Allons, faites un petit effort. Je vous donne ma parole d'officier qu'on vous ramènera à terre dès que vous serez guérie. Allons, une semaine ? Deux peut-être ? Un mois alors ? »

Philomène répondit que sa mémoire lui faisait défaut mais qu'elle devait naviguer entre l'*Émile Bertin*, le *Béarn* et le *Barfleur* depuis au moins quatre mois. Elle lui raconta la traîtrise du quartier-maître Louis Ferrier qui l'avait piégée à l'aide du bleu de ses yeux et demanda des nouvelles d'Amédée Mauville.

«C'est votre mari? fit le capitaine gêné. Vous vous appelez Mauville…

– Amédée est mon homme.

– Madame, j'ai ordre de l'Amiral de vous remettre la somme de sept cents francs pour vous dédommager quelque peu des sévices que vous avez subis. Soyez assurée que leurs auteurs seront sévèrement punis, parole d'officier de marine!

– Amédée est mon homme.»

On emmena la câpresse à terre quand la nuit fut tombée et on l'abandonna comme un vieux paquet de hardes sales sur le quai de La Française. Elle aperçut la gorge hautaine de Joséphine Bonaparte dont la blancheur semblait irradier les palmiers royaux qui lui faisaient une garde d'honneur. Philomène s'approcha de l'impératrice et chercha à deviner ce que cachait son éternel sourire impassible. La statue descendit de son piédestal en retroussant sa robe de Merveilleuse sur la hanche. Comme Philomène ne mettait pas genou à terre, elle la calotta de son éventail et lui donna l'ordre de lui baiser les pieds. La câpresse recula, heurtant le tronc d'un tamarinier, et chercha en vain de l'aide dans le faire-noir. Puis l'impératrice lui tendit la main et lui fit doucereusement:

«Venez, ma mie!»

Philomène fila comme l'éther en direction du Carénage en évitant de justesse une patrouille de marins. La pestilence de la Ravine Bouillé lui souleva le cœur: les nègres y jetaient leurs pots de chambre d'Aubagne depuis que les camions de tinettes avaient cessé de les ramasser à l'approche du devant-jour. C'est dans un recoin du cacatoir de l'endroit, le même où, à l'orée de la guerre, Amédée avait été surpris par une patrouille et embarqué au fort Desaix, qu'elle se plongea dans le sommeil. Les cloches de la victoire la réveillèrent et la voltigèrent dans un seul grand balan de folie. La voix du speaker n'avait eu cesse de cogner ce qui s'appelle cogner le tréfonds de son esprit :

« Nous venons d'apprendre le suicide à Roseau, capitale de l'île de la Dominique, d'un dangereux ennemi du Maréchal et de la Révolution Nationale : le sieur Amédée Mauville, ancien professeur de latin au lycée Schoelcher de Fort-de-France. Quoique notre bien-aimé amiral Robert, avec toute la grandeur d'âme qui le caractérise, ait accepté que sa dépouille mortelle soit transférée en Martinique, les Français apatrides qui sévissent en territoire britannique ont préféré l'ensevelir en terre étrangère. Cet événement tragique démontre s'il en était besoin que notre jeunesse se fourvoie dangereusement en se laissant séduire par les sirènes de la dissidence et du gaullisme. »

Louis Ferrier, qui avait été le premier à entendre la nouvelle, l'avait surprise un après-midi qu'elle avait consacré à sa lessive personnelle. Elle continua à tordre son linge dans le récipient d'eau de mer, traquant la maigre mousse du doigt de savon que son amant avait condescendu à lui prêter. Ferrier s'énerva :

« T'es sourde ou quoi ? Ton homme est mort. Mort, t'entends ?

— Ce n'est pas vrai...

— Pas vrai ? Mais tu crois que j'ai du temps à perdre à te raconter des conneries ? Monte sur le pont avant quand t'auras fini, ma vieille. Pierrot a réparé son poste TSF. »

Philomène savait combien Ferrier était hâbleur. Elle se mit à siffloter puis à chantonner une biguine aux accents tragi-comiques :

> *Mari-Klémans modi… tout bagay li modi*
> *Makadanm li modi… patat bouyi'y modi*
> *Mari-Klémans modi, tout bagay li modi*

(Marie-Clémence est maudite… toutes ses affaires sont maudites
Son riz à la morue est maudit… ses patates bouillies sont maudites)

C'est en allant étendre ses vêtements sur le bastingage qu'elle entendit la radio dans la cabine de Pierrot. Une voix jubilante répétait la même affreuse nouvelle que Ferrier lui avait baillée un moment plus tôt. Elle vacilla et faillit s'effondrer dans la mer. Elle dut s'évanouir et fut ramenée à fond de cale, entre les caisses de munitions. Pendant etcetera de jours, elle ne dit rien, laissant les larmes lui dévorer les deux pommes de la figure et subit sans broncher les assauts des marins. Son chagrin déchaîna la bestialité de ceux-ci : ils l'écorchaient, la mordaient aux seins et au ventre, lui arrachaient les oreilles.

Maintenant ce cauchemar était terminé, bien qu'elle sentît encore dans ses membres la balancine de la houle pour avoir séjourné si longtemps à bord du *Béarn*. Une nouvelle épreuve commençait, plus dure que les précédentes : vivre sans Amédée. Parfois, elle sentait sa tête partir, elle avait envie de crier, crier, crier, elle voyait noir, elle voyait rouge, et d'autres fois une étrange sérénité la gouvernait, donnant au monde et aux êtres une consistance fluide. Carmélise et Louisiane, en dépit de leurs voix canailles, ne pesaient pas plus lourd que des plumes.

Il était temps de crier à la cantonade le billet d'enterrement d'Amédée. Les obsèques radiophoniques de ces messieurs les Blancs n'avaient aucune valeur aux yeux de Philomène. Elle alla s'habiller de la fameuse robe en soie bleue à paillettes qu'il avait tant aimée, se mit une épingle tremblante contenant une mèche de cheveux d'Amédée dans son madras jaune et vert, se farda les lèvres et les couvercles d'yeux en noir, à l'aide de suie de charbon de bois, et s'écria :

« Mesdames et messieurs du voisinage, ouvrez vos oreilles de dix-sept largeurs au jour d'aujourd'hui. Moi Philomène, négresse sans papa sans manman du Morne Pichevin, je vous annonce la mort en dissidence d'Amédée, celui qui m'a fait piler la quarante-deuxième marche pour la première fois. Écoutez, ô vous qui saviez profiter de son savoir de grand-grec et jouir de la belleté de ses paraboles ! Dans sa trente-septième année, alors que sa vie commençait seulement à ouvrir ses ailes, il s'est tiré une balle dans la tête pour attraper sa mort. Aucun d'entre vous ne saura jamais de quelle doucine il a baigné mon cœur ni de quelle chaleur il a enflammé mon corps ! Je vous annonce sa mort subite dans la fleur de l'âge. Rassemblez-vous, ô nègres du Morne Pichevin, et écoutez le testament d'Amédée… »

Quelques charpentiers qui sciaient des planches à la devanture de la boutique de madame Sina se mirent à rire mais furent rappelés à l'ordre par les habitants natifs-natals du quartier. Philomène fouilla dans la liasse de feuillets laissée par son bien-aimé, en choisit un très froissé et se mit à le lire :

«La vie intermittente est le crépitement
d'un colibri vert
Et prête-moi ton murmure marché marin
Du comptoir de "Bien Bon Beau"
À "Allons nous cacher mes amis"
En compliments de l'autre siècle
surtout races prétendues ennemies décriées.

«André Breton, Fort-de-France, mai 1941.»

Les nègres battirent des mains sans rien comprendre à ces belles paroles. Philomène, elle, répétait, incrédule: «André Breton, Fort-de-France, mai 1941.» Elle avait toujours cru que les *Mémoires de céans et d'ailleurs* que lui avaient légués son homme ne comportaient que le seul et unique fruit de son esprit. Ce nom d'André Breton la troubla et elle décida de brûler les feuillets sur-le-champ. Elle les connaissait par cœur à présent. Elle les avait tant et tellement relus depuis ce jour de mai où la boutiquière les lui avait remis de la part du passeur qui avait aidé Amédée à trouver le canal de la Dominique...

18

Alcide était tout-à-faitement inconsolable.

Tout au long de la traversée, il avait paru se laisser griser par le champagne qui coulait à flots et les valses viennoises jouées par un orchestre formé d'anciens détenus en Allemagne. Bien qu'il n'y eût que trois passagères à bord pour une centaine d'hommes (en majorité des soldats antillo-guyanais rapatriés), une chanteuse d'opéra sud-américaine d'un certain âge qui rentrait au pays à cause d'un pronunciamiento au cours duquel on lui avait saisi la totalité de ses biens, et deux métropolitaines qui allaient rejoindre enfin leurs maris dont la guerre les avait séparées, tout le monde dansait jusqu'à l'étourdissement. Alcide retrouvait les pas qui l'avaient rendu célèbre au Select-Tango, à l'époque où il avait subjugué Louisiane, ainsi que les formules irrésistibles qu'il glissait à ses cavalières au creux de l'oreille. Ces dames n'en avaient que pour lui au grand agacement de l'adjudant Richard, qui paradait avec une rafale de médailles sur l'estomac, quoiqu'il trainât la jambe droite atteinte par un éclat d'obus. Maria Helena, la diva, refusait ses invitations car il lui rappelait, à cause de sa moustache poivre et sel, le sinistre soudard qui venait de s'emparer du pouvoir à Tegucigalpa.

« Jé né souis plou oune jéne fille, vous savez, s'excusait-elle en s'éventant d'une manière précieuse.

– Une petite danse, rien qu'un petit bout de danse, la suppliait-il avant d'aller se saouler de dépit.

– Laisse-la jouer à l'Espagnole ! lançait Alcide, ce soir, je lui servirai de matador à cette bougresse. »

Et pour de vrai, la cabine de Maria Helena s'emplissait jusqu'aux aurores de râles de plaisir et d'injures indignes d'une aussi belle voix, qui avaient le don de mettre en émoi les marins et leur capitaine, frappé lui aussi par le coup de foudre. Un attroupement se formait sur la coursive de bâbord malgré le fort vent d'ouest qui picotait le grain des yeux à mesure que l'on approchait des tropiques. Congestionné, chacun attendait son tour d'aller chevaucher la diva, qui n'en repoussait qu'un seul : Richard. Ce mâle défilé ne trouvait son terme que vers le mitan de la matinée le lendemain, et alors un calme souverain s'emparait du navire où les deux métropolitaines, l'une trop moche, l'autre trop fidèle, promenaient leur délaissement. C'est à ces moments-là que Vidrassamy acceptait de venir respirer un peu d'air frais, jouissant pour lui seul de tout le pont arrière. Le jour, il demeurait allongé dans son transatlantique, presque à fond de cale, méditant dans la pénombre et insensible aux gamineries des autres soldats qui jouaient à la poursuite dans les coursives. L'immensité des pays nouveaux qu'il avait parcourus, États-Unis, Afrique du Nord, France, lui faisait appréhender le retour dans son île natale. Il avait vu des plaines angoissantes où les yeux ne butent sur rien, le gris du ciel et les nuées d'oiseaux migrateurs. Il avait escaladé des montagnes si élevées qu'il fallait s'appliquer à respirer si l'on ne voulait pas périr étouffé debout dans la fulgurance du soleil levant. Les réminiscences de fleuves, de châteaux, de boulevards interminables, de foules agglutinées ne cessaient d'occuper ses pensées, l'empêchant de se complaire comme les autres soldats dans son propre espace intérieur. Il avait l'étrange impression de voguer à l'aventure et devinait, derrière la masque d'insouciance d'Alcide, une absence de sérénité encore plus poignante. Il redoutait l'instant où le bougre ne pourrait plus la supporter. Et puis, il avait mal à la mer. Il n'avait jamais oublié qu'un jour radieux de son enfance plein d'écrevisses et de senteurs de pommes-roses, elle lui avait ravi ses parents dont il n'eut plus jamais de nouvelles. À Moulin-l'Étang, se rappelait-il, il allait souvent la contempler, là où elle se fait si rageuse, la main en visière pour tenter d'apercevoir quelque bateau, et quand la nuit tombait comme une roche, il l'insultait en tamoul et en créole, conscient de l'inutilité d'une telle attitude.

Il n'avait fait que humer les effluves de la guerre car on l'avait affecté, dès son arrivée à Alger, à une compagnie de services dont la tâche consistait à rafistoler des uniformes qu'on prétendait récupérés sur des cadavres de soldats italiens. La blancheur ensorcelante de la ville l'avait d'emblée conquis, et il guettait avec impatience la moindre permission pour se perdre dans le dédale de la Casbah. Il aimait s'installer dans les cafés populaires, sirotant du thé à la menthe et avalant des grappes entières de dattes. Il ne ressentait un brin de nostalgie qu'à l'appel à la prière du soir des muezzins. Comme si la modulation chaotique de ce cri avait le pouvoir d'enfermer chaque être dans une forteresse de solitude. Les Arabes eux-mêmes, plus volubiles que des oiseaux de volière, ne semblaient pas y échapper. Au contraire, Vidrassamy les voyait se blottir dans leurs burnous crasseux comme pour se protéger d'une froidure subite. Il se rendait au bordel où il était sûr de rencontrer le sergent Mounsamy, un Pondichérien noir comme hier soir à la figure en lame de couteau, qui se jetait avec avidité sur les chairs les plus blafardes. Dans la petite cour intérieure, les groupes d'autochtones et de militaires français attendaient leur tour en silence, assis sur le rebord d'un bassin que l'eau avait déserté. La plupart des prostituées, qui ne vous acceptaient d'ailleurs que deux ou trois minutes, étaient des Noires légèrement métissées d'arabe au regard dominateur et lubrique. Deux Kabyles rousses et laiteuses complétaient l'effectif qu'une matrone au visage tatoué de bleu et de rouge menait à la baguette. Le Pondichérien l'accueillait avec un sourire jovial qui agaçait Vidrassamy :

« Hé, voilà l'Indien qui a traversé les eaux ! Ton âme n'aura jamais de repos, mon vieux, alors viens profiter un peu de la vie.

– Des nouvelles du front ?

– Ici, y a pas de front qui tienne ! Quand je traînais à Pondi, j'avais pas un demi-bol de riz à me mettre sous la dent chaque jour. Or, ici, j'ai du couscous à volonté, du vin et Khadidja. Va tirer un petit coup avec elle, tu verras comme c'est bon, mon frère... »

La Kabyle, empêtrée dans sa graisse, clignait des yeux sans trop y croire. La matrone piquait alors sa colère rituelle et expulsait les deux Indiens du bordel.

« Enaaldine ou-mèk ! Toi le sergent, j'ai pas peur de tes épaulettes, tu sais. Fous-moi le camp ! Tu as fini de baiser, tu te tires. On cause pas chez moi !

– Je suis citoyen français! Sergent de l'armée française, vous entendrez de mes nouvelles!

– C'est ça! Va le dire à ton général, c'est moi qui le fournis en fatmas aussi fraîches que du lait de gazelle.»

Les deux hommes entreprenaient de drivailler dans les ruelles sombres de la Casbah, repoussant les gamins qui mendiaient leurs mégots. Vidrassamy écoutait à peine le bavardage colérique du Pondichérien. Cet homme était le premier vrai Indien qu'il rencontrait et il devait avouer sa déception. Sa mère lui avait parlé de l'Inde comme d'une terre d'hommes magnifiques dont la majesté se lisait dans le seul regard et dont chaque parole était nourrie de sagesse. Il les imaginait à l'instar de ces demi-dieux du Ramayana qu'elle lui récitait en créole, aussi purs que le fil de leurs sabres de guerre. Et devenu prêtre lui-même il se mit à danser sur la lame effilée des coutelas. Il s'était senti grandir: désormais il comprenait le sens des invocations tamoules qui jaillissaient de sa gorge quand la déesse Mariémen le gouvernait. Non pas chaque mot, ni même le sens global de chaque morceau de phrase, mais un noyau intraduisible en créole ou en français, une émanation par-delà le langage humain. Il avait fini par réaliser qu'il était devenu prêtre afin de redevenir périodiquement indien dans cet univers sacrilège de l'habitation cannière. Les Blancs créoles et les nègres étaient des démons dont il convenait de se protéger par de multiples rites de purification. Puis son adhésion à la Fédération communiste de la Martinique en avait fait un être à double personnalité: un militant syndicaliste acharné qui ne faisait de différence qu'entre les exploités et les exploiteurs, d'une part; un mystique hindouiste qui ne distinguait qu'entre les purs et les impurs, de l'autre. Dans Alger la Blanche où il ne pouvait mettre en valeur aucune d'elles, il s'était d'abord senti perdu. Il se terrait dans un baraquement isolé de la caserne une fois le travail achevé et se répétait jusqu'au délire :

« Je ne suis qu'un fils de nulle part. Je n'ai pas de pays mien… »

Sur ce bateau de rapatriement, qui voguait vers la Martinique, Vidrassamy reconnut que le Pondichérien avait contribué, sans même le savoir, à le sauver de la folie. La simple vacuité personnelle du sergent avait désacralisé l'Inde à ses yeux. Il comprit que le pays de ses parents était un pays comme les autres, ni plus beau, ni plus grand, et que ses habitants participaient, aussi grandioses soient leurs dieux et leurs déesses, de l'humaine condition. Arrivé aux portes de l'Orient, dans cette Algérie qu'il n'était pas parvenu à pénétrer, il abandonna son vieux projet de visiter la terre des ancêtres. Il avait maintenant claire conscience qu'elle demeurerait à jamais un rêve, un pur phantasme, qu'il n'aurait même plus le ressort d'inculquer à ses enfants comme l'avaient fait ses propres parents. Au midi sonnant du dix-septième jour en mer, lorsque les mamelles vertes des pitons du Carbet dessinèrent, dans un ciel inhabituellement dépourvu de nuages, leur galbe parfait, il eut les larmes aux yeux et ne put s'empêcher de murmurer :

« Martinique… Matinik… »

Alcide et lui s'étaient très peu parlé au cours de la traversée. L'instituteur revenait déçu de la guerre et des Français. Il fabulait, se mentait, mêlait les souvenirs aux hallucinations les moins vraisemblables. Ainsi, après sa dissidence en Dominique, un bateau les avait transportés, une trentaine d'autres nègres gaullistes et lui, jusqu'à

New York où le représentant de la France Libre ne daigna pas venir les visiter. Grelottant de froid, ils durent acheter des vêtements de leurs propres deniers et se contenter des affreuses conserves dont les Américains raffolaient. Neuf jours plus tard, un officier français de second rang, au ton arrogant, les fit embarquer dans un train pour le Canada où on les enrôla dans des unités différentes qui s'entraînaient en prévision du débarquement en Normandie. Ne supportant pas le climat, l'Indien fut rapidement dirigé sur l'Afrique du Nord, tandis qu'Alcide sympathisa d'emblée avec les Québécois dont l'accent le faisait rire aux larmes et qui se montraient aussi impatients que lui d'en découdre avec ce monsieur Hitler qui prétendait mettre le monde entier sous sa botte. Il avait choisi le corps des parachutistes dans le but de voler en avion, et surtout de se laisser bouler sur les vastes étendues blanches et silencieuses de l'arrière-pays canadien. Il était toujours volontaire pour sauter, quel que fût le temps, et le major Poidevin, son supérieur, s'en inquiétait :

« Quand on sautera sur la France, t'auras pas ce tapis de neige pour te protéger, Doudou. Rentre les jambes dès que tu sens le contact avec le sol, je te l'ai déjà répété cent fois. »

Alcide faisait mine d'acquiescer et recommençait à faire le gamin turbulent, ce dont il allait se mordre les doigts au jour J. Une frayeur terrible s'empara de lui quand il découvrit quatre mille pieds plus bas le tracé impeccable des champs et des bosquets de la campagne normande. Le vert du sol, qu'on aurait juré étalé au pinceau, le pétrifia. Il n'entendit même pas le major Poidevin qui gueulait :

« Allez, on y va, Doudou !... Allez, saute ! »

Ses camarades trépignaient à ses côtés tandis que la bouffée d'air humide qui s'engouffrait par la porte de l'avion les giflait.

«Nom de Dieu, saute!»

Pour la première fois, il ferma les yeux devant l'appel du vide et sentit ses veines tressaillir dans ses avant-bras. L'image grotesque de son benêt de fils de Cicéron et de sa chère mère trottinant derrière un défilé de volontaires de la Révolution Nationale lui donna la force qui lui manquait. Il tira trop tôt sur son parachute et fut un instant déséquilibré, manquant de justesse d'entrer en collision avec un de ses camarades. Une cinquantaine de nénuphars blancs descendaient avec douceur, portés par l'air tiède du printemps, quand une brusque rafale de vent les dispersa sans inquiéter aucun des paras, habitués qu'ils étaient aux bourrasques du Grand Nord canadien. Alcide regarda passionnément la France qui se rapprochait de lui, cette France dont il avait rêvé toute sa vie et qu'il enseignait à ses élèves à l'aide d'une carte de géographie aux couleurs fanées. Il n'eut plus peur de rien et se laissa emporter dans une sorte de bonheur qui se manifestait par un imperceptible tremblement de ses lèvres, comme s'il récitait quelque prière. Le choc avec le sol fut si rude qu'Alcide ne put réprimer un long cri saccadé. Il demeura étendu dans l'herbe humide, à moitié recouvert par la corolle du parachute, ne sentant plus sa jambe gauche. Sa cheville avait été touchée et se mit bientôt à le brûler. La consigne de tout parachutiste, blessé ou pas, étant d'enrouler le plus vite possible son parachute et de se mettre à couvert, Alcide tenta de se redresser sans y parvenir. Ses mains s'agrippèrent à la terre, en arrachèrent deux petites poignées qu'il égrena machinalement entre ses doigts. Il en porta une pincée à sa bouche et la mâcha, les yeux clos. La douleur remonta de sa cheville jusqu'à son genou et lui raidit la jambe. Il entendit le sifflet de ralliement du major Poidevin à quelques centaines de mètres et voulut crier à l'aide. Il n'en fit rien, respectant cette fois-ci la consigne qui était de ne pas mettre les hommes valides en danger. Il allait bientôt se retrouver seul. Il se recroquevilla sur la crosse de son fusil-mitrailleur et vérifia s'il était en bon état. Les deux grenades qu'il portait sur chacune des hanches étaient toujours là. Il parvint à s'asseoir avec une extrême difficulté et comprit qu'il se trouvait sur un petit monticule entouré d'arbres. Il ne distingua pas le moindre chrétien-vivant dans les alentours, ni même une trace de ferme bien que la campagne fût couverte de ce qui lui paraissait être des champs de blé. Il dégrafa son parachute afin d'examiner sa cheville et la trouva monstrueusement enflée.

« Tonnerre du sort ! » fit-il pour essayer sa voix.

Puis, il éclata de rire, se disant qu'il avait enfin atteint le sol français tant désiré. Une canonnade dans le lointain le rappela à son devoir et, s'aidant de son fusil comme d'une béquille, il claudiqua jusqu'à un chemin de terre qui longeait le côté est du monticule. Des empreintes de sabots et de roues de charrettes dans la terre jaune contribuèrent à le rassurer. Il chemina près de deux heures, sans jamais s'arrêter, en dépit de sa cheville qui l'élançait à présent. Le sentier rectiligne semblait ne pas avoir d'aboutissement. Les champs succédaient aux champs dans une monotonie désespérante, troublée par des coups de feu sporadiques qu'Alcide ne parvenait pas à localiser avec exactitude. Les combats semblaient tantôt à portée de voix, tantôt distants de plusieurs kilomètres. En final de compte, cette guerre qui jouait à cache-cache avec lui finit par l'exaspérer. Il arma son fusil-mitrailleur et avança en sautillant sur une seule jambe.

« Dis donc, tu joues à quoi, monsieur chocolat ? »

Un vieil homme coiffé d'un chapeau de paille déchiré l'observait avec une curiosité amusée. Les rides lui plissaient tellement le visage qu'elles en faisaient une seule boule striée qu'agitaient de légers spasmes. Il mordillait une grosse pipe, noire et éteinte.

« T'es ricain ou quoi ? You American ?

– Non… non, martiniquais…

– C'est quoi ça ? T'es africain, c'est ça que tu veux dire. C'est-y que les troupes de De Gaulle auraient débarqué ? »

Alcide grimaça de douleur. Sa jambe valide commençait à s'engourdir sous le poids de son corps. Le paysan lui proposa de le suivre jusqu'à une grosse bâtisse autour de laquelle batifolaient une nuée de canards et d'oies. Son épouse, silencieuse et empressée, leur servit une bonne soupe aux oignons agrémentée de lard. Le geste de la fermière coinçant un pain de campagne sur son ventre et tranchant d'un seul coup de larges tranches lui remémora les gravures des vieux ouvrages dans lesquels il avait appris à lire. Le vieux mangea sa soupe à même son assiette, avec gloutonnerie.

« Encore une que les boches y z'auront pas, les fumiers ! » fit-il en s'essuyant la bouche du revers de sa manche.

Un violent tir d'artillerie sembla secouer les fondations de la maison, sans inquiéter le couple qui rit lorsque Alcide se redressa prestement et se saisit de son fusil-mitrailleur.

« T'énerve pas, monsieur chocolat. C'est les boches qui se font taper sur la tronche par les ricains. D'ici le mois de juillet, on sera débarrassés de tous ces frisés. J'te l'dis, Germaine, on pourra bientôt aller vendre nos vaches au marché de Caudebec.

– L'écoutez pas, m'sieur, il n'est pas un mauvais type, mon Gaston, mais il a perdu goût à la vie depuis qu'Armand, notre fils, a été fusillé par les Allemands. »

La fermière lui posa une cautèle sur sa cheville endolorie et lui imposa trois jours de repos complet. Elle avait toujours voulu voyager et n'était allée qu'une fois à Paris, en 1922, pour un court voyage de noces. Elle ne cessait de questionner Alcide sur son île qu'elle imaginait comme un éden où la nuit ne tombait jamais et où les fleurs dégageaient des parfums ensorcelants. Elle ne cessait de lui passer les mains dans sa chevelure crépue sous prétexte de le coiffer, l'air rêveur. Alcide se laissa chouchouter près d'une dizaine de jours, profitant de l'occasion pour réfléchir sur tous les événements qui avaient bouleversé sa vie au cours des trois dernières années. Il ne démêlait toujours pas le vrai du faux, le rêve et le réel.

Sa rencontre à la bibliothèque Schoelcher avec Dalmeida avait été décisive car il commençait peu à peu à se laisser grignoter par le conformisme pétaino-franchouillard de son épouse, lequel avait fini par dégénérer, la guerre aidant, en un vichysme tropical et bêlant. Chaque fois qu'il songeait à la dissidence et à la traversée en gommier effectuée avec Amédée, l'image poignante du corps de ce dernier tressautant dans un bain de sang sur le parquet bien ciré du High Commissioner de Roseau, capitale de l'île anglaise de la Dominique, le terrassait. Il serrait les mâchoires pour ne pas pleurer, se demandant s'il serait capable de tenir la promesse qu'il avait faite à son ami agonisant. Amédée l'avait supplié dans un murmure rauque:

«Il faut que tu écrives tout cela... Il ne faut pas que l'on nous oublie, nous n'en avons pas le droit.»

Pendant les douze jours qu'il avait passés à la Dominique, il s'en allait tous les matins fleurir sa tombe d'un bouquet de gliricydias, la fleur préférée de Latin Mulâtre. Il s'était accroché avec le colonel Perrelle chargé par de Gaulle d'accueillir les dissidents, et on avait failli ne pas l'envoyer rejoindre les FFL de New York. Il reprochait à l'officier français d'avoir divulgué sur les ondes de Radio Dominica la nouvelle du suicide d'Amédée, sachant qu'elle serait détournée en propagande par la radio de l'Amiral. Il craignait aussi que le père du jeune homme, interné au camp de Balata, ne fût affecté par l'événement. Il avait prié pour que Philomène ne trouve personne au Morne Pichevin qui puisse l'en avertir. Le fait que les postes à galène étaient pour la plupart hors d'usage dans ce quartier le rassurait quelque peu.

La corne du bateau réveilla Alcide de sa torpeur. L'île se dessinait dans le lointain, verte et bleue, bombée de mornes arrondis à leur sommet comme des seins de négresse. Vidrassamy, accoudé au bastingage, sifflait un vieil air créole que dix, cent voix reprirent sur les ponts avant et arrière. La cantatrice sud-américaine se lança dans une vocalise à couper le souffle qui déclencha une émotion incontrôlable en chacun des soldats rapatriés. Richard, claudiquant sur la passerelle menant à la cheminée du bateau, désigna un point de la ville dont la masse désordonnée commençait à s'agiter devant eux:

«La basilique de Balata...»

Les soldats applaudirent comme s'ils avaient été au spectacle. Richard se hissa sur un tas de gros cordages et, intimant l'ordre de se taire à son auditoire, lui servit une plaidoirie qui devait devenir un sujet de rigoladerie dans les années à venir :

« Écoutez-moi, compères… écoutez-moi bien ! Je suis le seul d'entre vous à avoir affronté l'ennemi dans un vrai combat sur un vrai champ de bataille. Combien d'entre vous ont entendu tonner les canons allemands sur le front de la Somme ? Combien ont subi les fusillades en piqué de leurs Messerschmitt ? J'ai combattu sur le front Est dès mai 1940, quand la plupart d'entre vous ne savaient pas si vous alliez partir en dissidence. J'ai fait partie du premier contingent de volontaires venus défendre l'honneur de notre mère patrie, la France, alors que de Gaulle n'avait pas encore parlé, messieurs ! Plus de quatre-vingts bougres de mon régiment ont perdu la vie et, moi, le seul nègre, j'ai pu, grâce à Dieu, compter parmi les survivants malgré cette chiennerie de blessure à la jambe qui me donne l'air d'un pantin de carnaval aujourd'hui. Alors respect et honneur pour Richard du Morne Pichevin ! Respect et honneur pour cette croix de guerre et ces médailles que vous voyez briller sur mon estomac. Je veux que chacun ici rapporte dans sa famille combien l'adjudant Richard a été vaillant et comment il a fait les Allemands demander pardon-s'il-vous-plaît. S'il n'y avait eu que des soldats de ma trempe, je parie qu'ils n'auraient pas réussi à mettre la France à quatre pattes. Jamais pas !

– Hé, attends de descendre à terre pour faire ta politique, ironisa Vidrassamy.

– Je demande qu'on me porte en triomphe sur le quai comme on le fait dans tous les pays lorsque les héros rentrent au bercail. Qui va me charger sur ses épaules ? Qui aura la décence de donner à ma personne le prestige auquel elle a droit ? Ah, je sais, je sais. Les nègres sont une race de sacrés jaloux, alors ils vont préférer me laisser glisser sur la passerelle comme un sac de pommes de terre avec une jambe plus courte que l'autre. Ils préfèrent voir se ridiculiser un héros plutôt que de reconnaître qu'ils ont été inférieurs à lui. Messieurs, je répète ma question : qui va soulever l'adjudant Richard jusqu'au ciel ? »

Personne ne l'écoutait plus. Le bateau arrivait en bordage du fort Saint-Louis et avançait sans bruit sur l'eau étale. Des nuées de négrillons chaleureux étaient accourus et nageaient avec habileté autour de lui, plongeant à la recherche des pièces lancées par le capitaine et ses subordonnés blancs. Des grappes de gens agitaient des madras sur le quai de La Française, le cœur maçonné par l'angoisse car nul ne savait qui revenait parmi tant et tellement d'entre ceux qui avaient préféré l'épreuve du feu au compromis insulaire.

Ce soir-là, au Morne Pichevin, le claudicant adjudant Richard avait reconquis le même paquet d'admiration qu'il avait suscité cinq années auparavant, quand il s'y était présenté sans crier gare dans sa tenue de soldat flambant neuve. Louisiane, sa femme légitime, qui avait gardé les jambes fermées raides depuis son départ pour le front, rayonnait de bonheur. Elle avait fait installer des tables et des bancs autour de la Cour des Trente-Deux Couteaux ainsi que des flambeaux en bambou aux basses branches des quénettiers et des tamariniers des Indes. Les autres négresses, Carmélise, Philomène, madame Sina et toute la bande, avaient été réquisitionnées pour cuire les kilos de viande de cochon salé que les autorités militaires avaient baillés aux valeureux héros à leur descente du bateau. Une prime de trois cent cinquante francs leur avait été ajoutée, qui fit trembler de plaisir les cases-à-rhum de la Transat, notamment au Marguerites des marins.

Richard avait invité Alcide et Vidrassamy à assister à son triomphe, mais ils avaient dû décliner son invitation, empressés qu'ils étaient de retrouver les leurs. Il n'y avait que Rigobert pour porter un regard contrôleur sur la prestation du bougre, les autres étant tout prêts à boire le lait de ses paroles. Rigobert, devenu un être silencieux depuis qu'il avait été contraint de battre la campagne au temps de la guerre, ne semblait pourtant pas mettre en doute ses exploits. Il s'était assis sur une planche à même le sol, près d'un fait-tout dont Philomène remuait le contenu à l'aide d'un bâton-lélé, et observait le crépitement des flammes contre les trois roches du foyer (mais, ô lecteur, peut-être que tout cela a pu se produire avant la redescente en ville de Rigobert, car le récit n'est souvent guère maître du temps et le chevauche pour s'attifer, simplement s'attifer, oui!).

Un bougre avait commencé à cogner un tambour bèl-air sur un rythme d'une lenteur exagérée qui irritait de mille fourmis le plat des pieds des bambocheurs. On chantonnait à la ronde «Nou pété bonda Itlè!» (Nous avons pété le cul d'Hitler) en se passant des timbales de café fort ou de rhum vieux. Richard s'avança au mitan de la Cour des Trente-Deux Couteaux et demanda paix aux bouches bavardes des commères. Sa croix de guerre brillait sur sa poitrine comme un essaim de bêtes-à-feu, masquant l'ivresse de gloire qui dévorait ses deux grains de coco-yeux.

« Hé, la société, je vous dis un sacré merci d'être là ce soir pour m'accueillir... commença-t-il.

– Honneur et respect sur ta tête, compère, lança quelqu'un dans le faire-noir, nous t'écoutons les oreilles ouvertes de dix-sept largeurs mais, s'il te plaît, ne mens pas sur la vérité. »

L'adjudant parut hésiter. Ses mains essuyèrent une fine rosée de sueur qui mouillait les plis de son front. Alors le tambourier mit en marche un modèle de bèl-air qui fit sauter et mater l'assemblée et japper les chiens.

« Je ne mentirai pas sur la vérité, les amis. Rassurez-vous, j'ai vu trop de morts à mes pieds pour me comporter aujourd'hui comme un petit bonhomme. Man Sina, tu es là ?

– Je suis là, oui, Richard.

– Merci-merci, Carmélise, mère d'enfants, es-tu venue écouter ma plaidoirie ?

– Je suis déjà sous l'option de la belleté de ta parole, si tu veux le savoir.

– Ah, je vois, je vois. Philomène, la chimérique, est là, Rigobert, le drivailleur, aussi... tout mon monde m'entoure ce soir. Bondieu merci, car lorsque j'étais enfermé dans l'Oflag, jamais je n'ai cru une seule seconde que je pourrais retrouver le Morne Pichevin. Mes amis, mon régiment avait pour nom le 8ᵉ zouaves. Des sacrés mâles bougres, oui !... ah, excusez-moi de parler français pour vous, mais ce que j'ai à dire est trop solennel pour supporter la familiarité de notre créole.

– Palé bèl fwansé Fwans ba nou ! (Parle-nous le bon français de France !) s'écria une femme à grosse giberne, déclenchant une tralée de rires approbateurs.

– Le 8ᵉ zouaves est entré en Belgique en mai 1940.

Fallait voir ça! Les gens nous acclamaient dans les rues, les jeunes donzelles nous jetaient des fleurs ou nous offraient des cigarettes. On était venus les sauver de l'agression de ce monsieur Hitler! Leurs soldats en débandade sur de pauvres bécanes faisaient peine à voir. Leur accent provoquait le rire dans nos rangs. C'est la première fois que j'entendais des Blancs malmener la langue française comme ça. Oui, vous pouvez me croire, je ne mens pas sur la vérité. Il existe des Blancs qui prononcent les mots d'une façon si bizarre que ça vous fiche l'envie de pisser sur vous tout debout. C'était dans la ville de Mons que ça se passait. Le soir on a dansé dans les bals publics et j'ai récolté – pardonne-moi, Louisiane – une blondinette du tonnerre.

– Je pardonne. La guerre c'est la guerre », fit son épouse.

Alors des questions et des questions fusèrent de partout: les gens voulaient savoir si les poils du sexe des blondes étaient de la même couleur que leurs cheveux, les vieux si le biscuit de guerre était aussi dur qu'en 14-18, et d'autres questions à n'en plus finir. Richard répondait de son mieux en faisant attention à ne pas mentir sur la vérité. Sentir à nouveau la douce quiétude nocturne du Morne Pichevin, d'où l'on apercevait la baie de Fort-de-France à nouveau remplie de bateaux venus des trois Amériques et d'Europe, l'emplissait d'une sorte de grâce qu'il n'avait jamais éprouvée. Il se sentait léger, presque aérien. Ses mots lui paraissaient plus agiles que les sons du tambour bèl-air.

« Après Mons, notre régiment a reçu l'ordre de poursuivre sa route jusqu'à Charleroi et là, ça a été une tout autre histoire, mes amis. Les panzers allemands encerclaient la ville qu'ils bombardaient sans discontinuer. À notre arrivée, des dizaines d'immeubles étaient en flammes et le sifflement des obus traceurs nous faisait tressaillir. J'ai vu des cadavres de femmes et d'enfants dans les caniveaux, alors que ce qui restait de l'armée belge se jetait dans nos bras, transi de peur. Ils racontaient des choses horribles, des tortures qu'infligeaient les frisés aux prisonniers et moi dans tout ça, avec ma peau noire, j'avais encore plus peur. Une peur-cacarelle, je vous assure, et pourtant je suis brave. Je pensais que nos chefs allaient nous donner l'ordre d'attaquer, mais le colonel qui nous commandait n'arrêtait pas de tempêter contre son téléphone de campagne qui ne fonctionnait que par intermittence. Résultat: on a campé quatre jours sans rien faire près de Charleroi que l'ennemi ne cessait de pilonner. Le cinquième jour, on nous a rassemblés pour le rapport et notre capitaine nous a dit de faire nos paquetages. Ordre de revenir sur nos pas!

– C'est pas vrai! lança une voix d'homme dans l'assistance. L'armée française n'a jamais reculé quand elle est sur un champ de bataille. Même à Waterloo, Napoléon n'a pas voulu battre arrière!

– Messieurs, sur mon honneur de soldat, c'est la franche vérité que je vous baille là! La troupe a essayé de protester mais notre colonel est intervenu et nous a menacés des arrêts de rigueur. "Le général Gamelin sait ce qu'il a à faire!" a-t-il gueulé. Le 8e zouaves n'est pas rentré sur Mons. Nous avons coupé par la campagne belge droit devant nous afin de nous retrancher derrière la ligne Maginot le plus vite possible. On était fatigués comme des vieux chiens, et surtout énervés d'avoir attendu sans tirer un seul coup de fusil. Mais, les amis, la plus belle se cache sous la baille comme on dit chez nous! Ces salopards de frisés nous avaient déjà repérés et ils ont envoyé des Stukas à nos trousses pour nous couper la route. Ce sont des avions tout bonnement effrayants avec une sirène qui hurle à fond quand ils piquent sur vous pour vous bombarder. J'ai vu mes camarades déchiquetés devant moi, les boyaux dehors, l'écale de la tête arrachée et le rose de leur cervelle tachant le bord des fossés. Je ne sais pas moi-même comment j'ai pu échapper à la mort. Avec des pertes considérables, on a réussi quand même à repasser la frontière française et là, loin de voir notre calvaire terminé, ce fut pire ! Les boches avaient contourné nos divisions et pénétré déjà sur le sol français. Ils nous cernaient donc ! Plus moyen pour le 8e zouaves ni d'avancer ni de reculer. Alors notre colonel a décidé de piquer vers le sud, oubliant que l'ennemi disposait d'une nouvelle arme imparable : les parachutistes. On a vu de grosses fleurs blanches fleurir soudainement sur le chemin de notre retraite et puis ouvrir le feu sur nous par petits groupes isolés, dissimulés dans les champs. On avait la trouille, une sacrée trouille, on avait l'impression que les parachutistes nous tombaient dessus par milliers alors qu'ils devaient être une trentaine à peine. Avec notre artillerie, on aurait pu les bousiller en cinq sec mais nos servants étaient paralysés et notre commandement était incapable de donner un seul ordre. On était dans la merde, quoi ! »

Richard en tremblait encore. Sa voix s'étranglait et les gens faisaient attention à ne pas troubler l'atmosphère avec des bruits de timbale et de bouteille. Même le tambour s'était tu. Soudain, le raconteur constata qu'il manquait quelqu'un :

« Où... où se trouve Latin Mulâtre ? »

Personne ne lui répondit. Sa question s'amplifia dans un écho étrange qui sembla faire tressauter les lueurs fumantes des flambeaux. Devinant que la réponse devait charroyer en elle tout un poids de douleur, il dévida le reste de son récit :

« En face de nous, derrière la ligne Maginot, les Allemands. Au sud, leurs parachutistes pour nous accorer ! Nous, les soldats français, on s'est dit "Chacun pour soi !" et on a fui dans tous les sens. J'ai couru le long d'un chemin de terre, croyant m'abriter dans un bois tout proche quand trois SS ont surgi et m'ont mitraillé. J'ai entendu ta-ta-ta et j'ai basculé dans un trou noir. Je suis revenu à moi le lendemain dans l'après-midi. J'étais sous une tente, entouré de médecins militaires qui aboyaient dans une langue sauvage. Ils m'avaient enlevé plusieurs balles à la jambe et une à l'épaule gauche. Je souffrais terriblement au milieu d'autres soldats blessés, Allemands et Français mêlés.

– Montre-nous ton épaule ! » exigea quelqu'un.

Richard enleva le pardessus militaire trop chaud qu'il n'avait pas quitté depuis son retour, moins par forfanterie que par négligence. L'assistance poussa un « Woye-woye ! » d'admiration devant la balafre rosée qui sillaquait sur l'os de son omoplate. Plusieurs personnes applaudirent dans l'obscurité. Deux femmes en profitèrent pour servir de la viande de cochon salé et des pois rouges dans des demi-calebasses ou des assiettes en fer-blanc. Le tafia, lui, décrassait les gorges des hommes depuis un bon paquet de temps déjà. La nuit enveloppait le Morne Pichevin d'effluves rares, venus des mangroves du Lazaret. Nuit habituée à insuffler une tendresse passagère au cœur des vivants.

« Alors quatre ans durant, continua l'adjudant, j'ai vécu derrière les barbelés d'un camp de prisonniers… »

19

MÉMOIRES DE CÉANS ET D'AILLEURS

De nuit, la surface de la mer caraïbe prend des reflets d'un vert métallique semblable à celui que l'oiseau-mouche fait frétiller sur son plumage. Il se crée une féerie quand les rayons de lune, ou le flambeau en bambou que l'on tient en main pour repérer les récifs coralliens, ou le lent balayage du projecteur d'un croiseur, trouent l'obscurité avec une douceur particulière. Les courtes vagues lapent les rebords du gommier avec une régularité hypnotique. Bouches cousues, frissonnants dans le vent alizé, il nous faut attendre l'embellie, nos rames croisées sur nos genoux.

Quatre faux départs depuis l'embouchure du canal Levassor à bord du gommier *Dieu est miséricorde* nous ont habitués à observer les moindres bruissements de l'eau. Notre passeur semble perdu dans ses pensées, habitué à ces heures d'attente, immobiles dans le noir ou plutôt dérivant vers la Pointe des Nègres. De temps à autre, il attrape à l'épuisette quelques poissons volants qu'il voltige avec dextérité au fond du canot. Puis, sans nous donner d'explication, il déclare :

« Ce soir, on ne peut pas passer, compères. La chance

n'est pas avec nous. Allez, on dévire en arrière, vite!»

Vidrassamy n'a pas le temps d'ouvrir la bouche pour protester – il a hâte d'arriver à Londres – que le ronflement des moteurs de l'*Esterel* se fait entendre autour de nous, tous feux éteints. Le passeur nous oblige à nous allonger à plat ventre les uns sur les autres malgré la sensation désagréable que nous procurent les écailles gluantes des poissons. Le croiseur stoppe ses machines et se laisse bercer comme nous par les vaguelettes. Seul l'œil de son projecteur fuse bien trop loin pour nous repérer. On aurait juré un vaisseau fantôme du temps de la flibuste tellement on ne voit âme-qui-vive s'y affairer. À notre seconde tentative, notre canot s'est trouvé à moins de cinq mètres de la coque de l'*Esterel* et il aurait suffi d'une vague puissante pour que nous soyons projetés contre elle. Alcide en a frémi et s'est agrippé à mon poignet. Moi-même, je songe à me jeter à l'eau quand le passeur m'ordonne de ne pas bouger:

«Un homme à la mer la nuit, ça fait presque autant de vacarme qu'un coup de canon, compère.»

Nous regagnons notre cahute pour, à nouveau, pourrir dans une sorte d'attente infinie. Vidrassamy ne veut me parler de mon père et du camp de détention de Balata qu'en échange de mes impressions sur Paris qu'il imagine avec des yeux de communard. J'apprends que le commandant Tourtet s'est entretenu plusieurs fois avec mon père; il lui a fait part des divergences avec l'Amiral quant à l'attitude à prendre envers le gouvernement de Vichy, dont les actes étaient à l'évidence dictés par la Kommandantur.

«La France n'a plus de gouvernement, en fait…

– Dans ce cas, pourquoi Tourtet ne renverse-t-il pas

Robert ? fais-je. Ça serait une mesure de salubrité publique et puis ça calmerait les Américains. Un jour ou l'autre, on va avoir droit à un débarquement…

– Robert est loin d'être un couillon. Il joue sur le sens du respect de la hiérarchie militaire de Tourtet qui lui-même est un sacré modèle d'indécis. »

Alcide se remet « à mesure à mesure » comme dit comiquement le pêcheur qui nous ravitaille chaque jour. Certes, il n'est plus le gaillard expansif que nous avions connu mais il a retrouvé le sourire et tisonne notre passeur, impatient de franchir le canal de la Dominique une bonne fois. Il montre un brin de fierté quand on nous apprend que Rigobert empêche l'Amiral de dormir.

« Il nous attendra à Roseau s'il y parvient avant nous, assure-t-il, j'espère qu'on nous mettra dans la même compagnie. Ça serait formidable !

– Il a tellement injurié le Bondieu dans sa vie, réplique Vidrassamy, que je suis prêt à parier que ce dernier va se dépêcher de l'envoyer se péter la gueule face aux Allemands. »

Dieu ne nous a pas oubliés non plus. Un matin, le passeur nous réveille vers trois heures et nous presse d'amarrer nos paquets : la voie est libre ! Frappé par une avarie, le croiseur chargé de repérer les mouvements clandestins a été remorqué la veille au soir au bassin de radoub. Les yeux encore lourds de sommeil, nous voyons défiler très vite les mornes secs de la côte caraïbe. Le petit village de Bellefontaine semble empesé de sommeil à notre passage et seuls deux pêcheurs en chapeau-bakoua pointu s'affairent sur la plage. Une brume bleuâtre couvre le Morne Table, étape la plus difficile du voyage par terre entre le chef-lieu et Saint-Pierre. L'eau est d'un calme marmoréen que ne parviennent pas à troubler les coups de rames énergiques de notre passeur. Nous, les trois futurs dissidents, sommes comme hébétés à l'idée que nous voyons notre pays pour l'ultime fois. Tout nous semble plus beau et plus grand; une émotion grandiloquente sécrète en nous des souvenirs en cascade. Alcide pleure, les mains jointes comme pour une prière; Vidrassamy se laisse hypnotiser par la masse altière de la montagne Pelée et ne m'entend pas.

«Philomène, adieu chère, adieu...» suis-je en train de murmurer puis de crier sans que ma voix dérange en rien la paix du monde en train d'accoucher un nouveau matin.

Bientôt, nous pénétrons dans les remous du canal de la Dominique et notre passeur nous demande de l'aider à souquer, Alcide le plus faible d'entre nous étant chargé d'écoper à l'aide d'une demi-calebasse. Nous sommes pris dans un tourbillon qui manque de faire chavirer le gommier et, pour la première fois, je lis une certaine crainte sur la figure de Vidrassamy. Peut-être se souvient-il que c'est la mer qui l'a séparé à jamais de ses parents. Sans doute imagine-t-il les tempêtes qu'ils durent affronter avant de retrouver leurs Indes natales, si jamais ils les ont retrouvées. Nous luttons des heures entières contre le courant avec le sentiment de tourner en rond et d'être toujours à distance égale entre la Martinique et la Dominique. Je comprends alors quel courage il a fallu aux bougres qui nous ont précédés pour entreprendre une telle aventure, quel amour de la France surtout. Puis, le passeur s'écrie:

«Embellie!»

La mer devient d'un calme impressionnant. Des marsouins virevoltent autour de notre canot et nous voltigent des giclées d'eau irisée. Alcide récite une prière de remerciement à la Vierge Marie et prend une bonne lampée de tafia. La fiole circule dans la bouche de chacun d'entre nous et se vide en un battement d'yeux.

«Maintenant, le plus dur reste à faire, nous déclare le passeur d'un ton flegmatique, tout dépendra de la vaillance de vos muscles, compères. Il nous faudra ramer sans arrêt pendant quatre heures si on veut atteindre Roseau avant que la brune du soir ne se fasse.

– Tonnerre de Brest ! La traversée de ce foutu canal n'est pas un bol de toloman, fait Alcide découragé.

– Je vous avais prévenus ! Trois canots se sont renversés le mois dernier et on n'a jamais retrouvé les cadavres des nègres qu'il y avait dedans.»

Nous ne nous parlons plus du tout, animés que nous sommes de la dernière énergie. Le sel nous laboure les paupières, nous contraignant à garder les yeux mi-clos. L'image de Philomène dans sa robe-fourreau en soie bleue grimpant les quarante-quatre marches du Morne Pichevin s'incruste dans mes pensées. Je compte chacune des marches à mesure qu'elle y pose le pied. À la septième, qu'on prétend maudite, je l'entends murmurer: «Sept enfants mort-nés, écartez-vous de moi !» Je me souviens que, tout à notre bonheur, Philomène et moi, nous n'avons jamais évoqué la possibilité d'avoir un enfant. Peut-être parce que, dans notre quartier, la marmaille appartient à tout le monde. Ainsi les négrillons cireurs de Carmélise avaient-ils pour habitude de venir partager nos repas les jours où leur mère les avait oubliés à cause d'un amant tout neuf dont elle voulait parachever la conquête. Et puis, à bien calculer, ma câpresse n'était-elle pas bréhaigne ? Car comment expliquer que son ventre soit toujours demeuré si étonnamment plat depuis les siècles de temps qu'elle offre son corps à des hommes dans les cases sordides de la Cour Fruit-à-Pain ?

Enfin, la masse bleutée de ce gros bloc de montagnes qu'est l'île de la Dominique se précise. On ne distingue aucune anfractuosité dans les immenses falaises qui la bordent, pas la moindre trouée d'une plage ou d'un promontoire. Spectacle effrayant. Plus nous nous rapprochons, moins notre soif d'apercevoir quelque toiture de case ou quelque fumée émanant d'un jardin à flanc de morne trouve à s'étancher. À notre arrivée, le colonel Perrelle, chargé par de Gaulle d'accueillir les dissidents, nous répétera une boutade féroce et très britannique du gouverneur :

« La Dominique est la seule île des Antilles que Christophe Colomb reconnaîtrait s'il pouvait revenir aujourd'hui. »

Notre angoisse augmente et nos gestes se font moins réguliers, ce qui irrite notre passeur. Il demande à Vidrassamy de cesser de ramer afin de ne pas déséquilibrer notre frêle esquif. Le soleil a commencé sa descente et ses morsures se font de plus en plus brûlantes sur notre peau desséchée par les embruns.

« Ne nous plaignons pas, fait le passeur, la traversée en plein jour est une manœuvre de bougres fous dans le mitan de la tête. Si l'*Esterel* avait pu être réparé ce matin, dites-vous qu'on aurait été bons pour les geôles du fort Desaix. Ces vermines-là n'ont pas peur de battre la mer en long et en large jusqu'à deux cents brasses de la côte dominicaine.

– Les Anglais ne réagissent pas ? demande Vidrassamy avec incrédulité.

– Réagir ? Moi-même, je n'ai pas encore saisi le méli-mélo qui roule entre l'Amiral et eux. Tantôt ils le déraillent sur leurs radios, ils disent que c'est un vendu à Hitler et puis, deux jours après, ils permettent à des bateaux dominicains d'aller vendre etcetera de régimes de bananes à Saint-Pierre. Vous voyez une logique dans ça, vous ?

– L'amiral Robert est un sacré modèle de compère Lapin, intervient Alcide, il est l'ennemi et l'ami de tout le monde en même temps. Il couillonne Américains, Anglais, Allemands et Martiniquais dans le même balan. On ne sait jamais ni ce qu'il pense ni ce qu'il fait… »

Lorsque le ciel se mue en une vaste tenture jaune auréolée d'une boule rougeoyante, la minuscule ville de Roseau, toute en tôle ondulée, apparaît au détour d'une falaise dont tout un pan s'est écroulé. Nous battons des mains au grand étonnement de notre passeur, pour qui la dissidence semble inaugurer une nouvelle ère d'ennui sans fin.

« Messieurs, c'est derrière les mornes que l'on trouve des mornes dans ce pays-ci », se contente-t-il de lâcher.

Au quai, il n'y a pas d'autorité pour nous accueillir. La ville est déserte et nous prenons conscience d'avoir débarqué un samedi après-midi à l'heure où les sujets, noirs et blancs, de Sa Majesté se passionnent pour ce jeu étrange qu'est le cricket.

Nous nous rendons à pied jusqu'à une villa en bois à deux étages que notre passeur nous désigne comme étant le quartier général des Français Libres. La porte en est close et nous avons beau tambouriner comme des sourds, personne ne vient nous ouvrir. Nous nous asseyons sur le perron tandis que notre passeur prend congé. Il possède une femme dominicaine et quatre enfants dans un hameau de l'intérieur : il lui faut encore abattre plusieurs bons kilomètres.

«Je repars jeudi prochain, nous avertit-il. Si vous avez une commission à envoyer en Martinique, laissez-la-moi au Loch Ness Tavern. C'est un bistrot au bas de la rue. Jimmy, le patron, est un compère à moi.»

Nous nous endormons sur le seuil de la villa, mais une grosse voix joviale nous fait sursauter : le fameux colonel Perrelle avec son non moins fameux stick anglais.

«Encore des opposants à Pétain! Mais c'est formidable ça, bientôt ce pantin d'amiral Robert ne gouvernera plus que les arbres et les chevaux. Vous arrivez quarante-huit heures trop tard, compagnons, un convoi de Martiniquais et de Guadeloupéens vient de partir sur New York.

– Le prochain est pour quand? demande Alcide.

– Hou la la! Soyez pas si pressés, les gars. Ces foutus Angliches ne font rien pour nous faciliter la tâche. Faut pas croire! Moi, je propose, eux ils disposent. Mais entrez donc et prenez une douche avant qu'on se tape un bon gueuleton à la maison. J'ai une bonne qui prépare des mets créoles fa-bu-leux!»

Le soir même, nous apprenons sur les ondes de Radio Martinique que les soldats du camp de Balata ont manifesté dans les rues de Fort-de-France pour réclamer un meilleur ravitaillement. Je n'arrive pas à partager l'enthousiasme de mes camarades que le vin de Bordeaux a mis en état d'apprécier les blagues lourdaudes du représentant de la Résistance. Je ressens un violent désir du corps pâle de Colette à qui je n'ai pas daigné donner de mes nouvelles depuis mon retour au pays, alors que nous avions fait le serment de nous écrire tous les premiers de l'an au cas où nos vies devraient se séparer. Les mots de sa dernière missive se sont inscrits de façon indélébile dans ma mémoire alors qu'en les lisant, je ne leur avais prêté qu'une attention distraite :

«Cher toi,

«Nous nous sommes réfugiés en Avignon en novembre 42 car ma mère y a de la famille. Père n'a pas voulu nous suivre, il dit qu'il préfère lutter là où l'on a besoin de lui. Tu le connais: têtu comme une mule.

«Mon mari a été réquisitionné pour travailler en Allemagne il y a huit mois de cela et je n'ai plus de nouvelles de lui. J'ai très peur à cause de sa fluxion de poitrine.

«Je ne sais pas si ma lettre te parviendra. Peut-être m'as-tu déjà oubliée. Moi, chaque nuit, mes rêves m'emportent à la Martinique. Je prie le Seigneur qu'il nous réunisse à nouveau un jour lorsque cette guerre absurde sera terminée.

«Tu es toujours au centre de toutes mes pensées.

«Ta Colette.»

Les visages de Philomène, la câpresse prostituée du Morne Pichevin, et de Colette, la blanche serveuse de Montreuil, se superposent dans mon esprit. Je prends soudain conscience qu'il s'agit d'une seule et même personne, d'un seul et même amour, que par deux fois je n'ai pas su saisir. Pourquoi irais-je brûler ce qui me reste de vie au service d'une cause dont l'issue est plus qu'improbable? Ce de Gaulle que certains nègres croient dur comme fer être une résurrection de Toussaint-Louverture est-il vraiment venu nous aider à secouer le joug des Blancs créoles et de l'Amiral? Vidrassamy et Alcide ne donnent pas l'impression de se poser de telles questions. Ils ont mis une parenthèse à leurs espoirs et ne pensent qu'à la libération de ce qu'ils appellent ingénument la mère patrie. Le premier, communiste fervent, évoque l'argument de l'ennemi principal; le second, schoelchériste dans l'âme, ne rate pas une occasion de rappeler que l'abolitionniste avait décrété: «Nulle terre française ne doit plus porter d'esclaves», oubliant que l'esclavage avait été établi par cette même France. Je les regarde s'esclaffer avec Angenot, un dissident guadeloupéen arrivé quelque temps après nous, sous l'œil paternel du colonel Perrelle, et en conçois une profonde nausée. Continuerons-nous à mourir indéfiniment pour la France sans jamais recevoir la récompense de notre abnégation?

J'ai mal à ma vie. Ceux qui m'ont entraîné dans cette aventure de la dissidence ont abusé de mon désarroi. Ou plus exactement en ont profité sans le savoir puisque je crois avoir toujours montré une détermination sans faille. Je n'ai jamais désiré les honneurs ou la gloire comme mon cousin, le docteur Bertrand Mauville. Je n'ai jamais adoré la France, sans pour autant la détester le moins du monde. Je n'ai jamais voulu qu'une chose: trouver un être avec qui je pourrais vivre une vraie passion. Même l'écriture de mes Mémoires est un lamentable échec. J'ai essayé de sauver par des mots, somme toute dérisoires, ce qui aurait dû être pleinement vécu. Or, rien ne remplace la chair de chaque instant, aucune élégie ne peut prétendre transfigurer la fusion de deux corps qui se dévorent dans la sueur fauve de l'amour.

«Hé, sorbonnard! me secoue Alcide. Tu réponds quand on te parle?

– On le mettra aux transmissions, dit le colonel, il faut des types qui savent se concentrer au maximum. Et puis, ça vous laissera le temps de lire vos bouquins.

– J'espère que là-bas on ne nous fera pas à nouveau attendre avant de nous expédier en Angleterre», fait Vidrassamy.

New York! New York! Ils n'ont que ce mot à la bouche. Mot-rêve. Mot-fétiche. Pourtant, ils savent pertinemment que ce ne sera qu'une brève étape sur la route qui doit les conduire au baptême du feu. Quant à moi, j'ai le sentiment, diffus quoique bien réel, que je ne verrai pas ses gratte-ciel ni sa Cinquième Avenue ni aucun des symboles grandioses du mythe états-unien. D'autres dissidents nous rejoignent à Roseau, au rythme de deux ou trois par jour et le pouvoir de l'amiral Sorin qui règne sur la Guadeloupe ne paraît pas plus assuré que celui de son collègue de la Martinique. L'entrée en guerre des Américains est pour beaucoup dans ce regain de courage. Pour couillonner l'ennuyance, je drivaille dans les faubourgs de la petite capitale, m'arrêtant pour boire un coco ou manger des marinades à la morue salée, toutes choses que l'on m'offre avec la plus attendrissante générosité. Nos voisins dominicains savent que la Martinique subit un sévère blocus et nous imaginent comme de pauvres diables crevant de faim sur les routes, vision apocalyptique que je me garde bien de démentir. À Kensington Street se trouve un bastringue où je viens parfois savourer du blues et voir virevolter les couples sur des airs de calypso. Un soir, j'y croise une créature superbe, grande et svelte, avec un regard impérial. Soudain, je me sens vaciller et tomber d'évanouissement à l'odeur de son parfum. Je me retiens avec peine au rebord d'une table et tente de retrouver mes esprits. Elle porte le même parfum que Philomène! Un parfum pourtant bon marché, vulgaire, mais que sans le savoir j'ai fini par associer à ma négresse féerique. Je consomme une bouteille de gin et reviens ivre au quartier général des FFL. Au matin, j'interpelle Alcide, grand connaisseur en matière de femmes:

« Sais-tu à quoi servent les parfums ?

– Les parfums ?... À cacher les mauvaises odeurs de ces dames, j'imagine.

– Oh non ! Il n'y a pas que cela. Les parfums servent à capturer des cargaisons de souvenirs et d'émois qu'ils enfouissent dans les failles les plus profondes de notre chair.

– Tu te sens une âme de poète maintenant ! C'est que le moral est bon, mon vieux. »

Toute la journée, cette odeur de parfum va entreprendre de rouvrir ma blessure malgré mes efforts désespérés à suivre les exposés du major Cunningham chargé de délivrer une instruction militaire sommaire aux dissidents. Ses grands coups de craie au tableau noir, ses savantes explications stratégiques me donnent le sentiment d'une agitation de guignol. J'ai un peu honte à l'idée de faire passer mon drame personnel avant celui de millions de gens que l'on massacre, torture ou déporte dans le meilleur des cas. Mon père ne m'aurait jamais pardonné une semblable attitude. D'ailleurs, n'est-ce pas pour hâter sa libération que j'ai osé une traversée aussi périlleuse alors que la plupart de mes condisciples poursuivent leur petite carrière douillette sous l'aile paternelle de l'amiral Robert ?

Ce parfum distille en moi le poison de l'insomnie. Je me réveille à deux ou trois heures du matin, quand les pêcheurs de Roseau se préparent à partir en mer. J'arpente la grève en évitant de leur parler, les yeux rivés sur la colonne sombre de la montagne Pelée, de l'autre côté des eaux. Jamais je ne me suis senti si loin de la Martinique, même à l'époque où je faisais mes études à Paris. Je gribouille quelques feuillets sans intérêt, assis sur une roche, jusqu'à ce que le devant-jour me contraigne à regagner notre quartier général. Je sais avec certitude que je ne serai jamais un romancier et me suis résigné à aligner des sensations fugaces, en guise d'exutoire à mon mal-être. Continuerai-je à le faire quand je serai sur le front? La partie pratique de notre enseignement a commencé dans un vaste terrain vague, à quelques kilomètres de la capitale dominicaine, appelé Canefield. Je me découvre une passion pour le démontage et le remontage des fusils d'assaut et pour le tir au pistolet. Alcide n'est pas le dernier surpris.

«Au fond, tu étais un cow-boy qui s'ignorait», ironise-t-il à chaque fois que je loge la totalité de mon chargeur au centre de ma cible.

Je suis le premier à porter une arme sans être tenu de revêtir l'uniforme.

Les Anglais permettent toutes sortes d'incongruités à ces «crazy black Frenchies», dont la seule dégaine leur fait écarquiller les pupilles. Des animaux de zoo, voilà ce que nous sommes à leurs yeux. Alcide, remis de sa blessure, a recommencé à hanter les salles de bal et à provoquer la pâmoison chez les rares beautés locales à ne pas vivre en concubinage avec quelque fonctionnaire ou militaire britannique. Vidrassamy le sauve à maintes reprises de duels au pistolet où il aurait perdu la vie, étant un piètre manieur d'armes. L'Indien est si taciturne que je n'ose guère entretenir de long causement avec lui. L'attente nous ronge tous. Personne ne peut nous dire avec exactitude à quelle date le bateau qui doit nous conduire à New York mouillera dans le port de Roseau. Je comprends le sentiment d'inutilité et de dérision qui a dû étreindre à Fort-de-France André Breton, Claude Lévi-Strauss et leurs amis. L'impression de flotter entre deux eaux, d'être nulle part. M'inspirant d'eux, je propose de visiter l'île mais, même chez les autochtones, je ne trouve qu'un intérêt très mitigé. « Pas de routes ! » revient comme un leitmotiv. Le major Cunningham m'explique que le moyen le plus aisé pour voyager dans l'île est de la contourner en canot, l'intérieur n'étant qu'un amas de forêts et de torrents où nous ferions vite de nous perdre. Par bonheur, je rencontre un métis négro-caraïbe qui, appâté par une liasse de livres sterling fraîchement retirée de la banque, accepte de me conduire à Salybia où sont concentrés les descendants des derniers Caraïbes.

« Risible ! me fait Alcide. Le dernier Indien caraïbe a été tué à Saint-Vincent en 1683. C'est inscrit dans tous les ouvrages qui traitent d'histoire antillaise. Tu vas te faire couillonner par ce plaisantin. Moi, je ne bouge pas de Roseau, mon vieux. »

Vidrassamy sourit à l'idée de pénétrer dans l'intérieur du pays. Sans doute me croit-il un peu fou lui aussi. Mon désir secret est de tenter de déchiffrer certains pétroglyphes dont mon guide m'a révélé l'existence. Je parviens à racoler Edgard, un ancien dissident guadeloupéen qui n'a jamais pu rejoindre l'Europe à cause d'une tuberculose qui le cloue au lit dès que le temps se met à la pluie. Nous suivons le métis sur un sentier qui se perd dans les hauteurs nord de la ville. Nous sommes chargés de boîtes de conserve américaines et de paquets de cigarettes que nous comptons offrir aux Caraïbes. La nuit se fait très vite à cause du feuillage monstrueux des fromagers, des gommiers rouges et des courbarils géants d'où jaillit une cacophonie de cabrits-des-bois, de crapauds souffleurs, de chauves-souris et d'autres bêtes difficiles à identifier. La chaleur est si éprouvante que nos vêtements kaki ruissellent de sueur et de gouttelettes de rosée au bout de deux heures de marche. Edgard commence à tousser et chaque quinte le plie en deux, l'obligeant à mettre un genou à terre. Notre guide n'a pas une once de pitié : il avance entre les souches et les lianes à un rythme marathonien sans jamais regarder derrière lui. Le pays n'est qu'une succession de mornes abrupts qu'il nous faut escalader avec la sensation de toujours accomplir le même trajet. Je me demande si chacun d'eux porte un nom et surtout comment notre guide s'y prend pour les distinguer. L'eau des rivières est d'une limpidité digne de la création du monde. Elle nous glace les pieds jusqu'aux genoux, causant en nous une saccade de frissons. Nous parvenons à une merveilleuse petite cascade au pied de laquelle miroite un bassin édénique. Edgard déclare que sa route s'achève là. Je hèle le métis caraïbe qui revient sur ses pas, de mauvaise grâce. Il me fait comprendre qu'il existe certains lieux où il ne fait pas bon s'arrêter à l'approche de la nuit. Or, à l'entendre, cette cascade est le repos d'un couple de génies sanguinaires qui prennent tantôt la forme de serpents-tête-de-chien tantôt de sirènes-manman-d'eau. J'éclate de rire et provoque une soudaine envolée d'oiseaux de toutes espèces au-dessus de nos têtes. Le métis négro-caraïbe s'enfuit sans demander son reste. Nous sommes désormais seuls, perdus dans cette forêt équatoriale où le ciel est invisible et toute tentative d'orientation par les astres exclue. Edgard crache du sang dans l'eau claire du bassin.

« C'est la fin du voyage pour moi, compère. Va, rejoins-le ! Tu ne peux plus rien pour moi. Je ne voulais pas mourir parmi les hommes et mon vœu est sur le point de se réaliser. Je suis un être heureux.

– Comment ça ? Je pensais que tu voulais voir ces Indiens…

« – Pour quoi faire, hein?... Tous les hommes sont pareils, mon vieux. Sauvages ou civilisés, noirs, blancs ou indiens, païens ou chrétiens, on ne peut rien en tirer. Rien!»

Puis, le Guadeloupéen se couche sur les pierres ponces de la berge et ferme les yeux comme s'il écoutait le chant de la cascade. Je détache le lacet de mes bottes qui me font souffrir et allume une cigarette. En cet endroit, l'humidité vous pénètre jusqu'aux os et les nuits doivent être bien fraîches. Moi aussi, je me sens à l'aise. Je n'ai plus envie de visiter la tribu caraïbe dont l'existence me paraît de plus en plus problématique. J'ôte une large feuille de plastique de mon sac à dos et entreprends de l'accrocher à une petite voûte naturelle, fruit de l'entrelacement de trois pieds de fougères arborescentes. Je m'approche d'Edgard pour l'inviter à se préparer à la nuit, lorsqu'une pluie féroce s'abat sur nous, perçant le barrage des arbres géants. Je ne vois plus rien à un demi-mètre devant moi. Je crie le nom de mon compagnon mais ma voix ne porte pas plus loin que mes yeux, et j'ai l'impression d'avoir du coton dans les oreilles. Je me pelotonne contre mon sac et pose la tête sur le tronc d'un pied de fougères. L'eau, très froide, me laboure les joues, me fouette les poils d'yeux, m'obligeant à les tenir ouverts en final de compte. Le déluge dure quatre ou cinq heures d'affilée, je ne peux en mesurer la charge de temps. Je meurs d'inquiétude pour Edgard. Je l'imagine sombrant dans le bassin que la cascade a dû faire déborder. Quelle idée nous a pris tous les deux? J'ai soudain une envie de disparaître, moi aussi, de me fondre dans l'indistinction de cette forêt couvée par ces pluies-avalasses sans commencement ni finissement. Je sens à cet instant que je peux cesser de vivre sans rien regretter du monde. Même l'image de Philomène ne parvient pas à m'insuffler sa nostalgie. Je me sens plus libre que je ne l'ai jamais été alors même que je ne peux avancer d'un pas et que je ne distingue rien autour de moi. Ai-je pris sommeil ? Suis-je parti dans un rêve sans amarres ? Je ne saurais le dire ; lorsque je parviens à me redresser, la pluie a cessé et Edgard ne se trouve plus sur le bord de la cascade. Je crie :

« Hé la Guadeloupe, réponds-moi, foutre ! »

Son sac gît entre deux roches, éventré par d'énormes rats ou des manicous. Je le cherche en vain, puis décide, en désespoir de cause, de redescendre à Roseau. Je me perds dans le dédale des lianes et marche comme un automate droit devant moi, insoucieux des difficultés qui s'accumulent. J'ai la certitude que je vais retrouver ma route et n'ai à aucun moment le moindre début de panique. Au haut d'un morne, en effet, trois soldats en uniforme britannique observent la forêt à la jumelle. Je suis secoué à nouveau par un rire incontrôlable qui me cloue sur place. Le chef de la patrouille m'aperçoit alors et s'écrie :

« Here is that damned Frenchie ! Hey you, will you come here please ? (Le voilà, ce fichu Français ! Hé vous là-bas, voudriez-vous approcher ?)

– God save the king ! fais-je en les saluant avec ironie.

– That guy must be awfully crazy ! » (Ce type doit être complètement cinglé !), fait-il d'un ton compatissant à ses deux subordonnés.

Ils m'ôtent mes vêtements comme s'ils avaient affaire à un enfant, me sèchent avec une grosse couverture et m'enfilent une sorte de tunique de bagnard. Le plus costaud m'embarque sur ses épaules, l'autre se chargeant de mon sac à dos, et ils suivent leur chef au pas cadencé. Je ris sans cesse, la tête penchée. À présent, plus rien n'a d'importance pour moi. Tout est dérisoirement vide. Nu dans sa dérisoireté. À commencer par leur guerre là-bas, en Europe. Leurs coups de canon, leurs bombardements aériens. Et nous, les dissidents martiniquais et guadeloupéens, ne sommes que des gamins outrés de n'avoir pas été invités à jouer, dès le début de la partie. Je caresse la crosse de mon pistolet et constate que je ne l'ai jamais essayé en dehors du champ de tir de Canefield. Je ne vis plus que pour lui, pour le froid aimanté de son canon, pour l'arête sèche de sa gâchette qui coince mon index.

À Roseau, le colonel Perrelle m'annonce d'un ton froissé que je suis convoqué le lendemain par le High Commissioner. Il ignore à quel point je suis heureux.

20

La guerre avait métamorphosé le Morne Pichevin.

Rigobert s'en rendit compte au premier coup d'œil. Plusieurs cases avaient été détruites par les assauts conjugués du vent et des pluies d'hivernage, en particulier la sienne. Seule la boutique en fibrociment de madame Sina se dressait orgueilleusement à la Cour des Trente-Deux Couteaux, où ce qui était jadis un chemin de pierres se couvrait maintenant de halliers et de goyaviers. Il avait pénétré dans le quartier par Sainte-Thérèse dont il avait longé l'église déserte, sifflotant l'air bizarre qui avait le don de rameuter en cinq sec tous les fainéantiseurs et autres joueurs de dominos. Pas une voix ne lui fit écho ni ne le héla sur son passage. Une vieille femme inconnue flattait le groin d'un énorme cochon-planche en riant aux éclats. Elle portait une gaule rapiécée, cousue dans un sac de farine de France qui lui arrivait à mi-cuisse, l'air obscène.

« Yé Lamè, sa nou fè ? » (Hé Mémé, bonjour !), lança-t-il à son adresse, mais elle ne prit pas sa hauteur.

Il s'approcha : elle était en grande conversation avec l'animal, qui semblait opiner du chef de temps en temps.

Rigobert qui avait rencontré les miracles les plus stupéfiants au cours de son périple au cœur du pays lui demanda qui était cette bête.

«Mari mwen ki la! (C'est mon mari!), fit la femme sans le regarder. Ki mannyè ou pa té isiya, ou pa konnèt Lanmiral Wobè? (Comment est-ce possible, vous n'étiez donc pas ici pour ignorer l'amiral Robert?)

– Qu'est-ce que tu lui racontes de bon, la mère?

– Ah! Tu es bien curieux, toi. Je te connais? Laisse-moi voir ta figure un peu, mon bougre… D'où tu tiens cette balafre-là, tu dois être un sacré batailleur, toi, hein?… Mon mari l'amiral Robert est gros-gras-vaillant, de s'être bien nourri pendant toute la guerre. Je lui apprends à supporter le couteau qui lui caressera la gorge tout à l'heure.»

Rigobert reconnut la clocharde qui hantait la place de l'abbé Grégoire aux Terres-Sainvilles, toujours habillée en carmélite. Elle était folle à lier, pas un doute là-dessus, puisque l'Amiral avait été contraint d'abandonner son poste deux années avant le finissement de la guerre. Devinant ses pensées, la vieille lui cria, en se grattant l'intérieur des cuisses qu'elle avait boudinées:

«On a prétendu qu'il est parti en courant comme un capon! C'est pas vrai, le voilà! Amiral Robert, allez, montre au monsieur que tu es bien avec ta femme chérie. Allez!…»

L'animal redressa la tête et grogna doucement. Rigobert était partagé entre le fou rire et l'incrédulité. Il continua son chemin jusqu'aux quarante-quatre marches qui, elles, étaient demeurées intactes, hormis l'effritement du ciment par endroits. Il résista à l'envie de descendre à la Cour Fruit-à-Pain et observa avec amour le Pont Démosthène ainsi que le boulevard de La Levée, qu'il n'avait jamais connu aussi animé. Une ombre fit son apparition derrière lui. Il se retourna et découvrit Philomène, la câpresse chimérique qui l'avait sauvé d'une mort certaine au début de la guerre. Ils tombèrent dans les bras l'un de l'autre. Tout-de-suitement, ils comprirent qu'ils n'étaient plus les mêmes personnes et que ces six années de fausse guerre les avaient plus métamorphosés que vingt ans de paix. Alors ils ne surent que se dire et se murèrent dans les obsessions qui leur grignotaient l'esprit comme des poux de bois.

Gros-Édouard, le maître des dés du Bord de Canal, qui venait rarissimement au Morne Pichevin (par respect pour le territoire du fier-à-bras de l'endroit), traînait à la Cour des Trente-Deux Couteaux, un paquet brun à la main. D'instinct, il envoyait rouler une paire de dés dans la poussière en s'écriant «Onze! J'ai demandé le onze, oui!» tout en claquant des doigts. Puis, il se baissait vivement, s'en emparait à nouveau, les emprisonnait entre ses doigts, soufflait dessus et les relançait avec force en répétant son antienne. Rigobert et Philomène se laissèrent entraîner par le rire, retrouvant une part de leur ancienne complicité du temps de l'antan. Gros-Édouard sortit de son rêve et leur lança:

«Hé la société, vous faites la fête avec ma tête! C'est ça, hein? Philomène, ma fille, c'est toi que ton petit coco cherche depuis hier, doudou-chérie…

— Moi?

— Comment? C'est toi qu'on appelle mademoiselle Philomène Thibault? Tu as changé de titre ou bien quoi? J'ai une commission que j'ai précieusement conservée pour toi depuis presque deux ans.

— Foutre! Ça va te coûter une cathédrale d'argent,

Philomène, pauvre diable. Tu ne connais pas les nègres du Bord de Canal!» fit Rigobert.

Soudain, la figure du passeur se figea. Son rire disparut et il tendit le paquet d'une main vacillante à la câpresse :

«Il m'a remis ça pour toi après être parti en dissidence... à Roseau, en Dominique...»

Philomène resta sans paroles, en proie à une profonde agitation. Les deux hommes, respectueux de son désespoir, s'écartèrent d'elle et entamèrent en silence, chose ô combien inhabituelle, une partie de sèrbi. La femme ouvrit le paquet et découvrit quatre blocs de feuilles de papier mêlées à des feuilles de bananiers sèches, reliés entre eux par un fil qui avait commencé à s'effilocher. Le seul profit qu'elle avait tiré de sa relation avec le quartier-maître métropolitain Louis Ferrier était l'acquisition presque parfaite de la lecture et de l'écriture du français ; elle n'eut aucune peine à en déchiffrer le titre d'ensemble : *Mémoires de céans et d'ailleurs*. Accrochée au texte se trouvait une petite enveloppe gonflée qu'elle n'avait pas aperçue de prime abord. Elle s'assit sur une roche et sombra dans la calculation.

«Négresse O, bonnes nouvelles ? interrogea Rigobert en secouant les dés.

– Ne bouscule pas cette fleur de canne, eh ben Bondieu. Elle est fragile, oui.»

Philomène hésita à décacheter l'enveloppe. Elle craignait qu'Amédée n'eût appris sa trahison et ne lui eût écrit des mots durs qui la détruiraient pour le peu de jours (ça, elle le sentait !) qui lui restaient à vivre. Intriguée par son renflement, elle pressa l'enveloppe mais n'en devina pas le contenu, puis elle la soupesa, la trouvant très légère. Elle en déchira avec lenteur le rebord, et sursauta vivement : une mèche de cheveux noirs bouclés et une missive d'une troublante brièveté :

« Philomène, cette parole est pour vous. »

« Tu n'as pas de chance aux dés, toi ! dit Gros-Édouard à son compère, heureusement qu'on joue à blanc sans quoi tu aurais déjà perdu la peau de tes fesses.

– Tu es toujours resté le même, dit Rigobert admiratif.

– Tu sais, mon vieux, j'ai toujours pris la vie du bon côté. Si c'est pas ça qu'il fait, comment tu veux qu'il survive, le nègre ? Toi-même, tu as toujours condamné Dieu le Père de nous avoir maltraités à la naissance. Je me suis débrouillé, foutre ! Pendant la journée, j'astiquais les meubles à la mairie et je saluais les gros mordants avec "Maréchal, nous voilà !" tandis que la nuit, je conduisais de vaillants bougres en Dominique à bord de mon canot pour qu'ils aillent rejoindre de Gaulle. Tu vois, je n'ai jamais été emmêlé dans ma vie. »

Le passeur lui apprit la fin tragique d'Aboubaker, le Syrien du Palais de Baalbek, qui l'avait couillonné il y a un bon paquet d'années quand il l'avait embauché comme crieur. Gros-Édouard s'était spécialisé dans les trafiqueurs, celui des dissidents étant plus risqué. Il convoyait Aboubaker une fois par mois, soit à Sainte-Lucie soit en Dominique où sa parentèle syrienne l'approvisionnait en tissu et chemises anglaises. À l'aller, Aboubaker cachait un sac d'argent dans son pantalon bouffant qui avait toujours fait rire les créoles, ne se levant même pas pour pisser au long des quatre heures que durait cette périlleuse traversée. Au retour, le canot débordait de marchandises et, une nuit, la houle les obligea à en larguer une bonne quantité par-dessus bord, au grand dam du Syrien qui implora en vain Allah. Il payait le passeur en nature, ce qui obligeait Gros-Édouard à négocier le brocantage de chemises contre un kilo de choux de Chine ou un régime de bananes naines, activité aussi dangereuse que le voyage en mer car on ne manquait pas de s'étonner qu'un nègre-gros-sirop de son espèce pût disposer de toute cette toile flambant neuve. Il allait se faire repérer tôt ou tard.

«L'unique solution, continua Gros-Édouard, quatre plis amarrés à son front, ça a été de dérailler Aboubaker. Monsieur n'avait qu'à pas me tenter avec des sacs d'argent, tonnerre du sort!...

– Tu l'as abandonné sur la côte dominicaine? demanda Rigobert.

– Tu rigoles... il ne fallait pas que je laisse de traces, compère. Sinon quel aurait été mon état aujourd'hui que cette fichue guerre s'est achevée? Non, je l'ai assommé avec une rame et je l'ai voltigé à la mer. Eh ben, pourquoi tu ouvres des yeux de marignans frits comme ça? C'est un Syrien, c'est rien du tout... Et puis, comme on dit, chaque cochon a son samedi. Les amis, tout ça c'est bien joli mais moi, j'ai mes affaires à aller veiller. Salut la société!»

Rigobert rejoignit Philomène qui pleurait doucement dans ses mains. Il ramassa le paquet et l'enveloppe qu'elle avait déposés à ses pieds. Ne sachant pas lire, il croyait au caractère maléfique de toute chose écrite et proposa à la câpresse de les brûler sur-le-champ. Elle se redressa comme un ressort et s'escampa jusqu'à la croix du Morne Pichevin qui surplombait le Pont Démosthène. Rigobert haussa les épaules et alla constater les dégâts causés par le temps à sa case. Elle avait été éventrée par un formidable coup de boutoir et son unique auvent pendouillait de façon lamentable, soutenu encore par les lianes grimpantes. Quant à la case de son défunt père, elle n'existait plus. Une touffaille de halliers et de pieds de piquants avaient pris sa place. Découragé, Rigobert décida d'aller boire un petit sec au Marguerites des marins, face à la Compagnie. Là au moins, il pourrait tenter de rencontrer des gens pour une aide éventuelle. La patronne lui fit une véritable arrivée de France :

« Rigobert, mon cher, ah, foutre que je suis contente de te voir ! On disait partout que tu étais devenu un sacré modèle de bandit, pire que ce Beauregard de Rivière-Pilote...

– Menteries !

– Et puis tu as grossi, tu es devenu en forme, mon nègre. Qu'est-ce que tu as fait pendant toute la guerre, hein, dis-nous un petit brin ?

– Je parie qu'il a trouvé une femme qui l'a soigné et niché, bien à l'abri de la misère que nous autres avons subie ici », fit un tafiateur en riant.

Rigobert s'attabla, insoucieux des quolibets qui fusaient, trinquant aussi bien avec les vieux compères qu'avec les nouvelles têtes. La profusion de ces dernières l'avait d'emblée frappé : il comprit que la guerre avait dispersé les quartiers et qu'il n'était plus question de reconnaître son voisin au seul regard. La « terre rapportée » dominait. La ville se trouvait désormais peuplée d'étrangers et le Morne Pichevin n'échappait pas à cette règle. Plus question de jouer au fier-à-bras, de baliser son territoire d'un geste impérial du rasoir ou d'un sifflement discret. L'effronterie se lit dans la posture des jeunes nègres qui ont grandi pendant l'époque de l'Amiral et qui ont appris à se battre avec chaque jour qui vient comme si ce devait être le dernier de leur vie. Les anciens, en revanche, se sont encroûtés dans le faux-fuyant qui leur est coutumier depuis le temps où les chiens aboyaient par la queue. Ils s'en vont disant haut et fort : « Ah, messieurs, de Gaulle est un mâle nègre ! » comme ils voltigeaient leur « Amiral, nous voilà ! », place de La Savane, aux heures ténébreuses de la Révolution Nationale.

« Comment les prendre au sérieux... » se demandait Rigobert avec perplexité.

La patronne lui annonça qu'un certain monsieur Alcide Nestorin était passé plusieurs fois et avait demandé pour lui. Rigobert sursauta en entendant ce nom. En un battement d'yeux, un défilé de figures et de voix qu'il croyait oubliées traversa son esprit : Amédée, le mulâtre fou d'amour, Lapin Échaudé, le crieur avec lequel il s'était affronté avant-guerre dans une joute mémorable, et puis bien sûr ce couillon d'instituteur d'Alcide et sa foutue bande qui refusait de monter. Quant à Richard, le mari de Louisiane, il devait être bel et bien mort quelque part dans la neige, là-bas et, en final de compte, c'était foutre bien fait pour lui car a-t-on idée d'aller tuer son corps pour les Blancs lorsqu'on est né nègre, c'est-à-dire pétri par la mauvaise volonté de Dieu ? Eux, les Blancs, ils ont déjà tout, la beauté, l'argent, l'instruction, alors qu'ils nous baillent un petit morceau de paix, tonnerre du sort !

Ce soir-là, Rigobert dormit à la lune claire, sur une planche ravagée par les poux-de-bois. Son mutisme décourageait les autres bougres du Morne Pichevin de venir faire un causement avec lui. On ne reconnaissait pas le sémillant Rigobert qui faisait péter de rire à des kilomètres à la ronde, le nègre qui semblait ne faire qu'une seule et même personne avec la jovialité et surtout-surtout qui injuriait le Bondieu sans répit depuis le devant-jour jusqu'à la brune du soir. Carmélise lui apporta quand même une timbale d'eau de café le lendemain puisqu'elle avait bien vu qu'il ne disposait de rien. Il l'accepta sans desserrer les lèvres, se contentant de la remercier d'un signe de tête.

«Si tu charroies une peine dans ton cœur, dis-le-moi ? Carmélise est ton amie-camarade, oui.

– Je n'ai pas de peine, non.

– Tu as tué quelqu'un pendant que tu drivaillais en dissidence et le remords démange ton esprit, c'est ça ?

– Mais non, ma commère ! Tu nages dans l'erreur. Je n'ai tué personne. Tout ce que l'Amiral et ses valets ont raconté sur mon dos, ce sont des salopetés pour qu'on me prenne dans une nasse. Un bonheur que tout ça est fini ! Ce vieux chien d'Amiral est en prison en France à ce qu'il paraît. C'est lui le bandit maintenant ! »

Carmélise le considérait d'un tout autre œil que quatre ans plus tôt, à la mort de son concubin, le quimboiseur Octave. Rigobert faisait désormais l'affaire. Il était devenu un véritable homme, un homme bien planté dans sa culotte, qui pourrait l'aider à tenir la position et donner un morceau de pain à sa ribambelle de marmailles. Rigobert accepta son offre sans discussion, abandonnant l'idée de reconstruire sa case. Philomène sursauta en le voyant assis sur les quatre marches en bois qui menaient à la porte de son amie.

«Eh ben, foutre que le monde a brocanté d'aspect ! » fit-elle avec ébahissement.

Le nouveau couple l'invita à partager un «féroce» arrosé de bonne huile de colza en provenance des États-Unis. La demi-calebasse d'avocat et de farine de manioc était en réalité pleine d'huile à ras bord, car on la buvait comme de la soupe tant on en avait été privé pendant la guerre. Ils demandèrent à Philomène ce qu'elle comptait faire. Elle répondit que ses cheveux ayant blanchi, elle ne pourrait plus reprendre son travail à la Cour Fruit-à-Pain.

« D'ailleurs, je n'ai plus beaucoup de temps à faire sur cette terre, murmura-t-elle d'un ton qui fit frissonner les deux concubins, à quarante ans, la mort sera sur moi.

– Assez dire des couillonnades ! protesta Carmélise, tu n'as qu'à teindre tes cheveux en noir, ma fille, et tu ressembleras à nouveau à la magnifique câpresse d'antan.

– Le chemin de ma vie est bouché en son mitan depuis le décès d'Amédée. Je ne veux pas continuer à supporter le monde sans lui. Ce n'est pas possible. »

Et de s'écarter d'eux à reculons, les yeux vitreux. Ils respectèrent sa douleur un long moment puis Rigobert déclara qu'il descendait chercher un job au Bord de Mer. Il aborda les quarante-quatre marches reliant le Morne Pichevin au centre-ville d'un pas pesant, comme si une immense lassitude le gouvernait soudain. Pourtant, il se sentait alerte et prêt à soulever caisses de morue salée aussi bien que sacs de pois rouges ou de lentilles. Son mal-être se terrait ailleurs, dans une région secrète de son corps, qu'il ne pouvait prospecter. Le boulevard de La Levée lui sembla bruyant et en proie à une vaine agitation. Il longea le Carénage et pénétra sur La Savane où quelques bandes de fainéantiseurs avaient commencé à se reconstituer. Il les salua et refusa leur invite à jouer aux dominos à l'ombre des poiriers du Bois de Boulogne. Un couli balayait les caniveaux sur le front de mer, chantonnant quelque chose d'incompréhensible et de douloureux à la fois. D'ordinaire, Rigobert ne lui aurait même pas jeté un œil, ou bien il l'aurait gouaillé sans méchanceté :

«Hé couli, mangeur de chiens, tire-toi de ma route!»

À présent, il avait envie de l'interroger sur sa chanson, de partager le mystère de cette ethnie que l'on avait parquée à Au Béraud dans des niches à rats. Aucun mot ne parvint à filtrer le barrage de ses dents pourries; alors, désabusé, il continua jusqu'aux entrepôts des békés où de colossaux nègres de Guinée jetaient trois sacs de cinquante kilos sur leurs épaules en poussant des grognements barbares. La force de Rigobert ne lui permettait que de soulever un sac à la fois, ce qui l'obligeait à se contenter des deux francs et quatre sous que le béké allait sûrement lui bailler. Il prit sa fiole de tafia dans sa poche arrière, s'en vida une bonne rasade et cracha dans ses mains.

«Sa ki lé mwen?» (Qui veut de moi?) lança-t-il à l'adresse d'un jeune Blanc-pays en chemisette blanche impeccablement repassée.

En un battement d'yeux, il s'engouffra dans la file des djobeurs qui espéraient qu'un bougre, juché à l'arrière de chaque camion, leur jette une charge sur le dos. Il bourriqua toute la matinée, insensible à la sueur, aux démangeaisons, à l'engourdissement progressif de son épaule droite, aux cris d'énervement du patron qui trouvait que cela traînassait. À treize heures, le dernier camion fut vidé et chacun fut appelé dans un couloir sombre de l'entrepôt afin de recevoir son dû. Les djobeurs happaient les pièces de monnaie avec avidité et s'empressaient de rejoindre les bars du canal Levassor où ils se décrasseraient la gorge jusqu'en fin d'après-midi. Rigobert n'avait fait aucune connaissance parmi ses compagnons de peine et se retrouva seul, sur le trottoir, à tripoter son pécule au fond de sa poche. Il résista à l'envie de se rendre Chez Fifi où il savait qu'on égratignerait exprès son honneur de grand-maître ès dominos pour le pousser à jouer et à rejouer. Il décida de rendre visite à Alcide à son domicile des Terres-Sainvilles, ce qu'il n'avait jamais fait car avec ses pieds nus pleins de chiques, jamais cette négresse bourgeoise de Romaine ne lui aurait permis de piler son parquet ciré. Il avait entendu parler d'elle comme l'une des plus grandes dames de l'ancien régime et se réjouissait déjà à l'idée de contempler ses yeux de ravet qui viennent d'entendre le caquètement d'un coq d'Inde. Mais, il ne la vit pas : elle vivait cloîtrée depuis le départ de l'amiral Robert. Alcide qui avait repris possession de l'intégralité de la maison la réaménageait avec une jubilation enfantine qu'il ne cherchait pas à dissimuler. Il avait décroché les portraits du Maréchal et de l'Amiral qui trônaient au salon entre ceux de ses beaux-parents, et les avait piétinés le soir de son retour en Martinique, provoquant une peur panique chez Romaine, laquelle trouva refuge au galetas avec son fils Cicéron. Il reçut Rigobert comme son propre frère et chacun d'eux raconta ses aventures en noircissant les épisodes les plus difficiles. Alcide était ravi du séjour de Rigobert dans sa commune natale de Grand-Anse et brûlait d'envie d'aller à la rencontre de son premier fils, le chasseur de serpents trigonocéphales.

« Et la mer ? Tu as cogné tes yeux contre elle ?

– Ah, sacrée mer, oui ! On aurait juré que l'enfer se cache dans ses entrailles, fit Rigobert.

– Non, elle se fâche de temps à autre mais en final de compte, c'est une excellente maman. Mais elle est bréhaigne… J'ai rencontré des mers plus traîtresses qu'elle sur les côtes du Canada.

– Je ne m'y suis baigné qu'un coup, le samedi gloria

de l'année où le beurre américain a cessé d'arriver. Eh ben, je peux te dire qu'elle m'a tourné-viré-maté comme un paquet de hardes sales.»

Ils allèrent déguster un macadam dans un bistrot des Terres-Sainvilles fréquenté par les bougres de mauvaise engeance qui avaient commis toutes sortes de profitations pendant la guerre sur les pauvres et même sur certains gros mulâtres mal en cour auprès de l'Amiral. La maréchaussée, dans l'euphorie de la Libération, n'avait pas encore eu une miette de temps pour saisir les chandeliers en argent, les assiettes en porcelaine de Limoges, les colliers en or de Cayenne et tout le lot de marchandises de qualité qui s'écoulait dans une vaste brocantagerie ponctuée de congratulations à chaque marché conclu. Cicéron était devenu un maître-pièce dans l'art de gruger le client en dépit de son handicap mental. Il vous tendait une lavallière en toc avec une telle conviction que l'on en venait à la prendre pour un vrai bijou. À peine parvenait-on à lui arracher un mot au cours de ces transactions, aussi était-il tout-à-faitement vain d'essayer d'obtenir un rabais de sa part.

«Il a trouvé sa voie, mon fiston, fit Alcide d'un ton mi-moqueur mi-affectueux.

– Laisse-le-moi deux semaines au Morne Pichevin, tu verras comment j'en ferai un beau morceau de nègre!

– Oh, il est bon comme ça. Sa mère l'a tellement traumatisé avec ses bondieuseries et ses macaqueries pétainistes qu'il en a perdu la raison. L'essentiel est qu'il ne tue ni ne vole personne, tu vois.»

Ils causèrent de tout, s'appesantissant sur les plus petites futilités afin de ne pas chavirer dans le seul sujet qui risquait d'assombrir leur insouciance retrouvée: le suicide d'Amédée Mauville. Pourtant, il ne cessait de hanter leur mémoire, ce qui imposait une sourde gravité à chacun de leurs gestes. Le rire chaleureux d'Alcide s'étranglait dans sa gorge tandis que Rigobert secouait vingt fois son verre de tafia avant de l'enfourner d'une traite. Ils se séparèrent à demi saouls en fin d'après-midi sans avoir rompu leur pacte de silence, leur émotion à se serrer la main et leur difficulté à se séparer trahissant leur trouble.

«Dans quelques jours, je reprends ma classe, lâcha Alcide rêveur, on m'a offert un cours complémentaire à cause de mes états de service pendant la guerre...

– Tu vas devenir mulâtre à présent, susurra Rigobert, tu vas mettre une cravate chaque matin, mon compère.»

Comme toutes les tournées avaient été prises en charge par l'instituteur, le nègre du Morne Pichevin pouvait tapoter sa poche avec satisfaction juste pour écouter le tintement de la dizaine de pièces neuves qu'il avait gagnées à la sueur de son front ce matin-là. Il se dirigea vers le centre-ville où il comptait acheter de la toile pour Carmélise. Les abords du Grand Marché avaient retrouvé leur va-et-vient de charrettes à bras poussées par des djobeurs hilares et, à l'intérieur, les odeurs de clou de girofle, de feuilles de bois d'Inde, de café fraîchement grillé et de bananes-figues lui bousculèrent les narines. Il se promena dans les allées, souriant aux marchandes qui tentaient de l'aguicher, content de retrouver une atmosphère qu'il croyait à jamais ensevelie sous la poussière du temps. Soudain, l'envolée lyrique d'une voix connue lui donna une véritable froidure au fale. Lapin Échaudé, messieurs et dames! Arpentant comme un ours en cage les cinq mètres de trottoir bordant le Mode de Paris, il envoyait de ces qualités de belles paroles avec des mimiques inimitables et diantrement efficaces puisque le sieur Doumit, bien que son magasin ait été mis à sac pendant la guerre par représailles contre Mussolini, déambulait, les mains croisées sur son gros ventre, entre les rouleaux multicolores et les mannequins de cire.

«Entrez-entrez, mesdames et messieurs de la compagnie, criait Lapin Échaudé, le temps des ventres vides et des bourses plates a battu en retraite. Le nègre ne marchera plus jamais-jamais en haillons. Il s'habillera chez Doum-Doum-Doum Doumit! DOUMI-I-I-IT! Pantalons en tergal à cinquante francs, corsages de flanelle à trente-cinq francs, entrez-entrez, vous ne serez pas déçus!»

Rigobert l'observa, incrédule, à travers les grilles du marché. Le crieur n'avait pas changé, hormis que sa tête était désormais totalement échancrée, dégarnissant la blancheur encore plus extravagante de son crâne à côté de quoi la teinte de drap moisi de sa peau faisait piètre figure. Un sentiment de pitié envahit Rigobert. Ainsi la guerre n'avait rien changé pour Julien Dorival et Monsieur s'était contenté de reprendre sa petite vie à deux francs et quatre sous sans exiger quoi que ce soit de l'existence.

«Je me demande si Dieu sait que nous, les nègres, on existe sur terre», marmonna-t-il.

«Tu parles tout seul à ton corps, mon bougre», lui fit une marchande en qui il reconnut la jeune négresse de Rivière-Pilote qui s'était amourachée de lui l'année où il avait prédit l'éclatement des hostilités.

Elle avait un peu empâté et les coins de ses lèvres indiquaient une amertume que l'éclat de son madras rouge et or ne parvenait pas à estomper. Rigobert sentit à la chaleur de son regard qu'elle l'aimait toujours à perdre haleine et qu'il lui suffirait de prononcer un seul petit mot sucré dans du miel, pour qu'elle épanche le poids de son cœur. Or, il venait de donner sa parole à Carmélise et fut contraint de décevoir une seconde fois la jeune femme. Feignant l'indifférence, il lui acheta une patte de bananes jaunes en disant, ô mensonge paré de cruauté inutile : « C'est pour mon fils qui a trois ans sur sa tête. » La marchande se redressa sur son tabouret tel un coq de combat qu'on aurait aiguillonné et déclara d'une voix qu'elle voulut dépassionnée :

« J'ai été la femme de ton frère en dévergondation...

– Parle clairement !

– Beauregard ! Tu as entendu parler de lui, le bougre qui cavalcade à travers les mornes du Sud pour échapper aux fusils des gendarmes blancs... Eh bien, chaque matin, je montais à la tête du Morne Gommier qui est jusqu'à hauteur du ciel pour lui apporter une calebasse de manger.

– Ce Beauregard-là est un bandit ! Moi, je n'ai dit la bourse ou la vie à personne, mon âme est aussi propre que celle de l'enfant qui vient de naître. D'ailleurs, les gendarmes vont l'abattre alors que moi, tu me vois, je suis libre, je drive mes pieds où je veux, je n'ai aucune corde autour du cou. »

S'avouant vaincue, la marchande se rassit pesamment et repartit dans sa rêverie sans plus s'occuper de lui. Leurs vies ne se croiseraient plus, alors qu'ils étaient passés à deux doigts du bonheur. Rigobert se retrouva bêtement sur le trottoir, sa patte de bananes à la main. Son vieux compère le crieur continuait de rameuter le client sans relâche.

« Même prix ici ! cria Rigobert pour rigoler.

– Mesdames et messieurs, voici de nouveau ouvert le palais de l'élégance, fit Lapin Échaudé qui n'avait rien entendu à cause du brouhaha de la foule et des voitures mêlées, accourez avant qu'il ne soit trop tard ! Arrivage de caleçons en soie du Cachemire, profusion de cravates de cérémonie à des prix si bas qu'on n'a pas le droit de les publier !

– Même prix ici ! »

Julien Dorival dit Lapin Échaudé eut, une fraction de seconde, une nouvelle et mémorable extinction de voix. Doumit et ses clients se figèrent dans une légère frayeur, craignant quelque nouveau présage de mauvais augure. Le crieur était resté suspendu à une sentence dont l'emphase avait entrepris de ravir les chalands, et voilà qu'il menaçait de chavirer les pieds à la place de la tête dans un grand fracas de silence. On aurait juré que les quatre rues du quadrilatère du marché, surtout la rue Saint-Louis, s'étaient mises au garde-à-vous elles aussi. Cette fraction de seconde se déguisa en un siècle de temps. Même les djobeurs avaient arrêté tout net de lancer leurs onomatopées de ralliement et observaient le spectacle de l'homme à la voix éteinte avec une solide qualité de stupeur.

« Palé palé'w, non ! (Parle ton compte de paroles !) fit Rigobert à l'adresse de Lapin Échaudé.

– Merci, compère ! Merci même !

– Je ne viens pas te voir, mon cher, je suis pressé ce qui s'appelle être pressé, oui. Une seule chose que j'aimerais savoir : comment as-tu défendu ta peau pendant la guerre ?

– Bien, merci ! J'ai crié tout seul au Bois de Boulogne pour ne pas perdre la maîtrise de mon art.

– Tu effrayais les merles, quoi !

– Ha ! ha ! ha ! C'est ça, compère… entrez-entrez, mesdames et messieurs, quant à vous, mesdemoiselles, nous avons de quoi parer votre hymen et attirer le prince charmant : des culottes noires contre les malfaiteurs qui se métamorphosent la nuit en satyres invisibles. Tout cela c'est chez Doumit seulement que vous le trouverez. Doum-Doum-Doum Doumit ! »

Ainsi l'amicalité qui les avait unis par hasard s'était défaite comme une pelote de ficelle qu'on aurait laissée rouler sur le sol. Rigobert comprit en cet instant la terrible fragilité des sentiments et la solitude de chaque être malgré les illusions démonstratives qui nourrissent nos vies. Il se croyait le seul à avoir été changé par la guerre, dans cette ville insensée qui avait soudain retrouvé son animation dérisoire. Les choses avaient regagné leur place, comme si rien ne s'était produit. Alcide recommencerait bientôt à taper sur les doigts de ses élèves récalcitrants, Richard retrouverait l'ambiance du port où le chapardage reprendrait de plus belle avec la reprise d'un trafic maritime régulier entre la métropole et les Antilles, Lapin Échaudé continuerait d'enrichir Doumit – Radio Bois-patate affirme pourtant que Rigobert a eu une vision provoquée par le tafia, car le maître crieur était mort et bien mort sur le champ de bataille, dans la forêt des Ardennes – tandis que Gros-Édouard, le maître des dés, intimerait des « Onze ! » retentissants à la blancheur de ses dés sous l'ombrage complice des tamariniers, place de La Savane, non loin de l'allée de Soupir. Et sa libellule de carnaval, que devenait-elle ? Sans doute était-elle, pour toujours, au service de ces de Maisonneuve que la rumeur publique avait accusés d'héberger un Allemand. Rigobert fit quelques pas sur le trottoir de la rue Victor Hugo, habité par une immense défaite dont il aurait été incapable de préciser les contours mais dont le cœur était là, bien vivant, et lui tisonnait sa propre chair. Il finit sans s'en rendre compte par errer à travers la ville tout à coup embellie par les ultimes ruades d'un soleil finissant. À la nuit noire, il se ressaisit et regagna le Pont Démosthène où l'on venait d'installer deux magnifiques réverbères : il devait devenir un lieu d'intenses palabres. Une faune inconnue y paradait en vêtements de prêleurs, affectant de ne point entendre les «psitt» des péripatéticiennes de la Cour Fruit-à-Pain. Rigobert rasa les vieilles cahutes de la Transat pour ne pas avoir à entamer de causement avec eux, lorsqu'il fut interpellé par une voix qu'il ne reconnut pas d'emblée mais qui lui était familière.

«Hé, compère, on ne dit pas bonsoir, hein?

– Bon... bonsoir, les amis.

– On vient d'apprendre une sacrée nouvelle que tu n'avais pas prévue : de Gaulle veut donner les Antilles aux Américains en échange de la dette de guerre de la France envers les États-Unis, déclara Vidrassamy.

– Eh ben, on deviendra Américains! Y a bien des Américains noirs, non? fit Rigobert en donnant l'accolade à son ami.

– Quoi! Ces salauds de capitalistes-là, je n'en veux pas, moi!

– Nous, Américains? cria-t-on dans le groupe des prêleurs, jamais!»

Rigobert n'avait nulle envie d'entreprendre de grandes discussions de ce genre. Il voulait rejoindre sa Carmélise et se mettre sous son aile protectrice car il avait, en final de compte, compris que son m'en-fous-ben était en réalité de la superbe sérénité. Savoir si on resterait Français ou deviendrait Américains relevait de la perte de temps pure et simple dans la vision des choses de la mère d'enfants, tous de père différent. «La sérénité, voilà ce qui m'a toujours fait défaut», songeait-il! N'était-ce pas aussi ce qui avait perdu Amédée Mauville et qui à présent secouait dans tous les sens la raison de sa Philomène bien-aimée?

«Seul le nègre qui a une bonne charge de sérénité peut espérer survivre dans ce monde-là», dit-il à haute voix en s'apprêtant à monter les quarante-quatre marches.

Arrivé en haut, il constata qu'il n'avait pas prêté attention à toutes les malédictions que l'on affirmait peser sur la septième, la onzième et la trente-troisième marche. Il avait agi comme Carmélise en affrontant le destin sans le défier. Une ombre furtive s'avançait dans le faire-noir, trébuchant sur des talons démesurés: une négresse féerique revêtue d'une robe moulante en soie bleue décorée de paillettes et fardée d'un rouge sanguinolent. Elle s'était teint les cheveux en blond et tirait sur un fume-cigarette en écaille. Rigobert et elle se firent face un instant qui sembla durer une éternité, puis la jeune femme dit dans un faux rire:

«Philomène a repris son job, mon nègre. Faudra venir lui bailler une petite visite de temps à autre, hein, coco-lapin?»

Rigobert se trouva incapable d'une seule parole.

«Il faut bien vivre sa vie. C'est très banal, je le sais, mais je n'allais pas passer mon existence à manger mon âme en salade, non? Amédée, là où il se trouve, sait qu'il est dans mon cœur. Il le sait…

– Philomène, je vais t'aider. Laisse ça tomber, Vidrassamy et moi, on va te manigancer un travail à la mairie, un vrai travail. Comme ça tu pourras trouver un mari et avoir des enfants, ma chère.

– Laisse tomber ! Mon bâton dans la vie s'est cassé. Je n'ai plus rien à espérer maintenant. Ma sœur m'envoie tantôt sa fille, Adelise, une petite capistrelle qui n'a jamais connu la ville, faudra bien que je prenne soin d'elle. Allez, donne-moi de l'air, je suis pressée, mon nègre ! »

Rigobert la regarda descendre dangereusement l'escalier, manquant de se rompre le cou à chaque crevasse et se rétablissant par miracle à l'ultime seconde. Une nouvelle fois la détresse faillit se saisir de lui et arracher une grappe de larmes à ses yeux mais il résista avec vaillance à une telle séduction et gagna la case de Carmélise d'un pas très calme. La femme servait de la soupe-habitant à ses sept enfants, un vaste sourire aux lèvres. Rigobert l'embrassa sur le front et s'assit près de la table puis s'occupa un moment à attraper des hannetons et à les voltiger dans la colonne brûlante de la lampe Coleman. La marmaille s'approcha de lui et suivit son jeu avec passion. L'un d'eux lui demanda une histoire de compère Lapin et il se surprit à obéir de bonne grâce. Debout contre la porte, Carmélise jetait sur lui un regard d'une tendresse infinie. Il commença ainsi :

« Trois fois bel conte, un jour compère Lapin se promenait près de l'étang du Roi... »

Dehors, un merle attardé s'ébrouait dans l'eau morte d'une gouttière de tôle ondulée.

La Carrière, Vauclin,
Martinique (1984-1987).

Du même auteur :

IMPRIMÉ EN ESPAGNE PAR LIBERDUPLEX
Barcelone
Dépôt légal éditeur : 47250-09/2004
Édition 4
LIBRAIRIE GÉNÉRALE FRANÇAISE - 43, quai de Grenelle - 75015 Paris.
ISBN : 2-253-06338-X   ✪ 30/9643/5